Helene Henke

totenmaske

Kriminalroman

DROEMER

Besuchen Sie uns im Internet:
www.droemer.de

FSC
www.fsc.org
MIX
Papier aus verantwortungsvollen Quellen
FSC® C083411

Redaktion: Kathrin Stachora
Umschlaggestaltung: ZERO Werbeagentur, München
Umschlagabbildung: © plainpicture / Bildhuset;
FinePic®, München
Satz: Adobe InDesign im Verlag
Druck und Bindung: CPI books GmbH, Leck
ISBN 978-3-426-22632-2

5 4 3 2 1

All denjenigen gewidmet, die auch dann Kraft geben, wenn sie selbst am schwächsten sind. Ich bin so froh, dass es Dich gibt.

kapitel 1

In der Ferne duckte sich eine Gruppe Eichen wie bezwungene Riesen unter der tiefhängenden Wolkendecke. Unablässig zwangen Regentropfen die sattgrünen Blätter hinab wie Schaufeln eines Wasserrades. Das Tageslicht verblasste allmählich und würde bald sein hellgraues Kleid gegen den tiefschwarzen Umhang der Nacht eintauschen. Der Sommersturm hatte Birkheim fest im Griff und würde vermutlich noch eine Weile durch die Täler und Hügel des Hunsrücks toben. Für den nächsten Tag würde das Dorf von der Außenwelt abgeschnitten sein, was bedeutete, dass es vorerst nicht möglich wäre, in den Nachbarorten einzukaufen.

Eine Bö wehte heran, ließ die Aluminiumjalousien an ihren Befestigungen flattern. Zoe Lenz stützte sich mit einer Hand am Rand des Waschbeckens ab, richtete sich auf den Zehenspitzen auf, bis ihre Wadenmuskeln protestierten, und zog das Schiebefenster zu. Genug Frischluftzufuhr für heute! Sie schnaubte missmutig. Unbestreitbar war es ein Nachteil, dass Fenster im Souterrain hoch lagen und der Architekt bei der Planung nicht an kleinere Menschen gedacht hatte. Dafür verfügte der Raum für gewöhnlich über genügend Tageslicht, bei dem es sich angenehmer arbeiten ließ als unter grellem Neonlicht.

Zoes Trittleiter lehnte auf der entgegengesetzten Seite des Labors an einem der zahlreichen Hochschränke. Dort stand sie gut. Zoe stellte das Wasser an und wusch sich die Hände mit desinfizierender Seife. Dabei lauschte sie dem Geräusch, das die Zweige des Gebüsches verursachten, die gegen die Fensterscheibe schlugen. Sie musste dringend einen Gärtner bestellen, sonst würde das Grünzeug noch das ganze Haus überwuchern!

Mit dem Ellbogen drückte sie den Wasserhebel herunter und griff nach einem Einweghandtuch. Auf den Mundschutz konnte sie verzichten, da Frau Sonders nicht an einer ansteckenden Krankheit gestorben war. Auf die Latexhandschuhe hingegen nicht. Sie stopfte ihre dunklen Locken unter die Einweghaube, was einiges an Geschick erforderte. So einfach ließ sich ihre schulterlange Mähne nicht bändigen. Nachdem die letzte Strähne unter knisterndem Plastik verschwunden war, ging sie um den Behandlungstisch herum. Ein süßlicher Geruch strömte herein, als Zoe die Tür des Lastenaufzugs öffnete, der den Körper der alten Dame von der Halle ins Labor hinuntertransportiert hatte. Erst wenn Zoe mit ihrer Arbeit fertig war, würde sie den Leichnam bis zur Trauerfeier im angrenzenden Kühlraum aufbewahren.

An den Haltegriffen zog sie den Leichentransportsack wie eine überdimensionale Reisetasche auf die Rollliege, um den verschnürten Körper zum Behandlungstisch zu bringen. Es kostete sie nicht besonders viel Kraft. Frau Sonders wog nicht viel mehr als ein Kind, und Zoe hatte im Laufe der Jahre schon bedeutend schwerere Körper auf ihren Tisch gewuchtet. Nur selten benötigte sie dazu die Hilfe eines Kollegen vom Bereitschaftsdienst. Manchmal legte ihr Freund Josh Hand an wie kürzlich bei Theo, dem Bauarbeiter, der unter einer herabgestürzten Kranschaufel begraben worden war.

Josh hielt sich gern in Zoes Labor auf, nicht zuletzt, weil er außer ihr keine Freunde hatte.

Zoe war eine der wenigen geprüften Thanatologinnen in Deutschland, was sie dazu verpflichtete, anderen Bestatterkollegen, die nicht über diese Ausbildung verfügten, ihre Dienste anzubieten. Bisher waren allerdings entsprechende Anfragen ausgeblieben. Aber das konnte sich ja noch ändern. Irgendwann. Allgemeinhin galten Bestatter als sonderbar. Menschen verdrängten den Tod und beschäftigten sich erst damit, wenn ihnen keine Wahl mehr blieb. Seinen Lebensunterhalt mit dem Geschäft rund um die Toten zu bestreiten, war den meisten nicht geheuer. In den Augen der Bestatter selbst galt Zoe als absonderlich. Nicht nur, dass sie in eine der letzten Männerdomänen eindrang – sie war auch noch zu jung für den Beruf des Bestatters. Da eilten die Herren erst recht nicht herbei, um ihre Dienste als Thanatologin in Anspruch zu nehmen.

Für gewöhnlich nahmen Bestatter nicht mal Schulabgänger in die Ausbildung, weil ihnen die nötige emotionale Reife fehlte. Der Umgang mit dem Tod zog Konflikte im sozialen Umfeld und der eigenen Integrität mit sich. Nicht nur bei jungen Menschen. Interessenten kamen über den zweiten Bildungsweg aus ähnlichen Berufsgruppen und verfügten über ausreichend Lebenserfahrung. Das konnte Zoe durchaus nachvollziehen, wenn auch der Gedanke ihr regelmäßig ein Schmunzeln entlockte. Ihr war der Beruf seit ihrer Kindheit vertraut.

Zwar handelte es sich dabei nicht auch um ein Spezialgebiet von Josh, doch die Vorgänge während des postmortalen Zersetzungsprozesses weckten sein naturwissenschaftliches Interesse, und sein Wissen darüber hatte ihm nicht selten Zusatzpunkte in Klausuren seiner Leistungskurse eingebracht. Dennoch waren Besuche im Labor rar, weil Zoe es vorzog, dort allein zu sein. Aus Respekt vor den Toten. Es war für die Menschen in Birkheim ohnehin nicht einfach, sich mit einer neunzehnjährigen Bestatterin abzufinden. Die Vorstellung, sie arbeitete auch noch gemeinsam mit einem siebzehnjährigen Gymnasiasten an den Verstorbenen, erzeugte bei den Hinterblie-

benen Unbehagen und überforderte die allgemeine Akzeptanz.
Zoe schaltete die Operationslampe über sich an und drückte sie am Schwenkarm ein wenig zur Seite, damit das gleißende Licht auf der noch leeren Metallfläche sie nicht blendete. Sie positionierte den Beistellwagen für Geräte neben sich und schaltete das dort angebrachte Radio ein. Sie musste keinen Sender wählen, da der Klassikkanal meistens die passende Musikauswahl bot. Sanfte Geigenklänge schienen dem gekachelten Raum harmonische Wärme zu verleihen, lösten den Bann der beklemmenden Situation. Zoe mochte klassische Musik, weil sie irgendwie leise war, auch wenn man sie laut aufdrehte. Bestimmt hätte sie auch der zurückhaltend freundlichen Frau Sonders gefallen. Nur wenn es Zoe mit einem besonders brisanten Fall zu tun bekam, wählte sie harte Techno-Klänge, um sich abzulenken. Dann konnte sie, sogar obwohl sie schon ein paar Jahre in diesem Beruf arbeitete, kaum verhindern, zu glauben, dass sie sich inmitten eines Horrorszenariums befand. Die Versorgung eines im Krankenhaus nur notdürftig zusammengeflickten Unfallopfers erforderte nicht nur ihre gesamte Aufmerksamkeit, sondern zerrte auch an ihren Nerven. Es gab Dinge, an die man sich nur schwer gewöhnen konnte.
Mit einem Surren zog Zoe den Reißverschluss des Leichensacks auf und drückte die Seiten um den Körper nach unten, damit sie möglichst bequem hineingreifen konnte. Es war äußerst lästig, wenn sich das Plastik beim Anheben der Leiche verfing und dadurch auch noch mitgezogen wurde. Sie wollte vermeiden, mit der Verstorbenen auf dem Arm zu stolpern oder sie in einer ziemlich unwürdigen Haltung abzustützen, um mit der freien Hand die Reste des Sacks abzuzupfen. Frau Sonders lag

in ihrem weißen Hemd da wie ein Mädchen im Sonntagskleid. Bereits jetzt sah sie aus, als schliefe sie, was auf einen friedlichen Tod schließen ließ. Doch Zoe sah ihre Aufgabe darin, die Frau ausschauen zu lassen, als hätte sie während eines Spaziergangs innegehalten, um mit geschlossenen Augen die warmen Sonnenstrahlen auf ihrem Gesicht zu genießen.

Mit routinierten Griffen hob sie den steifen Körper auf den Behandlungstisch. Da lag sie nun mit geschlossenen Augen und leicht geöffnetem Mund. Beim Aufschnüren des Hemdes bemerkte sie an den Unterseiten des puppenhaften Oberkörpers blaurote Flecken. Es war nicht notwendig, diese zu überschminken, da sie später niemand sehen würde.

Zufrieden strich Zoe über die Wange der Toten, deren Kälte ihr schon lange nichts mehr ausmachte. Keine bläulichen Verfärbungen dank der Schräglage im Aufzug, wodurch verhindert wurde, dass einer Leiche das Blut ins Gesicht laufen konnte. Nachdem sie den Körper sowie sämtliche Körperöffnungen sorgfältig mit Desinfektionsspray eingesprüht hatte, legte sie den Kopf der Frau in eine Nackenstütze. Draußen prasselte der Regen gegen die Fensterscheibe, als wollte er sich den Klängen des Klaviersonetts anpassen, das inzwischen im Radio gespielt wurde. Mit einer Pinzette griff Zoe einen in Desinfektionsmittel getauchten Wattebausch und säuberte die Ohren sowie die Nasenlöcher. Mehrmals wechselte sie die Watte aus, strich unter den Wimpern und den bereits schwarz verfärbten Fingernägeln entlang.

»Die werde ich später in einem hübschen Perlmuttrosa lackieren«, versprach Zoe der Toten.

Sie redete gern mit ihren Schlafenden. Schließlich hatte sie es mit Menschen zu tun, auch wenn diese nicht mehr antworteten. Es brachte eine Atmosphäre der Unvergänglichkeit in den Raum, zeigte, dass das Leben einem sich ständig wiederholenden Ablauf folgte. Und zum Leben gehörte auch der Tod.

Anfangs war es für Zoe nicht einfach gewesen, ihre Pläne zu ändern und der Familientradition gemäß dem Beruf der Bestatterin nachzugehen. Ihr pathologisches Interesse hätte sie lieber mit einem entsprechenden Studium befriedigt und wäre Forensikerin im gerichtsmedizinischen Institut geworden wie einst ihr Vater.

Doch letztlich stellte die Arbeit mit den Toten ohnehin ihre Berufung dar, da machte es keinen großen Unterschied, auf welchem Gebiet sie tätig war. So war es für Zoe selbstverständlich gewesen, ihrem Großvater dabei zu helfen, den Leichnam ihres Vaters zu versorgen. Dabei merkte sie schnell, wie tröstend es war, einem nahen Angehörigen den letzten Dienst zu erweisen. Der Schmerz über den Verlust wich schnell einer intensiven Konzentration. Sie stellte sich überraschend geschickt bei der Arbeit an und ging in einem Gefühl tiefster Zufriedenheit auf. Das war auch ihrem Großvater nicht entgangen und hatte ihn schließlich dazu bewogen, sie in den darauffolgenden Jahren immer mehr in das Handwerk einzuweisen. Besser hätte Zoe es vermutlich nicht treffen können, denn die Ausbildung war ebenso anstrengend wie lehrreich. Ihr Großvater stellte höchste Anforderungen an sie, verlangte ihre gesamte Aufmerksamkeit. Feierabend oder Wochenenden existierten in seiner Vorstellung nicht. Gestorben wird immer, Tote kennen keinen Urlaub. So lautete seine Devise.

Das Geschäft war nach Großvaters Tod direkt an Zoe gefallen, weil ihre Mutter sich seit dem Tod von Zoes Vater weigerte, auch nur einen Fuß in das Labor zu setzen.

Stattdessen zog Isobel es vor, sich den Kundengesprächen im Laden und der geistlichen Betreuung von Hinterbliebenen zu widmen. Darin ging sie vollkommen auf, hatte sich sogar zu einer wahren Predigerin entwickelt und ihr missionarisches Tun auf die kleine Kapelle in der Nähe des Hauses ausgeweitet. Vermutlich ersetzte sie damit die Psychotherapie, die ihr möglicherweise dabei hätte helfen können, über den Tod ihres Mannes hinwegzukommen. Letztlich konnte Zoes Mutter es kaum erwarten, ihre treuhänderische Verpflichtung am Tag von Zoes Volljährigkeit abzutreten. Das war vor einem Jahr gewesen, die Arbeit hingegen war von vornherein an Zoe hängen geblieben, und sie konnte nicht gerade behaupten, dass sie es bedauerte.

Sie griff nach der Dusche am Ende des Tisches und besprenkelte die Leiche mit kaltem Wasser. Warmes Wasser würde Bakterien fördern. Frau Sonders machte die Temperatur nichts mehr aus. Mit einem Naturschwamm tupfte sie, vom Gesicht ausgehend, den ganzen Körper ab. Obwohl sie dabei äußerst behutsam vorging, schälte sich die pergamentartige Haut an einigen Stellen ab, so dass Zoe diese mit fetthaltiger Creme wieder an ihren Platz drücken musste. Danach schäumte sie die feinen silbrigen Haare mit etwas Shampoo ein und spülte sie gründlich aus. Kurz darauf tönte der Föhn summend durch das Labor, während Zoe mit einer Bürste versuchte, Frau Sonders' Frisur so hinzubekommen, wie diese sich vielleicht selbst frisiert hatte. Mit gespitzten Lippen legte sie Welle für Welle, bis ein silbriges Meer den Kopf der Toten zierte. Fast lebendig wirkte das glänzende Haar. Zoe lächelte. An diesem Punkt ihrer Arbeit war sie damals von der bewährten Behandlung abgewichen. Sie erinnerte sich an Großvaters amüsierten Blick, als sie sich

eingehend mit der Frisur einer Toten beschäftigt hatte. Mit gerunzelter Stirn hatte er ihre anfänglich etwas seltsam anmutenden Ideen zur Kenntnis genommen, die immer weiter über den gewöhnlichen Ablauf der Totenversorgung hinausgingen. Denn es war nicht beim Frisieren geblieben. Zoe hatte irgendwann beschlossen, ihre Leichen zu schminken, um sie möglichst so aussehen zu lassen, wie ihre Familien sie in Erinnerung hatten.
Auch Frau Sonders sollte ein entsprechendes Make-up erhalten, doch vorher galt es, die Grundbehandlung abzuschließen. Mit schwungvollen Bewegungen trocknete sie den Körper und den Sektionstisch samt der gelochten Metallkassetten, die dafür sorgten, dass Wasser und Körperflüssigkeiten abliefen. Eine anspruchslose, aber notwendige Tätigkeit, bei der Zoe sich ablenkte, indem sie leise vor sich hin summte. Dennoch war sie jedes Mal erleichtert, wenn sie damit fertig war.
»So, nun wenden wir uns wieder Ihnen zu«, sagte Zoe und drückte eine walnussgroße Kugel einer speziellen Massagecreme auf ihre Handfläche.
Mit der feuchtigkeitsregulierenden Mousse massierte sie eingehend den Körper, um die Leichenstarre zu lösen. Sie spürte, wie die Haut unter ihren Händen nachgiebiger wurde – wie trockenes Leder bei einer Behandlung mit Öl. Zoe sog den angenehmen Duft der Creme ein. Es hatte beinahe etwas Meditatives, fast, als wäre eine Massage nicht für den Patienten, sondern für den Masseur entspannend. Ihre eigene Körperwärme ging durch die behutsame Reibung auf die Haut der Toten über. Das würde nicht lange anhalten, doch für den Moment unterschied es sich kaum von dem Gefühl, als würde sie ihrer Mutter den steifen Nacken massieren.
Ein lautes Knacken riss sie aus ihren Gedanken.

»Zoe, wir müssen noch die Trauerrede durchgehen.« Die Stimme ihrer Mutter drang abgehackt durch den Lautsprecher neben der Tür.

Das letzte Wort konnte Zoe nur sinngemäß ergänzen, weil sie es nicht mehr gehört hatte. Isobel pflegte, das in ihren Augen unliebsame technische Gerät gerade einmal mit ihren Fingerspitzen zu berühren, als ob es zu explodieren drohte. Das hatte zur Folge, dass jede ihrer Mitteilungen in einem knackenden Geräusch unterging.

Zoe verdrehte die Augen, wandte sich um und betätigte mit dem Ellbogen den Knopf. »Ich habe noch zu tun und komme, sobald ich fertig bin.«

Schweigen bedeutete Zustimmung, um nicht zu sagen, Kapitulation. Sobald Zoe wieder in ihre Arbeit vertieft war, würde sie ohnehin vergessen, dass sie gerufen worden war. Wie üblich ersparte ihre Mutter es sich, die Gegensprechanlage erneut zu bedienen. Dabei hatte Zoe sie extra einbauen lassen, damit Isobel sie jederzeit erreichen konnte, wenn etwas Wichtiges anstand. Leider lagen die Prioritäten ihrer Mutter etwas anders, was für Zoe in der Vergangenheit mit ständigen Unterbrechungen wegen irgendwelcher Nichtigkeiten einhergegangen war. Jedes Mal hinaufzulaufen, um einen Rat für die Farbe der neuen Vorhänge im Aufbahrungssalon zu erteilen oder sonstige Entscheidungen zu treffen, für die ihre Meinung irrelevant war, nervte Zoe mit der Zeit zunehmend, so dass sie sich gezwungen sah, eine sinnvolle Lösung zu finden. Dem pikierten Gesichtsausdruck ihrer Mutter zum Trotz hielt Zoe die Gegensprechanlage für äußerst effektiv. Seither hatte sie weitgehend ihre Ruhe.

Außerdem brauchte ihre Mutter ihre Hilfe nicht, um Trauerreden zu besprechen. In biblischen Angelegenheiten war sie die Fachfrau. Sie betrachtete den Tod von einer religiösen Ebene mit durchaus etwas verklärten Zügen. Vor den unangenehmen, aber notwendigen Aufgaben, die der Tod nun einmal mit sich brachte, verschloss sie gern die Augen. Sie erinnerte Zoe an jemanden, der Fleischgerichte liebte, aber keinen Blick in den Schlachthof werfen wollte. Sie fragte sich manchmal, wie es möglich war, dass ihre Eltern zueinandergefunden hatten. Denn von ihrem Vater hatte Zoe anscheinend eine eher pragmatische Betrachtungsweise im Umgang mit dem Tod übernommen. Möglicherweise hatte sich seine Sichtweise mit der Religiosität ihrer Mutter ergänzt, sonst wären sie nicht all die Jahre verheiratet gewesen.

Für ein gutes Mutter-Tochter-Verhältnis schien diese Religiosität jedoch nicht immer förderlich zu sein. Im Geschäft war beides von Bedeutung, da zählte Einfühlungsvermögen ebenso wie Professionalität. Es war in Ordnung, wenn jeder seinen Job tat, so gut er konnte, ohne sich in die Arbeit des anderen einzumischen. Doch Zoes Mutter sah sich anscheinend verpflichtet, ihrer Tochter einen angemessenen geistlichen Beistand zuteilwerden zu lassen. Seit dem Vorfall vor drei Jahren hatte sich diese mütterliche Fürsorge noch verstärkt. Offenbar bestand die dringende Notwendigkeit, Zoe zu missionieren, um sie vor der Sünde zu bewahren. Völliger Quatsch. Was war schon sündig?

Beinahe hatte ihr die Polizeipsychologin leidgetan, als diese sich damals unweigerlich gezwungen sah, ihre Aufmerksamkeit dem erschütterten Gemütszustand von Zoes Mutter zu widmen. Von traumatischer Persönlichkeitsstörung war die Rede gewesen, mehr beiläufig wie ein ausgesprochener Gedanke. Zoe wusste nicht, wen die Psychologin damit gemeint hatte: ihre Mutter oder sie. Wahrscheinlich beide. Zoe hatte zu diesem Zeitpunkt ohnehin längst ihren inneren Scherbenhaufen zusammen- und im tiefsten Winkel ihres Unterbewusstseins unter den Teppich gekehrt. Für die in Trümmer geschlagenen Mädchenträume gab es ebenso wenig Vergeltung wie für den Mord an einer Seele.

Zoe stieß einen missmutigen Ton aus und wandte sich kopfschüttelnd dem Sektionstisch zu.

Behutsam streute sie ein feuchtigkeitsbindendes Pulver in den Rachen und die Nasengänge von Frau Sonders, wo es sich zu einer silikonartigen Masse verfestigte, sobald es mit Körperflüssigkeit in Berührung kam. Danach stopfte sie große Wattestücke hinterher, um zu verhindern, dass später noch Flüssigkeit auslief.

Als sie das Bein der Leiche anhob, um die unteren Körperöffnungen zu behandeln, drang geräuschvoll Luft aus dem Unterleib der Frau.

»Hoppla, Frau Sonders! Das war wohl ein letzter Gruß an die Nachwelt. Besser, es passiert hier statt während der Trauerfeier vor dem offenen Sarg. Wir wollen ja niemandem einen Schrecken einjagen!«

Zoe tätschelte die kalte Schulter und zog sich vorsorglich einen Mundschutz an. Der übel riechende Gasaustrieb war erfahrungsgemäß erst der Anfang. Unter Umständen konnte sich der Darm wesentlich stärker aufblähen, so dass sich unter dem Gewebedruck die Arme und Beine abspreizten. Für eine Trauergemeinde wäre der Anblick einer sich bewegenden Leiche nicht minder schockierend wie das plötzliche Öffnen der Augen. Ein solches Bild bekämen sie nicht wieder aus ihren Köpfen.

Zoe untersuchte die Bauchdecke der Leiche erneut. An der rechten unteren Seite zeigte eine graugrünliche Verfärbung der Haut deutliche Anzeichen für die beginnende Fäulnis. Die Schräglage im Aufzug hatte diesen Prozess verlangsamt. Nun waren die Därme an ihren Platz zurückgerutscht, wodurch sich eine Fäulnisblase gebildet hatte. Das kam in diesem frühen Stadium bei entsprechender Kühlung nicht häufig vor. Nachdenklich tippte Zoe mit dem Finger auf den metallenen Rand des Sektionstisches.

Bei fortgeschrittener Zersetzung würde der Fäulnisprozess in den Blutgefäßen die oberflächliche Venenstruktur wie ein feines schmutzig grünes Netz sichtbar machen, das der Leichenhaut ihren typischen Teint bescherte. Dieses Durchschlagen des Venennetzes dürfte reichlich Inspiration für die Macher von Zombiefilmen geliefert haben. Zoe musste gestehen, dass die Maskenbildner in manchen Werken vorbildliche Arbeit geleistet hatten. Ihren Freund Josh hingegen hätte der Anblick sicherlich zu einem Vortrag über roten Blutfarbstoff, der sich in Verbindung mit Schwefelwasserstoff zu Sulfhämoglobin wandelt, hingerissen. Einen Moment bedauerte Zoe, dass Josh diese interessanten Anzeichen nicht mitbekam.

Vorsichtig tastete sie über den gewölbten Unterbauch, wohl wissend, dass dieses tückische Ding beim geringsten Druck platzen konnte. Auf die Sauerei, die dadurch im Labor entstehen würde, konnte sie wirklich verzichten. Fäulnisblasen konnten monströse Größen erreichen, wobei sie keinem bestimmbaren zeitlichen Ablauf unterlagen. Fäulnis und Verwesung glichen sich nur auf den ersten Blick, doch es handelte sich um zwei parallel ablaufende Prozesse. Am deutlichsten ließ sich der Unterschied am Geruch ausmachen: Fäulnis stank, Verwesung nicht.

Zoe hatte erst wenige Leichen auf dem Tisch gehabt, die aufgrund der Fäulnisgasbildung bis zur Unkenntlichkeit aufgetrieben waren, weil sie erst Tage nach Todeseintritt

gefunden worden waren. Später auftretende Phänomene wie der Austritt von rötlich brauner Flüssigkeit aus Mund und Augen boten keinen appetitlichen Anblick und verzögerten die kosmetische Wiederherstellung der Toten erheblich.
So weit sollte es bei Frau Sonders nicht kommen. Die grüne Verfärbung der Haut war nicht weit ausgebreitet, sondern belief sich auf einen kleinen Bereich am Unterbauch. Dennoch musste Zoe Flüssigkeit aus der Fäulnisblase und Urin abnehmen, um ausschließen zu können, dass es sich nicht um Anzeichen einer Barbituratvergiftung handelte. Zwar konnte sie sich nicht vorstellen, dass die alte Dame Selbstmord begangen hatte, doch es gehörte nun einmal zu ihrer Pflicht, sobald sie verdächtige Anzeichen am Körper einer Leiche entdeckte.
Nachdem sie die beiden Spritzen vollgezogen hatte, packte sie sie in einen hygienischen Plastikbeutel, um sie am nächsten Tag in die Pathologie nach Mainz zu schicken.
Mit möglichst großem Abstand stellte Zoe sich seitlich neben die Leiche und drückte mit übereinandergelegten Händen auf die Wölbung am Bauch, wie man es weiter oben bei einer Herzmassage machen würde. Das Gas trieb augenblicklich mit einem lauten Geräusch aus. Die Leiche erzitterte. Dunkelviolette Fäulnisflüssigkeit ergoss sich zwischen den Beinen und lief in den Ablauf des Beckens. Ein stechend muffiger Geruch erfüllte den Raum. Nicht einmal der Mundschutz konnte ihn abhalten. Zwar war Zoe gegen üble Gerüche weitgehend gefeit, doch mit Mentholsalbe unter der Nase war es dennoch leichter zu ertragen. Wirklich ärgerlich, so etwas zu vergessen! Sie warf einen wütenden Blick zur anderen Seite des Labors, auf dessen Sideboard die Tube Mentholin lag.

Schnell reinigte und desinfizierte sie den Unterkörper der Leiche, um mit der Behandlung fortzufahren. Sie beeilte sich, Anus und Scheide mit feuchtigkeitsbindendem Pulver und jeder Menge Watte zu verschließen. Irgendwie erschien Zoe die Arbeit am Unterleib einer Leiche unmoralisch. Natürlich interessierte sich niemand mehr dafür, aber Frau Sonders war vielleicht eine besonders schamhafte Person gewesen. Und selbst wenn nicht, stellte es dennoch einen Eingriff in die Intimsphäre eines Menschen dar. Der allerdings unausweichlich war. Das Einzige, was Zoe tun konnte, bestand darin, möglichst routiniert und zügig zu arbeiten, um sich bald wieder dem angenehmeren Teil der Totenversorgung zu widmen. Spätestens an dieser Stelle veränderte sich ihr Bezug zum Verstorbenen. Der Klient wurde nach und nach zum Objekt ihrer Kunstfertigkeit wie eine lebensgroße Puppe, die präpariert wurde. Selbstredend verlor sie nicht den Respekt, doch ging sie innerlich auf Abstand, hörte auf, mit den Toten zu reden.
Unerwartet erinnerte Zoe sich an die Zeit, als Tote für sie tatsächlich Puppen gewesen waren. Die Bilder tauchten abrupt vor ihrem inneren Auge auf, ließen sie innehalten. Für einen winzigen Sekundenbruchteil glaubte sie, Großvaters gutmütige und ihre eigene helle Kleinmädchenstimme zu hören, als er sie damals aufgeweckt und vom Boden neben dem Behandlungstisch gehoben hatte.
»Was tust du nur hier, mein Kind?« Großvater strich ihr behutsam über den Kopf.
Zoe rieb sich schläfrig die Augen. »Das Mädchen hat sich einsam gefühlt, da habe ich ihm Gesellschaft geleistet.«
Die Besorgnis in Großvaters Gesicht verwandelte sich in einen Ausdruck, den es nur annahm, wenn ihn etwas zu-

tiefst überraschte. Kopfschüttelnd blickte er zum Sektionstisch.

Ihre Mutter tauchte hinter ihnen auf und schnappte hörbar nach Luft, wie sie es immer tat, wenn sie sich aufregte. Sie schimpfte unablässig, während sie Zoes Bettdecke vom Boden aufhob. Zu Zoes Verwunderung galten die Tiraden nicht ihr, sondern ihrem Großvater. Grund genug, dem keine weitere Beachtung zu schenken.

Manche Kinder haben imaginäre Freunde – Zoe hatte die Toten, mit denen ihre frühen Erinnerungen unmittelbar einhergingen. Es war ihr elfter Geburtstag gewesen, den sie wie üblich ausschließlich unter Erwachsenen verbracht hatte, weil keine Freunde eingeladen waren und diese ohnehin wichtige Termine wie Reitstunden und Klavierunterricht hatten. Aus Langeweile war Zoe in den Behandlungsraum geschlichen und hatte damit angefangen, dem toten Mädchen das Haar zu kämmen. Es war pechschwarz und glänzend. Aber der weiße Kittel, den es trug, war überhaupt nicht hübsch – dafür Zoes Kommunionkleid, das in einem Schrank im Keller nebenan aufbewahrt wurde. Sogar weiße Spitzenstrümpfe und Lackschuhe fand sie dort, und alles passte dem toten Mädchen. Auf einem wackeligen Stuhl stehend, kleidete Zoe das Mädchen mit umständlichen Handgriffen ein. Die Arme waren so steif wie das Hartplastik, aus dem ihre Barbiepuppe bestand, doch diese hatte wenigstens einen Arm leicht angewinkelt. Der Stoff des Kleides knirschte, als Zoe es mühsam über die noch freie Schulter des Mädchens zerrte. Es gelang ihr aber nicht, den Reißverschluss zu schließen, weil der Stoff sich über den dicken Bauch des Mädchens spannte. Ein paarmal hatte Zoe fest auf den Bauch gedrückt, damit er verschwand, doch er hielt sich hartnäckig, als steckte ein Ball darin.

Dafür würde das Mädchen sicher glücklich sein, so schöne Sachen zu tragen.
»Opa, ist das Mädchen gestorben, weil es zu viel gegessen hat?«
»Herrgott, das Kind bekommt noch einen Schaden fürs Leben!«, mischte Zoes Mutter sich ein.
Ihr Großvater ignorierte sie und tätschelte Zoes Kopf. »Nein, sie wurde von Gott gerufen.«
Eine Weile hatte Zoe dagestanden, die streitenden Erwachsenen nacheinander angeblickt und dabei herzhaft gegähnt. Ihr Großvater redete mit beharrlicher Ruhe von einer besonderen Begabung. Vermutlich lagen beide mit ihren Vorhersagen richtig. Aber das wussten sie nicht, und deshalb stritten sie sich.
Zoe hatte sich leise von dem toten Mädchen verabschiedet, ihre Schmusedecke gegriffen und war in ihr Zimmer hinaufgegangen.
Von der Tragödie, die sich hinter dem vermeintlich aufgeblähten Bauch des Mädchens verbarg, hatte Zoe erst viel später erfahren. Die zwölfjährige Luisa hatte mit ihrer Familie auf einem abgelegenen Hof gewohnt und war an den Folgen einer Schwangerschaftsvergiftung gestorben. Ihr eigener Vater war der Kindsvater gewesen.
Seit jener Nacht hatte Großvater Zoe immer wieder mit in den Behandlungsraum genommen. Zunächst heimlich, um ihre Mutter nicht zu verärgern, später ganz offen. Nach und nach lehrte er sie die einzelnen Arbeitsschritte, die Zoe in sorgfältiger Schönschrift in ihr Notizbuch eingetragen hatte, wie andere Mädchen ein Poesiealbum führten. Bis heute lagerte das Büchlein in speckigem Ledereinband in der obersten Schublade des Sideboards.
Sie stellte die Musik wieder lauter, um die Geister der Vergangenheit zu verscheuchen.

Zoe fädelte den dicken Baumwollfaden in eine chirurgische Nadel, um Frau Sonders' Lippen durch die Nasenhöhle hindurch zuzunähen, damit sich der Mund nicht nachträglich öffnete. Dazu massierte sie zunächst die Wangen von den Schläfen zur Gesichtsmitte hin, um die Leichenstarre um den Mund zu lösen. Die gebogene Nadel stach knirschend in den Gaumen und ließ Zoe unweigerlich an die Betäubungsspritze beim Zahnarzt denken. Sie vernähte in der Mundhöhle Nase, Lippen und Kinn, zog mit einem Ruck an dem heraushängenden Faden, sodass der Mund zuklappte. Zuletzt verknotete sie den Faden und ließ ihn samt einem Mundformer aus gebogenem Plastik zwischen die Lippen gleiten. Frau Sonders hatte einen schön geschwungenen Mund, kaum eine Falte zog sich über die volle Oberlippe. Sicherlich war er bis ins Alter liebevoll mit Lippenstift hervorgehoben worden. So sollte es auch für den letzten Abschied sein. Doch es gab außerdem die Möglichkeit, den entspannten Gesichtsausdruck eines Verstorbenen für immer festzuhalten. Zoe warf einen flüchtigen Blick auf die Schüssel mit der angerührten Kunststoffmischung. Manchmal bekam sie den Auftrag, einen Abdruck des Gesichts anzufertigen, um daraus eine Totenmaske herzustellen. Ein Kunsthandwerk, das in der modernen Gesellschaft an Bedeutung verloren hatte. Die Schnelllebigkeit hatte eine Art Schnellsterben nach sich gezogen. Dennoch gab es immer wieder Menschen, denen es ein besonderer Trost war, ihren Verstorbenen mit einem verewigten Antlitz zu ehren. Bislang kamen Aufträge dieser besonderen Art vereinzelt von Industriellen oder Adligen in ganz Deutschland. Doch auch die normalen Leute schienen sich langsam an diese alte Tradition zu erinnern. Nachdem Zoe ein paarmal im Nachhinein darauf angesprochen worden war, wenn die Beerdigung längst vorbei und der Sarg unter der Erde war, hatte sie beschlossen, routinemäßig nach jeder Behandlung vorsorglich einen Abdruck vom Gesicht des Toten zu ziehen. Dass sie dabei ohne die Zustimmung der Angehörigen handelte, erzeugte jedes Mal einen Anflug von schlechtem Gewissen. Aber sie musste es schließlich niemandem erzählen. Wenn die nachträgliche Anfrage kam, war sie vorbereitet, was erfahrungsgemäß Erleichterung unter allen Betroffenen hervorrief.

Mit einem Kopfschütteln wischte sie ihre Bedenken beiseite und griff zielsicher nach den beiden mit Noppen versehenen Plastikkappen. Sie legte die kontaktlinsenartigen Kappen auf die Augäpfel der Toten und zog behutsam die Lider darüber, damit die Augen fest geschlossen blieben. Somit war einem weiteren vermeintlichen Schreckgespenst jeder Trauerfeier vorgebeugt. Außerdem verhinderte es das postmortale Einsinken der Augenlider und diente als Grundlage für die Negativform der Totenmaske.

Zoe stellte einen anderen Radiosender ein. Wie die Hintergrundmusik in einem Supermarkt, erklang der Sound eines aktuellen Popsongs. Sie fuhr sich mit der Zunge über die Lippen, ließ sich von der Musik ins Leben zurückholen. Während sie mit einem Pinsel die Kunststoffmasse auf Frau Sonders' Gesicht auftrug, sang sie den Refrain mit. Eine Weile musste die Masse trocknen.

Den Sarg zog sie auf Rollen aus dem Nebenraum und bettete den Körper behutsam auf ein Spitzenkissen. Rückstände von der Plastikmasse brauchte sie nicht zu befürchten. Am Fußende des Sarges lag ein ordentlich zusammengefaltetes Bündel Kleider. Zoe schnitt die Bluse, den Rock und den weißen Schlüpfer an den Hinterseiten auf und streifte der Toten die Sachen über. Frau Sonders kam ihr nun vor wie die größere Ausführung dieser Ankleidefiguren aus Pappe, deren Kleider sie als Kind ausgeschnitten und an den weißen umklappbaren Papierhalterungen an die zweidimensionalen Schultern gedrückt hatte.

Zuletzt massierte sie geduldig die Finger der Toten, um ihre Hände falten zu können. Der Kosmetiktisch stand in Reichweite, so dass Zoe wie versprochen die Fingernägel der Frau lackierte.

Die Handgriffe, mit denen sie danach ihre Latexhandschuhe abstreifte, ähnelten dem Abnehmen der getrockneten Kunststoffmasse. Da das Gesicht der Toten gründlich eingefettet war, löste sich das Material ohne Probleme. Vorsichtig legte sie den Negativabdruck auf ein trockenes Tuch wie einen geheimen Schatz, den es zu bergen galt. Für Zoe waren alle Abdrücke von besonderem Wert. Jedem Einzelnen widmete sie sich eingehend in ihrem Atelier, wohin sie auch Frau Sonders' zurückgelassene Spur in der Welt der Lebenden bringen wollte.

Noch ein bisschen Puder, Rouge und Lippenstift.

Abschließend legte sie eine aufwendig mit Spitzen vernähte Decke über die Beine der Toten. Fertig für den letzten großen Auftritt. Lächelnd zupfte Zoe eine Locke über die Stirn der Leiche.

kapitel 2

Zoe trat aus der Drogerie in Emmelshausen und schulterte die Einkaufstasche, deren lange Riemen augenblicklich durch den Stoff ihres T-Shirts in ihre Schultern schnitten. Mit zusammengepressten Lippen kramte sie in den Untiefen ihrer Handtasche nach den Autoschlüsseln. Es standen noch ein paar Besorgungen an, für die sie regelmäßig in den Nachbarort fuhr. In Birkheim gab es nur einen kleinen Krämerladen für das Notwendigste, was sich auf ein paar Grundnahrungsmittel und eine nicht nennenswerte Auswahl an Kurzwaren beschränkte. Den Schlüsselbund endlich in der Hand, setzte sie einen Fuß auf die Straße, um sie zu überqueren, blieb dann jedoch abrupt stehen. Der Schreck legte sich wie ein stählernes Korsett um Zoes Leib. Einen Moment lang glaubte sie, der gerade an ihr vorbeigerauschte Bus hätte sie getroffen.

Das gelbe Chevrolet-Cabrio stand auf der anderen Straßenseite, ein Stück versetzt, so dass der Fahrer ihr halb den Rücken zukehrte. Techno-Bässe hallten aufdringlich zu ihr herüber, schienen alle anderen Geräusche der Geschäftsstraße zu überlagern. Ein blonder Haarschopf bewegte sich verhalten im Takt der Musik und hielt zwischendurch inne, damit der Fahrer einen Bissen von seinem Hamburger nehmen konnte. Zoe erkannte ihn sofort. Feine elektrische Ströme ließen ihr Herz hart schlagen. Boris Nauens andere Hand ruhte auf dem Lenkrad, eine Zigarette qualmte zwischen seinen Fingern. In abgehackten Bildern rasten plötzliche Erinnerungen vor ihrem inneren Auge vorbei. Dazu genügte der Anblick seines Profils. Der leicht angehobene Spann auf seinem Nasenbein, volle Lippen, die lässige Körperhaltung. Abgesehen von dem feinen Bartvlies, das sich über seine Wange zog, schien er sich in den vergangenen Jahren nicht verändert zu haben. Sogar seine Kumpel waren dem unsichtbaren Band der ewigen Treue gegenüber ihrem Anführer gefolgt und fläzten sich auf der Rückbank.

Seit dem Übergriff hatte Zoe Boris nicht mehr gesehen. Er war damals von der Schule verwiesen worden. Das berüchtigte Trio infernale verschwand auf ein Privatinternat, und damit hatte sich vermeintliche Ruhe über den Ort gelegt. Für eine versuchte Vergewaltigung ein deutlich mildes Strafmaß, was nicht zuletzt den einflussreichen Vätern der jugendlichen Straftäter zu verdanken gewesen war. Doch die allgemeine Empörung schlug bald in Erleichterung um. Die Menschen vergaßen schnell. Zoe nicht.

Sie erinnerte sich genau an das Gefühl, von Boris' Körper ins Herbstlaub gepresst zu werden. An seine gierigen Hände, die ihre Brüste quetschten, während er gleichzeitig ihre Bluse zerriss. Die harte Rinde des umgefallenen Baumstamms, an der sie sich die Wange aufgerissen hatte. Angst und Scham in einem Ausmaß, wie sie es sich in ihren schlimmsten Alpträumen nicht hätte vorstellen können. Seine Kumpel hatten nichts Besseres zu tun gehabt, als ihn mit obszönen Ausrufen und Gesten anzufeuern wie abgedrehte Zuschauer eines Boxkampfes. Festhalten brauchte sie niemand mehr, nachdem Boris' Faust ihre Schläfe getroffen und sie auf den Boden niedergestreckt hatte. Stattdessen starrten sie auf ihren hochgerissenen Rock, ihre gewaltsam gespreizten Beine. Kalter Wind hatte Zoes Haut gestreift, an Stellen, die für gewöhnlich niemals mit Dreck und verrotteten Blättern in Berührung kamen.

Der Kolben von Joshs Jagdgewehr hatte Boris' Kopf in dem Moment getroffen, als dieser sich aufrichtete, um seine Hose zu öffnen. Er kippte zur Seite wie ein nasser Sandsack. Trotz des Schreckens hatte Zoe sich instinktiv zur Seite gerollt und zitternd gegen den Baumstamm gedrückt, weil es ihr nicht gelingen wollte, sich darunter zu verkriechen. Stattdessen hatte sie ihre Beine angezogen und ihre Arme bei dem Versuch, sich so klein wie möglich zu machen, um sich geschlungen. Nie zuvor war ihr so kalt gewesen. Ihr Verstand hatte in den Stand-by-Modus geschaltet. Nur aus der Ferne nahm sie ihr Wimmern wahr. Joshs Worte trafen sie bis in die Tiefen ihres Seins, drangen durch die zugeschlagene Tür, die ihre Seele vor Verletzungen schützen sollte. Er machte ihr keine Vorwürfe wegen ihres unbedachten Verhaltens. Brauchte er auch nicht. Dafür sorgte Zoe schon selbst. Sie war Boris in den Wald gefolgt, ohne zu ahnen, dass es sich nur um einen Vorwand handelte, dass die ganze Oberstufe sich dort träfe. Joshs Bemühungen, sie davon abzuhalten, waren fehlgeschlagen, im Gegenteil: Zoe hielt ihn für eifersüchtig. Angeblich waren die jüngeren Schüler nicht zu dem Treffen eingeladen. Niemand war eingeladen.
Während Josh ihr seine Jacke um die Schultern gelegt und sie vorsichtig in seine Arme gezogen hatte, redete er unentwegt über den geheimen Ort, den jeder in sich trug und der von niemandem beschmutzt werden konnte, wenn man es nicht wollte. Wie recht er damit gehabt hatte, denn Zoe war längst an diesen fernen Ort in ihrem Inneren geflüchtet, hatte die Kontrolle über ihren Körper aufgegeben, als die Qual unerträglich geworden war. Irgendwann zwischen Fausthieben und dem grauenvollen Geräusch von gewaltsam zerrissenem Stoff. Dass es sich dabei um ihre eigene Bluse gehandelt hatte, nahm

Zoe nur noch wie im Traum wahr. Ein anderer Teil von ihr hatte die Leitung über Emotionen und Gedanken übernommen. Auf der Schwelle zwischen Ohnmacht und Wachzustand hatte dieses andere Ich sich kurz vorgestellt, bevor es Zoe in die schützende Tiefe ihres Unterbewusstseins hinabzog. Es war nichts weiter als eine Sinnestäuschung. Unwirklich, aus der Not heraus entstanden. Doch Zoe fühlte sich gerettet, also ließ sie es geschehen. Ihr zweites Ich war stark wie eine Granitwand und erfüllt von kraftvollem Zorn.

Joshs Vater war in voller Jagdmontur aufgetaucht und hatte mit seinem Gewehr Boris' Freunde in Schach gehalten, während er mit dem Handy die Polizei verständigte. Josh war gern mit seinem Vater auf die Jagd gegangen, auch an jenem Tag.

Nach der Untersuchung im Krankenhaus wurde Zoe intensiv vom psychologischen Dienst befragt. Als ob dieser Marathon nicht ausgereicht hätte, musste Zoe danach noch wochenlang unter den Hasstiraden ihrer Mutter leiden, nach deren Auffassung die Täter zumindest gesteinigt gehört hätten. Dadurch erlebte Zoe die Tat vor ihrem inneren Auge ständig aufs Neue, geriet in die Endlosschleife eines Computerprogramms, das sich aufgehängt hatte und ständig dieselbe Frequenz startete. Sie war schließlich nur ein halbes Opfer. Also eher keins. Das bewies auch die lapidare Rüge, welche das Strafmaß des halben Täters ausmachte. Nämlich nichts. Dabei wollte sie einfach nur zur Ruhe kommen. Wenigstens so tun, als könnte sie vergessen, dass ausgerechnet der Junge, in den sie heimlich verliebt gewesen war, ihre romantische Vorstellung vom ersten Mal für immer zerstört hatte.

Zoe rieb sich über den Arm. Allein die Erinnerung trieb

kalte Schauer über ihren Rücken. Die einzige Bewegung, zu der sie in der Lage war, bestand in einem sich wiederholenden Räuspern. Das geschah immer, wenn sie nervös wurde, und steigerte sich zu einem flatternden Klopfgefühl hinter ihrem Brustbein. Sie wollte Hass verspüren, doch er blieb aus. War das Unterbewusste tatsächlich so geschickt, dass es schreckliche Erinnerungen einfach herausfilterte? Dieser Gedanke machte Zoe Angst, auch wenn es sich um einen reinen Selbstschutzmechanismus handelte. Sie kam sich vor wie ein geprügelter Hund, der seinem Herrchen dennoch folgte, wenn auch mit eingekniffenem Schwanz. Herrje, sie war doch kein Hündchen! Durch die Nase zog sie tief die Luft ein, versuchte gleichzeitig, ihre Gedanken zu ordnen.

»Jetzt sag nicht, du starrst diesen Bastard an!« Josh klang beiläufig, einen Hauch vorwurfsvoll.

Augenblicklich fuhr Zoe herum. »Wo kommst du denn auf einmal her?«

»Aus der Schule. Woher sonst?« Er deutete mit dem Kopf auf seinen Rucksack, ohne den Blick von der anderen Straßenseite zu wenden.

Seine buschigen Augenbrauen streng zusammengezogen, schien er sich einen Laserblick zu wünschen, um den *Bastard* samt seinem angeberischen Cabriolet in seine atomaren Einzelteile zu zerlegen. Für Josh hatte Boris keinen Namen mehr, er nannte ihn Bastard und fand, es wäre großzügig genug, ihm zumindest seinen Anfangsbuchstaben zu lassen.

»Seit wann ist er wieder hier?« Die Worte kamen etwas gepresst durch Zoes zusammengeschnürte Kehle.

»Keine Ahnung. Vor ein paar Tagen ließ er sich mit seinen Kumpeln auf dem Schulhof beweihräuchern. Die Spinner sind um ihn herumscharwenzelt, als wäre er ein

Held. Ein Lehrer hat ihm sogar auf die Schultern geklopft.« Josh schob empört seine Brille zurück an ihren Platz.
Er fing an, zu schwitzen, weil er sich aufregte.
»Na ja, sie hatten große Pläne mit ihrem Sportass«, erwiderte Zoe tonlos.
»Du verteidigst den Kerl? Geht's noch? Du bist doch nicht immer noch in ihn verknallt?«
»Du bist so was von kindisch!« Sie boxte ihm gegen die Schulter.
Josh taumelte ein Stück nach hinten, sein T-Shirt flatterte um seine dürre Brust.
Im selben Moment tat es Zoe schon wieder leid, so fest zugeschlagen zu haben. Sie war immer die Kräftigere von ihnen gewesen und hatte Josh während ihrer Schulzeit aus mancher Prügelei herausgeholfen.
Wenigstens war sie jetzt wütend. Damit konnte sie mehr anfangen als mit dem Schrecken, den Boris' Anblick in ihr ausgelöst hatte. Endlich fand sie ihre Schlüssel und öffnete den Kofferraum, um sich den Blick auf die andere Straßenseite zu versperren. Mit zusammengepressten Lippen packte sie ihre Einkäufe ein.
»'tschuldigung«, nuschelte Josh neben ihr betreten und fuhr sich mit der Hand durch seine störrischen Haare.
Zoe schlug den Kofferraumdeckel wieder zu und starrte auf die Rückscheibe. Undeutlich erschien ihr Spiegelbild. Ihr normaler Gesichtsausdruck kam schon nicht dem eines Sonnenscheins gleich, auch wenn ihr herzförmiger Mund mit den nach oben zeigenden Winkeln ein Lächeln anzudeuten schien. Ihr ernster Blick erstickte jeden Gedanken daran im Keim. Dafür konnte Zoe nichts. Ihre geschwungenen Augenbrauen liefen nun einmal in der Mitte zu einem Spitzbogen zu, was ihrem Gesicht angeb-

lich eine dämonische Note verlieh. Eine moderne Variante für den bösen Blick.
Gegen die Zornesfalte auf ihrer Nasenwurzel sollte sich etwas unternehmen lassen. Sie brauchte nur zu verhindern, noch einen Blick auf das Cabriolet zu werfen.
»Kommst du mit zum Angeln?«, fragte Josh versöhnlich. »Nach dem Unwetter steht das Wasser im See hoch, und es gibt jede Menge Fische.«
Zoe wandte sich zu ihm um. »Du weißt doch, ich habe es nicht so mit Toten«, meinte sie mit einem Lächeln.
Josh starrte sie mit großen Augen an. Einen Moment behielt sie ihren gespielt empörten Gesichtsausdruck bei, bis sie beide lachen mussten.
»Aber ich gehe ein Stück mit, bis zum Gemüseladen an der Ecke.« Sie zog Josh mit sich.
Gemeinsam schlenderten sie die heckengesäumte Straße entlang. Nur nicht zurückblicken! Einfach ignorieren. Wenn das mal so einfach gewesen wäre!
Auf Josh konnte sie nicht lange sauer sein. Sie mochte den schmalgesichtigen Jungen mit der viel zu großen Brille. Kontaktlinsen lehnte er generell ab, weil sie ein zu hohes Risiko für bakterielle Entzündungen bargen. Zoe amüsierte sich regelmäßig über seine altklugen Sprüche. Er lief neben ihr her und trat eine leere Getränkedose über den Bordstein. Das lag Jungs wohl im Blut, auch wenn es für die Aufnahme im Fußballverein nicht reichte. Wenn sie Zeit gehabt hätte, wäre sie auch mit ihm zum See gegangen. Sie mochte es, einfach auf dem Steg zu sitzen und die Stille zu genießen. Überhaupt war Josh einer der wenigen Menschen, die Zoe in ihrer Nähe ertragen konnte. Grundsätzlich zog sie die Gesellschaft von Toten vor, weil sie niemals forderten. Josh forderte auch nicht. Nur einmal war Zoe bei ihm zu Hause gewesen, danach

nie wieder. Er lebte mit seinem Vater weit außerhalb der Dörfer auf einem heruntergekommenen Hof. Früher war dort Wein angebaut worden, doch seit Jahren überwucherten verlassene Ranken das Gelände. Kaum vorstellbar, dass es elektrische Leitungen in dieser Einöde gab. Abwasserleitungen sicher nicht, denn der Gestank der angrenzenden Sickergrube überlagerte das Gelände bis zum Grenzzaun, vor dem Zoe damals gewartet hatte. Seit Joshs Vater eine Pension aus der Landwirtschaftskasse bezog, arbeitete er nicht mehr. Das Geld reichte für den Schnaps und seinen Sohn. Zoe hatte den Mann nur aus der Ferne gesehen, hinter einer Fensterscheibe. Sie konnte kaum glauben, dass der hochbegabte Josh solch einfachen Verhältnissen entstammte. Über seine Mutter sprach er nicht, sein Leben schien er allein zu regeln. Das war für Zoe nichts Neues. Dennoch tat er ihr leid. Niemand konnte sich aussuchen, in welche Umgebung er hineingeboren wurde.
Eine Gruppe Neuntklässler trottete ihnen entgegen. Zoe verdrehte unwillkürlich die Augen, denn schon von weitem war zu erkennen, dass die Schüler sich auf eine Konfrontation mit dem Nerd und der Leichentante vorbereiteten. Sie hakten die Arme ineinander, um eine provokante Kette zu bilden, die es jedem Entgegenkommenden unmöglich machte, daran vorbeizulaufen. Dazu war der Fußweg zu schmal. Irgendjemand würde ausweichen müssen. Josh drängte sich bereits nahe an die Hecke, wie er es stets tat, wenn vermeintliche Gefahr drohte. Machte nichts. Er würde mit Sicherheit sofort umgeschubst werden und sich dabei auch noch verletzen. Zoe hingegen straffte die Schultern und fühlte sich in Machtkämpfe ihrer eigenen Schulzeit zurückversetzt. Es war schon eine Weile her, dennoch spürte sie einen gewissen Reiz darin,

sich auf eine kleine Reiberei einzulassen. Es mutete wie eine Pause von der Welt der Erwachsenen an, in die sie viel zu früh eingetreten war. Die Situation kam ihr gerade gelegen. Genug Wut hatte sich in ihrem Bauch angesammelt. Wehe dem, der es wagte, sie anzurempeln! Mit aller Kraft würde sie dagegensetzen, wie sie es immer getan hatte. In Erwartung des bevorstehenden Zusammenpralls pumpte Adrenalin in ihr hoch, als säße sie am Steuer ihres Wagens, um mit Vollgas auf Kollisionskurs mit einem anderen Fahrzeug zu gehen. Mit bewegungsloser Miene lief sie zielsicher der Schülergruppe entgegen. Zu ihrer Überraschung löste sich die Phalanx, so dass Zoe mitten hindurchspazieren konnte, ohne ihr Tempo zu verringern. Der Torero hatte rechtzeitig das rote Tuch zur Seite gezogen. Ein Junge wich schnell zur Seite, damit er Zoe nicht mit der Schulter berührte. Dabei zuckte er einmal zu viel mit dem Kopf, um seine Trendfrisur in Form zu bringen. Zoe musste sich ein Grinsen verkneifen.

Im Vorbeigehen schnupperten zwei aus der Gruppe übertrieben in ihre Richtung, um dann mit angewiderten Gesichtern die Nase zu rümpfen. Daraufhin entfuhr Zoe ein genervtes Stöhnen.

Klar doch, Bestatter rochen nach Leichen und Müllmänner nach Müll! Lächerlich!

Anfeindungen waren Zoe noch wohl vertraut. Schließlich hatte sie damit ihre ganze Schulzeit hindurch zu kämpfen gehabt, neben den abfälligen Beschimpfungen aus sicherer Entfernung, wohlgemerkt.

»Meine Güte! Sind solche Aktionen jetzt Schultradition? Die waren doch noch fast Abc-Schützen, als ich von der Schule abging!« Wütend stapfte Zoe weiter.

Josh schloss neben ihr auf, schob seine Brille zurück und

zuckte mit den Achseln. Schweigen bedeutete Zustimmung. Wahrscheinlich waren diese Lästereien nie wirklich ausgestorben und erfuhren nun mit Boris Nauens Rückkehr frischen Aufwind.
Ohne ein Wort liefen sie eine Weile nebeneinander her. Was in Joshs Kopf vor sich ging, konnte Zoe nicht ausmachen. Er trug seine grüblerische, verschlossene Miene zur Schau. Sie war ohnehin mit dem unangenehmen Gefühl beschäftigt, von ihrer eigenen Vergangenheit eingeholt worden zu sein. Boris und seine Kumpel dürften bald wieder für Aufsehen sorgen. Es war kaum vorstellbar, dass die drei plötzlich erwachsen geworden sein sollten. Allein Boris' Haltung vorhin im Auto ließ erahnen, dass der Ärger nicht lange auf sich warten lassen würde. Wahrscheinlich zierten in den nächsten Tagen neue Graffitis die weißgetünchten Wände der Einfamilienhäuser. Ihm aus dem Weg zu gehen, dürfte das Beste sein. Im normalen Alltagsleben stellte das auch kein Problem dar, denn es war sehr unwahrscheinlich, dass er in ihrem Geschäft auftauchen würde. Was Zoes nächtliche Aktivitäten betraf, könnte es schon schwieriger werden. Doch dafür gab es andere Mittel.
»Hast du nicht Lust, mit mir ins Pydna zu gehen?«, fragte Josh plötzlich, als sie vor dem Gemüseladen stehen blieben.
Ein leiser Schrecken erfasste Zoe, als hätte er sie bei etwas Verbotenem ertappt. Schnell wischte sie diesen unsinnigen Gedanken beiseite. Schließlich konnte Josh wohl kaum ihre Gedanken lesen. Nachdem sie ihn kurz von der Seite gemustert hatte, konzentrierte sie sich auf die Obst- und Gemüseauslagen. Orangen thronten in vollendeter Form neben unebenen, krumm gewachsenen Äpfeln aus der Gegend und blieben dennoch exotisch

und fremd. Sie griff nach einer Orange, roch daran und wog sie prüfend in der Hand.
»Ich gehe nicht ins Pydna«, entgegnete sie beiläufig.
Das war gelogen. Josh war ihr Freund, mit dem sie viele Gemeinsamkeiten verbanden. Sie hatten ähnliche Interessen, mochten einander und standen sich nahe wie Geschwister. Doch Zoe hatte auch ein eigenes Leben. Irgendwie musste sie schließlich mit ihren bösen Geistern zurechtkommen. Kleinen Brüdern erzählte man eben nicht alles, auch wenn man sie noch so gernhatte.
Auf der ehemaligen Raketenstation bei Kastellaun fanden seit Jahren regelmäßig Festivals elektronischer Musik statt. Außerhalb des gutbesuchten Nature One Festivals boten die ansässigen Diskotheken mittlerweile jedes Wochenende genügend Unterhaltung für Feierlustige aus der ganzen Umgebung.
Tatsächlich ging Zoe regelmäßig in die Großraumdisco Pydna, aber davon wusste niemand. Dort war sie nicht sie selbst, sondern eine völlig andere Person. Eine, die auf keinen Fall hierhergehörte, mitten am Tag vor dem Gemüseladen. Unauffällig sog Zoe tief die Luft ein und drängte mit einiger Mühe die aufkommende Aufregung hinunter. Ihr Blickfeld verengte sich kaum merklich. Sie blinzelte ein paarmal, um das Gefühl von sich ineinander vermischenden Realitäten loszuwerden.
»Erzähl mir doch nicht …« Josh schnaubte ungläubig. »Jeder geht dorthin.«
»Ich nicht.« Zoe packte ein paar Orangen in eine Papiertüte. Das entsprach sogar der Wahrheit. Im Pydna tanzte nicht die Zoe, die Josh kannte, sondern irgendjemand, der dort in eine andere Welt abtauchte. Aus seinem Leben hinaustrat, die alltägliche Hülle verließ, um eine neue Identität anzunehmen. Unter tausend Menschen allein

sein. Zoe schüttelte den Kopf, um die bassigen Klänge des Raves aus ihren Ohren zu vertreiben. Dabei wedelte sie mit der Hand, um eine imaginäre Fliege zu verscheuchen, damit Josh nicht auffiel, wie sehr seine Frage sie aus dem Konzept brachte. Für einen Augenblick schien die Grenze verwischt, an der Zoe seit Jahren so sorgfältig arbeitete. Sie blinzelte gegen die Anspannung an, bis sie ebenso schnell von ihr abfiel, wie sie sich aufgebaut hatte. Der sonnige Vormittag vor dem Gemüseladen fühlte sich wieder so an, wie er sich anfühlen sollte.

Josh blinzelte Zoe an und machte dabei nicht gerade den Eindruck, als glaubte er ihr. »Dann mach halt mal ’ne Ausnahme! Wir hätten bestimmt Spaß.«

Da Zoe sich wieder gefangen hatte, blickte sie Josh an. »Du bist nicht volljährig. Es lohnt sich nicht, nach Kastellaun zu fahren, wenn man vor Mitternacht wieder abhauen muss.«

»Du könntest für mich einen Erziehungsauftrag unterschreiben, dann darf ich die ganze Nacht bleiben.« Josh verschränkte selbstsicher seine Arme vor der Brust.

Natürlich hatte er sich informiert, wie die meisten Minderjährigen es taten. Für eine Disconacht unternahmen sie beinahe alles. Notfalls wurden wildfremde Erwachsene vor dem Pydna angesprochen, damit sie die angebliche Aufsicht übernahmen. Meistens funktionierte es auch. War man erst einmal in die Diskothek gelassen worden, trennten sich die vermeintlich Zusammengehörigen, und jeder ging seines Weges. Über die möglichen Folgen, wenn ein Minderjähriger Probleme bekommen sollte, schien sich kaum jemand Gedanken zu machen. Zoe wurde regelmäßig von Jugendlichen angesprochen, doch sie unterschrieb gar nichts. Für Josh würde sie auch keine Ausnahme machen, wenn auch aus anderen Grün-

den. Sie hatte nicht vor, ihre Maskerade auffliegen zu lassen. Es genügte schon, dass sie im Pydna mit Sicherheit demnächst auf Boris Nauen treffen würde. Darauf musste sie sich erst einmal vorbereiten.
»Vergiss es, Kleiner!«, erwiderte Zoe und betrat den Laden.
»Hey, du bist auch nicht viel älter als ich!«, rief Josh ihr hinterher.
Durch das Schaufenster sah Zoe noch, wie er vor sich hin fluchte, bevor er aus ihrem Blickfeld verschwand. Er würde sich schon wieder einkriegen.

Für den Rückweg würde Zoe gerade einmal halb so viel Zeit benötigen wie für die Hinfahrt. Vor ihr erstreckte sich die gewundene Landstraße nach Birkheim wie eine Schlange im Wüstensand. In der Ferne lagen vereinzelte Baumgruppen als Vorboten auf die üppige Vegetation des Hunsrücker Waldes. Mit einhundertzwanzig Stundenkilometern raste sie über den unebenen Asphalt. Das Blut rauschte in ihren Ohren, übertönte den Radiosprecher. Sie hatte alle Fenster heruntergekurbelt. Warmer Wind erzeugte im Wageninnern einen Wirbelsturm, zerzauste ihr Haar, raubte ihr die Sicht. Entgegenkommende Fahrzeuge dürfte sie notfalls schon von weitem erkennen, doch sie hatte freie Fahrt. Ihre einzige Sorge bestand darin, möglicherweise ein über die Straße laufendes Kaninchen zu überfahren – oder ein größeres Tier.
Zoes Blick flog immer wieder über die Hügellandschaft, die an ihr vorbeirauschte. Beinahe, als wollte sie das Unheil herbeirufen. Wenn ihr bei diesem Tempo tatsächlich etwas in die Quere kommen würde – ein Reh, das auf die Straße lief –, oder wenn sie einfach die Kontrolle über den Wagen verlieren würde … Sie würde sich überschla-

gen, bis der Wagen irgendwann wie eine zerbeulte Blechdose auf dem Feld zum Stillstand käme. Dann wäre alles vorbei. Keine Ängste mehr, keine Sorgen. Nur noch Frieden. Doch was, wenn sie schwer verletzt überlebte? Ein bewegungsunfähiger Pflegefall in der Obhut ihrer Mutter zu werden, war das Allerletzte, was sie wollte. Sterben war nicht so einfach. Leben aber auch nicht. Verfluchter Boris! Die Tatsache, dass Zoe ihn wiedergesehen hatte, brachte sie mehr auf als erwartet. Nachdem sie ihre Einkäufe erledigt und im Auto verstaut hatte, waren die Gefühle erneut in ihr hochgekocht. Sie konnte sich nicht dagegen wehren, dass ihre Hand zitterte, als sie den Wagen startete. Obwohl sie sich bemühte, es nicht zu tun, zog es ihren Blick zwanghaft zum Rückspiegel. Der gelbe Sportwagen war verschwunden. Aber weit konnte er nicht sein. Es gelang ihr nicht einmal, sich einzureden, alles wäre nur Einbildung gewesen, zumindest so lange, bis sie ihm erneut begegnete. In einer Großstadt wäre die Wahrscheinlichkeit gering genug, um damit leben zu können. Im Hunsrück traf man garantiert jeden irgendwann wieder.
Die Reifen knirschten auf dem Kiesbelag vor ihrer Einfahrt. Der Wagen kam mit stotterndem Motor zum Stehen, nachdem Zoe ihn abgewürgt hatte. Leise fluchend stieg sie aus, packte die Einkaufstüten und stapfte auf das Wohnhaus zu, das zugleich ihren Arbeitsplatz beherbergte. In der Ferne hörte sie die Glocken der kleinen Kapelle auf dem Hügel. Mutters Heimat.
Mit dem Ellbogen drückte sie die Ladentür auf und wuchtete ihre Einkäufe in die Ecke, um die Last loszuwerden. Sie wollte die Sachen später in die Küche bringen. Normalerweise benutzte sie den Seiteneingang um die Ecke, doch vollgepackt war es bequemer, durch den

Laden zu gehen. Meistens befand sich niemand in den Geschäftsräumen, heute jedoch schon. Erst nachdem sie zum dritten Mal wütend vor sich hin geschnaubt hatte, bemerkte Zoe ihre Mutter und eine Kundin, deren Gespräch verstummt war. Beide starrten zu ihr herüber. Auch das noch! Zoe seufzte und nickte zum Gruß. Die Kundin räusperte sich, während ihre Mutter schnell dazu überging, eine Seite im Vorsorgekatalog aufzuschlagen.
»Zu den verschiedenen Möglichkeiten, einen Verblichenen für den Abschied am offenen Sarg herzurichten, kann Ihnen meine Tochter besser Auskunft geben. Sie ist die Spezialistin auf diesem Gebiet.« Ihre Mutter warf ihr einen auffordernden Blick zu, während die Kundin vornübergebeugt den Inhalt des Prospekts studierte.
Zoe vollzog eine abwehrende Geste und blickte ihre Mutter scharf an. Das konnte doch nicht ihr Ernst sein! Sie wusste genau, wie sehr Zoe Beratungsgespräche widerstrebten. Ihre Kunden waren die Toten. Mit den Vorstellungen der Lebenden konnte sie nicht viel anfangen. Die Kundin im Designerkostüm schien zu der Sorte Menschen zu gehören, die nichts dem Zufall überlassen wollten – besser gesagt, die dafür Sorge trugen, ihre Dekadenz über den Tod hinaus zu bewahren. Natürlich hatte Zoe Verständnis dafür, wenn Menschen ihre spätere Bestattung vorab festlegen wollten. Besonders für Alleinstehende oder jene, die fernab von Verwandten lebten, war es sinnvoll, sich zumindest mit den Vorsorgeinformationen auseinanderzusetzen. In Wahrheit taten es nur wenige – und wenn, dann kamen die Interessenten aus wohlhabenden Kreisen. Zoe gelang es nur selten, geschäftliche Interessen vor ihr persönliches Empfinden zu setzen. Außerdem wussten die meisten der gutbetuchten Kunden ihre Kunst nicht zu schätzen. Weder Zoes Fä-

higkeiten beim Make-up der Toten noch ihre handgefertigten Totenmasken schienen größeren Eindruck zu machen, während das Hauptaugenmerk auf den Preis gerichtet war: je kostspieliger, desto förderlicher für das Image.

»Was ist los mit dir? Du siehst aus, als hättest du ein Gespenst gesehen«, zischte Isobel ihr leise ins Ohr.

»Mir geht es gut«, entgegnete Zoe und wollte auf die Treppe zum Obergeschoss zusteuern, als hinter ihr die Stimme der Kundin erklang.

»Und Sie sorgen also dafür, dass man selbst im Tod noch ansehnlich wirkt?« Die Frau fuhr sich mit der Hand über die Wange. Der Diamantring an ihrem Ringfinger funkelte wie ein boshaft grinsender Kobold.

»Sie möchten, dass ich Sie so herrichte, als lebten Sie noch?«, fragte Zoe und hörte, wie Isobel neben ihr scharf die Luft einsog.

Doch die Kundin kicherte hinter vorgehaltener Hand. Ein feines Faltennetz zog sich über ihre sonnengebräunten Wangen. »Natürlich nicht schon bald, sondern erst in vielen, vielen Jahren. Man sollte eben in allen Dingen des Lebens Vorsorge treffen.«

»Wie meine Mutter Ihnen sicher bereits erklärt hat, gibt es eine ganze Reihe von thanatologischen Möglichkeiten. Von kosmetischen Wiederherstellungen bis hin zu aufwendigen Rekonstruktionen habe ich bisher hervorragende Ergebnisse erzielt«, erwiderte Zoe bemüht freundlich.

Die Mundwinkel der Frau rutschten nach unten. »Ich verstehe nicht, was Sie meinen.« Sie blinzelte hilfesuchend zu Zoes Mutter hinüber.

Sofort eilte Isobel herbei, drängte Zoe beiseite und setzte zu einem ablenkenden Redeschwall an, der selbst einem

Alzheimerkranken die Erinnerung zurückgebracht hätte. Wenn die Frau erst einmal den Fängen von Zoes Mutter entkommen wäre, würde sie nicht mehr wissen, wo ihr der Kopf stand. Zoes Bemerkungen würde sie bis dahin jedenfalls vergessen haben. Falls das nicht bereits geschehen war. Tatsächlich unterhielten sich die beiden Frauen kurz darauf angeregt und nahmen in der Sitzecke Platz.
Zoe nutzte die Gelegenheit, um sich endlich zurückzuziehen.

Im Dachgeschoss angekommen, betrat Zoe ihr Atelier. Der Geruch von Farbe hing in der Luft. Sonnenstrahlen durchfluteten den weitläufigen Raum durch große Dachschrägenfenster. Auf der gegenüberliegenden Seite füllten zahlreiche Totenmasken die Einbauregale. Der Friede, den die schlafenden Gesichter ausstrahlten, übertrug sich auf Zoe. Der Raum beruhigte ihr Gemüt, deshalb hielt sie sich so gern hier auf. Feine Staubpartikel flirrten wie Silberregen durch die Luft und legten einen überirdischen Hauch auf die reglosen Mienen.
Bedächtig schritt Zoe durch ihr Reich, strich mit den Fingern über alabasterfarbene Gipswangen und bewunderte die fein herausgearbeiteten Poren an einem fertigen Positivabdruck aus Bronze. Die filigranen Gesichtszüge der jungen Frau würden bis in die Ewigkeit im glänzenden Metall erhalten bleiben. Es war bedauerlich, dass ihre Familie keinen Wert darauf legte, das Antlitz ihrer verstorbenen Tochter mit dieser dreidimensionalen Maske zu würdigen. Für Zoe bildeten sie alle einzigartige Schätze, Zeugen des letzten Atemzuges eines Menschen. Dennoch verwendete sie selten Bronze, weil die Kosten den Rahmen eines Hobbys sprengten. Aufträge für To-

tenmasken waren rar, doch sie hoffte, dass dieses ehrenwerte Ritual der Totenehrung in Zukunft einen Aufschwung erfuhr.
Wenn sie von der würdevollen Ausstrahlung eines Verstorbenen fasziniert war, konnte sie nicht widerstehen und goss eine Maske aus Bronze. Das Material war prädestiniert dafür, Details genau darzustellen, was umso mehr geschah, nachdem sie die Oberfläche patiniert hatte, um die gewünschte Färbung zu erzielen. Dabei kam es Zoe nicht darauf an, dass die Toten jung waren, sondern auf Schönheit im Sinne des Betrachters. Das konnte auch das bärtige Antlitz mit aristokratischer Nase sein. So zierten die edlen Legierungen nur in Abständen ihre Regale zwischen zahlreichen Gips- und Silikonmasken. Eigentlich war die Bezeichnung »Maske« irreführend, denn eine solche bedeckte den Großteil eines Gesichtes, während die Totenmasken genau das Gegenteil vollbrachten. Sie zeigten den einzigartigen Augenblick des Todes, den reinen Seelenfrieden. Oftmals war das mehr, als ein Gesicht zu Lebzeiten widerzuspiegeln vermochte. Sie griff nach dem in ein Tuch eingehüllten Negativabdruck und begab sich zu ihrem Arbeitstisch. Einen Moment betrachtete Zoe bedächtig den Abdruck von Frau Sonders, der von nun an den Weg zu einer namenlosen Skulptur in ihrem Regal einnehmen würde. Ein Kunstwerk.
In einer Schüssel rührte sie die Gipsmasse an. Für bezahlte Aufträge benutzte sie Abformsilikon, weil man diese Abgüsse mehrmals benutzen konnte. Gipsabgüsse stellten hingegen verlorene Formen dar, weil sie nur ein einziges Mal ausgegossen werden konnten. Für ihre Kunstwerke reichten diese Anfertigungen. Während die Gipsmasse langsam die passende Konsistenz erreichte,

ließ Zoe ihre Gedanken schweifen. Ihre Arbeit hatte etwas Meditatives, umso störender empfand sie das Geräusch von Füßen, die die Treppenstufen heraufstiegen. Wenig später knarrten die Bodendielen unter den resoluten Schritten ihrer Mutter.

»Kannst du dich nicht ein Mal bemühen, etwas in allgemeinverständlichen Worten statt in Fachlatein zu erklären?«

Mit diesen Worten betrat Isobel das Atelier.

»Ich habe die Frage der Kundin beantwortet«, erwiderte Zoe.

»Ein bisschen einfühlsamer könntest du dabei schon vorgehen, sonst vergraulst du noch die Leute!«

»Bitte, wir müssen ganz sicher nicht um Kunden werben. Sie kommen von ganz allein hierher.«

»Es schickt sich einfach nicht für ein seriöses Unternehmen.« Isobel klang deutlich genervt. »Außerdem wolltest du noch Unterlagen am Rathaus in den Briefkasten werfen. Es wird bald dunkel, und ich finde es unangebracht, wenn du bei Nacht unterwegs bist.«

Innerlich zuckte Zoe zusammen. Wie kam sie darauf? Sie erledigte grundsätzlich alles Geschäftliche am Tag. Sie konnte die Blicke förmlich in ihrem Rücken spüren. Schnell wischte sie den Gedanken beiseite, ihre Mutter könnte möglicherweise etwas von ihren nächtlichen Ausflügen ahnen. Sicher ging es ihr nur um die kleingeistigen Moralvorstellungen einiger Spießbürger im Ort. Um Isobels Ansichten von Schicklichkeit zu diskutieren, fehlte Zoe eindeutig die Geduld. Davon hatte sie im Laufe ihrer Kindheit genug gehört, wenn sie täglich den Predigten ihrer Mutter auf der Kanzel beiwohnen musste. Isobel war Laientheologin, hatte sich im Laufe der Jahre eine Unabhängigkeit gegenüber der katholischen Kirche

geschaffen, die Zoe in vielerlei Hinsicht zu weltlich erschien. Während Isobel für ihre treu ergebenen Gemeindemitglieder den Inbegriff von Charisma darstellte, schüttelten die restlichen Einwohner wegen der verrückten Betschwester den Kopf. Den unermüdlichen Drang, zu missionieren, hatte Isobel dennoch beibehalten. Rückblickend betrachtet, hatte Zoe das Gefühl, mehr Zeit ihres Lebens in der Kirche als sonst wo verbracht zu haben. Doch der Plan, aus ihr eine würdige Nachfolgerin zu machen, war in dem Moment gescheitert, als Zoes Bewusstsein erwachte. Ihr war klar, dass ihre Mutter deswegen enttäuscht war, doch konnte sie das nicht ändern. Zoe zog es vor, zu schweigen. Sie hob die Schüssel an und goss vorsichtig die Negativform mit Gipsmasse aus.
Die Hand ihrer Mutter legte sich mit Druck auf ihre Schulter. Zoe zuckte kaum merklich zusammen und kleckerte über den Rand der Maske. Schnell griff sie nach einem Tuch und wischte den Fleck vom Tisch. Dabei ärgerte sie sich mehr über die Geste, mit der Isobel unmissverständlich verdeutlichen wollte, dass Schweigen keine Antwort war. Seltsam. Damit hatte ihre sonst nicht gerade vor Emotionen übersprühende Mutter erst vor einer Weile angefangen. Körperkontakte begrenzten sich bei ihr in der Regel auf ein sachtes Streicheln über den Kopf – sogar wenn Zoe sich als Kind die Knie aufgeschlagen hatte. Für Umarmungen und Kuschelmomente war stets ihr Vater zuständig gewesen. Ein Hauch von Trauer bemächtigte sich ihrer bei diesem Gedanken. Die Erinnerung an die warmen braunen Augen ihres Vaters ließ ihren Magen sich schmerzlich zusammenziehen. Im selben Moment verspürte sie einen Anflug von Wut auf ihre Mutter, die seither so tat, als wäre nichts geschehen. Deren Kälte sich durch das ganze Haus zu ziehen schien.

Statt tröstender Worte fand sie nur Grund zur Kritik. Sogar ihre Berührung schien nichts weiter als eine Forderung zu bergen. Vermutlich ging es ihr wie so oft um nichts anderes, als Zoe zu bekehren, sie auf den rechten Pfad im Schoße von Isobels kleiner Gemeinde zu führen. Wenn sie von der anderen Zoe gewusst hätte, hätte sie es noch als Besorgnis deuten können. Aber das war unmöglich. Ihre Mutter ging unmittelbar nach Sonnenuntergang zu Bett und stand mit den Hühnern wieder auf. Sie hätte problemlos in einem Zeitalter ohne technischen Fortschritt oder Elektrizität leben können. Manchmal erweckte sie sogar den Eindruck, als lebte sie tatsächlich in einer eigens für sie kreierten Vergangenheit.
Seit Jahren verließ Isobel kaum noch das Haus, außer um den steinigen Pfad zu der kleinen Kirche hinaufzusteigen. Extra dafür hatte sie sich auch an diesem Nachmittag ein formloses graues Kleid übergeworfen und nestelte nun am Band des hohen Stehkragens herum. Danach fuhr sie sich mit einer Hand über ihr wie üblich straff zusammengebundenes Haar. Dabei wirkte sie beinahe betroffen.
In einem ihrer bunten Kleider hätte sie sicherlich hübsch ausgesehen. Doch diese vermotteten in einem antiken Kleiderschrank.
Wie sooft fragte Zoe sich, wessen Welt wohl aus den Fugen geraten war: die, welche die Mutter sich für ihre Tochter wünschte, oder jene, die Isobel für sich selbst erschaffen hatte.
Sie hielt in ihrer Arbeit inne. »Meine Güte, wir leben im einundzwanzigsten Jahrhundert! Die Welt hat sich verändert. Es ist nichts Außergewöhnliches daran, als Frau nach Einbruch der Dunkelheit unterwegs zu sein!«
»Das sehe ich anders«, entgegnete Isobel. »Was verstehst

du schon von der Welt, junge Dame?« Sie deutete anklagend auf die Büste, der Zoe sich gerade zugewandt hatte, solange der neue Ausguss trocknete.

»Blasphemie.«

Ein Wort wie ein Donnerschlag aus dem Mund eines Moralapostels gegenüber dem gefallenen Engel.

Zoe sog tief die Luft durch die Nase. »Wie oft noch, Mutter? Das ist Kunst«, erwiderte Zoe ungehalten. »Ich habe dir mehrfach angeboten, Skulpturen oder Büsten für deine Kapelle anzufertigen.«

»Du sollst dir kein Bildnis machen.« Isobel verschränkte ihre Arme vor der Brust. Der genervte Unterton in ihrer Stimme verdeutlichte, dass sie sich zum x-ten Mal wiederholte.

Nicht schon wieder diese alte Leier! Es kam wirklich einer Gabe gleich, wie schnell ihre Mutter innerhalb eines Satzes das Thema wechselte. Letztlich ging es ihr ohnehin darum, das vermeintlich verlorene Schäfchen einzufangen.

Doch Zoe hatte keine Lust, zu streiten. Viel zu sehr beschäftigten die Geister ihrer Vergangenheit sie. Unter keinen Umständen konnte sie ihrer Mutter erzählen, wen sie am Nachmittag in der Stadt gesehen hatte. Sie würde komplett ausrasten, und Zoe wollte auf keinen Fall dabei sein, wenn das geschah. Irgendwann würde einer ihres Gemeindemitglieder schon Bericht erstatten. Wie üblich gelang es Isobel, sie mit wenigen Worten zu provozieren. Das funktionierte immer wieder, auch wenn Zoe noch so sehr versuchte, die Nörgeleien ihrer Mutter nicht zu beachten.

»Ich dachte, damit sei Gott gemeint«, gab sie trotzig zurück. Natürlich wusste sie genau, wie es gemeint war, schließlich hatte sie ihre ganze Kindheit täglich in der

Kirche gehockt, den Predigten gelauscht und sich danach von den Gemeindemitgliedern über den Kopf streicheln lassen. Manche trugen dabei solch entrückte Mienen, dass Zoe gar nicht anders konnte, als die bewundernde Aufmerksamkeit über sich ergehen zu lassen. In den Augen der Leute galt sie als die Nachfolgerin einer begnadeten Predigerin. Dabei hätte sie sich am liebsten verkrochen, was sie auch tat, sobald sie alt genug war, um sich durchzusetzen.

»Wie kannst du es wagen?! Du weißt genau, dass unsere Gemeinde mit aller Kraft versucht, Gottes Wort richtig zu interpretieren! Wir wissen, dass er ebenso kein Bildnis von seinen Vertretern auf Erden wünscht.« Isobel stellte sich vor sie, ein unheilvolles Glimmen in den Augen. »Aber bitte, wenn du meinst, es besser zu wissen, dann mach doch weiterhin, was du willst!«

Zoes Magen zog sich zusammen. Unfassbar, dass es ihrer Mutter nach all den Jahren immer wieder gelang, Druck auf sie auszuüben! Sie schluckte wütend die aufkommenden Tränen hinunter. »Manchmal bin ich wirklich versucht, deinen Vorschlag in Erwägung zu ziehen.«

Um die Genugtuung in Isobels Gesicht nicht länger ertragen zu müssen, wandte sie sich um, nahm ihre Jacke vom Stuhl und zog sie sich über.

»Das glaube ich dir nicht, Kind. Einst war ich wie du, und du wirst eines Tages so sein wie ich. Das ist ein Gesetz der Natur.« Isobel klang versöhnlich.

»Wie du meinst.« Zoe verkniff sich Widerworte und verdrehte stattdessen die Augen.

Man konnte niemand vom Gegenteil überzeugen, wenn er felsenfest auf seiner Meinung beharrte. Isobel glaubte bedingungslos jedes Wort, das sie von sich gab, und eins wollte Zoe sicher nicht – so sein wie ihre Mutter. Sie hatte schon Schwierigkeiten mit der Vorstellung, dass Isobel als junge Frau auch nur annähernd ihr ähnliche Charakterzüge aufgewiesen hatte. Sie blieb an der Tür stehen, bis ihre Mutter an ihr vorbeigegangen war, um das Atelier abzuschließen. Sie traute ihr zwar nicht wirklich zu, ihren Arbeiten Schaden zuzufügen, doch Vorsorge war besser. Außerdem stellte Zoes Arbeitsraum den Ort dar, an dem sie ihrer Kreativität freien Lauf ließ. Ein persönlicher Bereich, mehr noch als ihr Schlafzimmer. Sie rang sich ein Lächeln ab, während sie ihre Mutter voranschreiten ließ. Dabei biss sie die Zähne fest aufeinander, um zu verbergen, wie aufgebracht sie war. Es war einfach nicht möglich, ein normales Gespräch mit Isobel zu führen. Eigentlich legte Zoe auch keinen Wert darauf, sondern zog es vor, sich gar nicht zu unterhalten. Allein Isobels vorwurfsvoller Blick genügte, um sie wütend zu machen. Unten in der Halle angekommen, nahm sie ihre übergroße Jeansjacke von der Garderobe. Sie reichte bis zur Mitte ihrer Oberschenkel und fühlte sich an wie ein Tarnumhang. Wenigstens ihre Vorliebe für wenig schmeichelhafte Bekleidung löste keinen Unmut bei ihrer Mutter aus. Allerdings kleidete Zoe sich nicht unauffällig, um jemandem zu gefallen – im Gegenteil: Sie wollte nicht auffallen. Sie griff nach ihrem Schlüsselbund und beeilte sich, das Haus zu verlassen. Draußen blieb sie einen Moment in der kühlen Luft stehen. Sie atmete tief durch, um das Brennen des Vulkans in ihrem Innern zu beruhigen. Die Andere bahnte sich jedoch ihren Weg an die Oberfläche, verstärkte mit jedem Atemzug das Gefühl, aus zwei Hüllen zu bestehen, die um einen Körper buhlten. Ein Kribbeln zog an Zoes Seiten hinauf bis zu ihrer Kopfhaut. Sie betrachtete eingehend ihre Hände in der Erwartung, sie würden sich jeden Moment zu Krallen verformen. Doch die weiße Haut mit den durchscheinenden Adern zeigte keine Veränderung. An ihrem Handgelenk flatterte ihr deutlich sichtbarer Pulsschlag, als würde er den Countdown anzählen. War Angst einst der Auslöser gewesen, konnten inzwischen starke Emotionen wie Wut oder Hilflosigkeit den unwiderstehlichen Drang auslösen, der Realität zu entfliehen. Für den Nachmittag standen noch alltägliche Erledigungen auf dem Plan. Die kommende Nacht würde Zoe nicht in ihrem Bett verbringen.

kapitel 3

Nachts waren alle Straßen grau. Das Kopfsteinpflaster lag im dämmrigen Licht vor Zoe, übersät von Unrat, wie man ihn nur dort findet, wo sich viele Menschen aufhalten. Um diese Zeit waren nicht mehr viele unterwegs, da die nicht Ortsansässigen längst das nahegelegene Pydna erreicht hatten. Die Bewohner von Kastellaun hingegen hatten sich, ihre Partymeile ignorierend, längst zur Nachtruhe begeben. Nebelschwaden zogen über den Asphalt, auf dem Zoes Absätze laut widerhallten. Obwohl es eine laue Sommernacht war, fröstelte sie, wenn der Wind über ihren nackten Bauch strich. Sie zog ihre Jacke fester um sich. Die wenigen Fenster, hinter denen warmes Licht schien, stachen unter all den blinden Augen der Fachwerkfassaden deutlich hervor. Obwohl die verkehrsberuhigte Straße genügend Platz bot, hielt Zoe sich nah an den Häuserwänden. Den Weg hätte sie mit verbundenen Augen gehen können. Wenigstens regnete es nicht, denn wie gewohnt hatte sie ihr Auto außerhalb des Ortes geparkt. Vereinzelt tauchten verspätete Feierlustige auf und eilten in Richtung Pydna. Ihr ausgelassenes Lachen wirkte störend in der schlafenden Stille.

Zoe zählte ihre Schritte, um Ordnung in ihre Gedanken zu bringen. Es war wieder einer dieser Tage, an dem einfach etwas anders war, sich alles verkehrt anfühlte. Als liefe das Wasser plötzlich anders herum in den Abfluss. Sie ging diesen Weg oft und fühlte sich stets sicher in ihrem schillernden Panzer, wie sie ihre Verkleidung nannte. Doch seit sie wusste, dass Boris wieder in der Gegend war, musste sie damit rechnen, ihm spätestens in der Hochburg der Partys erneut zu begegnen. Im Gegensatz zu Birkheim glich der Stadtrand von Kastellaun einer

völlig anderen Welt. Einer Welt, in die Zoe sich ausschließlich als die Andere begab.
Schwungvoll umrundete sie eine Pfütze, damit ihre Pumps nicht nass wurden. Dafür, dass sie sonst nur flache Schuhe trug, bewegte sie sich überraschend leichtfüßig auf Stöckelschuhen.
Ihr zweites Ich freute sich gerade diebisch auf ein Zusammentreffen mit Boris und war sich dessen auch noch vollkommen sicher. Zoe musste sich immer wieder aufs Neue an das Selbstbewusstsein ihrer Nachtgestalt gewöhnen. Sie schüttelte sachte den Kopf, um diesen seltsamen Gedanken zu vertreiben. Sie war nicht sicher, ob sie Boris überhaupt jemals wieder begegnen wollte. Anderseits, was sollte ihr schon passieren? Der Kerl hielt sich wieder in der Stadt auf. Na und? Zoe konnte unmöglich für den Rest ihres Lebens mit eingezogenem Kopf durch die Gegend laufen, weil sie ständig befürchtete, auf ihr fleischgewordenes Trauma zu treffen. Sie musste sich ihm stellen, sich klarmachen, dass er ihr nichts mehr anhaben konnte. Schließlich war sie keine fünfzehn mehr, und auf keinen Fall war sie hilflos.
Die hell erleuchteten Zeltkuppeln warfen in der Ferne ihren neongrünen Schein in die Nacht. Eine Lasershow ließ mit zuckenden Blitzen in allen Farben den Sternenhimmel verblassen. Inzwischen kreuzten immer mehr Menschen ihren Weg, als würden sie von den Außenstrahlern auf magische Weise angezogen. Zoe beschleunigte ihre Schritte, um einen günstigen Platz in der Warteschlange zu ergattern. Es war bereits weit nach Mitternacht. Demnach dürfte es nicht allzu lange dauern.
Sie kam hinter der Menschenwand zu stehen. Ein Gemisch aus verschiedenen Parfüms hüllte sie ein. Vereinzelte Gesprächsfetzen drangen zu ihr herüber. Sie reckte

den Hals, um etwas erkennen zu können. Im Moment herrschte Stillstand in der Warteschlange. Anscheinend ließen sie erst wieder Leute ein, sobald sich der Laden ein wenig geleert hatte. Weiß Gott, nach welchen Regeln Türsteher verfuhren! Konnte ihr auch egal sein. Sie kramte in ihrer Handtasche nach ihrem VIP-Ausweis, den sie vor einer Weile vom Ladenbesitzer erhalten hatte. Für gewöhnlich spielte sie sich nicht gern in den Vordergrund, sondern wartete wie alle anderen, bis sie an der Reihe war. Doch heute fühlte sie sich von einer seltsamen Unruhe getrieben. Gerade als Zoe aus der Reihe ausscheren wollte, wurde ihre Aufmerksamkeit auf ein hitziges Wortgefecht in ihrer Nähe gelenkt.

Auf der anderen Straßenseite drängte ein Typ ein Mädchen in eine Ecke. Zoe sah genauer hin, um die Lage beurteilen zu können. Mädchen wurden andauernd belästigt, besonders auf dem Vorplatz. Hier wimmelte es von Betrunkenen, Drogensüchtigen oder Gestalten, die ihre Aggressionen an Schwächeren ausließen, weil ein Türsteher sie nicht hineingelassen hatte. Manchmal wirkte auch eine harmlose Balgerei aus der Entfernung wie ein Übergriff. Harmlos sah das jetzt allerdings nicht aus. Das Mädchen kreischte auf. Keine Spur von albernem Gehabe, sondern ein zutiefst verängstigter Klang, der davon zeugte, dass die Grenze zwischen Spaß und Ernst deutlich überschritten worden war. Der Mann fühlte sich offenbar davon angestachelt und presste grob seine Hand auf den Mund des Mädchens. Einige Köpfe wandten sich zu der Szene hinüber, doch niemand schien auf die Idee zu kommen, einzugreifen. Stattdessen warteten sie mit teilnahmslosen Mienen darauf, dass es in der Warteschlange voranging. Nicht einmal als Zoe ihre Ellbogen einsetzte, zog das mehr als ein Murren nach sich, ebenso wenig wie die Tatsache, dass sie sich, ohne darüber nachzudenken, durch die eng aneinandergepressten Leiber zwängte.

Das Wimmern des Mädchens erstarb unter dem groben Kuss ihres Peinigers.

»Hey!« Zoe blieb in sicherer Entfernung stehen.

Der Kopf des Mannes schwang zu ihr herüber. Boris Nauen. Wie vom Donner gerührt, hielt Zoe einen Augenblick inne, um sich zu fassen. Das konnte doch nicht wahr sein! Zwar überraschte es nicht wirklich, diesen Kerl hier anzutreffen. Wo sollte sich ein Müßiggänger wie er auch sonst herumtreiben? Schlimmer war die Gewissheit, dass er sich in keinster Weise geändert hatte. Daran hatte offenbar das teure Privatinternat auch nichts ändern können. Immer noch stellte er deutlich jüngeren Mädchen nach. Okay, Zoe war selbst mit sechzehn in den drei Jahre älteren Boris verknallt gewesen. Aber das war etwas anderes. Eine Schwärmerei, bei der sie sich kaum Gedanken darüber gemacht hatte, wie es ablaufen würde, wären sie sich nähergekommen. Schon gar nicht hatte sie es sich so vorgestellt, wie es dann tatsächlich vonstattengegangen war. Das hier kam ihr falsch vor. Für gewöhnlich waren in der Schule die jüngeren Mädchen Luft für die beinahe erwachsenen Oberschüler. Es musste befremdlich sein, wenn der aus der Ferne Angehimmelte plötzlich offensichtliches Interesse zeigte oder sogar Forderungen stellte. Das ging gar nicht. Jemand, der gern Abenteuerromane las, wollte noch lange nicht im wahren Leben gegen Drachen kämpfen.

Zoe wusste nur zu gut, wie die Kleine sich fühlte. Mitleid wallte in ihr auf. Entschlossen drängte sie die Erinnerung an ihre eigene prekäre Lage seinerzeit zurück. Es nutzte niemandem, wenn sie Schwäche zuließ. Außerdem gab es jetzt einen entscheidenden Unterschied: Boris war allein. Ohne seine Kumpel an der Seite brachte er garantiert nur halb so viel Mut auf. Zumindest hoffte Zoe das, während ein leiser Zweifel sie überreden wollte, wegzulaufen. Sie straffte die Schultern und erkannte, dass sie sich in ihrer Verkleidung selbstsicher genug fühlte, um Boris entgegenzutreten. Allein um dem Mädchen zu helfen, musste sie es tun. Schließlich befanden sie sich nicht im tiefsten Wald, ohne Aussicht auf Hilfe. Es waren genügend Menschen in der Nähe. Zwar hatten diese vorhin keine Anstalten gemacht, einzugreifen, doch Zoe war sicher, dass sich das ändern würde, wenn sie genügend Alarm schlug. Wohlweislich ignorierte sie Boris und ging bewusst lässig auf das Mädchen zu, soweit es ihre weichen Knie erlaubten.

»Da bist du ja, Mia! Tut mir leid, dass ich mich verspätet habe.« Sie reichte dem verwirrt dreinblickenden Mädchen die Hand und zog sie aus Boris' Griff.

Dessen Kinnlade klappte vor Erstaunen nach unten. Anscheinend war er es nicht gewöhnt, in seinem Handeln unterbrochen zu werden. Nach dem ersten Überraschungsmoment fand er sein hämisches Grinsen wieder.

»Wen haben wir denn da? Eine Kampfamazone im Lady-Gaga-Style. Ziehst du jetzt dein Schwert, oder sollen wir zwei um den Block ziehen?«

Ungewohnte Verachtung stieg in Zoe auf und gab ihr Kraft. Erbärmliche Kreaturen im attraktiven Gewand waren noch widerwärtiger als irgendwelche hässlichen Freaks. Boris war von der übelsten Sorte, dessen unkontrolliertes Verhalten bereits in der Kindheit aufgefallen und von seinen Eltern als Übermut abgetan worden war.

»Verzieh dich, du Spinner!« Die Worte waren Zoe über die Lippen gekommen, ohne dass sie es hätte verhindern können. Obwohl es genau das war, was sie sagen wollte, konnte sie kaum fassen, es laut ausgesprochen zu haben. Das Mädchen neben ihr keuchte und blickte sie mit großen Augen an.

Das Grinsen gefror auf Boris' Gesicht. »Ganz schön große Klappe, Schnecke! Wenn ich es mir recht überlege, würde ich mich gern einmal von deinen Beinen umwickeln lassen. Wie lang sind die? Zwei Meter?«

Zoe baute sich vor ihm auf. Auf einer Augenhöhe mit ihrem einstigen Peiniger zu sein, hatte schon etwas Erhebendes. Ihre eins achtzig, dank hoher Absätze, trugen sicher ihren Teil dazu bei, die Fassade aufrechtzuerhalten. Denn viel mehr war es nicht. Ihre Nerven waren zum Zerreißen angespannt bei der Vorstellung, er würde plötzlich zuschlagen. Einem Fausthieb hatte sie nichts entgegenzusetzen. Da machte sie sich nichts vor, auch wenn das Mädchen sie gerade anblickte, als wäre sie eine aus ihrem Computerspiel entstiegene Lara Croft. Nur nichts anmerken lassen! Keine Angst zeigen, egal, wie sehr ihr das Blut in den Ohren rauschte.

Ein Hauch von Unsicherheit spiegelte sich in Boris' Miene. Um darüber hinwegzutäuschen, hängte er beide Daumen in seine Hosentasche und schlenderte langsam auf Zoe zu. Ein gefährliches Blitzen trat in seine Augen.

Das Mädchen fest an sich gezogen, wich Zoe zurück und wünschte sich, irgendjemand würde endlich eingreifen. Ein Blick über die Schulter zeigte jedoch, dass sie darauf leider nicht hoffen konnte. Man sollte eben nie vom Weg abkommen, damit hatte ihre Mutter eindeutig recht. Warum musste sie sich auch immer einmischen?

Boris blieb abrupt stehen, als Zoe in ihre Hosentasche griff. Anscheinend erwartete er eine Dose Pfefferspray. Sie beschloss, in Zukunft welches dabeizuhaben. Für den

Moment musste jedoch ihr VIP-Ausweis reichen. Damit wedelte sie ihm unter der Nase herum. »Ein Wort von mir, und du handelst dir ein lebenslanges Hausverbot im Pydna ein! Darauf kannst du dich verlassen! Mit Verweisen dürftest gerade du dich auskennen.« Zoe war überrascht, wie bedrohlich hart ihre Stimme klang.

»Häh?« Er starrte sie blöde an. Mit zusammengekniffenen Augen reckte er sein Kinn vor wie ein verstörter Gockel, um sie zu mustern.

Einen Moment überkam Zoe ein Anflug von Panik, den sie auf der Stelle unterdrückte. Nicht einmal ihre eigene Mutter hätte sie erkannt. Ihre Bemerkung hatte auf jeden Fall gesessen. Ein Hausverbot schloss das gesamte Gelände mit ein. Das war schon einigen Randalierern sauer aufgestoßen. Dennoch machte Boris keine Anstalten, zu gehen, sondern versuchte mit einem möglichst bedrohlichen Blick, sein Gesicht zu wahren.

Kurz entschlossen zog Zoe das Mädchen mit sich, zurück zum geschäftigen Treiben. Boris würde es kaum wagen, ihnen zu folgen, wenn sie inmitten all der Leute standen. Tat er auch nicht, wie sich nach einem flüchtigen Blick zeigte. Er war nirgendwo mehr zu sehen.

Gemeinsam gingen sie an den Wartenden vorbei, die sich wie eine Tierherde, aus der stets ein Mitglied auszubrechen drohte, langsam voranbewegte. Anspannung lag in der Luft. Vielleicht fühlte sich der ein oder andere doch beschämt angesichts der Zivilcourage einer Frau, weil niemand eingegriffen hatte, obwohl es von kräftigen Kerlen nur so wimmelte. Feiglinge! Am liebsten hätte Zoe ihnen ihre Verachtung ins Gesicht geschrien.

Jedem, der es wagte, sich auch nur andeutungsweise zu beschweren, weil sie sich vordrängelte, warf sie einen vernichtenden Blick zu. Für sie hatte niemand hier den

Anstand verdient, dass sie sich ebenbürtig einreihte, also nutzte sie ihren Vorteil. Diese Leute waren ihr nicht ebenbürtig, sondern hätten tatenlos dabei zugesehen, wie ein Mädchen in ihrer unmittelbaren Nähe belästigt wurde. Ein sehr junges Mädchen, wie Zoe sich versicherte, indem sie kurz von der Seite eine der babypoglatten Pfirsichwangen musterte.

»Ich heiße nicht Mia, sondern Susi.«

»Auch nicht viel besser«, knurrte Zoe. »Wie alt bist du?«

»Achtzehn«, kam es wie aus der Pistole geschossen.

»Na klar!« Zoe schnaufte belustigt. »Achte wenigstens darauf, in Zukunft nicht allein hier draußen rumzuhängen, okay?«

Das Mädchen nickte eifrig. »Ich kapier das nicht, der Typ war richtig nett … vorher.«

»Kann ich mir vorstellen.«

»Krasse Aktion von dir, echt!« Das Mädchen gestikulierte begeistert mit seinen Armen, während es sich bemühte, mit Zoe Schritt zu halten.

»Mmh«, machte Zoe. Sie hatte nicht vor, ihre Beziehung zu der Kleinen zu vertiefen.

Der hellerleuchtete Eingangsbereich kam in Sicht. Daneben erhob sich ein ehemaliger Kontrollturm in den nächtlichen Himmel. Verwitterte Reste alter amerikanischer Reklameplakate hingen an einer mit Stacheldraht gesäumten Mauer wie Geister der Vergangenheit. Zoe konnte sich kaum einen größeren Kontrast vorstellen, als diese pulsierende Techno-Stadt inmitten der Wiesen und Wälder des Hunsrücks. Der Türsteher grinste breit bei ihrem Anblick und nahm sich wie üblich Zeit, Zoe von oben bis unten zu begutachten. Er warf einen Blick auf ihren VIP-Ausweis, auf dem ihr Name stand.

»Grüß dich, Loretta.« Er runzelte die Stirn, bis die Wellen seinen kahlköpfigen Schädel erreichten.
Ihm war deutlich anzusehen, dass er überlegte, wieso ihm der Name vertraut, die dazugehörige Person ihm dagegen völlig unbekannt war. Ohne weiter darauf einzugehen, löste er das Absperrseil vom Poller. Ein guter Türsteher zeichnete sich eben über ein angemessenes Maß an Diskretion aus.
»Hi, Jo«, erwiderte Zoe und zog das Mädchen hinter sich her. Alle Türsteher hießen bei ihr Jo. Bisher hatte sich noch keiner beschwert. Diese muskelbepackte Ausgabe schätzte sie sogar ein bisschen. Sie mochte den Klang ihres Namens, wenn er ihn aussprach und dabei melodiös das R rollte.
»Kann es sein, dass ich dich schon öfter gesehen habe?«, plapperte Susi neben ihr munter weiter.
»Wohl kaum.«
Das Mädchen zog seine Vermutung aus der Tatsache, dass der Türsteher sie als VIP-Gast behandelte, und fand es anscheinend ziemlich schick mit ihr vorgelassen zu werden.
Es war kaum möglich, dass jemand Zoe erkannte. Sie tauchte jedes Mal in einer völlig anderen Aufmachung im Pydna auf. Dabei legte sie besonderen Wert darauf, keinerlei persönliche Merkmale zur Schau zu tragen. Bloß keinen Wiedererkennungswert erzeugen! So erinnerten sich die Leute allenfalls an einen besonderen Paradiesvogel unter zahlreichen exzentrischen Besuchern.
»Du heißt also Loretta.«
»Manchmal«, erwiderte Zoe kurz angebunden.
Anscheinend hatte das Mädchen vor, sich an sie zu hängen. Aus Dankbarkeit oder weil es ihr einfach cool erschien, in Begleitung eines Stammgastes zu sein. Wie

auch immer, den Schrecken hatte es wohl recht schnell überwunden.
Im Eingangsbereich trennte Zoe sich mit ein paar Floskeln von Susi, dass sie sich bestimmt wiedersehen würden. Gerade noch rechtzeitig verkniff sie sich, ihr ein paar mütterliche Ratschläge mit auf den Weg zu geben. Das hätte gerade noch gefehlt! Susi zog eine Schnute, trollte sich aber bald und verschwand im Bereich Mainstream-Disco.
Ein kribbelndes Gefühl zog plötzlich durch Zoes Brust, als sie einen der verrauchten Gänge betrat, die, düsteren Höhlengängen gleich, zu den verschiedenen Themendiskotheken führten. Die von einzelnen funzeligen Lichtern beleuchtete Enge schien sie erdrücken zu wollen. Irritiert widerstand sie dem Drang, umzukehren, weil sie sich auf einmal fragte, was sie hier überhaupt wollte. Ihr Herz flatterte unter dem seltsamen Anflug von Beklemmung. Hinter ihr erklangen die Stimmen weiterer Gäste. Zoe beeilte sich und trat kurz darauf in den von tosender Elektromusik erfüllten Raum.
Von einer Spiegelwand lächelte ihr Loretta entgegen und hob schwungvoll beide Daumen nach oben. Kaum zu glauben, wie lang ihre Beine in diesen Schuhen waren! Zoes Herzschlag beruhigte sich.
Sie ging auf die Bar zu, um sich etwas zu trinken zu bestellen. Eine Weile stand sie dort und nippte an ihrem Wodka-Eistee. Ein Glas würde ihr nichts ausmachen. Der Abend war noch lang. Bis sie wieder ins Auto stieg, wäre der Alkohol in ihrem Körper abgebaut. Vorerst strömte er warm in ihre Gliedmaßen. Die Musik dröhnte lautstark in ihren Ohren. Bässe vibrierten in ihrem Magen und verbanden sich dort zu einem tiefen Grollen. Das rhythmische Zucken der vielfarbigen Scheinwerfer

warf ein schwaches Licht auf die Gesichter der Umstehenden. Zoe stellte ihr Glas ab und lehnte sich mit dem Rücken gegen den Tresen. Mit einer fließenden Bewegung zog sie das schulterfreie Top aus Demin über ihrem Dekolleté in Form und zupfte an ihrer pinkfarbenen Perücke. Es war nicht nötig, zu überprüfen, ob sie saß, weil der Pagenschnitt mit doppelseitigem Hautklebeband gesichert war. Ihr Lieblingssong wurde gespielt. Sie stieß sich vom Tresen ab und marschierte auf die Tanzfläche zu.

Die Hüftjeans war so eng wie eine zweite Haut, aber glücklicherweise aus Stretch. Einzig der breite Ledergürtel ließ Zoe spüren, dass sie überhaupt etwas anhatte. Mit wippenden Hüften bewegte sie sich im Takt der Musik und genoss die Blicke der Umstehenden. Dabei mutete ihre Aufmachung zwar exzentrisch, aber bei weitem nicht außergewöhnlich an.

Im Pydna trafen die schillerndsten Figuren zusammen, um in gemeinsamer Anonymität zu feiern. Sie hielt sich vorwiegend im *Trance*-Bereich auf, weil sich die harmonischen Rave-Klänge nahtlos ihrer Wandlung anpassten. Mit weit ausladenden Armbewegungen verschaffte Zoe sich genügend Platz auf der überfüllten Tanzfläche. Über die meisten Köpfe konnte sie mit den Absätzen problemlos hinwegblicken. Doch überwiegend hielten die Leute ohnehin einen gebührenden Abstand zu ihr, so dass sich regelmäßig eine kleine Arena um sie bildete, wenn sie tanzte. Dem Ladenbesitzer fiel sie regelmäßig auf, was sie ihrem auffälligen Erscheinungsbild zuschrieb. Einige Male war sie seiner Bitte gefolgt, ein Table-Dance-Girl zu vertreten. Allein für den Überblick, den man von dem Podest aus auf die sich wogende Menge hatte, lohnte sich der kleine exhibitionistische Ausflug an der Tanzstange.

Doch Zoe beschränkte diese Einlagen auf ein paar Ausnahmen, auch wenn die angebotene Bezahlung durchaus angemessen war. Ihre Beobachtungen konnte sie auch mit festem Boden unter den Füßen machen.
Das Buhlen der Menschen um Aufmerksamkeit und soziale Integration nahm mitunter bizarre Formen an. Zoe amüsierte das Treiben, zum größten Teil zumindest, wenn sich das Ganze nicht gerade wie ein ausgearteter Balztanz abspielte, mit einer unbedeutenden Vorhersehbarkeit. Das Ziel war ohnehin dasselbe, die Gemeinsamkeit, der Tod. Wesentlich unterhaltsamer war die Tatsache, dass jeder von ihnen eines Tages auf dem Tisch eines Bestatters landen würde. Es war nicht einmal schwer, sich einige Anwesende als Leichen vorzustellen. Die Frau neben der Box beispielsweise. Ihr stand der Tod ins Gesicht geschrieben, so deutlich, dass es nahezu grotesk wirkte, wie sie sich im Takt der Musik ungelenk bewegte. Weder konnte der Designer-Schlabberlook ihren ausgemergelten Körper verbergen noch eine dicke Schicht Puder die nässenden Wunden in ihrem Gesicht. Oder der Typ mit dem Nasenbluten, der vorhin in Richtung Waschraum davongeeilt war. Kurz davor hatte er an der Bar vollkommen ungeniert eine Line Crystal Meth geschnupft. Methamphetamin stellte die ungekrönte Insider-Droge dar. Billig, hochwirksam und garantiert verunreinigt.
Jetzt stand er auf der nächsten Ebene, war über das Geländer geklettert und hielt sich mit einer Hand fest. Seinen Oberkörper beugte er in luftiger Höhe über die Köpfe der Tanzenden wie ein Fallschirmspringer vor dem Absprung. Dabei wippte er ekstatisch mit seinem platinblonden Haarschopf. Seine Hand rutschte langsam vom Geländer. Instinktiv machte Zoe einen Satz zur Seite. Er sprang und landete direkt vor ihr auf seinen Füßen.

Seine Beine knickten unter der Wucht des Aufpralls ein. Ein Schaudern durchzog sie bei dem Anblick. Sie hätte sich wahrscheinlich nach einem derart waghalsigen Sprung sämtliche Knochen gebrochen. Doch Blondie kam schwungvoll wieder zum Stehen wie ein Kastenteufel, verharrte einen Augenblick in auffälliger Schräghaltung, den fragenden Blick aus glasigen Augen auf sie gerichtet. Donnernde Bässe schienen ihn wieder in ihren Bann zu ziehen. Völlig entrückt zog er sich tanzend in die wogende Menge zurück. Niemand schenkte ihm weitere Aufmerksamkeit, seine spektakuläre Einlage war längst vergessen. So würde er vermutlich die nächsten Stunden verbringen. Ungeachtet seiner schiefen Haltung, die von einem verletzten Fuß verursacht wurde, der in einem unnatürlichen Neunzig-Grad-Winkel abgeknickt war. Sein Knöchel musste derweil die Aufgabe der Fußsohle übernehmen. Ein Ding der Unmöglichkeit. Es sei denn, ein Drogenrausch hatte jegliches Schmerzempfinden für eine Zeitlang ausgeblendet.

»Spasti«, entfuhr es Zoe angewidert.

Sie vollzog eine schwungvolle Drehung, um den offensichtlich Todessehnsüchtigen auszublenden. Das Kunsthaar kitzelte ihre nackten Schultern. Ihr Blick fiel auf den äußerst lebendigen Boris Nauen. Der Schreck durchfuhr sie kurz, aber heftig. Blitzartig erschien ihr sein Gesicht bleich und leblos. Für den Bruchteil einer Sekunde stand die Zeit still. Ihre Ohren rauschten, als befände ihr Kopf sich unter Wasser. Dann setzte das ohrenbetäubende Wummern der Bässe wieder ein. Sie hatte eindeutig eine zu rege Phantasie oder einen Drink zu viel.

Anscheinend beobachtete er sie schon eine Weile wie ein Bluthund, der ihre Fährte aufgenommen hatte. Sogar aus der Entfernung konnte sie das Glänzen in seinen Augen erkennen. Der Vorfall vor der Tür schien mehr sein Interesse an ihr geweckt als ihn verärgert zu haben. Sie verzog die Lippen zu einem gestellten Lächeln und senkte die Lider, bis er unter den Schatten ihrer aufgeklebten Wimpern verschwand. Sollte er doch kommen! Tanzend drehte sie ihm den Rücken zu, weil etwas in ihr bei seinem Anblick aufschreien wollte.

Nein, nein, wir werden doch nicht in Panik geraten! Niemand weiß, wer ich bin. Niemand wird mich erkennen.

Zoe fuhr sich mit der Hand über die Wange, fühlte die dicke Schicht Make-up unter ihren Fingerspitzen. Stundenlang hatte sie damit zugebracht, die Form ihrer Nase zu verändern und ihre Wangenknochen zu modellieren. Eine ganze Armada von Theaterschminke und braune Kontaktlinsen hatten ihr Gesicht so verändert, dass sie sich selbst kaum im Spiegel erkannte. Die Maske saß perfekt. Sie fühlte sich bereit für eine Konfrontation, von der sie sich erhoffte, einen Teil ihres Seelenfriedens zurückzuerlangen.

Als sie sich wieder umdrehte, tänzelte Boris mit einer Bierflasche in der Hand auf sie zu. Na, das ging ja schnell! Dass es ihm dabei an jeglichem Taktgefühl fehlte, wusste sie ja bereits. Der Gedanke versetzte ihr einen Stich in die Magengrube. Sie ignorierte es und konzentrierte sich auf den albernen Anblick, der sich ihr bot. Was Boris da für Tanzen hielt, glich eher einem unkontrollierten Körperzucken, wobei sein einziger Halt die Bierflasche in seiner Hand zu sein schien. Zoe tat so, als würde sie ihn nicht bemerken. Sie drehte sich tanzend im Kreis. Ein Teil von ihr hoffte, dass Boris verschwinden würde, während eine innere Stimme sich mahnend erhob, sie sollte aufhören, mit dem Feuer zu spielen. Langsam verlor sie den Überblick.

Doch Boris steuerte schnurstracks auf Zoe zu, als wäre sie eine alte Bekannte. Ihr Herz rutschte in die Bauchgrube. Vor ihren Augen flimmerte es. Sie drohte die Fassung zu verlieren. Der Drang, einfach die Flucht zu ergreifen, wurde übergroß. Im selben Moment wechselte der Soundtrack und rief eine Welle der Begeisterung unter den Tanzenden hervor. Rhythmisch hüpfende Körper drängten sich immer näher an Zoe, als wäre sie plötzlich unsichtbar geworden. Eingeklemmt in einer Falle aus schwitzenden Leibern, spürte sie Ekel in sich aufsteigen. Ihr Herz raste. Sie bemühte sich, einfach weiterzutanzen und sich der wogenden Menge anzupassen. Dabei konnte sie versuchen, sich auf den Rand zuzubewegen, um wieder atmen zu können. Es war einfacher, mit dem Strom zu schwimmen, wenn man einmal ins Wasser gefallen war.

Boris stand so plötzlich vor ihr, dass sie nach Luft schnappen musste. Es gelang ihr gerade noch, ihren Schrecken mit einem gespielten Lachen zu tarnen. Einen Herzschlag lang war es wieder da, dieses Flattern in der Magengrube, wenn sie ihn ansah. Die Erinnerung überrollte sie wie eine Lawine. Es hatte eine Zeit gegeben, da hätte sie beinahe alles dafür gegeben, in dieser Art von ihm angesehen zu werden. Überhaupt von dem damaligen Oberstufenschüler beachtet zu werden, glich damals einem Tagtraum, in dem Zoe nur allzu gern schwelgte. Doch sie war drei Jahre jünger und in der Mittelstufe gewesen, was so viel bedeutete, wie unsichtbar zu sein.

Aber das war lange her. Zoe machte einen Satz nach hinten, als sie Boris' Hand auf sich zukommen sah. Bloß nicht anfassen! Nicht diese Hände! Nie wieder wollte sie sie auf sich spüren. Ihre Kehle schnürte sich zu, als Widerwille in ihr hochkochte. Sie machte eine ausladende

Tanzbewegung mit den Armen, um ihn auf Abstand zu halten. Das Lächeln war auf ihrem Gesicht festgefroren. Eine Maske.

»Hey, Schnecke! So sieht man sich also wieder!« Er beugte sich so weit vor, dass sein Atem ihre Wange streifte. »War ganz schön frech von dir, da draußen.«

Zoe drehte ihr Gesicht zur Seite. Sie verkniff sich eine Grimasse und setzte eine möglichst unbeteiligte Miene auf, was ihn anscheinend dazu anspornte, sich mit wiegenden Hüften vor ihr zu bewegen. Beinahe hätte sie über seine ungelenk wirkende Anmache gelacht.

»Sag mal, sehe ich aus, als ob ich ein Schlauchkleid trage und anschaffen gehe?!«, rief sie gegen den Lärm an. Für gewöhnlich reichten solche Sprüche, um unerwünschte Mittänzer zu vertreiben.

Boris spitzte bedeutungsvoll die Lippen. Unglaublich! Ihre Aufmachung verströmte zwar einen Hauch Ruchlosigkeit, stellte aber sicher keine Einladung für Schmeißfliegen dar. Seine Hartnäckigkeit nervte, seine Gegenwart war ohnehin kaum zu ertragen. Zoe drehte sich auf dem Absatz um und verließ die Tanzfläche.

Vor dem Gang zu den Toiletten holte er sie wieder ein. Erschrocken fuhr sie herum, als sie seine Hand auf ihrer Schulter fühlte. Damit brachte sie sich in die ungünstige Position, mit dem Rücken gegen die Wand zu stehen.

Boris wäre nicht Boris gewesen, wenn er sich das nicht augenblicklich zunutze gemacht hätte. Ehe Zoe sichs versah, stemmte er beide Hände neben ihrem Kopf an die Wand. Platzangst war ein Witz gegen das Gefühl unerträglicher Beklemmung, als sein Oberkörper sie fixierte wie ein Schraubstock. Sie hatte seine Kraft unterschätzt. Sein Gesicht näherte sich langsam, aber unaufhaltsam.

»Es ist nicht nett, mich einfach so stehen zu lassen.«

Zoe stockte der Atem. In seinen Augen glomm der Irrsinn, genau wie an jenem Nachmittag. Wieder überrollte eine Sturmflut aus Erinnerungen sie. Angst kroch ihr Rückgrat hinauf. Der Lärm um sie herum drang wie durch eine dicke Schaumstoffschicht zu ihr. Übertönt vom hämmernden Schlagen ihres Herzens. Blinkende Neonlichter sammelten sich hinter Boris und bildeten einen Feuerkranz um seinen Kopf. Ein Dämon aus der Hölle. Instinktiv versuchte Zoes Körper, sich aus seinem Griff zu befreien, was nur ein nutzloses Zucken zur Folge hatte. Ihr Verstand setzte aus. Schwindel brauste über sie hinweg, als sein Unterkörper sich gegen den ihren presste. Die kalte Wand hinter ihr verwandelte sich in verfaultes Laub und knorrige Äste. Ruckartig drehte sie den Kopf zur Seite. Seine Lippen trafen auf ihren Hals, wo sie sich augenblicklich festsaugten, als wollten sie nie wieder loslassen. Sein Geruch hüllte Zoe ein wie ein nicht enden wollender Alptraum. Gerüche vergaß man niemals. Ihre Seele wand sich gequält. Ein Schrei kroch ihre Kehle hinauf, erstarb unter dem Geschmack bitterer Galle zu einem sinnlosen Krächzen.

Für die Umstehenden mussten sie wie ein Liebespaar in inniger Umarmung wirken. Erneut unternahm Zoe einen verzweifelten Versuch, sich zu befreien. Keine Chance. Ihre Muskeln verwandelten sich in Gummi wie in einem dieser Träume, in denen man mit aller Kraft versucht, zu rennen, sich aber nicht von der Stelle bewegt.

Es war Loretta, der es gelang, ein Knie mit voller Wucht zwischen seine Beine zu rammen. Durch den Stoff seiner Hose konnte sie ausmachen, dass sie einen schmerzhaften Treffer gelandet hatte.

Mit einem Aufschrei, der nun doch ein Paar Leute aufmerksam machte, krümmte Boris sich zusammen. Unterdessen versuchte Zoe, hektisch die Entfernung zum Ausgang abzuschätzen. Zu weit. Doch der Waschraum dürfte erreichbar sein, bevor er sich wieder erholte. Das Rauschen in ihren Ohren wurde stärker.

»Verdammte Schlampe! Tickst du noch richtig?! Erst machst du mich an, und dann trittst du mir in die Eier!« Mit schmerzverzerrtem Gesicht richtete er sich umständlich wieder auf.

Zoe keuchte entsetzt auf. »Wie kannst du so was behaupten?!«

»Keine Ahnung!«, brüllte er. »Du hättest wohl kaum die ganze Zeit selig gegrinst, wenn es dir nicht gefallen hätte.«

Schlagartig kehrten die Geräusche zurück. Ohrenbetäubend. Zoe erbrach sich auf den Boden und konnte gerade noch verhindern, sich selbst zu besudeln.

»Ist ja ekelhaft!« Boris spuckte vor ihr aus.

Sie schlug sich die Hand vor den Mund, drehte sich zur Seite und lief in den Gang zum Waschraum. Mit der Schulter drückte sie die Tür auf. Ein Blick in den grell beleuchteten Raum zeigte, dass alle Waschplätze belegt waren. Kurzerhand schubste Zoe eine Frau zur Seite und beugte sich würgend über das Becken.

»Ey, geht's noch? Wohl 'nen falschen Trip geschmissen«, beschwerte die Vertriebene sich.

Der Geruch von Erbrochenem vertrieb die meisten aus dem Waschraum. Nachdem das Würgen nachgelassen hatte, hob Zoe den Kopf.

»Warum hast du ihn angelächelt?«, fragte sie anklagend ihr Spiegelbild. Tränen brannten in ihren Augen.

»Mach dir nichts draus, Kleine! Jeder kann sich mal irren«, sagte eine andere Frau und legte ihr tröstend die Hand auf die Schulter.

»Geh weg!«, kreischte Zoe ihr Spiegelbild an.
Hinter ihr wich die Frau erschrocken zurück. »Ist ja gut, reg dich ab!«
Doch Zoe nahm keine Kenntnis von ihr, sondern starrte weiterhin auf das fremde Gesicht im Spiegel. Ihre Arme zitterten unter der Last, mit der sie sich aufstützte. Verschmierte Wimperntusche bildete schwarze Schatten unter ihren verheulten Augen. »Verschwinde, Loretta! Ich pack das nicht …« Sie schluchzte auf. Speichel und Tränen tropften auf verdreckte Keramik. »Ich komme nicht gegen ihn an. Also, geh, und lass mich in Frieden!«
Sie richtete sich auf und nahm nur schemenhaft wahr, dass die übrig gebliebenen Frauen sie wortlos anstarrten, als wäre sie eine Geisteskranke.
»Ich bin Zoe«, murmelte sie vor sich hin. Das Beben in ihren Schultern ließ langsam nach. Sie richtete sich zur vollen Größe auf und fing damit an, die Silikonmasse von ihren Wangen zu pellen. Stückchenweise zog sie die gallertartige Substanz ab, ohne dabei ihre Haut zu verletzen. Hinter ihr kreischte ein Mädchen auf. Erst nach mehreren Versuchen gelang es ihr, die Tür zu öffnen und hinauszulaufen.
Zoe riss sich die pinkfarbene Perücke vom Kopf und schleuderte sie in eine der Toilettenkabinen. Sie zupfte an ihren angeklebten Wimpern, die kurz darauf auf den Boden fielen wie zerquetschte Spinnen. Nun war sie allein. Ganz allein. Aus dem Spiegel blickten ihr große traurige Augen entgegen. Ihr blasses Gesicht umrahmt von einer Flut dunkler Locken, die leichter zu bändigen waren, als man glaubte. Wie betäubt ging sie langsam zur Tür hinaus in Richtung Ausgang. Ihre Beine bewegten sich wie von allein, vorbei an leeren Gesichtern und unbedeutenden Körperhüllen. Sie hatte die Nerven verloren, doch

sie würde sich wieder fangen. Den Scherbenhaufen konnte sie erneut unter den schützenden Teppich der Vergessenheit kehren.

Draußen angekommen, reagierte Zoes Körper ohne ihr Zutun. Sie rannte los, blindlings. Nur ein Mal hielt sie inne, um die hohen Schuhe abzustreifen und achtlos zurückzulassen. Sie ignorierte den peitschenden Regen in ihrem Gesicht. Der Himmel hatte seine Schleusen geöffnet und die Straßen überflutet. Sie fühlte den Widerstand der aufspritzenden Pfützen unter ihren Füßen. Ihr Verstand hinkte behäbig hinterher, als befände er sich in einer parallelen Zeitzone. Zoe hörte nicht auf, zu laufen. Ihre Lungen drohten zu bersten, Seitenstiche ließen sie humpeln. Als sie ihr Auto erreicht und sich auf den Sitz geworfen hatte, ging ihr Atem stoßweise. Vornübergebeugt unterdrückte sie ein erneutes Würgen.

Allmählich verlangsamte sich ihr Herzschlag, bis ihre Atmung ruhiger wurde. Von der Rückbank holte sie ihre Jacke, hüllte sich darin ein und lauschte dem prasselnden Regen auf dem Autodach. Die letzte Energie verwandte sie darauf, möglichst nicht zu denken. So lange, bis die Müdigkeit sie übermannte.

kapitel 4

Drei Wochen später konnte Zoe immerhin von sich behaupten, ausschließlich sie selbst zu sein. Sie erinnerte sich kaum, wie sie nach ihrem letzten Ausflug ins Pydna nach Hause gekommen war. Erst nach und nach waren die Bilder zurückgekehrt, ihr Zusammentreffen mit Boris. Nicht zum ersten Mal hatte sie sich derart in die Figur Loretta hineingesteigert, dass sie selbst glaubte, eine zweite Persönlichkeit hätte Besitz von ihr ergriffen und wer weiß was angestellt. Glücklicherweise war Zoe nicht irgendwo im Wald aufgewacht oder orientierungslos durch die Gassen gestrichen. Ihr zweites Ich war wie eine Droge, schwer dosierbar mit unbekannten Nebenwirkungen.

Irgendwann war es ihr gelungen, kaum einen Gedanken an Boris und erst recht keinen an Loretta zu verschwenden. Zweifelsohne ähnelte dieser mühsame Versuch, sich vor der Selbstzerfleischung zu bewahren, einem kalten Entzug. Warum Menschen überhaupt dazu neigten, sich Dinge anzutun, die ihnen mit an Sicherheit grenzender Wahrscheinlichkeit nichts weiter als Schaden zufügten, schien zu den ungelösten Geheimnissen der zivilisierten Welt zu gehören. Zumindest in den ersten Tagen nach ihrem Zusammentreffen mit Boris konnte Zoe sich allenfalls durch rastloses Umherwandern davon abhalten, in tiefste Grübeleien zu versinken. Sie hatte sich ständig matt gefühlt, wie nach einer durchzechten Nacht. Ihr Bewusstsein schien wie durch einen grauen Schleier nur das Notwendigste aus ihrer Umgebung zu filtern. Nachdem sie unter den verwunderten Blicken ihrer Mutter alles im Haus aufgeräumt hatte, was ihr zwischen die Finger gekommen war, sich zwischendurch im Verkaufsbereich mehr oder weniger nützlich gemacht und schließlich das Garagentor gestrichen hatte, legte die innere Unruhe sich allmählich.

Die kampflustige Loretta hätte nichts lieber getan, als auf der Stelle erneut loszuziehen, um Boris entgegenzutreten, ihn zu zermalmen wie ein lästiges Insekt. Doch Zoe hatte Loretta zur Funkstille gezwungen. Zumindest für eine unbestimmte Zeit – so lange, bis es ihr gelänge, sich wieder an die poröse Oberfläche zu kratzen. Die homöopathischen Beruhigungsmittel erfüllten durchaus ihren Zweck, besänftigten Zoes aufgebrachtes Gemüt und hielten Loretta im Zaum. Doch wie das Leben so spielte, suchten aufgestaute Emotionen nach einem Ventil. Es war nur eine Frage der Zeit.

Nun gut, das Haus auf Hochglanz zu bringen konnte nicht schaden. Mittlerweile plätscherte der Alltag behäbig dahin. Es gab keine Verstorbenen zu versorgen. Sie hatte Zeit genug, um sich eingehend ihren Masken zu widmen. Sogar eine Auftragsarbeit hatte sie erhalten. Die Familie eines angesehenen Geschäftsmannes hatte beschlossen, ihrem Firmengründer ein besonderes Denkmal zu setzen. Dieses bronzene glänzende Meisterwerk hob Zoe gerade auf Augenhöhe und polierte den exakt rekonstruierten Backenbart. Das aus dem Schrägfenster einfallende Sonnenlicht überzog die ausgeprägten Wangenknochen mit einem erhabenen Schimmer. Ein bisschen Feinschliff unter den Wimpern der geschlossenen Lider, einen Hauch mehr Tiefe an den Lachfältchen im Augenwinkel. Gekonnt brachte Zoe die elektrische Feile zum Einsatz, bevor sie mit einem Pinsel den Bronzestaub entfernte. Bestimmt hatte der alte Herr zu Lebzeiten oft gutmütig geschmunzelt. Oder er war ein ausgesprochener Griesgram gewesen, den allein der Augenblick des

Todes in Verzücken versetzt hatte. Genau konnten das ohnehin nur die Menschen wissen, die ihn gekannt hatten. Nicht ohne Stolz betrachtete Zoe die Totenmaske. Ein durch und durch gelungenes Exemplar.
Das Schrillen des Telefons riss sie aus ihren Gedanken. Sie fuhr zusammen und nahm sich zum wiederholten Mal vor, den nervenden Klingelton zu ändern. Vorsichtig legte sie die Bronzemaske auf ein Tuch und griff nach dem Hörer. Am anderen Ende der Leitung meldete sich ein Mitarbeiter der Pathologie des Kreiskrankenhauses und erkundigte sich in monotonem, sachlichem Tonfall, ob Zoe für eine Lieferung bereitstünde. Der Anruf war reine Formsache, um vorab zu klären, ob der jeweilige Bestatter erreichbar war. Notfalls wichen die Pathologen auf ein anderes Institut in der Umgebung aus, falls Zoe nicht erreichbar oder im Urlaub wäre. Lachhaft! Urlaub hatte sie schon seit einer Ewigkeit nicht mehr gemacht. Letztlich ging es darum, zu vermeiden, mit einer frisch autopsierten Leiche vor verschlossener Tür zu stehen.
»Ich bin im Haus. Sie können Ihren Wagen schicken«, entgegnete sie in der Annahme, das Gespräch wäre damit beendet. Statt der üblichen Abschiedsfloskel vernahm sie jedoch deutliche Kau- und Schmatzgeräusche. Das Bild des abgeklärten Pathologen im Labor, der sich neben einem geöffneten Leichnam auf dem Seziertisch genüsslich seinem Butterbrot widmete, war nicht einmal abwegig. Manche Klischees bestätigten sich von selbst. Zoe wartete geduldig, bis ihr Gesprächspartner seinen Bissen hinuntergeschluckt hatte, da es anscheinend noch etwas zu sagen gab.
»Haben Sie auch Platz für drei, Frau Lenz?«
Zoe stutzte. Erst passierte wochenlang nichts, und nun sollten ihr gleich drei Leichen beschert werden? Das war

selbst vor dem Hintergrund, dass Zoe als Thanatologin eine Monopolstellung unter den Bestattern in der Umgebung einnahm, ungewöhnlich. Sie erinnerte sich an einen Fall vor Jahren, bei dem ihr Großvater zwei Tote parallel behandelt hatte. Er wollte sie nicht trennen, zumal das Ehepaar zusammen Selbstmord begangen hatte. Für solche Fälle gab es einen zusätzlichen ausklappbaren Seziertisch im Lager. Aber drei Leichen? Gleichzeitig konnte Zoe sie auf keinen Fall herrichten. Hatte sie allerdings auch nicht vor.

»Ich habe ein geräumiges Kühlhaus. Wird schon klappen«, erwiderte sie.

Wenig später hatten die Leute vom Krankentransport die Leichensäcke über den Lastenaufzug hinter dem Haus hinunter in den Behandlungsraum gehievt.

In der Einfahrt sichtete Zoe die Transportscheine, um den Empfang zu bestätigen.

»Was ist passiert?«, fragte sie beiläufig, als ihr Blick auf die Namen der Leichen fiel. Der Schreck fuhr ihr durch die Glieder. Das Rauschen des Windes in den Baumkronen schien wie ein Wirbelsturm durch sie hindurchzujagen. Aus der Ferne hörte sie die Antwort des Mannes.

»Autounfall am Steilhang. Sind ziemlich übel zugerichtet, die drei Burschen.«

Zoe schwankte. Das konnte doch nicht wahr sein! Die Buchstaben auf dem Papier schienen ihr entgegenzuspringen. Boris Nauen, männlich, zweiundzwanzig Jahre alt. Die anderen Namen las sie nur flüchtig, weil ihr schon vorher klar war, dass es sich um seine beiden Kumpel handelte. Sie schluckte.

»Alles in Ordnung?«, erkundigte der Mann sich besorgt. »Sie sind ganz blass geworden. Kannten Sie die Opfer?«

Mit Mühe fasste Zoe sich, übereichte ihm die Durchschläge und faltete die Originalpapiere zusammen, als könnte sie damit das Geschehene ungeschehen machen. Sie nickte. »Wir wohnen in einer kleinen Gemeinde. Irgendwie kennt hier jeder jeden.« Ohne ein weiteres Wort wandte sie sich um und begab sich in den Behandlungsraum hinunter.

Da stand Zoe nun vor ihren drei Problemen und starrte fassungslos auf die Rolltragen inmitten des klinisch sauberen Raumes. Das Zeugnis über die Identität der Toten zerknittert in ihrer verschwitzten Hand. Ihre Gedanken zogen wilde Kreise in ihrem Kopf. Nichts hatte sie sich sehnlicher gewünscht, als dass Boris sich in Luft auflöste. Doch hatte sie damit weiß Gott nicht gemeint, dass er sterben sollte!

Ein hysterisches Kichern wallte in ihr auf und wollte sich an die Oberfläche kämpfen. O nein, Loretta konnte sie jetzt wirklich nicht gebrauchen! Sie unterdrückte jede Gefühlsregung und besann sich auf ihre Professionalität. Persönliche Empfindungen waren fehl am Platz, Schuldgefühle ebenso. Sie hatte einen Job zu erledigen, der ihr einiges abverlangen würde. Einen Moment überlegte sie, ob es notwendig war, sich Unterstützung zu holen, entschied sich aber dagegen. Je nach Zustand der Leichen würde sie eine nach der anderen behandeln müssen.

Langsam zog Zoe ihren Kittel an und streifte sich die Latexhandschuhe über. Dabei ließ sie ihren Blick über die aufgebahrten Leichensäcke schweifen. Noch nie war ihr bei der Vorstellung, einen Leichensack zu öffnen, so bange zumute gewesen. Für gewöhnlich fand sie es spannend, weil sie vorher nie genau wusste, welche Herausforderung sie erwarten würde, je nach Zustand des Leichnams. Ihr war danach, einen Mundschutz zu tragen, ganz gleich, ob notwendig oder nicht. Dadurch bewahrte sie sich ein Stück Immunität und konnte ihre aufgebrachten Gefühle besser unter Kontrolle halten. Sie presste die Lippen zusammen und ging gefasst auf den Behandlungstisch zu. Die Krankentransporteure hatten vorsorglich einen der Leichensäcke direkt dort abgelegt, um Zoe die Arbeit zu erleichtern. Das Surren des Plastikreißverschlusses klang ungewöhnlich laut in ihren Ohren.

»Es reicht!«, rief Zoe sich zur Ordnung. »Reiß dich zusammen!« Völlig egal, wen sie vor sich hatte: Eine Leiche war eine Leiche. Nicht mehr und nicht weniger. Sie überschritt eine unsichtbare Barriere, sobald jemand auf ihrem Tisch lag, und bemühte sich, auf Abstand zu gehen. Schließlich hatte sie sogar dabei geholfen, ihren Vater zu behandeln, ohne von Gefühlsduseleien eingeholt zu werden. Dafür hatte man später immer noch Zeit. Zunächst galt es, die hygienische Leichenversorgung präzise und mit voller Konzentration durchzuführen. Und hier erwartete sie eine Menge Arbeit. Boris' Gesicht kam unter der Plane zum Vorschein – oder das, was davon unter den grünlich verfärbten Blutergüssen übrig geblieben war. Zoe stieß ein leises Schnaufen aus.

»Verflixt noch mal, sogar beim Sterben musstest du übertreiben!«

Über den Leichnam gebeugt, begutachtete Zoe die Verletzungen aus der Nähe. Kaum getrocknete Blutspuren. Wahrscheinlich hatte einer der Pathologen Mitgefühl gehabt und den Kopf gesäubert. Für gewöhnlich lag deren Augenmerk auf dem Öffnen des Brustkorbes, um die inneren Organe zu untersuchen. Der T-Schnitt mündete als wulstige Naht an Boris' Schlüsselbein. Mit den Fingerspitzen tastete sie die eingedrückte Schädeldecke im

Bereich der rechten Schläfe ab und überlegte, wie sie das wieder in Ordnung bringen konnte. Wahrscheinlich würde ihr Spezialwachs zum Einsatz kommen, um die lädierten Stellen aufzufüllen. Die Nase musste sie neu modellieren, da sie durch den Aufprall zu stark in Mitleidenschaft gezogen worden war. Das Ergebnis war ein völlig deformierter Hautlappen inmitten angeschwollener Wangen. Zoe schob ihren Finger zwischen die Lippen des Toten, um zu kontrollieren, ob sein Gebiss intakt war. Obwohl der Kiefer ausgerenkt und unnatürlich zur Seite gebogen war, wiesen Lippen und Kiefer keine sichtbaren Verletzungen auf. Damit wäre der Mundbereich verschont geblieben. Auch wenn Tote stumm waren, erzählten sie dennoch ihre Geschichte. Sie sprachen mit ihren Wunden, den Zeichen ihrer Verwesung, mit all den Spuren, die ihr Sterben und ihr Tod an ihnen hinterlassen hatten.

Ein Knacken in der Sprechanlage lenkte Zoes Aufmerksamkeit ab.

»Dieser Junge ist hier oben«, verkündete Isobel säuerlich. Es konnte sich nur um Josh handeln, außer ihm kam für gewöhnlich niemand zu Besuch. Ein Bestattungsunternehmen eignete sich eben nicht als Treffpunkt. Doch selbst ihn empfand Mutter als lästigen Störenfried und machte wie üblich keinen Hehl daraus. Zoe zog den Mundschutz unter ihr Kinn und begab sich zur Sprechanlage.

»Dann schick *diesen Jungen* doch einfach herunter!« Ohne eine Antwort abzuwarten, wendete sie sich wieder ab.

Wenige Augenblicke später stürmte ein völlig aufgelöster Josh in den Behandlungsraum. »Hast du schon von dem Unfall gehört?«

»Sieht fast so aus.« Zoe schaute von Josh zu dem Körper vor ihr.
Josh ächzte neben ihr. »Hammerhart – da liegt ja der Bastard!« Sein Blick schweifte zu den anderen Rollliegen. »Und seine Kumpel hat er auch mitgebracht. Geschieht ihnen recht!«
»Josh! Ein bisschen Respekt gegenüber den Toten!« Zoe konnte es nicht leiden, wenn über jemanden schlecht geredet wurde, der sich nicht mehr wehren konnte.
»Pah, nur weil sie tot sind, werden sie nicht zu besseren Menschen!«, erwiderte Josh wütend.
Sein naiver Zorn erschütterte Zoe. Tief in ihrem Innern stimmte sie ihm zu, auch wenn sie sich gleichermaßen dafür schämte. Sie hatte schon Grabreden gehört, bei denen sich ihr die Fußnägel aufgerollt hatten. Dass der zu Lebzeiten gewalttätige Vater ausgerechnet von der gebeutelten Familie mit Lobeshymnen überhäuft wurde, stellte nur ein Beispiel unter vielen dar. Löschte der Tod automatisch das Schuldenregister auf Erden? Stieg selbst die dunkelste Seele nach ihrem Ableben als leuchtender Engel gen Himmel? Es war einfacher, die Toten zu ehren, wenn man ihre Lebensgeschichte nicht kannte. Für Zoe ging die Wertschätzung gegenüber dem Verblichenen mit der Qualität ihrer Arbeit einher.
Sie richtete sich auf und bedachte Josh mit einem tadelnden Blick. Allerdings ignorierte er diesen und zog es vor, sich ebenfalls über den Leichnam zu beugen. »Ist ja ekelhaft! Der hat überhaupt kein Gesicht mehr.«
»Das ist kein Problem. Wenn ich mit ihm fertig bin, sieht er aus wie vorher«, entgegnete Zoe und fing an, den Reißverschluss wieder zuzuziehen.
Josh verdrehte die Augen. »Dazu müsstest du dem Kerl die Eier abschneiden und sie ihm auf die Stirn tackern.«

Mit einem festen Ruck am Reißverschluss entzog Zoe Boris' zerstörtes Gesicht weiteren hämischen Bemerkungen.
»Krieg dich wieder ein! Er ist tot. Eine Steigerung gibt es nicht. Ich finde nicht, dass dein Hass noch angebracht ist.«
»Ach, findest du?« Josh steuerte auf den nächsten Leichensack zu.
»Was auch immer er dir getan hat, steht doch in keiner Relation mehr zu dem da.« Zoe deutete anklagend mit dem Finger auf den Leichensack.
»Wer redet denn von dem, was er *mir* angetan hat?«, gab Josh aufgebracht zurück, schaffte es aber nicht, Zoes ernstem Blick standzuhalten.
Natürlich. Josh glaubte, für sie einstehen zu müssen. Betroffen machte Zoe sich daran, ihre Instrumente wegzuräumen. Manchmal verursachte die Ergebenheit ihres Freundes ihr ein unbehagliches Gefühl. Sie brauchte niemanden, der für sie wütend oder traurig war. Sie kam schon allein klar. Josh spürte anscheinend den Stimmungsumschwung und versuchte kleinlaut, das Thema zu wechseln.
»Was ist mit den anderen?«
Zoe zauderte. Vielleicht sollte sie Josh zurechtweisen, ihm seine Grenzen aufzeigen. Wenn sie nicht aufpasste, neigte der Junge dazu, in ihre Privatsphäre einzudringen. Dazu war sie nicht immer aufgelegt. Genau genommen war sie das nie. Sie haderte nicht selten mit der schicksalhaften Fügung, von Josh in ihrem peinlichsten Moment gesehen worden zu sein, in dem sie sich unbeschreiblich verletzbar und hilflos gefühlt hatte. Es war unvermeidlich gewesen, sonst hätte Josh sie damals nicht vor Boris und dessen Freunden retten können. Mit Sicherheit stellte das so unerträglich mehr an Intimität dar, als ein Mensch bereit war, vor einem anderen zu entblößen.

Josh schob mit dem Daumen seine Brille in die richtige Stellung. Dabei wirkte er so unsicher wie ein kleiner Junge. Zuneigung wallte in Zoe auf. Sie brachte es nicht übers Herz, ihn vor den Kopf zu stoßen. Außerdem wusste sie wie üblich nicht, wie sie ihm klarmachen sollte, dass seine Nähe ihr manchmal zu viel wurde. Also beschloss sie, auf seinen Themawechsel einzugehen.

»Um die kümmere ich mich morgen. Den Unterlagen zufolge habe ich es mit ein paar abgetrennten Gliedmaßen zu tun.«

Sie zuckte mit den Achseln, um zu verdeutlichen, dass ihr die bevorstehende Arbeit an Boris' Kumpeln keine Schwierigkeiten bereiten würde. Zunächst stand ihr noch eine Konfrontation mit ihrer Mutter bevor, die ihr allein bei dem Gedanken daran Magenschmerzen verursachte. Isobel dürfte nicht begeistert von dem Auftrag sein, eine rührige Grabrede für den Sittenstrolch zu halten, der ihre Tochter ins Unglück gestürzt hatte. Sie konnte nur hoffen, dass ihre Mutter ihren gepriesenen Glauben an die Vergebung aller Sünden in den Vordergrund stellte. Allerdings hegte Zoe daran ihre Zweifel.

»Trotzdem wüsste ich zu gern, was passiert ist. Hast du den Polizeibericht gelesen?«, plapperte Josh weiter.

Zoe drehte sich auf der Treppe um. »Warum sollte ich? Ich bekomme einen Autopsiebericht, mehr nicht. Wenn du mehr über den Unfall erfahren willst, musst du schon warten, was in der Zeitung steht.«

»Ich fahre auf jeden Fall zum Steinbruch. Das muss ich mir angucken.« Josh hielt erwartungsvoll inne.

Er glaubte doch nicht allen Ernstes, dass sie in Erwägung zog, ihn zu begleiten? Kopfschüttelnd ging Zoe weiter. Er benahm sich wie ein Schaulustiger am Unfallort. Seltsam, welche Auswirkungen schreckliche Ereignisse auf

die Menschen hatten. Scheinbar ohne Vorwarnung mutierten völlig normale Dorfbewohner zu sozial minderbemittelten Gaffern. Je mehr Unbeteiligte sich einfanden, desto stärker wurde der innere Reflex, zu helfen, gelähmt. Zoe konnte sich vorstellen, dass Josh nicht der Einzige mit einem plötzlichen Interesse an dem einsam gelegenen Steinbruch sein würde.
Selten zog es Touristen dorthin, obwohl die rötlich gefärbte Erde durchaus spektakulär wirkte, wenn die Abendsonne schräg über die Baumwipfel einfiel. Verantwortlich für dieses Phänomen war das kilometerweit entfernte historische Kupferbergwerk in Fischbach, welches einen weitaus interessanteren Anziehungspunkt für Reisende bot. Der einstige Kupferbestand hatte den Boden weitläufig mit Restbeständen des Edelmetalls gesättigt, bis in den Hunsrücker Steinbruch. Dennoch dürfte es eher der Unfall sein, der höchstwahrscheinlich den einen oder anderen Spaziergänger zum Ort des Geschehens lockte. In einem Dorf wie Birkheim passierte nicht viel, so dass die Menschen eher geneigt waren, sich der unbewussten Suche nach Abwechslung hinzugeben.
In Zoes Leben gab es genug interessante Ereignisse. Sie konnte wenig mit dem Drang anfangen, sich einen persönlichen Kick zu verschaffen, indem man schaulustig Orte des Schreckens aufsuchte. Zumal die Resultate solcher Taten für gewöhnlich ohnehin auf ihrem Behandlungstisch landeten.
»Weißt du, was viel spannender ist?« Zoe war in der Halle angekommen und begleitete Josh zur Tür. »Wie meine Mutter gleich austicken wird, wenn ich ihr erzähle, wen ich da unten liegen habe.«
Grinsend drehte Josh sich zu ihr um. Die flegelhafte Schadenfreude stand ihm ins Gesicht geschrieben. Er

war oft genug Zeuge gewesen, wenn Zoe mit ihrer Mutter aneinandergeriet. Da Isobel es vorzog, ihn wie Luft zu behandeln, hatte sie in der Vergangenheit nicht davor zurückgeschreckt, Zoe mit ihren peinlichen Auftritten zu blamieren. Doch ehe er etwas erwidern konnte, klappte sein Mund geräuschvoll zu. Seine Augen wurden tellergroß, während sein Blick über Zoes Schulter glitt, als stünde ein Geist hinter ihr.

»Was ist?«, zischte Zoe ungehalten, doch ein unheilverkündendes Kribbeln entlang ihrer Wirbelsäule gab ihr bereits die Antwort.

»Dann solltest du deine Mutter nicht länger auf die Folter spannen!«, kam es schneidend vom anderen Ende der Halle.

Damit waren sämtliche Pläne, ihrer Mutter möglichst schonend beizubringen, dass im Kühlhaus die Leichen der von ihr meistgehassten Raufbolde lagen, mit einem Schlag vom Tisch gewischt.

Ein Stoßseufzer ließ die Anspannung aus Zoes Schultern entweichen wie Luft aus einem kaputten Ballon. Langsam drehte sie sich um, versuchte, sich für das nahende Donnerwetter zu wappnen. Bruchstücke von möglichen Erklärungsversuchen wirbelten in unzusammenhängenden Schnipseln durch ihren Kopf. Isobel trat hinter einem mannshohen Blumenarrangement in einer Bodenvase hervor, ein paar Gladiolen mit baumelnden Köpfen in der Hand. Ihre Miene war völlig ausdruckslos.

»Äh … ich glaube, ich gehe dann mal«, verkündete Josh und huschte schon durch die Tür hinaus.

Isobel sah ihm missmutig hinterher. Hinter ihm krachte die Tür ins Schloss wie eine Grabplatte. Isobels Blick schoss zu Zoe zurück.

»Nun? Was gibt es denn Spannendes zu berichten?«

kapitel 5

Leon Strater hob seine Hand von der glänzenden Tischplatte und beobachtete, wie die Flecken, die seine schwitzenden Finger dort hinterlassen hatten, langsam wieder verdunsteten. Bereits seit Stunden tagte die Sonderkommission Mainz am runden Tisch im Besprechungsraum. Die Leinwand vor ihm zeigte die Bilder des letzten Tatorts. Das reinste Chaos zwischen Absperrungen der Spurensicherung. Es handelte sich bereits um den vierten Mordfall in den berüchtigten Kreisen der Mainzer Drogenszene. Jedes Mal war das Opfer eine junge Frau gewesen. Wieder zeigten sich in der peinlich genauen Untersuchung von Kleiderfusseln, Haaren und Kleinstpartikeln wie Hautschuppen Hinweise auf mehrere Personen, die sich zum Tatzeitpunkt in der völlig verwüsteten Wohnung aufgehalten haben mussten. Die Gerichtsmedizin beschäftigte sich derweilen mit der Analyse, um die DNA, den unverwechselbaren genetischen Fingerabdruck des Täters, zu ermitteln. Doch Leon ahnte bereits, was die Untersuchung ergeben würde. Es war für die Rechtsmediziner unmöglich, aus einem DNA-Gemisch einzelne Spuren zu dechiffrieren. Letztlich würde kein Täter eindeutig bestimmt werden können, und der Fall bliebe ungelöst wie die drei vorangegangenen.

Es war zermürbend, ständig mitansehen zu müssen, wie Verbrecher ungestraft davonkamen. Als Kriminalbeamter kam Leon sich mitunter vor wie Don Quichotte im Kampf gegen Windmühlen. Manchmal konnte er kaum glauben, dass sein ausgezeichneter Start in eine vielversprechende Karriere erst zwei Jahre zurücklag. Die Arbeit in der Soko Mainz hatte zunächst lediglich eine Durchgangsstation sein sollen, denn aufgrund seiner überdurchschnittlichen Prüfungsergebnisse standen ihm zahlreiche berufliche Entwicklungsmöglichkeiten offen. Gegen eine Karriere als Agent beim Bundesnachrichtendienst war zunächst nichts einzuwenden gewesen, wäre da nicht Leons Augenmuskelgleichgewichtsstörung. Ein hochtrabender Ausdruck für ein profanes Defizit, welches allgemein schlicht Schielen genannt wurde. Leon wies nicht mehr als einen leichten Silberblick ohne merkliche Einschränkungen auf, dennoch wich er damit vom Ideal ab. Da konnten noch so viele Kolleginnen seinen besonderen Blick sexy finden und ihn hinter vorgehaltener Hand als »Everybody's Darling« bezeichnen. Es hatte einige Drinks und Besuche in schnulzigen Kinofilmen gebraucht, bis Leon sein Selbstmitleid überwunden und sich damit abgefunden hatte, nicht jede Hürde problemlos meistern zu können. Seiner erfolgsverwöhnten Einstellung wurde vom Schicksal ein kleiner Dämpfer verpasst. Damit musste er leben und versuchen, sich umzuorientieren.

Nützlich, wenn auch nicht besonders angenehm war sein ausgeprägtes Einfühlungsvermögen. Egal, wie grauenvoll ein Toter zugerichtet worden war, solange es nur auf dem Papier stattfand, konnte er den Fall uneingeschränkt sachlich betrachten. Umso extremer reagierte er am Tatort, wenn ein toter Körper in seiner Dreidimensionalität vor ihm lag. Es war etwas völlig anderes, eine Schussverletzung auf dem Foto zu sehen, als die aufgesprungenen Wundränder um den verbrannten Krater eines Kopfschusses an dem realen Toten zu betrachten. Der Anblick ließ Leons Wirbelsäule vibrieren, als sendete sie Signale zu den jeweiligen Körperteilen aus, um ihm einen Eindruck von dem zu vermitteln, was das Opfer zuvor verspürt hatte. Diese intensiven Empfindungen erzeugten in

Leon den unbeschreiblichen Drang, alles daranzusetzen, die Mörder zu überführen.
Zu Beginn seiner Ausbildung hatte Leon diese Gefühle noch nicht richtig einordnen können – zumindest bis zu dem Tag, als er die erste Wasserleiche zu Gesicht bekam. Allein der Anblick des aufgedunsenen, mit einer seifenartigen Substanz überzogenen Körpers ließ damals die meisten der anwesenden Beamtenanwärter mehr oder weniger heftig reagieren. Die Schadenfreude der Ausbilder ließ beinahe vermuten, sie hätten die Neulinge absichtlich dieser Situation ausgesetzt. Wasserleichen verwesten im Schneckentempo, aber wenigstens war der Gestank auszuhalten. Den meisten Beamten war es zu Beginn ihrer Karriere ähnlich ergangen, und viele hatten es nicht vergessen. Doch Leon hatte sich damals nicht übergeben, sondern war auf der Stelle von einem Tatendrang erfüllt gewesen, der wie elektrische Impulse durch seine Muskeln jagte und ihn anspornte wie der Startschuss einen Sprinter. Ein intensives Praktikum in der Rechtsmedizin hatte ihm dabei geholfen, diesen *Motor*, wie er sein ausgeprägtes Einfühlungsvermögen nannte, in den Griff zu bekommen.
Seither war er damit beschäftigt, sich über seinen weiteren Werdegang Gedanken zu machen. Bislang hatte sich noch nichts Passendes ergeben, obwohl es nicht an Angeboten mangelte. Doch mittlerweile schien er nach und nach zu stagnieren. Er war rein gefühlsmäßig noch nicht an dem Punkt angekommen, an dem er sich einredete, dass ihm nicht mehr jede Menge Möglichkeiten offenstanden. Zu hinterfragen, ob seine Ansprüche an sich selbst möglicherweise zu hoch waren, hielt er nicht für notwendig. Immerhin hatte er seinen Ehrgeiz nicht verloren. Doch mittlerweile drohte ihn der Alltag einzuho-

len, wenn er weiterhin zögerte. Er wurde langsam bequem. Fester Job, geregeltes Einkommen, nette Wohnung. Und was sonst? Es lag nahe, sich als Nächstes um sein Privatleben zu kümmern. Damit hätte er schon die Ziele erreicht, die für die meisten seiner Kollegen erstrebenswert waren. Doch der Gedanke, sich auch nur annähernd mit Familienplanung zu beschäftigen, behagte ihm nicht.

Leon hatte nicht vor, zu rekapitulieren und mit vierzig ausgebrannt wie einige seiner Kollegen im Büro vor sich hin zu dümpeln. Sein Job bestand darin, Verbrechen aufzuklären und Monster wie den Mörder dieses Mädchens auf der Leinwand dingfest zu machen. Doch ständig kamen ihm und seinen Kollegen die langsam mahlenden Mühlen der deutschen Bürokratie ins Gehege. Gleichzeitig häuften sich die Fälle, was für die Landeshauptstadt Mainz nicht ungewöhnlich war. Doch Leon bekam manchmal das Gefühl, ausschließlich damit beschäftigt zu sein, einen Tatort nach dem anderen zu sichern und spätestens bei der Übergabe an die Spurensicherung schon wieder zum nächsten Fall unterwegs zu sein. Er fühlte sich ständig gehetzt, so, als würde er tausend Dinge anfangen und nichts zu Ende bringen. Von der gelassenen Souveränität seines Chefs war er weit entfernt. Seine Motivation war immer noch genauso groß wie während seines gesamten Studiums. Doch nach knapp zwei Dienstjahren hatte sich nichts weiter geändert. Solange sich für ihn keine Gelegenheit bot, sich zu beweisen, würde er in den Augen seiner Kollegen ein ewiger Berufsanfänger bleiben.

Auch wenn er immer wieder ausgebremst wurde, weigerte er sich, sein Berufsethos aufzugeben. Er war Polizist und wollte auch wie einer handeln.

Dabei hätte dieses neuartige Verfahren, womit sich ein DNA-Gemisch entwirren ließ, möglicherweise zur Lösung einiger Fälle beigetragen. Doch dafür stand kein Geld zur Verfügung. Zu unerforscht wäre das Verfahren, hieß es. Leon fuhr sich mit einem leisen Seufzen durch die Haare. Er lehnte sich im Stuhl zurück, um seine langen Beine unter dem Tisch auszustrecken. Sein Blick fiel durch das Fenster an der gegenüberliegenden Wand. Strahlend blauer Himmel zog sich über die Bonifazius-Türme, die Twin Towers von Mainz am Hauptbahnhof. Die beiden Hochhäuser mit spiegelnden Fassaden gaben sich einen spielerischen Wechsel mit dem historischen Gebäude des Hauptbahnhofs und seiner mit kunstvollen Reliefs geschmückten Fassade. Alles sah so friedlich aus. Eine Utopie, deren Realität sich in Dreck und Gewalt auf den Straßen mancher Stadtviertel darbot.
Wie der Besprechungsraum des Polizeipräsidiums lag Leons Apartment im siebten Stock eines Stadthauses mit einer ähnlichen Aussicht, für die sein Vater mal eben ein paar Tausender mehr bezahlt hatte. Sollte wohl als Entspannungsfaktor dienen, funktionierte aber nicht wirklich. Allerdings kam Leon in der letzten Zeit nur zum Duschen und Schlafen nach Hause. Seine Küche war noch ebenso unbenutzt wie am Tag seines Einzugs – abgesehen von dem silberglänzenden Exemplar einer Portionskaffeemaschine. Eine der genialsten Erfindungen dieser Zeit.
Bewegung kam unter den Anwesenden auf, als sie sich in ihren ergonomischen Stühlen neu positionierten. Hauptkommissar Willi Neumann war im Begriff, zum letzten Tagungspunkt überzugehen. Leon konnte nicht leugnen, dem nahenden Ende der Tagung mit einer gewissen Erleichterung entgegenzusehen. Der runde Verhandlungs-

tisch sollte Demokratie symbolisieren, doch wenn es darauf ankam, fokussierte sich die Aufmerksamkeit letztlich auf eine befehlsbefugte Person. So ähnlich musste es bei den Rittern an König Artus' Tafelrunde zugegangen sein.

Die Blicke der sechs Soko-Mitglieder richteten sich auf ihren Vorgesetzten. Hauptkommissar Neumann räusperte sich vernehmlich, während er mit einer Hand durch sein graumeliertes Haar fuhr. Er betrachtete eingehend sein Notepad, über das er alle notwendigen Informationen aus dem Zentralcomputer beziehen konnte.

Leon kannte diesen Gesichtsausdruck bei seinem Mentor Willi, mit dem ihn auch ein freundschaftliches Verhältnis verband. Die tiefe Falte über seiner Nasenwurzel deutete darauf hin, dass er sich sammelte, um eine Entscheidung zu verkünden, die einigen am Tisch nicht gefallen würde.

Eine unbehagliche Anspannung überkam Leon. Er richtete sich in seinem Stuhl auf und bemerkte die Genugtuung im Blick seines Kollegen Georg. Leons Vorstöße, Fälle immer wieder erneut zu untersuchen, obwohl sie bereits dazu verurteilt waren, als Aktenleichen zu enden, waren Georg stets ein Dorn im Auge. Allein die damit verbundene Schreibarbeit ließ ihn genervt aufstöhnen. Wenn es nach ihm gegangen wäre, wären die meisten Fälle aus dem Milieu aufgrund mangelnder Priorität noch schneller abgeschlossen worden – gelöst oder ungelöst. Anderseits schien er stets das Gefühl zu haben, mit Leon konkurrieren zu müssen, als sähe er eine Gefahr in seinem jüngeren Kollegen. Erschwerend kam hinzu, dass ihre Meinungen grundsätzlich kontrovers waren, bereits seit Leon zu der Soko gestoßen war. Anfangs war er irritiert wegen der unterschwelligen Ablehnung seines älte-

ren Kollegen gewesen. Er war doch niemand, der an anderer Leute Stühlen sägen wollte. Vielmehr betrachtete Leon sich als Anfänger, den Kopf voll mit theoretischem Wissen, das nun in die Praxis umgesetzt werden wollte. Von den erfahrenen Kollegen konnte er nur lernen. Allerdings hatte sich schon nach kurzer Zeit gezeigt, dass Leons Fähigkeiten als Beamter der Kriminalpolizei weit über die leicht angestaubten Vorstellungen seiner Kollegen hinausgingen. Abgesehen von Willi Neumann, den Leon wie eine Vaterfigur aufrichtig bewunderte.
Leon deutete aus Georgs selbstgefälliger Miene, dass der Hauptkommissar gleich seine Entscheidung mitteilen würde, auch diesen Fall aufgrund von Mangel an Beweisen als ungelöst abzuschließen. Er verschränkte die Arme vor seiner Brust und richtete seine Aufmerksamkeit auf Willi. Ein aufgeregtes Flattern machte sich in Leons Magengegend breit, während er sich in Gedanken die richtigen Worte für seinen Einwand zurechtlegte.
»Aus Mangel an Indizienbeweisen sehe ich mich gezwungen, diesen Fall vorerst zu den Akten zu legen«, schloss der Hauptkommissar seine Rede.
Ein Raunen zog durch den Raum, unterlegt von verhaltenem Flüstern. In Leons Kopf rauschte es, seine Fingerspitzen kribbelten. Die Worte seines Chefs vibrierten wie das Echo eines Gongschlags durch seinen Körper. Er drängte die aufsteigende Wut zurück und starrte ins Nichts, um seine Gedanken zu ordnen. Es würde zu nichts führen, wenn er sich von seinen Gefühlen lenken ließ. In der Vergangenheit hatte sich gezeigt, dass es besser war, wenn er sein aufbrausendes Wesen im Zaum hielt. Es war schlicht unprofessionell und brachte ihm nicht mehr ein als verständnislose Blicke seiner Kollegen. Doch erschienen ihm diese Entscheidung besorgniserre-

gend, zumal es Wege gab, speziell in diesem Fall weiter zu ermitteln. Die Hinweise auf einen Serientäter waren eindeutig. Vermutlich ein durchgeknallter Drogensüchtiger oder Dealer im Revierkrieg. Seine Handschrift hatte er an mehreren Tatorten hinterlassen, doch waren jedes Mal zu viele Personen anwesend gewesen. Eine aufwendige Befragung von möglichen Verdächtigen und Szenemitgliedern könnte weiterführen. Anscheinend sah niemand in seiner Einheit eine Notwendigkeit dazu. Leon konnte sich des Eindrucks nicht erwehren, dass die meisten am Tisch den Abschluss eines Falls mit dem Klingeln zur großen Pause gleichsetzten.

Der Hauptkommissar hatte während seiner Rede jeden Einzelnen im Raum angeschaut. Zum Schluss blieb sein fester Blick an Leon haften, als wollte er ihm die Endgültigkeit dieses Beschlusses verdeutlichen. Vor allem schien ihm daran zu liegen, jeglichen Widerspruch im Keim zu ersticken. Doch hier ging es nicht um Gehorsam, sondern um Berufsehre.

Ehe Leon sich davon abhalten konnte, waren die Worte aus seinem Mund gesprudelt. »Komm schon, Willi! Das kann doch nicht dein Ernst sein!«

Er hasste es, seinem Vorgesetzten zu widersprechen, zumal sie oft einer Meinung waren. Natürlich musste Willi sich an seine Vorgaben halten. Doch Leon konnte nicht widerstandslos jede unsinnige bürokratische Regelung hinnehmen.

Der Hauptkommissar hob tadelnd die Augenbrauen, was Leon dazu bewog, sich zu besinnen. Schnell setzte er sich wieder, um sich zu sammeln. Willi Neumann war ihm stets wohlgesinnt, und Leon wusste instinktiv, dass der ältere Mann ihn verstand. Die formlose Anrede war für ein offizielles Treffen nicht angebracht, sondern ge-

hörte in den privaten Bereich. Später konnte Leon sich mit dem Hauptkommissar noch austauschen, wie sie es ohnehin häufig taten.
»Kollege Strater, wollten Sie uns etwas mitteilen?«, fragte Neumann.
Leon ignorierte das missmutige Seufzen einiger Kollegen ebenso wie die verhaltenen Blicke auf die Armbanduhren. Die anstehende Mittagszeit hatte bei manchen dieselbe Wirkung wie der bevorstehende Feierabend. Da wollte man nichts Neues mehr anfangen. Nun, manchmal ging es eben nicht anders.
Neben ihm lehnte Georg sich mit vor der Brust verschränkten Armen zurück.
Leon atmete tief durch. »Ich bin der Meinung, dass wir etwas verfrüht handeln. Wurden alle Verdächtigen befragt?«
»Soweit es die Ermittlungsarbeit der Soko betrifft. Wer von den Morden weiß, schweigt, um seine eigene Haut zu retten. Wir haben es mit einem wahren Syndikat zu tun, das schwer zu durchdringen ist«, entgegnete Willi. »Zum jetzigen Zeitpunkt bleibt uns nichts weiter, als Beweise zu sammeln.«
»Und zu warten, bis es noch mehr Opfer gibt?« Leon starrte seinen Chef verständnislos an.
»Herrgott noch mal, mach doch nicht jedes Mal so ein Aufhebens!«, warf Georg genervt in die Runde.
Leon ballte seine Hand zur Faust. Er konnte kaum fassen, was der Kerl da von sich gab. »Sie ist ein Mordopfer, ebenso wie die Frauen davor!«
»Was schlägst du denn vor, Klugscheißer?« Georg beugte sich zu ihm herüber. »Mit gezückter Knarre in Wildwestmanier durch die Drogenszene zu jagen, bis irgendein Freak sich in die Hose macht und plaudert?«

Die gehässige Anspielung auf seine zerschlagenen Karrierepläne brachte Leon auf, doch er riss sich zusammen. Georg war es nicht wert, sich eine Dienstaufsichtsbeschwerde einzuhandeln, nur weil der Drang, ihm die Nase zu brechen, gerade übergroß war.

»Nein, Georg, wir könnten es mit guter alter Polizeiarbeit versuchen: ohne Unterlass die Leute befragen, ein Täterprofil erstellen oder neue technische Möglichkeiten heranziehen, statt uns für die nächsten zwanzig Jahre zurückzulehnen und auf die Pension zu warten!«, konterte Leon.

Georg verzog keine Miene und tauschte mit ein paar Kollegen am Tisch Blicke aus. Im Gegensatz zu Georg standen einige von ihnen tatsächlich kurz vor ihrer Pension, was für Leon keinen Grund dafür lieferte, untätig die Beine hochzulegen.

Er ließ sich nicht beirren und wandte sich an den Hauptkommissar: »Britische Forensiker forschen seit längerem an einem System zur Entschlüsselung verschiedener DNA-Merkmale. Das Verfahren nennt sich DNAboost und wurde bereits in einer Pilotphase erfolgreich getestet.«

»Nun ja, erfolgreich nenne ich etwas anderes, als dreißig Prozent mehr gelöste Fälle«, erwiderte Neumann ruhig. »DNAboost kann helfen, mögliche Täter aufzuspüren, aber es identifiziert nicht den tatsächlichen Täter. Solange die Forschungen nicht abgeschlossen sind, besteht ein zu hohes Risiko fehlerhafter Analysen.«

Und bis dahin würde der Staat keine Gelder lockermachen. Eine zu unsichere Spekulation. Bürokraten waren eben keine Visionäre. Leon und Willi hatten bereits über diese neue Technik diskutiert, mit der man unterschiedliche DNA-Spuren am Tatort unterscheiden konnte. Während Leon begeistert von diesen neuen Möglichkeiten war, verhielt Willi sich zwar kritisch, aber immerhin interessiert. Deutsche Kriminalämter verwendeten nach wie vor Standardmethoden zur Analyse von DNA-Spuren, was in eine Sackgasse führen konnte.

»Ach, die Engländer wieder mit ihrem Science-Fiction-Zeug! Geben eine Menge Kohle für unsinnige Forschungen mit fragwürdigem Ergebnis aus. Am Ende kommen geklonte Schafe dabei raus.« Georg lachte über seinen eigenen Witz und erntete immerhin ein paar zustimmende Grinser am Tisch.

»Seit wann ist denn Fortschritt unsinnig?« Leon spürte, wie die Diskussion im Sand verlief, und ärgerte sich darüber.

»Genug jetzt, meine Herren!« Hauptkommissar Neumann hatte die Stimme erhoben, bevor die Zornesröte Georgs Nasenwurzel erreichen konnte.

Sofort herrschte Ruhe, obwohl die meisten Kollegen ohnehin die ganze Zeit schweigend der Diskussion gelauscht hatten. Anscheinend wussten nur die gestandenen Damen und Herren, wie man Haltung bewahrte. Leon musste zugeben, dass es ihm nicht immer leichtfiel, mit seinen persönlichen Ansichten an sich zu halten. Eine bewundernswerte Fähigkeit, für die es sicherlich einer Menge Erfahrung bedurfte. Er hingegen hatte sich hinreißen lassen, obwohl er sich vorgenommen hatte, nicht mehr auf Georgs Provokationen einzugehen. Um sich seine Betroffenheit nicht anmerken zu lassen, klopfte er mit dem Kugelschreiber auf die Tischkante. Letztlich war es eine Folge seiner eigenen Unzufriedenheit, die es ihm erschwerte, Tatsachen hinzunehmen und einzusehen, dass manche Diskussionen verschwendete Energie waren. Vielleicht war es nicht das Team, das ihm

Schwierigkeiten bereitete, sondern er selbst. So konnte es auf keinen Fall weitergehen. Er nahm sich vor, ernsthafter als bisher in Betracht zu ziehen, etwas in seinem Leben zu ändern.

»Dein Enthusiasmus in allen Ehren, Leon, doch es führt uns nicht weiter, wenn ein Streit ausbricht«, vernahm er Willi. »Ich habe nicht gesagt, dass der Fall abgeschlossen wird, sondern für unsere Abteilung vorerst zu den Akten gelegt wird. Die Kollegen von der Kripo werden sich weiter darum kümmern.«

»Schon in Ordnung«, erwiderte Leon.

Der Hauptkommissar ordnete den Papierstapel vor sich, bis er fündig wurde. »Gehen wir zum nächsten Punkt über!«

Er klickte ein paar Menüpunkte auf seinem Laptop an. Die Leinwand hinter ihm zeigte eine Reihe technischer Daten, bis die neongrüne Vergrößerung eines kompletten Radarbildes erschien. Undeutlich waren die Umrisse von vier Wageninsassen zu erkennen. Wieder so eine veraltete Technik im deutschen Kriminalwesen! Es gab längst digitale Geschwindigkeitsmesser, auf deren Fotos jeder Pickel eines Fahrers zu erkennen war. Kein Vergleich zu der röntgenbildartigen Darstellung auf der Leinwand. Wenigstens war das Kennzeichen deutlich zu sehen.

Dennoch wurde Leons Interesse sofort geweckt. In welcher hinterwäldlerischen Gegend der Apparat auch immer aufgestellt und vermutlich vergessen worden war – es steckte offenbar mehr dahinter als ein Verkehrsdelikt. Sonst wäre das Foto nicht in den Zuständigkeitsbereich der Mordkommission geraten. Er richtete sich auf und betrachtete das Bild genauer. Schon die Vergrößerung verpixelte die Aufnahme fast bis zur Unkenntlichkeit. Selbst mit modernsten Bilderkennungsverfahren dürfte es kaum möglich sein, mehr zu erkennen. Der Beifahrer war leicht zur Seite geneigt, als würde er mit dem Kopf am Fenster lehnen. Das Gesicht des Fahrzeugführers verschwand fast vollständig hinter der Sonnenblende. Eine heruntergeklappte Sonnenblende ergab bei Nacht ebenso wenig Sinn wie eine Sonnenbrille. Gedankenlosigkeit oder Aufschneiderei steckte vielleicht dahinter. Oder die bewusste Absicht, etwas zu verbergen. Die Mitfahrer auf der Rückbank ließen sich allenfalls als Schattengestalten erahnen. Am unteren Rand prangten das Aufnahmedatum und die Uhrzeit. Die Aufnahme stammte von Freitagnacht. Anscheinend hatten ein paar junge Leute am Wochenende in Partylaune die Geschwindigkeitsbegrenzung vergessen. Heute war Dienstag in der Woche darauf. Leon rieb sich nachdenklich das Kinn, während er sich fragte, was es mit dem Radarbild auf sich hatte.

»Wir haben es hier mit einem Verkehrsunfall zu tun, bei dem es drei Tote gab.« Hauptkommissar Neumann deutete auf das Radarbild. »Der abgebildete Pkw stürzte einen Steilhang hinab. Unfallort: ein Abbruchgelände, südwestliches Gebiet Hunsrück.«

Er betätigte die Maus, um ein weiteres Bild an die Leinwand zu projizieren: einen völlig zertrümmerten Wagen, teilweise zusammengedrückt wie eine Ziehharmonika, besonders der Fahrerraum, dessen Dach fast komplett auf die Karosserie gedrückt worden war. Das zerbeulte Kennzeichen war zumindest lesbar und identisch mit dem auf dem Radarbild.

»Beifahrer und die dahinter sitzende Person wurden bei dem Sturz durch die Windschutzscheibe geschleudert. Ihre Körper fanden die ermittelnden Kollegen weiter oben. Die dritte Person kam bei dem Aufprall zu Tode, eingequetscht im Wagen.«

Leons Blick wanderte unwillkürlich zum Radarfoto, von dem jedem am Tisch eine Kopie vorgelegt worden war. Demnach musste die vierte Person im Wagen vorher ausgestiegen sein.
»Der dritte Mann – handelte es sich um den Fahrzeugführer?«, fragte Leon.
»Wir gehen davon aus, aber genau ließ sich das nicht ermitteln. Der Junge wurde mächtig im Fahrzeug herumgeschleudert. Es gab Spuren, die belegen, dass er versucht haben muss, aus dem Wagen zu springen, während dieser abstürzte.«
Hauptkommissar Neumann verteilte die Kopien der Obduktionsberichte, denen jeweils Fotos der übel zugerichteten Unfallopfer beigefügt waren. Sofort versuchte Leon, die Bilder mit den Insassen auf dem Radarbild zu vergleichen. Doch schon bald musste er feststellen, dass es kaum möglich war, Ähnlichkeiten der Personen auf einer schlechten Schwarzweißaufnahme mit den von Verletzungen deformierten Gesichtern auszumachen. Leon blätterte die Fotos aus der Pathologie durch, auf denen jedes einzelne Opfer aus verschiedenen Perspektiven abgelichtet war. Die nackten Körper wiesen auffällige Schwellungen an den Extremitäten sowie unzählige Totenflecken auf. Demnach mussten sie schon eine Weile gelegen haben, bevor jemand sie fand. Dem Bericht zufolge hatte sich die Totenstarre bereits gelöst, was zwei bis drei Tage nach Eintritt des Todes geschah.
Neumann klickte das nächste Bild an. »Ein Spaziergänger entdeckte das Autowrack und verständigte unverzüglich die Polizei. Die Pathologen im örtlichen Kreiskrankenhaus haben einen relativen Todeszeitpunkt ermittelt: Freitagabend gegen 22:30 Uhr.«
Abwartende Stille breitete sich im Raum aus. »Relativ«

bedeutete bei einer gewöhnlichen Obduktion plus / minus drei Stunden. Genauer war es in der Regel auch nicht nötig, wenn die Todesursache eindeutig und Fremdeinwirkung auszuschließen war. Ein Unfall bildete ein klares Merkmal. Doch etwas stimmte nicht. Leon durchsuchte die vor ihm liegenden Berichte und Fotos. Dabei rechnete er die jeweilige Karenzstundenzahl vor und nach dem ermittelten Todeszeitpunkt aus. Sein Blick fiel auf die Daten des Radarbildes. Die Aufzeichnung stammte von Sonntagmorgen, 2:40 Uhr. Stutzig geworden, verglich Leon die Uhrzeiten erneut. Die Erkenntnis durchfuhr ihn wie eine heiße Welle. Er biss sich auf die Lippen, damit seine Vermutung nicht vorzeitig aus ihm herausplatzte. Was hatte das zu bedeuten? Die jungen Männer waren in die Radarkontrolle geraten, obwohl sie nachweislich bereits über vierundzwanzig Stunden tot waren. Seine Kollegen hatten die Unterlagen oberflächlich gesichtet und warteten nun darauf, von ihrem Vorgesetzten darüber in Kenntnis gesetzt zu werden, warum dieser Fall überhaupt auf dem Tisch der Mordkommission gelandet war.

»Es war kein Unfall, sondern Mord«, verkündete Leon in die Runde.

Nur flüchtig nahm er die verdutzten Gesichter am Tisch wahr, ebenso das verhaltene Raunen. In Willis Augen blitzte es anerkennend auf, woraufhin Leon ihn fragend anblickte. Anscheinend hatte der Chef sich wieder einmal einen kleinen Test für seine Soko ausgedacht. Hin und wieder neigte er dazu, seine Leute wachzurütteln, indem er vermeintlich gelöste oder auf den ersten Blick belanglose Fälle präsentierte, um herauszufinden, wer von seinen Leuten motiviert genug war, über den Tellerrand hinauszublicken.

Er nickte Leon zu. »Wir sollten diese Möglichkeit zumindest näher betrachten.«
Ehe er etwas erwidern konnte, ergriff Georg das Wort. »Bei allem Respekt, Chef, aber wir sind hier nicht im Kindergarten! Es besteht kein Grund, uns auf diese Weise zu diskreditieren. Schließlich sind wir ein professionelles Team!«
Einige Beamte nickten, hielten sich aber zurück.
»Ein Profi fühlt sich nicht bloßgestellt, wenn man von ihm eine andere Betrachtungsweise erwartet«, erwiderte Willi und wandte sich wieder Leon zu. »Und? Was führt Sie zu der Annahme, dass wir es hier möglicherweise mit Mord zu tun haben?«
»Die Uhrzeit auf dem Radarbild.« Leon hielt sein kopiertes Exemplar hoch und deutete auf die Datenanzeige in der unteren Ecke. »Das Bild entstand mehr als einen Tag nach dem ermittelten Todeszeitpunkt der Unfallopfer.«
»Na und? Dieser uralte Geschwindigkeitsmesser mitten in der Pampa stammt vermutlich noch aus den Fünfzigern und funktioniert die meiste Zeit nicht. Wahrscheinlich hat bis zu diesem Foto kein Mensch mehr an die Kiste gedacht.« Georg hatte nicht vor, klein beizugeben.
Für Leon kein Problem. Jeder Widerspruch regte ihn zum Nachdenken an, und Georgs Einwand war nicht von der Hand zu weisen. Wenn das Gerät ein falsches Datum angezeigt hatte, sah es mehr nach einem Unfall aus.
»Das würde ich nicht unbedingt behaupten.« Willi zog ein Formular aus seinem Papierstapel. »Es gibt im Gebiet um Kastellaun zehn Geschwindigkeitsmesser, die offenbar gute Arbeit leisten. Dank des zunehmenden Tourismus durch das dortige Musikfestival sind die Einnahmen aus Bußgeldern für die Gemeinde nicht zu verachten. Fahren Sie fort, Strater!«

Leon zog das Radarbild aus dem Stapel. »Fraglich ist die Identität der vierten Person.«
»Ein Anhalter. Ein Saufkumpan, der vorher ausgestiegen ist, oder sonst jemand. Das ist wie die Suche nach der Nadel im Heuhaufen!«, warf Georg ein.
»Eine Fahndung könnte den Heuhaufen aufwirbeln.« Leon sprach mehr zu sich selbst, weil er in den Obduktionsbericht vertieft war.
Alle drei Leichen wiesen einen hohen Blutalkoholspiegel auf, weitere Ergebnisse der toxikologischen Untersuchung zeigten Spuren von Drogen. Mögliche Gründe für einen vorzeitigen Tod, aber nicht einleuchtend – es sei denn, die jungen Männer waren an einer Überdosis gestorben. Alle drei gleichzeitig? Das erschien Leon unwahrscheinlich.
»Ich schlage vor, wir überprüfen die Angelegenheit vor Ort. Dazu müsste ich einen von Ihnen nach …« Willi blätterte in den Unterlagen. »… Birkheim beordern.«
Leon blickte auf. In den Gesichtern seiner Kollegen zeichnete sich deutlicher Unmut ab. Keiner von ihnen war erpicht darauf, das gewohnte Terrain zu verlassen. Leon schon. Doch wo zum Henker lag dieses Birkheim? Gleichzeitig reizte es ihn, als Ermittler seinen eigenen Fall zugeteilt zu bekommen. Er konnte nach eigenem Ermessen handeln, und die Auflösung eines möglicherweise dreifachen Mordes dürfte seine Vita mächtig aufpolieren. Seine Hand hob sich, ohne dass er weiter darüber nachdachte.
Der Hauptkommissar nickte ihm anerkennend zu und entließ den Rest der Soko aus dem Besprechungsraum.
»Die konnten ja nicht schnell genug verschwinden«, bemerkte Willi mit einem Schmunzeln.
Als sie allein im Raum waren, setzte wie gewohnt ein gelockerter freundschaftlicher Umgangston ein.

Leon zuckte mit den Achseln. »Das wird zwar kein Trip in die USA, aber ein Fall, bei dem ich sicher auf ein paar Überraschungen stoßen werde. Ich bin überzeugt, dass wir es nicht mit einem schlichten Unfall zu tun haben.«
»Ich denke auch, dass sich da jemand im entlegenen Hunsrück ziemlich in Sicherheit wähnt. Wäre da nicht zufällig dieses Radarbild aufgetaucht, hätte niemand Kenntnis von der Sache genommen.« Willi sammelte die Unterlagen ein und überreichte Leon den Stapel. »Ich denke, für dich ist diese Herausforderung genau das Richtige. Irgendetwas stimmt da unten im Hunsrück nicht. Wir werden sehen, was du herausfindest.«
Leon nickte. »Danke, Chef. Ich werde mein Bestes geben.«

Am nächsten Tag lenkte Leon seinen Wagen auf die Autobahnausfahrt in Richtung Kastellaun und fuhr die Bundesstraße entlang. Den Weg zum Kreiskrankenhaus konnte er sich sparen, da man ihm am Telefon mitgeteilt hatte, dass die drei Leichen bereits dem zuständigen Bestatter übergeben worden wären. Anscheinend liefen die Amtshandlungen auf dem Lande reibungsloser ab, was sicherlich einer gewissen Überschaubarkeit der Todesfälle zuzuschreiben war. Auch wenn Leon das etwas voreilig erschienen war und er noch keine genaue Vorstellung davon hatte, was ihn erwartete, sah er seiner Aufgabe mit freudiger Erwartung entgegen.
Die Umgebung wurde zunehmend ländlicher. Vereinzelt standen Wohnhäuser inmitten abgerodeter Felder. Der strahlend blaue Horizont zog eine klare Linie zu einem breiten Waldstreifen wie ein Tor zu einer anderen Welt. Unwillkürlich fragte Leon sich, wie viele unentdeckte Straftaten es in dieser Gegend schon gegeben haben

mochte. Auf der Landkarte hatte er sich die Umgebung bereits eingeprägt. Die Dörfer waren teilweise kleiner als ein Wohnviertel in Mainz. Weitläufige Waldgebiete standen seit Jahrzehnten unter Naturschutz oder waren von einer ursprünglichen Dichte, wie man sie heutzutage kaum noch kannte. Wenn Leon sich so umschaute, wirkten die abgeschiedenen Landteile ziemlich hinterwäldlerisch. Kaum zu glauben, dass nur wenige Kilometer entfernt regelmäßig eins der größten Musikfestivals Deutschlands stattfand! Mit einem florierenden Drogenumschlagplatz. Mit Sicherheit würde seine Ermittlung ihn auch zur ehemaligen Raketenabschussbasis Pydna führen.

Den gewohnten Anblick des Mainzer Stadtpanoramas vermisste Leon seltsamerweise nicht lange. Er drehte das Fenster herunter, um sich die Landluft um die Nase wehen zu lassen. Dank Navigationsgerät konnte er sich die Lage des Hundertfünfzig-Seelen-Ortes Birkheim schnell einprägen. Nun musste er nur noch Ausschau nach der Beschilderung halten. Für die Strecke hatte er nicht einmal eine Stunde gebraucht. Mit der Suche nach dem kleinen Dorf dürfte er noch einmal so viel Zeit verbringen. Er nahm es gelassen. Dass sich ausgerechnet an einem der entlegensten Orte das zuständige Bestattungsunternehmen befand, führte er darauf zurück, dass die Menschen in der Umgebung sicher ein paar skurrile Eigenarten aufwiesen. Vermutlich kauften die Bewohner der siedlungsähnlichen Örtchen ausschließlich im Tante-Emma-Laden ihres Vertrauens ein, konsultierten allesamt den geschätzten Allgemeinmediziner im Dorf, vertrauten auf die Meinung ihres alteingesessenen Pfarrers und hielten es auch mit ihren Verblichenen nicht anders.

Leon lehnte sich in seinem Sitz zurück. Vor ihm schlängelte sich die Landstraße durch die immer grüner werdende Umgebung wie die virtuellen Rennstrecken bei einem Computerspiel. Das brachte ihn auf eine Idee. Weit und breit war kein Mensch zu sehen, auch kein Auto. Das bot sich geradezu an, um für eine Weile die Gedanken einmal nicht ausschließlich um den bevorstehenden Fall kreisen zu lassen. Ein bisschen Vergnügen würde er sich wohl gönnen dürfen. Außerdem hatte er noch keine Gelegenheit gehabt, das Pedal bis zur Ölwanne durchzutreten. Hier würde niemand bemerken, wenn er die Strecke kurzfristig als Rennbahn nutzte. Er löste den Tempomat, der ihn in den letzten fünfzehn Minuten mit bequemen achtzig Stundenkilometern durch die Landschaft geschaukelt hatte. Seine Fingerspitzen kribbelten bei der Vorstellung, etwas Verbotenes zu tun. Die aufgeregte Erwartung beschleunigte seinen Herzschlag. Mit beiden Händen umfasste er das Lenkrad und trat das Gaspedal durch. Die Tachonadel schnellte in den dreistelligen Bereich. Das Kribbeln zog in Leons Magen. Der Geschwindigkeitsrausch war der einzige, den er sich hin und wieder gönnte – in einem der seltenen unbeobachteten Momente wie diesem. Rasant nahm er die kurz hintereinander wechselnden Kurven, ohne das Tempo zu mindern. Fast von allein neigte sich dabei sein Oberkörper zur jeweiligen Seite. Er genoss das prickelnde Gefühl, mit der kraftvollen Maschine unter sich eins zu werden, seine eigene Bewegungsfreiheit auszudehnen. Eine Achterbahnfahrt vermochte den Kick ins Grenzenlose zu treiben, bei einer rasanten Autofahrt hingegen, behielt man die Kontrolle. Erst jetzt merkte er, dass er breit lächelte. Leon kam sich vor wie ein kleiner Junge, der einen begrünten Abhang hinabrannte, wobei seine Beine immer schneller wurden,

begleitet von der ständigen Gefahr, zu stolpern und zu stürzen.
Vor ihm näherte sich schnell die Rückseite eines roten Mazda MX5. Völlig vorurteilsfrei ging Leon davon aus, dass der Fahrer eine Frau sein musste. Sie bevorzugten nun einmal dieses Modell. Missmutig drosselte er das Tempo, obwohl der Wagen vor ihm auch nicht gerade langsam fuhr. Die Strecke zog sich noch eine Weile, wäre doch schade, wenn er den Rest wegen eines Pkw vertrödeln würde. Er setzte den Blinker mit der Absicht, zu überholen. Als er auf gleicher Höhe mit dem Mazda lag, zog dieser plötzlich an. Da hatte wohl jemand nicht vor, sich überholen zu lassen. Überrascht warf Leon einen Blick hinüber. Dunkle schulterlange Locken umrahmten ein zierliches Profil. Mehr konnte er nicht erkennen, denn er musste sich auf die Straße konzentrieren, die etwas weiter vorn auffallend enger wurde. Er erhöhte das Tempo. Sie hielt mit.
»Das glaube ich jetzt nicht!«, stieß Leon aus.
Anscheinend steckte die Kleine in demselben Anflug von Abenteuerlust wie er. Er raste neben ihr her, während die Stelle unaufhaltsam näherrückte, an der die Straße einspurig wurde. Einer musste nachgeben. Verdammt! Er war Polizist und sollte nachsichtig sein. Genau genommen sollte er die kleine Raserin dazu bringen, stehen zu bleiben. Doch dazu hätte er sich an die eigene Nase fassen müssen. Willkürlich die Amtsperson heraushängen zu lassen, wenn es gerade passte, gehörte nicht zu seinen bevorzugten Taktiken. Fakt war, dass er sich nicht im Geringsten von ihr unterschied und nicht vorhatte, unfair zu werden. Außerdem war ein niederer Instinkt in ihm geweckt. Er war angespornt, wollte gewinnen.
Ein kurzer Seitenblick zeigte, dass die junge Frau Leon

zu ignorieren schien. Er wusste genau, dass sie das nicht tat, sondern ihn heimlich aus dem Augenwinkel musterte. Ihre Hände hatten fest das Lenkrad umschlossen, die Arme ausgestreckt, das Kinn vorgeschoben. Ihre Haltung zeugte davon, dass sie nicht vorhatte, klein beizugeben. Leon beschleunigte erneut. Der schneidige Flitzer schien mühelos neben ihm mitzuhalten, was in ihm einen Anflug von Bewunderung auslöste, auch wenn klar war, dass sein Wagen letztendlich der schnellere war. Wenn er jetzt nicht aufhörte, würde er sie von der Straße drängen, da seine Spur eindeutig diejenige war, die in die Straßenenge überging. Er lächelte zu ihr hinüber, während er das Tempo drosselte. Hatte sie da nicht kaum wahrnehmbar in seine Richtung genickt? Doch ehe er sichs versah, scherte der rote Wagen ruckartig nach rechts aus. Mit einem Satz war der Grünstreifen überwunden, und der Mazda holperte querfeldein auf ein Waldstück zu.

Überrascht starrte Leon dem Auto hinterher und kam dabei beinahe selbst von der Straße ab. Schnell riss er das Lenkrad herum und brachte seinen Wagen wieder auf die Spur. Obwohl er das Tempo verringert hatte, fuhr er noch mit überhöhter Geschwindigkeit. Immer wieder huschte sein Blick nach rechts, wo inzwischen dichtes Buschwerk an ihm vorbeiraste. Von dem roten Auto war keine Spur mehr zu sehen. Dafür schoss ein Ortsschild an ihm vorbei, das er nur aus dem Augenwinkel wahrnahm. Keine Chance, die Aufschrift zu lesen, aber er hatte da so eine Ahnung. Mit quietschenden Reifen brachte er den Wagen zum Stehen und legte den Rückwärtsgang ein, bis er das Schild erreichte. Mit einem ergebenen Grinsen bog er kurz darauf in die gekennzeichnete Straße nach Birkheim ab.

kapitel 6

der Teppich war grün, ein matter Ton. Entfernt erinnerte er an den silbrigen Schein einer mit Tau benetzten Wiese im Morgengrauen, doch in Wahrheit ähnelte er mehr einem Grauschleier, auch wenn die eingestickten weißen Muster Blumen suggerieren sollten. Fast alle Böden im Haus bestanden aus massivem Eichenparkett. Ausgerechnet im festlichen Trauersaal, in dem sich regelmäßig zahlreiche Menschen zusammenfanden, lag dieses flauschige Ding. Zoe konnte sich nicht entscheiden, ob sie den Teppich hasste oder liebte. Als Kind war sie oft mit nackten Füßen darübergelaufen und spielte sogar jetzt mit dem Gedanken, einfach ihre Schuhe auszuziehen. Stattdessen packte sie den Stapel Lieferscheine und ging damit zu einem der polierten Beistelltische hinüber, der ausnahmsweise nicht mit Blumen dekoriert war.

Während Zoe die Eingangspapiere sichtete und unterschrieb, wuchteten nebenan Lieferanten die Särge auf die vorbereiteten Rollwagen. Für gewöhnlich stand davon nur einer im Trauersaal. Die anderen beiden hatte sie am Vortag aus der Garage holen müssen. Drei Leichen gleichzeitig für einen Abschied am offenen Sarg aufzubahren, stellte definitiv eine Herausforderung dar. Normalerweise erfolgte diese Form des Abschieds ohne behördliche Genehmigung innerhalb von drei Tagen nach Todeseintritt. Bei den drei toten Jungen hingegen wurden anscheinend alle Hebel in Bewegung gesetzt, damit fast eine Woche nach dem pathologisch ermittelten Todeszeitpunkt eine angemessene Trauerfeier stattfinden konnte. Zoes Mutter hatte wieder ganze Arbeit geleistet und sich um die notwendigen Schritte für die Familien gekümmert. Das hatte sie ebenso gut drauf,

wie sie ihre Geschäftstüchtigkeit beim Verkauf von Särgen bewies.
Allerdings hatte sie sich beleidigt in ihre Kapelle zurückgezogen, weil sie es Zoe übelnahm, dass diese sie vorgeführt hatte. Zumindest schien sie es so aufzufassen, nachdem sie Zoe und Josh in der Halle gesehen hatte, ohne zu wissen, worüber sie sprachen. Vom Gegenteil ließ Isobel sich ohnehin nicht überzeugen. Ihr ging es schon gegen den Strich, wenn ihre Versuche, Zoe dazu zu verleiten, schlecht über Josh zu reden, scheiterten. Wenn Isobel jemanden nicht leiden konnte, dann war das eben so. In den nächsten Tagen würde sie nur zum Essen und Schlafen ins Haus kommen. Sie hatte noch immer nicht begriffen, dass ihre Liebesentzugssanktionen nicht mehr bei Zoe zogen.
Dennoch war Zoe überrascht gewesen, als ihre Mutter so zurückhaltend reagierte, nachdem sie ihr mitgeteilt hatte, welche Leichen im Keller lagen. Isobel war in der Vergangenheit ausnahmslos ungehalten gewesen, wenn die Rede von Boris Nauen oder seinen Freunden war. Für sie verkörperte er den Schänder ihrer Tochter, das unangefochtene Feindbild, dem seine gerechte Strafe noch bevorstand. Jetzt war er tot. Und Isobel war ebenso Profi wie Zoe. Eine Leiche bedeutete Geschäft, nicht mehr und nicht weniger. Erfahrungsgemäß würde ihre Mutter sich wieder einkriegen. Es war nur eine Frage der Zeit oder, besser gesagt, tagesformabhängig.
Zoe pfiff leise zwischen den Zähnen, als sie den Preis des Sarges von Familie Nauen im Papierwust entdeckte. Sie kannte die Einkaufspreise und somit auch den Gewinn, den die drei Särge für ihr Unternehmen abwerfen würden. Viel Überredungskunst war dafür sicher nicht nötig gewesen. Boris' Familie würde sich auch nach seinem

Tod nicht nehmen lassen, jedem Gemeindemitglied deutlich ihren gesellschaftlichen Stand zu präsentieren. Sie blickte hinüber zum Kopfteil des Saales, der wie die Miniatur eines Kirchenschiffs wirkte. Überladene Blumengestecke mit Rosen und Lilien zierten den bühnenartigen Holzausbau. Manche Trauerfeiern waren einem Laienschauspiel nicht unähnlich, und Zoe rechnete damit, dass es die bevorstehende Abschiedsfeier im großen Rahmen sogar mit einem Drama aufnehmen konnte. Das unzertrennliche Trio bis über den Tod hinaus vereint. Wie selbstverständlich hatten die Lieferanten den hochwertigsten der drei Särge mittig plaziert. Ein nach amerikanischem Vorbild angefertigtes Luxusmodell aus hochglänzendem Pinienholz mit reichverzierten Twaylenbeschlägen, die erst auf den zweiten Blick erkennen ließen, dass es sich nicht um pures Gold handelte. Gegen diese aufwendige schokobraune Residenz für die Ewigkeit nahmen sich die beiden Mahagonitruhen beinahe blass aus, obwohl diese preislich nicht zu verachten waren. Das ließ kaum Zweifel darüber aufkommen, wer von den dreien zu Lebzeiten das Sagen gehabt hatte, und überhaupt keinen darüber, dass diese Münder nun auf ewig verschlossen waren. Schließlich würde Zoe sie eigenhändig zunähen.

»Mein lieber Scholli, was für eine protzige Kiste! So was wie der Lamborghini unter den Särgen, was?«

Der Lieferant war neben ihr aufgetaucht und stopfte beide Hände in die Taschen seines Blaumanns, während er Zoe auffordernd zunickte.

»Könnte man so sagen.« Sie schob die Lieferscheine zu einem Stapel zusammen.

Der Mann lag gar nicht einmal so daneben mit seinem Eindruck. Tatsächlich wählten Angehörige einen Sarg nicht selten nach dem zuletzt gefahrenen Auto aus – oder dem, welches der Verstorbene gern gefahren hätte. Oberklasse für die Fahrt ins Jenseits. Zumindest was die Herren betraf. Bei Frauen wurde es mitunter blumig bis kitschig. Schlimmstenfalls wurde die Verblichene in einem gläsernen Sarg wie Schneewittchen aufgebahrt. Oder wie der Papst. Jedem das Seine. Zoe war es gleich, und ihre Mutter verkaufte gewinnbringend.

»Ein Jammer um das schöne Material!«, sinnierte der Lieferant vor sich hin. »Werden die Dinger eigentlich noch mal benutzt?«

»Nein, die Särge werden verbrannt oder begraben, je nach Wunsch der Angehörigen.« Zoe hielt dem Mann die Papiere hin und musterte ihn verwundert. Er musste neu sein, sonst hätte er keine so seltsame Frage gestellt.

»Was für eine Verschwendung«, erwiderte er kopfschüttelnd. Damit kritisierte er Zoes Berufsethos, was ihr eine Erwiderung wert war.

»Das ist so vom Gesetzgeber vorgeschrieben und aus hygienischen Gründen notwendig. Es treten immer Körperflüssigkeiten aus, egal, wie fachmännisch eine Leiche versorgt wurde.«

Der Lieferant starrte sie an und schluckte. »Ach so … na dann …« Er schnappte sich die Papiere und stapfte in Richtung Hintereingang davon. »Bis zum nächsten Mal!«

Kopfschüttelnd blickte Zoe dem Mann hinterher. Das hatte ihm schon als Antwort gereicht. Schade. Dabei war sie gerade erst in Stimmung gekommen und hätte ihm gern genauer erklärt, warum Särge nur ein Mal benutzt werden durften. Doch es verhielt sich wie mit den Fragen nach dem Befinden, auf die man immer mit *Gut* antwortete, weil es in der Regel nicht wirklich interessierte, wie man sich tatsächlich fühlte. So verliefen auch die Gespräche über ihren Beruf, wenn sie denn überhaupt aufkamen. Kurzes Interesse, gefolgt von deutlichem Unbehagen, sobald Zoe zu näheren Erklärungen ansetzte. Den Tod zu tabuisieren war schlicht ignorant. Wie konnten sich die Menschen dem verschließen, was sie alle irgendwann ereilen würde? Außerdem war es das einzige Thema, über das sie sich gern unterhielt.

»Den haben Sie aber ganz schön verschreckt. Nicht alle Berufe eignen sich für belanglose Plaudereien.« Die Stimme drang aus dem Verkaufsbereich zu ihr herüber.

Mit einem missmutigen Seufzen wandte Zoe sich um. Sie hatte vergessen, die Ladentür abzuschließen. Jetzt musste sie sich mit einem Vertreter herumschlagen. Um einen Kunden dürfte es sich kaum handeln, diese warteten für gewöhnlich im Laden. Der junge Mann hingegen hielt offenbar nicht viel von Höflichkeit, sondern spazierte zielsicher auf sie zu. Ein bisschen ähnelte er dem Typ, den sie gestern auf der Landstraße beim Rennen abgezogen hatte. Seine saloppe Aufmachung in Jeans sowie einer Kombination aus T-Shirt und kariertem Hemd war eher untypisch für einen Handelsvertreter. Doch davon ließ Zoe sich nicht beirren. Sie hatte schon allen möglichen skurrilen Verkaufsgenies die Tür gewiesen. Mit seinem flotten Spruch zur Einleitung in ein Verkaufsgespräch würde er bei ihr keinen Erfolg haben. Bestenfalls ließ sie sich gar nicht erst auf ein Gespräch ein, sonst fand sie sich in null Komma nichts mitten in einer zeitraubenden Werbemaßnahme wieder. Erfahrungsgemäß waren Vertreter kaum zu stoppen, wenn sie einmal losgelegt hatten.

»Wir haben feste Vertragspartner, also sparen Sie sich die Mühe«, setzte Zoe bemüht freundlich an, merkte aber, dass ihr Tonfall grenzwertig genervt klang. Als sie näher kam, wurde sie jedoch stutzig. Er hatte noch weniger mit einem Vertreter gemein, als sie gedacht hatte. Sein Lächeln wirkte nicht aufgesetzt, sondern aufrichtig belustigt. Er trug auch keinen Aktenkoffer bei sich, sondern nur einen Schlüsselbund, den er in einer Hand jonglierte. Seine blauen Augen blitzten überrascht auf, als Zoe vor ihm stehen blieb. Diese Reaktion war ihr wohl vertraut, auch wenn dieser Blick durchaus etwas Besonderes aufwies.

»Keine Sorge, ich bin älter, als ich aussehe, und brauche weder meine Mutter noch meinen Vater zu holen, um geschäftliche Dinge zu regeln.«

Der Mann lachte auf, zeigte eine ebenmäßige Zahnreihe inklusive zweier Grübchen auf den Wangen. Er konnte nicht viel älter sein als Zoe. Jede Wette. Vielleicht hatte sie sich doch getäuscht, und der Vertreter entpuppte sich als entfernter Verwandter einer der drei Leichen in ihrem Keller. Allerdings wirkte er für einen Trauernden etwas zu heiter.

»Ich habe nicht vor, Ihnen etwas zu verkaufen.« Er griff in seine Hosentasche und zog einen aufklappbaren Ausweis hervor, den er Zoe präsentierte. »Leonhard Strater, Sonderdezernat Kripo Mainz.«

Mit gespitzten Lippen betrachtete Zoe seinen amtlich wirkenden Ausweis und versuchte, sich nicht anmerken zu lassen, wie verdutzt sie war. Vielleicht war es das Foto, sie wusste es nicht. Doch sie war sich plötzlich völlig sicher, dass es sich um den Fahrer von gestern handelte. Na klasse! Damit dürfte sie wohl den richtigen Eindruck hinterlassen haben. Es kam nicht oft vor, dass die Polizei bei ihr auftauchte, um noch ein paar Fragen zu klären, denn für gewöhnlich waren sämtliche irdischen Angelegenheiten geklärt, bevor ein Toter im Bestattungsinstitut seinen Weg beendete. Es gab nicht viel, was Zoe überraschen konnte, doch das die Kripo Mainz einen Beamten schickte, war ungewöhnlich.

»Zoe Lenz. Ich bin Bestatterin, mir gehört dieses Unternehmen«. Sie forschte in seinem Gesicht. Doch wider Erwarten kam keine blöde Bemerkung über ihr Alter. Er betrachtete sie hingegen weiterhin mit unvoreingenommener Miene. Das gefiel ihr. Sie reichte ihm die Hand, die er sofort ergriff und kraftvoll schüttelte.

»Und nun? Bekomme ich jetzt einen Strafzettel?«

Belustigung blitzte in seinen Augen auf. Offenbar hatte er sie ebenfalls wiedererkannt. »Nein. Dann müsste ich auch mir einen ausstellen. Wenn wir beide schweigen, wird niemand von unserem Fehltritt erfahren.« Er zwinkerte ihr zu.

Für gewöhnlich war Zoe Fremden gegenüber zurückhaltend, doch dieser Polizist strahlte etwas Vertrauensvolles aus. Bei ihm verspürte sie nicht das übliche Unbehagen gegenüber Amtspersonen.

»Sie sind alleinige Geschäftsführerin?«

Zoe neigte den Kopf seitlich. »Ich arbeite mit meiner Mutter zusammen.«

»Klingt nach einem verantwortungsvollen Job«, erwiderte er und lehnte sich lässig gegen den Verkaufstresen.

»Wie kann ich Ihnen helfen?« Zoe ließ ihre Stimme bewusst geschäftlich klingen, damit er nicht auf die Idee kam, sie aufgrund ihres Alters zu unterschätzen.

Sofort nahm er wieder Haltung an, um sich standesgemäß dem zu widmen, wofür er hergekommen war. Er räusperte sich sogar kurz, was Zoe beinahe ein Schmunzeln entlockt hätte.

»Der Rechtsmediziner im Kreiskrankenhaus sagte mir,

die Unfallopfer Nauen, Kamps und Suhr befänden sich bereits in Ihrer Obhut.«

»Das ist richtig. Ich habe die Behandlung jedoch noch nicht abgeschlossen.« Genau genommen hatte sie nicht einmal richtig damit angefangen.

Er nickte und musterte sie dabei, als wäre er noch immer nicht schlüssig, ob sie sein angemessener Ansprechpartner war. Ein Silberblick. Das war es! Zusammen mit seinem selbstsicheren und gleichzeitig deutlich irritierten Auftreten wirkte er richtig süß.

Fast hastig packte Strater seinen Ausweis zurück in die Hosentasche. »Bei den abschließenden Untersuchungen des Falls ergab sich eine Unstimmigkeit, was den bestimmten Zeitpunkt des Todes der Opfer anbelangt.«

Zoe blickte ihn überrascht an. »Sie meinen, der Todeszeitpunkt in den Papieren der Leichen ist nicht korrekt?«

»Möglicherweise. Ich bin hier, um das zu untersuchen.« Er musterte sie interessiert. »Anscheinend kennen Sie sich mehr aus, als es ihr Beruf erfordert.«

»Ich bilde mich weiter«, erwiderte Zoe mit einem Achselzucken. Vermutlich hatte er auf dem Weg hierher Erkundigungen über sie eingezogen. Sie konnte sich bildlich vorstellen, wie einige Nachbarn sie als eigenwillig beschrieben. Dennoch sah sie keinen Grund, einen Hehl daraus zu machen, dass ihre Interessengebiete in der Tat über die gängigen Anforderungen hinausgingen. »Zumindest ist mir klar, dass Sie nicht von Todeszeitbestimmung sprechen würden, wenn der biologische Todeszeitpunkt hieb- und stichfest wäre. Ich vermute, Sie haben Gründe, um den Zeitraum zwischen Eintritt des Todes und Auffinden der Leichen zu untersuchen – auch wenn es inzwischen reichlich spät dafür ist.«

Strater hob beide Augenbrauen. In seiner Miene zeichne-

te sich deutlich Anerkennung ab, und Zoe konnte nicht umhin, sich darüber zu freuen.
»In der Tat«, bekräftigte er. »Auf den ersten Blick sprachen alle Anzeichen für einen gewöhnlichen Verkehrsunfall, doch der Wagen geriet Stunden nach dem verzeichneten Todeszeitpunkt in eine Radarkontrolle.«
Jetzt war es an Zoe, überrascht zu sein. »Gewöhnlich« war wohl etwas untertrieben. Schließlich kam es nicht jeden Tag vor, dass jemand mit seinem Auto verunglückte. Erfahrungsgemäß starben die Menschen in Birkheim an Altersschwäche. Gleichzeitig drei Todesopfer durch einen Verkehrsunfall waren für ländliche Verhältnisse geradezu spektakulär. Wenn sich das erst herumgesprochen hatte, würde es einen ziemlichen Wirbel verursachen. Vor ihrem geistigen Auge sah Zoe schon Frauen in geblümten Kittelkleidern vor dem Kurzwarengeschäft stehen, die aufgeregt ihre Einkaufskörbe umklammerten, während sie den neuesten Tratsch verbreiteten. Was für Geschichten dabei am Ende herauskamen, wollte sie sich gar nicht erst vorstellen. Dagegen mussten Strater die gekehrten Straßen und peinlich genau gestutzten Rasenflächen vor den blendend weißen Häuserfassaden in Birkheim nahezu idyllisch vorkommen.
»Die Radarfalle muss ich völlig verdrängt haben«, erwiderte Zoe mit dem mäßigen Schuldbewusstsein einer passionierten Raserin. Noch war sie nicht sicher, was er ihr sagen wollte, doch sie ahnte bereits, dass sich mehr dahinter verbarg, wenn aus Mainz ein Beamter der Sonderkommission geschickt wurde.
Der Todeszeitpunkt war in der pathologischen Untersuchung der Rechtsmedizin nahezu minutiös ermittelt worden. Der Zersetzungsprozess eines Körpers folgte seinen naturbestimmten messbaren Werten. Bezog man

einige Eckdaten mit ein wie Temperatur, Umstände des Todes oder Liegezeit der Leichen, blieb kaum Raum für etwaige Irrtümer. Wie sollte ein völlig zerstörter Wagen mit drei Leichen Stunden später geblitzt worden sein?

»Das Gerät ist ziemlich veraltet«, erklärte Strater und verzog den Mund, als müsste er sich persönlich dafür schämen. »Das Radarbild war undeutlich, zeigte jedoch schemenhaft die Umrisse von vier Insassen.«

»Vier?« Verdutzt blickte Zoe ihn an. »Aber ...«

»Es gibt nur drei Leichen«, vollendete er ihren Satz und veränderte seine Haltung. »Auf die ich gern einen Blick werfen würde – oder, besser gesagt: Ihre Meinung dazu hören würde. Ist Ihnen irgendetwas Ungewöhnliches aufgefallen?«

Ein bisschen befangen wirkte er nun doch, zumal ihm klar sein musste, dass einer Bestatterin in der Regel nichts auffiel, was von den Rechtsmedizinern nicht längst untersucht worden wäre. Es sei denn, es wurde nicht ordnungsgemäß gearbeitet. Immerhin schienen die Indizien überdeutlich auf einen Unfall hinzuweisen. Allerdings ließen vier Personen auf einem Radarbild, von denen drei unten in Zoes Kühlhaus lagen, den Verdacht aufkommen, dass die fehlende Person möglicherweise mit dem Unfall in Verbindung stand.

»Ich kann Proben von Urin und Fäulnisblasen nehmen, um sie zur Untersuchung auf mögliche Gifte in die Klinik zu schicken«, bot Zoe an. »Das könnte möglicherweise weiterhelfen, um nachträglich einen exakteren Todeszeitpunkt zu bestimmen. Ansonsten bin ich noch nicht weit gekommen, seit die Leichen gestern Morgen geliefert wurden.«

»Machen sie das nicht normalerweise in der Forensik?« Der junge Mann runzelte die Stirn.

Zoe schüttelte den Kopf. »Für gewöhnlich gibt es zu dem Zeitpunkt, wenn eine Leiche in der Rechtsmedizin liegt, noch keine Fäulnisblasen, denen man Flüssigkeit entziehen kann. Sie tauchen erst auf, wenn die Verwesung einsetzt. Zwar waren die drei schon ein paar Tage lang tot, doch alle Anzeichen deuteten auf Tod durch Unfall hin. Ich vermute, man sah keine Notwendigkeit für eine genauere Obduktion.« Sie zuckte mit den Achseln und ging zur Ladentür, um diese abzuschließen. »Es ist nicht unbedingt Teil der Standardbehandlung, wenn keine außergewöhnlichen Todesumstände zu vermuten sind, aber ich bin gern bereit, mein Aufgabengebiet zu erweitern. Wir können in den Behandlungsraum hinuntergehen.«

Sie lief voraus und wartete an der Kellertür. Nach einem kurzen Zögern folgte Strater ihr durch die Empfangshalle. Sein Blick schweifte forschend durch die Räumlichkeiten. In seinem Gesicht zeigte sich eine Mischung aus Neugier und zurückhaltendem Interesse. Aber da war noch etwas anderes. Seine angespannten Wangenmuskeln ließen ihn gehemmt wirken, was Zoe verwunderte. Er schien nicht davon begeistert zu sein, in die internen Arbeitsbereiche eines Bestatters eingeweiht zu werden. Dabei dürfte das für ihn nichts Neues sein. Ein bisschen blass um die Nase wirkte er schon.

»Ich gehe davon aus, dass Ihnen der Anblick nicht allzu sehr zusetzen wird. Als Polizist sind Sie sicherlich einiges gewöhnt«, erwähnte sie, während sie die Treppe hinabstieg.

Er stieß hinter ihr einen unbestimmbaren Laut aus.

Surrend flackerte die Neonbeleuchtung im weißgekachelten Behandlungsraum auf und erleuchtete die drei verhüllten Körper auf den Tischen. Leon war nicht wenig überrascht, als er das anscheinend vollständig klinisch ausgerüstete Untergeschoss des dreistöckigen Jugendstilhauses erblickte.

Von außen hob sich das von einer parkähnlichen Gartenanlage umgebene Anwesen zwar deutlich von den schlichten Einfamilienhäusern in Birkheim ab, wirkte aber dennoch auf zurückhaltende Weise vornehm. Vermutlich trug die Lage am Ortsrand ihren Teil dazu bei. Einzig das messingbeschlagene Hängeschild vor der Toreinfahrt deutete diskret auf das Bestattungsunternehmen hin.

Der sterile Raum, in dem er nun stand, unterschied sich nicht von einer offiziellen rechtsmedizinischen Abteilung. Der Geruch ebenso wenig. Manche Leute gerieten in Panik, wenn ihnen beim Zahnarzt der typische Geruch von Desinfektionsmitteln in die Nase stieg. In pathologischen Einrichtungen kam jedoch zusätzlich der süßliche Leichengeruch hinzu. Jeder Pathologe, Rechtsmediziner und höchstwahrscheinlich auch die junge Bestatterin stritten dessen Existenz vehement ab. Vermutlich hatten sie sich längst daran gewöhnt. Leon ließ sich diesbezüglich nichts einreden. Er roch es so deutlich, als stünde er neben einer Tonne mit Fischabfällen. Dagegen konnte er nichts unternehmen. Es war, wie es war, nämlich überaus lästig.

Er hätte es vorgezogen, sich mit der kleinen Rennfahrerin oben weiter zu unterhalten. Schon allein, weil es ihm gefiel, sie anzuschauen und ihr zuzuhören. Ihre verdrießlich wirkende Miene stand im Gegensatz zu ihrem faszinierenden Gesicht. Als lägen zwei unterschiedliche Schablonen aufeinander, durch die sich ein Betrachter erst hindurcharbeiten musste, um ihr wahres Ich zu erkennen. Auffallend geschwungene Augenbrauen ließen sie unentwegt kritisch wirken, ihr herzförmiger Mund schien nicht zu wissen, dass er lächeln konnte. Ein Hauch von Lipgloss lockerte die Ernsthaftigkeit ein wenig auf, ebenso der rotkarierte Minirock, den sie über schwarzen Strumpfhosen trug. Ihr Blick wirkte unter den dichten Wimpern schwermütig, als läge die Last der ganzen Welt auf ihren Schultern. Zu gern hätte er ein Lächeln auf ihre Lippen gezaubert, um ihr Gesicht erstrahlen zu lassen. Als sie vor ihm die Treppe hinabgestiegen war, wehte von ihren dunklen Locken der Geruch eines sonnigen Tages zu ihm herauf, was ihr südländisches Erscheinungsbild unterstrich.

»Wollen Sie einen Mundschutz?«, fragte sie plötzlich und hielt ihm ein grünes Stoffstück hin.

Leon fuhr leicht zusammen, als ihre Stimme ihn in die Gegenwart zurückholte.

Sie stellte das kleine Glasfläschchen zurück auf die Anrichte. Ätherisches Öl vermutlich, damit keine üblen Gerüche durch den Mundschutz drangen. Sein Magen machte einen Satz. Leon beschloss, dass es wenig sinnvoll wäre, den Helden zu spielen, indem er den Mundschutz ablehnte. Er war nicht einmal sicher, ob er sich trotz Schutzmaßnahme gleich ganz unheldenhaft blamieren würde.

»Danke.« Er nahm den Mundschutz entgegen.

Zoes dunkle Augenbrauen zogen sich kritisch zusammen. Ansporn genug für Leon, sich endlich zusammenzureißen. Er stand doch nicht zum ersten Mal in einer Leichenhalle!

Ohne ein weiteres Wort zu verlieren, machte Zoe sich daran, den Reißverschluss eines der Leichensäcke aufzuziehen. Leon beeilte sich, den Mundschutz anzulegen, und trat näher an die Liege.

Abgesehen von der klaffenden Wunde am Schädel und dem aufgequollenen Fleischklops, der einst ein Gesicht gewesen war, sah der Leichnam aus wie … ein Leichnam eben. Überaus plastisch noch dazu. Mist! Was redete er sich da wieder ein? Er atmete tief durch. Das Duftöl benebelte seine Sinne, aber wenigstens roch er sonst nichts.

»Womit fangen wir an?« Zoe blickte ihn erwartungsvoll an, eine Augenbraue leicht angehoben.

Erleichtert riss Leon seinen Blick von der Leiche. »Wir sollten versuchen, den Todeszeitpunkt möglichst genau zu bestimmen, und ihn mit den Daten im Obduktionsbericht vergleichen.«

Sie nickte. »Für einen Pupillenreaktionstest dürfte es zu spät sein. Der ergibt nur Sinn, wenn der Todeseintritt maximal zwanzig Stunden zurückliegt. Aber wir könnten einen Blick hineinwerfen, wenn Sie wollen?«

»Wie? In ihn?« Er deutete mit dem Zeigefinger auf die Leiche.

»Ja, klar. Ich kann den T-Schnitt erneut öffnen, das Brustbein wurde schon durchgesägt. Ich brauche nur den Brustkorb aufzuziehen, und, voilà, liegt alles zur Untersuchung bereit.«

Leon schluckte. »Das können Sie?«

»Ich habe Seminare in Pathologie und Thanatologie mitgemacht. Die Scheine hängen dort hinten.« Sie deutete mit dem Kopf auf ein Zertifikat im Glasrahmen, das die gekachelte Wand zierte wie der Meisterbrief eines Schlachters im Metzgerladen.

»Meine rechtsmedizinischen Grundkenntnisse und ihr Kurs machen aus uns keine Mediziner.« Leon beobachtete, wie die junge Frau sich einen Kittel überstreifte.

»Wollen Sie sich drücken?«, fragte sie prompt.

»Natürlich nicht! Ich frage mich nur, wonach wir suchen sollen.«

»Nach Maden«, erwiderte sie, als wäre es das Selbstverständlichste auf der Welt. »Durch den Kühlungsprozess dürften sie noch nicht geschlüpft sein. Neben den Flüssigkeitsproben können wir mit den Larven das Verwesungsstadium der inneren Organe beurteilen lassen. Ich schicke die Proben in die Rechtsmedizin, wo eine exakte Bestimmung der Todeszeit vorgenommen werden kann.«

Leon bewunderte ihre Souveränität. Wenn sie über ihre Arbeit sprach, schien sie in ihrem Element zu sein. Seltsamerweise ließ sein Unbehagen nach, während sie ihm die einzelnen Schritte erklärte. Ob er ihr dabei auch zusehen wollte, stand auf einem anderen Blatt.

Zoe griff nach einem Skalpell. Er trat zur Seite, damit er ihr nicht im Weg stand. Plötzlich ertönte hinter ihnen ein lauter Knall, gefolgt vom Klirren zerberstender Scheiben. Mit einem Satz war Leon bei ihr, umfasste ihre Taille und riss sie mit sich zur Seite. Er landete hart mit der Schulter auf den Bodenfliesen, wodurch er Zoes Aufprall abfederte. Glassplitter schossen durch den Raum. Sofort hob er seine Arme schützend über sie beide. Der faustgroße Stein krachte gegen den metallenen Seziertisch, prallte ab und blieb neben Leon auf dem Boden liegen. Ein zweiter folgte sofort, zertrümmerte die nächste Fensterscheibe und landete mit einem dumpfen Geräusch auf dem Bauch der Leiche. Zumindest ging Leon davon aus, denn auf dem Boden kam er nicht an. Hastig rutschte er über die Fliesen, bis sein Rücken den Schrank unter dem Fenster berührte. Dabei hielt er Zoe fest umklammert. Er spürte ihren Herzschlag deutlich an seinem Unterarm. Die eben noch taffe Frau wirkte plötzlich sehr verletzlich. In Deckung verharrten sie eine Weile, bis

Leon davon ausgehen konnte, dass kein weiterer Steinwurf folgen würde.
»Alles okay?«, fragte er rhetorisch. Natürlich war ihm klar, dass nichts in Ordnung war, doch vorerst wollte er nur sichergehen, dass sie keine Verletzungen davongetragen hatte.
Sie nickte verstört, während sie sich, auf einen Arm gestützt, halb aufrichtete. Mit einer Geste bedeutete er ihr, unten zu bleiben. Langsam stand er auf. Seine Hand fuhr automatisch zu der Stelle, an der er sonst seine Pistole im Halfter trug. Er tastete ins Leere. Die Waffe lag in seinem Handschuhfach, weil er nicht davon ausgegangen war, sie bei einem Besuch im Bestattungsunternehmen zu brauchen.
Glassplitter knirschten unter seinen Schuhsohlen, als er die Anrichte hinaufkletterte, um durch das Fenster zu spähen. Die Rasenfläche zog sich so weit sein Auge reichte. Ein paar Gebüsche zu seiner Rechten boten die einzige Möglichkeit für den Steinewerfer, sich ungesehen nah genug heranzuschleichen, um die Steine aus kürzester Entfernung durch die Fenster zu schmeißen. Dem Wurfbogen nach zu urteilen wäre Zoe ziemlich sicher getroffen worden.
»Verdammte Vandalen!«, entfuhr es Leon.
Plötzlich sah er in der Ferne zwei Gestalten, deren Umrisse immer kleiner wurden. Sie waren ziemlich weit weg. Er musste trotzdem versuchen, die Kerle einzuholen. Mit dem Ellbogen schlug er die übrigen Scherben aus dem Rahmen und zwängte sich durch das Fenster. Den Blick hielt er dabei auf die nur noch schemenhaft zu erkennenden Flüchtenden. Oben angekommen, rannte Leon sofort los. Er spurtete über die Wiese des Grundstücks, sprang über eine Begrenzungsmauer, überquerte die Landstraße und setzte seine Verfolgung über unebene

Felder fort. Dabei atmete er möglichst gleichmäßig, während seine Beine ihn immer schneller davontrugen. Das regelmäßige Training machte sich bezahlt, seine Kondition würde noch eine Weile dieses Tempo zulassen. Leider waren die Fliehenden nur noch als kleine Punkte am Horizont zu erkennen. Irgendwo mussten sie doch ihr Auto geparkt haben. Vielleicht wagten sie sich nicht dorthin, weil sie ihren Verfolger bemerkt hatten, und zogen es vor, in den angrenzenden Wald zu laufen. Dort kannten sie sich vermutlich besser aus als jemand, der nicht aus dieser Gegend stammte.

Auf freiem Feld hätte Leon sie irgendwann eingeholt, davon war er überzeugt. Doch in unwegsamen Wäldern gab es zu viele Unterschlupfmöglichkeiten. Es ergab keinen Sinn, weiterzulaufen, also hielt er inne. Vornübergebeugt atmete er tief durch. Schweiß tropfte von seiner Stirn. Das Adrenalin in seinem Blut hielt die Enttäuschung in Grenzen. Er gab nur ungern auf, doch aufgeschoben war nicht aufgehoben. Irgendwann würde er die Kerle zur Strecke bringen!

Als er zum Haus zurückkehrte, erwartete Zoe ihn an der Tür. Ihr Gesicht war aschfahl, aber sonst gab es keinen Hinweis auf einen Tränenausbruch oder Nachhall von Angst, wie es Leon in solchen Fällen bei Opfern häufig erlebt hatte. Durchaus verständlich, wenn gerade ein Angriff auf Leib und Seele verübt worden war. Doch nicht bei dieser jungen Frau. Stattdessen wirkte sie gefasst. In der Hand hielt sie ein zerknittertes Blatt Papier, das sie ihm reichte.

»Das war um einen der Steine gewickelt.«

Nachdem er ihr einen weiteren besorgten Blick zugeworfen hatte, las er die in fetten Lettern gedruckte Botschaft: *Mörderin! Wir kriegen dich, kleine Schlampe!*

Prüfend drehte er den Zettel um und betastete das Papier. Handelsüblich und überall erhältlich. Ebenso der benutzte Tintenstrahldrucker.
»Haben Sie eine Idee, von wem das kommen könnte? Haben Sie irgendwelche Feinde?«
Diese Fragen wirkten mitunter etwas seltsam, doch verbargen sie die reinsten psychologischen Fallen. Mit hoher Wahrscheinlichkeit entschlüpfte den meisten Befragten spontan ein Name, der zwar nicht unbedingt zur Aufklärung eines Falles führte, aber häufig eine wichtige Spur für die weiteren Ermittlungen darstellte.
Zoe runzelte die Stirn. »Ach, das waren irgendwelche Idioten, die sich einen Streich erlauben«, antwortete sie eine Spur zu gleichgültig.
»Das war wohl ein bisschen mehr als ein Streich. Die Steine wurden gezielt in Ihre Richtung geworfen.«
Leon kam der Gedanke, dass seine Anwesenheit hier möglicherweise zu diesem Angriff beigetragen haben könnte. Offenbar hatte sich im Ort herumgesprochen, dass ein Polizeibeamter aus Mainz den Unfall der drei Männer untersuchte. Anlass dafür mochte schon sein Telefonat mit dem Krankenhaus gewesen sein. Oder Bewohner hatten sein Autokennzeichen gelesen, als er durch das Dorf gefahren war. Das alles konnte zu wilden Spekulationen unter denjenigen führen, für die bislang kein Zweifel daran bestanden hatte, dass es sich bei dem Unglück um einen tragischen Unfall handelte. Oder er hatte schlafende Hunde geweckt, und der Täter verlor die Nerven, weil er bemerkte, dass man ihm auf der Spur war. Nichts kochte schneller über als eine Gerüchteküche.
Die junge Bestatterin war still geworden und wich Leons Blick aus, schien etwas zu verbergen. Nach dem Angriff

noch hatte er ihre Angst deutlich gespürt, und wenig später wiegelte sie ihn als Streich ab.

Erneut überflog er den Zettel. Da glaubte wohl noch jemand, dass der Unfall keiner gewesen war, und wollte die junge Bestatterin dafür verantwortlich machen. Er konnte sich vorstellen, dass sie nicht zum ersten Mal eine Fläche für Anfeindungen bot. Allein ihr Beruf dürfte einfachen Gemütern genug Stoff für Spott bieten. Zudem unterschied sie sich deutlich von anderen Frauen in ihrem Alter, wirkte reifer, irgendwie abgeklärt. Nicht jeder dürfte ihre Eigenarten reizvoll finden, wie Leon es tat. Er hatte das sichere Gefühl, dass Zoe Lenz etwas Besonderes war, ohne es genau bestimmen zu können.

Zoe zuckte mit den Achseln. Ihre Miene verdüsterte sich wie bei jemandem, der einen inneren Kampf ausfocht. Dann wechselte ihre Stimmung schlagartig. Ihr Mund verzog sich zu einem Lächeln, das nicht ihre Augen erreichte.

»So ist das eben mit den Lausbuben.«

Leon musterte sie verwundert. Diese Aussage passte eher zu seiner Oma, nicht zu einer so jungen Frau. Wie alt mochte sie sein? Anfang zwanzig, schätzte er.

Sie drehte sich um und begab sich zur Kellertür. Leon folgte ihr in den Behandlungsraum. Zu seiner Verblüffung hatte sie bereits die Scherben von der Anrichte und vom Boden gefegt. Der Besen lehnte vor dem Glashaufen an der Wand. Die beiden Steine lagen ordentlich in Plastiktüten auf einem Beistelltisch. Sie schien zu ahnen, dass er die Tatwaffen der Spurensicherung zuführen wollte, damit sie nach Fingerabdrücken suchen konnten.

Zoe sammelte ein paar übrig gebliebene Glassplitter vom Körper der Leiche. Klimpernd landeten diese in einer

Metallschale. Es sah ganz danach aus, als wollte sie mit der Arbeit fortfahren, ungeachtet der Ereignisse. Seltsame Frau. Er musste schmunzeln. Leon beschloss, ihrem Beispiel zu folgen und dort fortzufahren, wo sie vorhin unterbrochen worden waren.

»Okay«, meinte er. »Ich denke, wir sollten die Obduktion vornehmen, wie Sie es vorgeschlagen haben.«

»Sie hatten mich vorhin gefragt, ob mir etwas aufgefallen sei.« Sie deutete auf den Körper vor ihr.

Leon nickte und schaute abwartend von ihr zu der Leiche, was ihm sogar gelang, ohne dass ihm schlecht wurde.

»Die Wunden sind postmortal entstanden. Wie gesagt hatte ich bisher nur einen kurzen Blick auf diesen Leichnam geworfen und ging bei der Schädelfraktur davon aus, dass die Pathologen die Blutspuren weggewischt hätten. Was an und für sich schon ungewöhnlich ist, da Waschungen in der Regel mir überlassen werden.« Sie sah ihn bedeutungsvoll an und fuhr damit fort, die einzelnen Wunden zu betasten oder auseinanderzuziehen. »Immer dieselben Hinweise: keine Blutkrusten, saubere Wundränder. Ich gehe davon aus, dass es bei den anderen beiden ebenso aussieht.«

Speichel sammelte sich beim Anblick der klaffenden Wunden auf der wächsernen Haut in Leons Mund. Er ignorierte es, denn sein Interesse überwog im Moment seine körperlichen Unbefindlichkeiten.

»Was darauf schließen lässt, dass zumindest dieses Opfer vor dem Unfall gestorben sein muss?«

Zoe nickte. »Tote bluten nicht.«

kapitel 7

Nachdem Zoe die Proben von den drei Leichen genommen hatte, verpackte sie diese in einem beschrifteten Hygienebeutel. Der Polizeikommissar schenkte den Beuteln jedoch keine weitere Aufmerksamkeit, sondern legte sie zu den verpackten Steinen auf die Anrichte. Während Zoe damit anfing, die spezielle Modelliermasse anzurühren, bemerkte sie, wie sein Blick zwischen ihr und dem Leichnam hin und her schweifte. Dabei dem Wechselspiel seiner Miene zuzuschauen, fand Zoe interessant. Verkniffene Lippen und gerümpfte Nase für den toten Boris, klarer Blick und ein angedeutetes Lächeln für sie. Für eine Weile war das einzige Geräusch das Schaben von Zoes Schneebesen in der Metallschüssel. Es war notwendig, die Grundierungsarbeiten vorzubereiten, damit sie am nächsten Tag mit der Wiederherstellung des Gesichts beginnen konnte. Da konnte Zoe keine Rücksicht auf ihren Gemütszustand nehmen, obwohl der Steinewerfer sie mehr erschreckt hatte, als sie zugeben wollte. Normalerweise symbolisierte ihr Behandlungsraum für sie eine Art neutrale Zone, in der sie eine andere Einstellung gegenüber dem Leben annahm. Hier saß jeder Handgriff, jeder Arbeitsschritt war ihr vertraut und führte zum gewünschten Ergebnis, was ihr ein Gefühl von Sicherheit verlieh. Die Unvorhersehbarkeiten des Alltags blieben draußen, sobald sie die Tür geschlossen hatte und sich ihrer Arbeit widmete. Jetzt waren Dinge von außen in ihr Refugium eingedrungen. Sie warf einen besorgten Blick auf die heruntergelassenen Jalousien, hinter denen sich die zerschlagene Fensterscheibe verbarg. Das war mehr als ein Jungenstreich. Die Drohung auf dem Zettel jagte ihr Angst ein. Die ganze Zeit über-

legte sie schon, wer ihn geschrieben haben konnte. Doch sie kam zu keinem sinnvollen Ergebnis, zumal Boris außer seinen siamesischen Zwillingen noch zahlreiche andere Freunde hatte. Das monotone Rührgeräusch beruhigte Zoe und half ihr, ihre Gedanken zu sortieren. Sie wollte sich ablenken, und Arbeit stellte dazu das beste Mittel dar. So war es immer.
Der junge Kommissar brachte sie durcheinander, aber auf eine seltsam angenehme Weise. Vor allem, wenn sie daran dachte, wie sein ganzer Körper vorhin schützend über dem ihren auf dem Boden gelegen hatte wie eine warme Decke. Jedes Geräusch schien eingedämmt gewesen zu sein, bis auf ihren dumpfen Herzschlag. Sie hatte dem Drang widerstehen müssen, sich vor lauter Panik fester an ihn zu drücken. Noch jetzt spürte sie, wie das Blut in ihre Wangen stieg.
Wie konnten Angst und Geborgenheit miteinander einhergehen? Straters Anwesenheit störte sie nicht im Geringsten. Im Gegenteil: Von ihm ging eine Ruhe aus, die sich wie Balsam um ihre Nerven legte. Zoe fühlte sich sicher, obwohl ihr vorher nicht bewusst gewesen war, dass sie überhaupt eines Schutzes bedurfte. Er unterhielt sich mit ihr scheinbar beiläufig, schob aber immer wieder ermittelnde Fragen über die Bewohner von Birkheim ein. Zoe antwortete so gewissenhaft wie möglich, wobei sie manchmal überlegte, ob sie in seinen Augen nun Zeugin, Opfer oder Verdächtige war. Vielleicht ein bisschen von jedem, auch wenn es ihr nicht behagte.
»Sein Kopf hat ganz schön was abbekommen«, meinte Strater und deutete auf Boris' eingedrückte Gesichtshälfte. »Kriegen Sie das deformierte Gesicht wieder hin?«
»Ich bin gerade dabei, ihm ein neues anzurühren.«
Er nickte, obwohl sein Gesicht fragend dreinblickte. Zoe

verzog die Lippen zu einem Lächeln. Für gewöhnlich sah ihr niemand bei der Arbeit zu, doch er war Polizist. Das war etwas anderes. Außerdem amüsierte Zoe sein Wechselspiel von berufsbedingtem Interesse und deutlich erkennbarer Ratlosigkeit. Er trat schwungvoll zur Seite, als sie mit der Schüssel auf den Leichnam zuging. Mit einem Schaber füllte sie große Kleckse der Plastilin-Knetmasse in den geöffneten Schädelbereich der Leiche. Hinter sich vernahm sie einen unterdrückten Laut. Er würde doch hoffentlich nicht in Ohnmacht fallen! Das hätte ihr gerade noch gefehlt. Doch er folgte jedem ihrer Handgriffe und verzog nur manchmal das Gesicht. Zoe fühlte eine gewisse Genugtuung dabei, ihr Können zu demonstrieren. Sie wusste, dass sie gut in ihrem Job war. Ebenso war ihr klar, wie unappetitlich der Anblick für ihn sein musste. Vergeblich versuchte sie, ein Lächeln zu unterdrücken, das sich in ihre Mundwinkel schlich. Ein bisschen schelmische Schadenfreude machte sie nicht gleich zu einem schlechten Menschen.

Sie legte eine Hand auf den Oberkopf und drückte mit der anderen die Masse so weit in die Stirnhöhle wie möglich. Dabei musste sie behutsam vorgehen, denn sie wollte dem zerstörten Schädel nicht noch mehr Schaden zufügen. Ihre Finger drangen tief ins Innere des Kopfes vor. Ab jetzt musste sie sich auf ihr Fingerspitzengefühl verlassen. Um sich besser konzentrieren zu können, blinzelte Zoe zur Zimmerdecke, während sie die Knetmasse weiter vordrückte. Fest presste sie die Masse gegen die Schädelinnenwand. Mit einem Knirschen sprang der eingedrückte Knochen zurück an seinen ursprünglichen Platz.

»Wuah!«, kam es von dem jungen Mann.

Zoe blickte kurz zu ihm hinüber und fuhr dann fort, den

Schädelbereich mit Modelliermasse zu füllen. Den Rest verteilte sie mit einem Spatel auf der Gesichtshälfte wie Schokoglasur auf einem Kuchen.
»Das lasse ich über Nacht trocknen. Morgen werde ich das Gesicht rekonstruieren«, erklärte sie.
»Okay. Das ist zwar höchst aufschlussreich, reicht mir aber für heute.« Lächelnd hob er in gespielter Abwehr die Hände. Er wandte sich um und sammelte seine Beweistüten ein. Trotz der lässigen Geste wirkte er leicht angespannt. Zoe stellte die Metallschüssel in ein Becken und ließ heißes Wasser einlaufen, um die Restmasse zu entfernen.
»Ich werde die Proben morgen in die Gerichtsmedizin bringen. Umso schneller haben wir ein Ergebnis.«
»Wir?« Zoe schaute ihn überrascht an.
Seine Schultern spannten sich kaum merklich an, während seine Augen für einen kurzen Moment einen imaginären Punkt hinter Zoe fixierten, als wollte er über seine nächsten Worte nachdenken. Als er seinen Blick wieder auf sie richtete, folgte die Pupille seines rechten Auges der Bewegung etwas zeitversetzt, rollte dann an ihren Platz zurück und stellte die kurzzeitig gestörte Symmetrie seines Gesichtes wieder her.
Etwas rührte sich in Zoe wie winzige Sprudel hinter ihrem Brustbein. Ihr wurde bewusst, dass sie ihn attraktiv fand. Irgendwie rührend, wie er sein Unbehagen durch ein verschmitztes Grinsen zu überspielen versuchte.
»Na ja, ich werde noch eine Zeitlang hier in der Gegend beschäftigt sein. Wir werden uns sicher noch einmal begegnen. Vielleicht bergen die Ergebnisse der Proben weitere sachdienliche Hinweise, für die ich Ihre Hilfe gern in Anspruch nehmen würde. Wenn Sie nichts dagegen haben, natürlich.«

»Ich wüsste gern, was die Analyse ergibt.« Zoe bemühte sich um einen sachlichen Tonfall, um sich den kleinen Aufruhr ihrer Gefühle nicht anmerken zu lassen.
Strater räusperte sich, bevor er weitersprach. »Nun, dann bedanke ich mich erst einmal dafür, dass Sie mir so bereitwillig Auskunft gegeben haben.« Unter den einen Arm die Tüten geklemmt, kam er mit ausgestreckter Hand auf sie zu.
Sie reichte ihm ihrerseits eine mit flüssiger Modelliermasse verschmierte Hand. Schmatzend schmiegten sich ihre Hände aneinander. Erst jetzt bemerkten sie ihr Missgeschick.
»'tschuldigung!«, riefen sie wie aus einem Munde.
Keiner hatte daran gedacht, die Handschuhe abzustreifen. Mit einem verlegenen Grinsen half Zoe ihm beim Ablegen und zog in einer fließenden Bewegung auch ihre Gummihandschuhe aus. Inzwischen fühlten ihre Ohren sich wie Glühstäbe an. Wie peinlich! Ein verstohlener Blick auf die kaum wahrnehmbaren hektischen Flecken an Straters Hals zeigte ihr, dass es ihm offenbar nicht anders erging.
Er verabschiedete sich und bewegte sich auf die Tür zu. Mit einem Nicken wandte Zoe sich wieder ihrer Arbeit zu. Um ihre Verlegenheit zu überspielen, machte sie sich daran, den Reißverschluss des Leichensackes über Boris zuzuziehen. Dabei fiel ihr Blick auf eine ungewöhnliche Formation von Sommersprossen im Brustbereich des Leichnams. Sie stutzte und griff nach ihrer Lupenbrille, um sich die Stelle genauer anzusehen. Boris war ein hellhäutiger Typ, dessen Körper nahezu vollständig von Pigmentflecken in unterschiedlichen Größen überzogen war. Doch etwas war anders an diesen Flecken. Bislang hatte der großangelegte T-Schnitt Zoes Aufmerksamkeit

in Anspruch genommen, so dass sie die anderen Hautpartien noch nicht näher in Augenschein genommen hatte. Doch nun war der pathologische Schnitt unter dem halb zugezogenen Reißverschluss des Plastiksacks verborgen, so dass nur noch ein kleiner Bereich von wächserner Haut sichtbar war, als würde man durch das Fenster eines Zeltes schauen. Unter der vielfachen Vergrößerung ihrer Lupe gab die heruntergeklappte Plastiklasche den Blick auf eine winzige Einstichstelle frei, umgeben von punktförmigen Blutungen.

»Oh!«, entfuhr es Zoe.

»Was ist?«, fragte Leon.

Sie drehte sich zu ihm um. Sie hatte nicht bemerkt, dass er noch da war. Mit einem Fuß auf der Stufe hatte er innegehalten und sich halb umgewandt. Sein durch die Jeans perfekt in Szene gesetztes Hinterteil hätte Zoe gern noch weiter angestarrt – besonders die vergrößerte Ansicht durch ihre Lupenbrille. Hastig hob sie ihre Augen zu seinem Gesicht und war nicht minder irritiert, dort ein breites Grinsen zu finden. Toll! Jetzt blamierte sie sich auch noch! Zoe presste die Lippen zusammen und straffte ihre Schultern.

Leon trat neben sie. Beim Anblick ihrer vergrößerten Augen hinter der Lupenbrille kräuselten seine Mundwinkel sich leicht. Zoe parierte mit einem gleichmütigen Schulterzucken.

»Dort ist eine Einstichstelle unterhalb des Rippenbogens, direkt neben dem Brustbein«, erklärte sie und zog den Reißverschluss weiter herunter.

Mit zusammengekniffenen Augen beugte er sich über den Leichnam. »Der Bursche ist ja mit Sommersprossen gesprenkelt.«

Zoe schloss daraus, dass er die Einstichstelle nicht erkennen konnte. Sie nahm die Lupenbrille ab und reichte sie ihm. Ohne zu zögern, setzte er die Brille auf.

In stummem Einvernehmen wendeten sie sich wieder dem Ernst der Angelegenheit zu und untersuchten eingehend die seltsame Einstichstelle.

»Ich frage mich, ob die beiden anderen Leichen ähnliche Merkmale aufweisen«, sinnierte Leon.

»Das lässt sich feststellen«, erwiderte Zoe.

Gemeinsam gingen sie ins Kühlhaus. Da sie gezielt nachsehen konnten, hielt Zoe es nicht für nötig, die Leichen umzulagern. Sie machte sich daran, die Reißverschlüsse der Leichensäcke aufzuziehen. Ihr Atem erzeugte kleine Kältewölkchen. Leons Nasenspitze zeigte sich empfindlich und wurde binnen weniger Sekunden rot. Wie erwartet, fanden sie an beiden Körpern ähnliche Einstichstellen. Mit bloßem Auge waren sie kaum zu erkennen.

»Was könnte das bedeuten?«, fragte Leon, als sie ins Labor zurückgekehrt waren. Er rieb sich die Hände, um sie zu wärmen. Kein Wunder, bei minus zwanzig Grad konnten sich nur Tote wohl fühlen! Zoe hielt sich für gewöhnlich nur für den Zeitraum im Kühlbereich auf, den es bedurfte, um eine Leiche auf den Hubwagen zu packen und hinauszufahren. Allerdings war sie daran gewöhnt und fror nicht so schnell.

»Die Male könnten von einer Injektionsnadel stammen.«

»In die Brust?« Sein Blick wurde schmal.

Zoe schüttelte nachdenklich den Kopf. »In den Lungenflügel. Eine letale Injektion direkt in das Organ ist nur schwer nachweisbar.«

»Es sei denn, man lässt gezielt danach suchen, richtig?«

Sie nickte. »Nun, dann dürften die Proben sicher ein paar aufschlussreiche Ergebnisse liefern.«

Nachdem Strater Zoe zum Abschied zugenickt hatte und nach oben verschwunden war, widmete sie sich ihren Aufräumarbeiten. Trotz der vergangenen Ereignisse und ihrer sonderbaren Entdeckung an den Leichen war sie so gutgelaunt wie schon lange nicht mehr. Auch der mysteriöse Steinewerfer rückte in weite Ferne. Immerhin war sie in der Vergangenheit oft genug Ziel für fragwürdige Mutproben vorpubertärer Kids gewesen. Die weiteren Ermittlungen würden sicher eine Menge Wirbel im Dorf erzeugen, was nicht unbedingt zu ihrer Sicherheit beitragen würde. Doch was sollte es? Manchmal war es unvermeidbar, buchstäblich jeden Stein umzudrehen, um dunkle Geheimnisse ans Tageslicht zu bringen. Die Wahrscheinlichkeit, damit Trittbrettfahrer auf den Plan zu rufen, es ihnen nachzutun, war dementsprechend groß.
Das Bestattungsunternehmen mit der angrenzenden Kapelle schien auf die Dorfkinder einen ähnlichen Reiz auszuüben wie eine verlassene Geistervilla. Zoes Blick streifte die zerbrochene Scheibe. Sie seufzte. Es sah ganz danach aus, als hätten sie es mit einem dreifachen Mord zu tun. Wenn die drei tatsächlich vor ihrem Unfall ermordet worden waren, stellte sich zwangsläufig die Frage, wie es dem Mörder gelungen war, ihnen Gift direkt in die Lunge zu spritzen. Denn darauf ließen die Einstichstellen schließen. Zwar waren die Körper übersät von Quetschungen und Blessuren in unterschiedlichster Form, worauf sich auch die Pathologen während der Obduktion konzentriert haben mussten. Doch Zoe war davon überzeugt, dass diese winzigen Wunden keine Folge des Unfalls waren. Dazu kam natürlich das Radarbild, das Strater erwähnt hatte und dass erst Stunden nach Eintritt des Todes entstanden war.

Die naheliegende Erklärung war Gift, dessen Rückstände mit Sicherheit in den Proben gefunden werden würden, da die Gerichtsmediziner nun danach suchten. Dafür würde Strater sorgen. Die Vorstellung, dass ein oder mehrere Mörder in der Gegend frei herumliefen, jagte Zoe Schauer über den Rücken. Jemanden wie Leon Strater in der Nähe zu wissen, erleichterte ungemein. Natürlich in seiner Eigenschaft als Kriminalbeamter.
Zoe schmunzelte in sich hinein.

Am nächsten Morgen blieb Zoe nach dem Aufwachen noch eine Weile liegen. Ganz entgegen ihre Gewohnheit rekelte sie sich in ihrem Bett und kam sich dabei kapriziös vor wie eine Prinzessin. In Gedanken ging sie ihre Aufgaben für den Tag durch. Die Beerdigung stand noch bevor, und sie hatte noch jede Menge Arbeit mit den drei Leichen. Damit dürften die nächsten Tage vollends ausgefüllt sein. Je nachdem, welche Ergebnisse Kommissar Strater aus der Gerichtsmedizin mitbringen würde, könnte es sein, dass sie die Körper erneut öffnen musste, um Gewebeproben von den Lungen zu entnehmen. Da Zoe über die entsprechende Zusatzausbildung verfügte, war es nicht notwendig, die Leichen in die Pathologie zu überführen. Sie konnte später einen Gerichtsmediziner herbestellen. Dafür gab es schließlich den Vierundzwanzg-Stunden-Bereitschaftsdienst. Na ja, damit konnte sie sich immer noch beschäftigen, wenn es so weit war. Sie wischte den Gedanken an Boris Nauen beiseite. Niemand gehörte weniger hierher als er. Weder in ihr Zimmer noch in ihr Bett und schon gar nicht in ihr Herz. Ob tot oder lebendig. Sie hatte lange genug gebraucht, um mit ihm abzuschließen. Alles, was sie mit ihm noch zu tun hatte, würde sich unten im Behandlungsraum abspielen. Sie spürte, wie sie grimmig die Zähne aufeinanderbiss.

Für eine Weile gelang es ihr, über die möglichen Folgen des Mordes nachzudenken. Sie war inzwischen davon überzeugt, dass jemand Boris und seine Kumpel umgebracht hatte. Zu viele Indizien sprachen dafür, ob Einstichstellen oder Radarbild. Der unbekannte Steinewerfer schien es auf Zoe abgesehen zu haben, hielt sie womöglich für die Mörderin. Das war absolut lächerlich. Wie sollte sie es angestellt haben, drei Typen gleichzeitig umzubringen? Doch wie war es dem Mörder gelungen? Oder gab es sogar mehrere Täter? Sie kaute auf ihrer Unterlippe, während sie weiter vor sich hin grübelte.

Bestimmt würde Strater das herausfinden. Er war schließlich ein Kommissar und kein gewöhnlicher Streifenpolizist wie der Dorfsheriff von Birkheim.

Ein Schwarm Schmetterlinge flatterte durch ihren Bauch. Eigenartig. Zoe reckte sich behaglich unter ihrer Decke. Der Traumfänger über ihrem Bett warf im morgendlichen Zwielicht phantasievolle Bilder an die Wand. Josh hatte ihr das federgeschmückte Kultobjekt vor Jahren auf einem Flohmarkt gekauft und ihr versprochen, dass sie damit ihre Alpträume loswerden würde. Ihre Mutter hatte damals verächtlich die Nase gerümpft und über diesen lächerlichen Aberglauben geschimpft. Dennoch erkundigte sie sich in den darauffolgenden Monaten regelmäßig nach Zoes Befinden, wenn sie morgens zum Frühstück herunterkam.

Ein lautes Scheppern drang aus der Küche herauf, gefolgt von einem Aufschrei ihrer Mutter und weiterem Geklapper von Geschirr. Zoe stöhnte. Wenn ihre Mutter sich lautstark in der Küche betätigte, war sie in der Regel auf-

gebracht. Lustlos erhob Zoe sich und schlüpfte in einen Jogginganzug. Auf der Treppe gähnte sie herzhaft. Kurz darauf betrat sie die Küche. Wie erwartet wirbelte ihre Mutter zwischen zahlreichen Küchenutensilien umher, wischte über ein Regal, um lautstark die Töpfe an ihren Platz zurückzustellen.
»Guten Morgen«, sagte Zoe und goss sich eine Tasse Kaffee ein.
Isobel nickte ihr zu und kam sofort zur Sache. »Diese alte Nauen hat vorhin angerufen. Sie besteht doch tatsächlich darauf, die Leiche ihres Sohnes zu einem anderen Bestatter bringen zu lassen!« Isobel imitierte den näselnden arroganten Tonfall von Frau Nauen.
Zoe fand es jedes Mal befremdlich, wenn gleichaltrige Frauen ihre Missachtung der anderen gegenüber zum Ausdruck brachten, indem sie sich als alt bezeichneten. Vielleicht fühlten sie sich überlegen, wenn sie sich selbst jünger darstellten. Eindeutig ein weiterer Punkt auf ihrer *Not-to-do-Liste.* Nachdem Zoe vor einiger Zeit einen Artikel darüber gelesen hatte, wie hoch die Wahrscheinlichkeit war, dass Töchter irgendwann wie ihre Mütter wurden, versuchte sie insgeheim, sich Eigenarten oder Verhaltensweisen ihrer Mutter zu merken, mit dem Ziel, diese niemals nachzuahmen. Während Zoe trank, musterte sie ihre Mutter über den Rand der Kaffeetasse. Sie war mehr als aufgebracht.
»Das können sie nicht machen! Die Leichen wurden uns vom Gericht überstellt. Außerdem habe ich bereits mit der Arbeit angefangen.« Ganz zu schweigen von den Umständen, wenn sie die Körper kurzfristig umlagern müssten. Leichen nahmen keine Rücksicht auf die Streitigkeiten ihrer Zurückgebliebenen. Sie verwesten. Irgendwann half da auch keine Kühlung mehr.

Isobel schlug mit dem nassen Lappen auf die Ablage. »Sie sagte, sie wolle mir die Genugtuung nicht gönnen, dass es ihr Kind sei, welches umgekommen ist. Das muss man sich mal vorstellen! Diese Frau ist doch völlig übergeschnappt!«
Das war in der Tat ziemlich schräg. Zoe wunderte sich, dass die sonst so zurückhaltende Dame sich überhaupt dazu verleiten ließ, derart zickig zu reagieren. Natürlich ärgerte auch Zoe sich über diese Bemerkung, weil sie schlicht ungerecht war.
»Du weißt doch, der Schmerz lässt Trauernde Dinge sagen, die ihnen später leidtun«, versuchte Zoe, ihre Mutter zu beruhigen.
»Meine Güte, du verteidigst auch jeden!«, erboste Isobel sich. »Könntest du vielleicht ausnahmsweise auch mal ein bisschen Verständnis für mich aufbringen? Die Frau hat mir ins Gesicht gesagt, dass sie sich wünschte, du lägst da unten auf dem Tisch!«
Zoe öffnete den Mund, um etwas zu erwidern, entschied sich aber dagegen. Ein Anflug von Bedauern verdichtete sich zu Mitgefühl. Sie konnte verstehen, dass ihre Mutter verletzt war. Natürlich war Frau Nauens Bemerkung inakzeptabel. Doch sie wollte ihre Mutter nicht mit Zustimmung darin bestärken, sich noch mehr in die Angelegenheit hineinzusteigern. Im Grunde hatte sie recht. Zoe stellte ihre Tasse ab.
»Was soll ich deiner Meinung nach dagegen unternehmen?«
Isobel legte den Lappen ab und wandte sich ihr zu. »Als Geschäftsführerin solltest du dort anrufen und die Sache klären. Nicht dass uns während der Trauerfeier eine hysterische Frau den Ruf verdirbt!«
Das hatte Zoe geahnt. Ein flaues Gefühl legte sich um

ihren Magen. Der Ruf ihrer Firma war es nicht, was sie beschäftigte. Obwohl ein durchgeknallter Trauergast während der Abschiedsmesse den Alptraum eines jeden Bestatters verkörperte. Nicht umsonst war jeder Abschied von einem gewissen Druck überlagert, von dem zum einen die Angehörigen nichts mitbekommen sollten und durch den zum anderen eine anstrengende Stresssituation für Zoe entstand. Es lag bei dem Bestatter, dafür zu sorgen, dass alles reibungslos in stiller Gediegenheit ablaufen konnte. Zwischenfälle jedweder Art waren unter allen Umständen zu vermeiden. Zoe und ihre Mutter hatten ein geschultes Auge für Trauernde, die dazu neigten, jeden Moment in den Sarg zu springen oder sich kreischend auf dem Boden zu winden. Für gewöhnlich positionierten Zoe und ihre Mutter sich am Eingang der Halle und direkt neben dem Sarg. Dabei hielten sie Blickkontakt zueinander, um möglichst schnell eingreifen zu können. Dennoch sträubte sich alles in Zoe, bei Familie Nauen anzurufen.

Herr Nauen war ein vornehmer Mann, der so leise sprach, dass man Mühe hatte, ihn überhaupt zu verstehen. Damals war Zoe ihm vor dem Polizeigebäude direkt in die Arme gelaufen, nachdem sie kopfüber vor den peinlichen Fragen der Polizeibeamten geflüchtet war. Er hatte ihr gönnerhaft auf die Schulter geklopft und sie unter buschigen Augenbrauen hervor mitfühlend angesehen. Seine freundlichen Worte hatten jedoch nicht echt geklungen – wobei Zoe nicht viel von dem Gerede verstanden hatte. Nur Bruchstücke von Sätzen waren damals zu ihr durchgedrungen.

... war nicht so gemeint ... Dummejungenstreiche ... Karrierepläne des Sohnes ...

Während der ganzen Zeit hatte sie mühsam den Drang

unterdrücken müssen, davonzulaufen. Ihre Füße schienen wie auf dem Boden festgeklebt. Unmissverständlich war allerdings, als Herr Nauen sein Scheckheft zog und sie mit einem Nicken aufforderte, eine Summe zu nennen. Schließlich würde man sich schon einig werden, wenn sie die Anzeige zurückzog. Sie hatte den Mann damals perplex angestarrt und musste auf ihn gewirkt haben wie ein geistig verwirrtes Kind. Erst als sie erkannte, dass er die gleichen Augen hatte wie sein Sohn, löste sich die Starre. Sie hatte sich auf dem Absatz umgedreht und war davongerannt.

Seither hatte sie kein Mitglied der Familie Nauen mehr gesehen. Bis auf ihre Begegnung mit Boris. Die bevorstehende Trauerfeier bereitete ihr allerdings keine Probleme. Es handelte sich um einen höchst offiziellen Anlass, bei dem sie dem Ehepaar aus dem Weg gehen konnte.

Zoe zwang sich, aus den alten Erinnerungen in die Gegenwart zurückzukehren. Inzwischen war sie keine verängstigte Sechzehnjährige mehr und würde sich nicht mehr so schnell einschüchtern lassen. Ein seltsames Unbehagen überkam sie. Sie war die Inhaberin des Geschäfts und konnte sich vor unangenehmen Aufgaben nicht drücken. Auf manche Aspekte des Erwachsenseins hätte sie gern noch eine Weile verzichtet.

Sie kämpfte gegen die aufkommende Nervosität an, stellte ihre Tasse ab und ging in die Empfangshalle. Missmutig starrte sie auf den altmodischen Telefonapparat mit Wählscheibe. Ihre Mutter weigerte sich strikt, eines der kabellosen Mobilteile des ISDN-Anschlusses zu benutzen. Stattdessen hatte Zoe das historische Ding vom Telefonanbieter separat anschließen lassen müssen. Sie hob den Hörer von der Gabel. Einer Visitenkarte entnahm sie die Nummer. Das vertraute Surren der Wählscheibe weckte unwillkürlich Kindheitserinnerungen – wie der Geruch von Möbelpolitur und Hühnersuppe. Während sie dem Klingeln am anderen Ende der Leitung lauschte, zwirbelte sie das Telefonkabel zwischen ihren Fingern. Heutzutage lief man mit seinem Telefon am Ohr durch die Gegend, erledigte meistens noch etwas nebenher. Diese alten Apparate hingegen zwangen den Benutzer hartnäckig, an einem festen Platz zu verharren, was zu zahlreichen gekritzelten Kunstwerken auf Notizblöckchen führte.

Es klingelte weiter. Zoe tippte ungeduldig mit dem Finger gegen den Hörer. Wahrscheinlich besaß man im Hause Nauen auch nur *ein* Telefon, und der Weg über die breite Treppe aus dem Obergeschoss der Villa musste erst einmal zurückgelegt werden. Gelassenheit war ein nicht zu verachtender Luxus. Zoe versuchte, zu ignorieren, dass ihre Hände vor Aufregung feucht waren. Es handelte sich nur um ein notwendiges Geschäftsgespräch, versuchte sie sich zu beruhigen. Schließlich wollte sie mögliche Scherereien von ihrem Unternehmen abwenden.

Sie nickte ihrer Mutter zu. Noch während sie sich darüber wunderte, dass ihr Herz wie wild klopfte, zogen unerwartet Erinnerungsfragmente von ihrer Begegnung mit Boris' Vater vor ihrem inneren Auge auf. Das Bild fügte sich wieder zusammen, und damit kehrte auch das bedrückende Gefühl zurück. Es hatte damals nicht das geringste Mitgefühl in der Stimme des älteren Mannes mitgeschwungen, als er sie dazu aufforderte, sich nicht so anzustellen. Schließlich wäre nichts weiter passiert, und ein hübsches junges Ding wie sie müsste sich nicht wundern, wenn es ein paar Burschen den Kopf verdrehte. Dabei hatte er sie gemustert, wie sie nicht von vermeintlich gutmütig aussehenden Herren gemustert werden wollte. Das war damals der Startschuss für ihre kopflose Flucht gewesen. In Zoes Hals bildete sich ein Kloß. Sie schluckte. Sie erinnerte sich, wie sie aus dem Augenwinkel noch mitbekommen hatte, dass ihre Mutter aufgetaucht und so zielstrebig auf Herrn Nauen zugesteuert war wie ein Racheengel. Zoe musste dieses Erlebnis erfolgreich verdrängt haben, denn sie hatte Isobel nie danach gefragt, was damals zwischen ihr und Herrn Nauen vorgefallen war.

Das Knacken in der Leitung ließ Zoe zusammenfahren.

»Nau-en.« Die sonore männliche Stimme meldete sich gedehnt.

»Bestattungsunternehmen Lenz«, stellte Zoe sich mit sachlichem Tonfall vor. Bevor sie weiterreden konnte, ergriff Herr Nauen das Wort.

»Ah, Zoe, ich wollte dich gerade anrufen. Meine Gattin hat gegenüber deiner Mutter wohl ein wenig die Contenance verloren.«

Zoe versuchte, die saloppe Anredeform zu ignorieren und den geschäftlichen Teil des Gesprächs im Auge zu behalten. Herr Nauen kannte sie seit ihrer Schulzeit, da konnte sie kaum erwarten, von ihm gesiezt zu werden.

»Ihre Frau hat angedeutet, dass Sie in Erwägung ziehen, ein anderes Bestattungsunternehmen zu beauftragen. Ich wollte diesbezüglich mit Ihnen Rücksprache halten, weil ich mit der Behandlung bereits begonnen habe.«

Obwohl Herr Nauen offenbar über den Grund ihres Anrufes informiert zu sein schien, schilderte Zoe ihr Anliegen, um ihre Mutter zu beruhigen. Diese schnaubte gerade missmutig und verschränkte die Arme vor ihrer Brust.

»Aber nicht doch, Kindchen!«, erwiderte Herr Nauen.

»Selbstverständlich wünschen wir, dass unser Sohn bei euch bleibt. Schließlich haben sich deine Großeltern seinerzeit auch um meine verstorbenen Eltern gekümmert. Dein Ruf eilt dir inzwischen voraus – deine Arbeit wird in gewissen Kreisen hochgelobt, selbst bei komplizierten Fällen. Ich finde es beruhigend, meinen Sohn in deiner Obhut zu wissen, und ich sehe keinen Grund, warum du den Auftrag nicht ausführen solltest.«

Demnach hatte er den Leichnam seines Sohnes identifiziert. Besonders bei übel zugerichteten Unfallopfern stellte das den mit Abstand schwersten Moment im Trauerprozess dar. Eine Welle von Mitgefühl erfasste Zoe bei der Vorstellung, dass auch Frau Nauen bei dem Termin in der Gerichtsmedizin anwesend gewesen sein könnte. Es musste ein schrecklicher Anblick für sie gewesen sein. Verständlich, wenn sie dadurch die Nerven verlor.

Der geschäftsmäßige Tonfall des Vaters hingegen passte nicht wirklich zu jemandem, der um sein Kind trauerte. Natürlich hatte Zoe in den vergangenen Jahren die unterschiedlichsten Reaktionen bei Hinterbliebenen erlebt. Ein Todesfall wirkte sich immer traumatisierend aus, auf die eine oder andere Weise. Die Menschen reagierten von extrem emotional bis distanziert. Je nach Charakter verhielten sie sich bei der Bewältigung des seelischen Schmerzes unterschiedlich, doch niemals vorhersehbar. Man musste im Umgang mit Trauernden auf alles gefasst sein. Obwohl die Kälte in Herrn Nauens Stimme Zoe eigentlich nicht hätte überraschen dürfen, war sie in Anbetracht der Umstände doch etwas erstaunt. So, wie er klang, hätte er ebenso gut seinen Chauffeur anweisen können, die Zündkerzen im Rolls-Royce zu kontrollieren.

»Ich wollte mich nur rückversichern«, brachte Zoe hervor.

»Meine Gattin hat einen kleinen Nervenzusammenbruch erlitten und nicht ernst gemeint, was sie sagte. Bis zur Abschiedsfeier wird sie sich wieder erholt haben.«
Wohl kaum, dachte Zoe und nahm sich vor, am Tag der Beerdigung ein besonderes Augenmerk auf Boris' Mutter zu legen.
»Natürlich. Ich werde mich dann weiter um die Formalitäten kümmern. Auf Wiederhören, Herr Nauen.«
Um ihrer Mutter zu verkünden, dass die Angelegenheit somit erledigt war, nickte Zoe und nahm den Hörer vom Ohr, um ihn auf die Gabel zurückzulegen. Gerade noch rechtzeitig hörte sie Herrn Nauen weiterreden.
»Da wäre noch etwas, worüber ich mit dir reden wollte.«
Die Erleichterung darüber, dass das Gespräch beendet war, löste sich in Luft auf. Sofort sträubte sich alles in Zoe.
»Ja?«, fragte sie zaghaft.
»Du fertigst doch diese Andenkenmasken an. Besteht die Möglichkeit, solch ein Exemplar vom Gesicht meines Sohnes zu bekommen?«
Täuschte sie sich, oder klang Herr Nauen etwas sentimental? Einerseits erstaunt über die Anfrage, war die Aussicht auf einen bezahlten Auftrag für die Herstellung einer Totenmaske durchaus verlockend. Schließlich kam das selten genug vor. Die wenigsten Leute leisteten sich den Luxus, das Antlitz ihrer Verstorbenen in einer Maske verewigen zu lassen.
»Ich werde das Gesicht ihres Sohnes wieder so herstellen, wie sie ihn in Erinnerung haben«, versicherte Zoe.
»Ausgezeichnet! Dann schick mir doch bitte ein paar Angebote. Welches Material ist das hochwertigste für eine Totenmaske?«
Sie hatte sich getäuscht. Da waren keine Gefühle im Spiel, sondern Prestigedenken.

»Ich kann jedes Material mit Blattgold überziehen.« Zoe blickte zu ihrer Mutter hinüber.
Wie erwartet richtete diese ihren Blick theatralisch gen Himmel, nachdem sie bemerkt hatte, dass sich das Gespräch nun um das leidige Hobby ihrer Tochter drehte. Zoe ließ sich davon nicht beirren. Ein Auftrag bedeutete, eine angemessene Bezahlung für das zu bekommen, womit sie sich am liebsten beschäftigte.
»Geht auch pures Gold?«, wollte Herr Nauen wissen.
Zoe stutzte. Gold wurde äußerst selten verlangt. Genau genommen hatte sie es selbst noch nie erlebt. Gleichzeitig spürte sie den Reiz, mit diesem edlen Material arbeiten zu dürfen, in sich aufsteigen.
»Ja«, antwortete Zoe schnell.
Nachdem sie das Gespräch beendet hatte, versicherte sie ihrer Mutter, dass sie wie geplant die Trauerfeierlichkeiten ausrichten würden. Über ihren Auftrag verlor sie kein weiteres Wort. Ihre Mutter konnte dem nichts entgegensetzen, weil Zoe dafür bezahlt werden würde. Auf Verständnis zu hoffen, wäre dennoch zu viel verlangt.
»Gott wendet sich von manchen Menschen ab, und dieser Mann ist einer davon«, kommentierte Isobel und warf mit einer resignierenden Bewegung die Hände in die Luft, bevor sie sich wieder ihrer Küchenarbeit zuwandte. Zoe erwiderte nichts darauf, sondern machte sich auf den Weg nach oben, um ihre Arbeitskleidung anzuziehen.
Den Rest des Tages verbrachte sie im Behandlungsraum mit den Vorbereitungen am Gesicht des toten Boris für die Erstellung eines Negativabdrucks. Da sie gestern im Beisein von Strater die entsprechende Vorarbeit geleistet hatte, kam sie zügig voran. Trotzdem war die Arbeit am toten Modell wie üblich schwierig, weil der Körper kalt

war und die Totenmaske nur sehr langsam trocknete. Dafür konnte Zoe sich Zeit zum Modellieren nehmen. Immer wieder fiel ihr Blick zur anderen Seite der Bahre, an der einen Tag zuvor Kommissar Strater gestanden hatte. Die Erinnerung an seinen interessierten Blick erzeugte sogar jetzt noch ein leises Kribbeln in ihrem Bauch. Der Gedanke an ihn beschwingte sie auf angenehme Weise, und sie ließ ihre Finger über die weiche Silikonmasse gleiten wie ein Geigenvirtuose über seine Violine. Erst als irgendwann die Müdigkeit ihren Blick verschleierte, legte Zoe den Negativabdruck zum Trocknen beiseite. Die Turmuhr von Birkheim schlug Mitternacht, als sie müde die Treppe zu ihrem Zimmer hinaufstieg.

Der dichtbewachsene Wald lichtete sich abrupt und gab den Blick auf eine karge Einöde frei. Die bizarre Steinlandschaft breitete sich großflächig aus, bot ein Wechselspiel aus unberührten Felsformationen und tief aufgerissenen Abgründen aus Gestein. Kein Grün wagte sich bis hierher vor. Windböen brausten pfeifend über das unwirtliche Gelände, steckten Grenzen aus aufgewirbeltem Staub. Loretta stand mit ausgebreiteten Armen nahe dem Steilhang. Der Schein der untergehenden Sonne umfloss sie wie eine Aura aus blutrotem Licht. Der Wind spielte mit ihrem Haar, das sich grellbunt von der nächtlichen Kulisse abhob wie eine exotische Blüte im Moor. Zwischen ihr und dem alles verschlingenden Abgrund steuerte das gelbe Cabriolet auf den Rand des Steilhangs zu und kam kurz davor zum Stehen. Die Körper der drei Insassen zuckten unter den erfolglosen Versuchen, die Autotüren aufzureißen. Ihre Unterkörper gelähmt, zum Ausharren verdammt.

Ein entrückter Ausdruck lag auf Lorettas Gesicht. Auf ihr

Handzeichen hin bewegte sich der Wagen weiter auf den Abhang zu. Schotter knirschte bedrohlich unter den Reifen. Mit einem Ruck rutschten die Vorderräder über die Kante. Stille verschluckte jedes Geräusch. Für den Bruchteil einer Sekunde schien die Zeit stillzustehen. Dann rissen die drei Gestalten im Wagen die Arme hoch und kreischten wie Fahrgäste in der Achterbahn vor der ersten Steilfahrt. Boris und seine Freunde warfen ihre Oberkörper nach hinten, um das Gewicht zu verlagern, damit der Wagen nicht abstürzte. Todesangst hatte ihre Gesichter zu Fratzen verzerrt.

Lorettas Augen flammten auf. »Seid – endlich – still! Ihr habt genug getan und genug geredet.« Ihre Stimme schnitt wie Glas durch das Getöse. Einer Tänzerin gleich, bog sie ihren Oberkörper mit erhobenen Händen zu einer schwungvoll ausladenden Bewegung. Ihr Arm ruckte nach vorn, als würde sie eine unsichtbare Peitsche schwingen.

Die Münder von Boris und seinen beiden Freunden klappten hörbar zu. Der Lärm klang gedämpft wie unter einem herabsinkenden Tuch. Mit verzweifelten Lauten versuchten sie, zu schreien, doch ihre Lippen waren plötzlich versiegelt wie die zugenähten Münder von Leichen. In wilder Panik zappelten die Jungen, richteten ihre weit aufgerissenen Augen flehend auf Loretta.

Deren Lächeln gefror. Sie zog die Ellbogen an ihre Seite, die offenen Handflächen in Richtung des Wagens und vollzog eine schiebende Bewegung. Die Motorhaube des gelben Cabriolets schaukelte über dem Abgrund. Der metallene Unterboden schob sich quietschend über das Gestein. Im Angesicht des Todes erstarrten die drei Insassen. Endlos zog sich die Zeit dahin. Ein letztes aufbäumendes Ächzen, dann schoss das Cabrio den Steilhang hinunter.

kapitel 8

Die fremden Stimmen in ihrem Ohr lösten sich im Brausen des Windes auf und verstummten im selben Moment, als Zoe mit rasendem Herzen die Augen aufschlug. Der Traumfänger über ihrem Bett schaukelte sachte im Luftzug.

»Na toll, jetzt brauchst du dich auch nicht mehr zu bemühen!«, murrte sie und befeuchtete ihre trockenen Lippen. Der Alptraum saß ihr in jedem einzelnen Knochen und würde ihr wahrscheinlich noch den ganzen Tag nachhängen. Wenn nicht noch länger. Noch nie hatte sie von Loretta geträumt, schon gar nicht als eigenständige Persönlichkeit. Für gewöhnlich schenkte sie ihren Träumen keine besondere Beachtung. Ebenso wenig interpretierte sie irgendwelche prophetischen Bedeutungen hinein. Dazu waren ihre Nachtmahre an sich schon verstörend genug. Im realen Leben konnte sie so etwas nicht gebrauchen.

Zoe griff nach der Flasche Mineralwasser, die neben ihrem Bett stand. Mit kräftigen Zügen vertrieb sie den schalen Geschmack in ihrem Mund. Sie schleppte sich mit steifen Gliedern zur Dusche und fühlte sich dabei, als hätte sie am Tag zuvor eine Baugrube ausgehoben. Das warme Wasser löste die Verspannungen in ihren Muskeln. Ihre Gedanken hingegen ließen sich nicht so einfach vertreiben. Immer wieder tauchte das Bild von Loretta als Racheengel vor ihrem inneren Auge auf. Herrje! Anscheinend wollte ihr Unterbewusstsein mit aller Macht eine Botschaft übermitteln. Nur welche? Zoe schüttelte verständnislos den Kopf, konnte aber nicht verhindern, dass ihre Kehle sich zuschnürte. Schuldgefühle plagten sie durchaus. Es gehörte sich einfach nicht,

über den Tod eines Menschen erleichtert zu sein. Auch wenn sie es nicht laut aussprach, nicht einmal wirklich dachte, sondern einfach nicht entsetzt oder traurig war.
Sie stellte das Wasser ab und stieg aus der Dusche. Mit dem Handtuch wischte sie den beschlagenen Spiegel ab, bevor sie sich abtrocknete. Der mürrische Gesichtsausdruck ihres Spiegelbildes war sicher nicht nur der frühen Morgenstunde zuzuschreiben. Ohnehin mochte Zoe sich nicht gern ansehen, wogegen sie nicht genug von ihrem Antlitz bekommen konnte, sobald sie sich in Loretta verwandelt hatte. Ein Hauch von einem Lächeln zog über ihre Lippen, hellte für den Bruchteil einer Sekunde ihre Miene auf. Es stand ihr gut, war aber trotzdem nicht typisch für sie. Sie rümpfte die Nase.
Manchmal hatte Zoe das Gefühl, vollends in ihrer Phantasiegestalt aufzugehen. Als Loretta war sie in der Lage, vollkommen anders zu reagieren, und genoss sie dieses ungewohnte Selbstbewusstsein. Ihr Alter Ego war emotional flexibel und schreckte nicht vor der einen oder anderen Eskapade zurück. Zoe zog es vor, mit der Maske auch die Verantwortung für Knutschereien in den Hinterhöfen von Diskotheken abzulegen. Umso nerviger fand sie, dass Loretta sich nicht nur in ihre Träume schlich, sondern nach dem Aufwachen weiterhin fest in ihren Gedanken verweilte wie zäher Brei.
Immer noch verschlafen, tapste sie die Flurtreppe hinunter und war erleichtert, dass die weichen Stufenmatten ihren unsicheren Gang unter Kontrolle hielten. Die Zeiten, in denen sie auf dem Po die damals noch blanken Holztreppen hinuntergerutscht war, lagen ohnehin längst hinter ihr. Jetzt sehnte sie sich nach einer Tasse Kaffee, um ihren Verstand auf Vordermann zu bringen. An dem Bullaugenfenster auf halber Treppenhöhe hielt sie inne.

Draußen erklang helles Gebimmel aus der kleinen Kapelle hinter dem Haus und rief die Apostelanhänger zum Gebet. Gleichzeitig dezent wie bestimmend hallte es über die Wiese. Üppige Blütensträucher versperrten die Sicht auf den Eingang der Kapelle. Doch Zoe wusste, dass ihre Mutter genau dort stand und eine gusseiserne Handglocke schwenkte, deren schriller Klang eindringlicher war als eine bedeutend größere Kirchturmglocke. Eine solche war Isobel von offizieller Stelle untersagt worden. Inhaltlich orientierte ihre Glaubensgemeinschaft sich zwar eng an den Lehren der neuapostolischen Kirche, war dieser allerdings nicht angeschlossen. Doch in Deutschland herrschte Religionsfreiheit, und die hauseigene Kapelle erwies sich als durchaus praktisch, um sich als religiöse Gruppe über den Status einer Sekte hinwegzuheben. Schließlich konnte sich jeder Apostel nennen, der sich im wörtlichen Sinne dazu berufen fühlte.
Das Monopol auf die harmonische Ankündigung zum Dialog mit Gott behielt dennoch die katholische Kirche im Ort. Wenigstens kamen sie sich nicht akustisch ins Gehege, da die apostolische Messe samstags stattfand. So konnten die Gläubigen ebenso den katholischen Gottesdienst am Sonntag besuchen. Was ein Großteil von ihnen auch tat, um den Schein zu wahren oder keine endgültige Entscheidung treffen zu müssen. Für Zoes Mutter war das eher zweitrangig – für sie zählte, dass ihr Bethaus nicht leer blieb. Vermutlich hatte sie einkalkuliert, dass es für die meisten Menschen problematisch war, wenn es darum ging, Farbe zu bekennen. Und es war durchaus möglich, dass Isobel in weiser Voraussicht, einer etwaigen Konkurrenz nicht standhalten zu können, ihre Messe am siebten Tag der Woche abhielt.
Der Aufstieg zur erhöht gelegenen Kapelle verlieh den

herbeiströmenden Menschen eine vornübergebeugte Haltung, so dass sogar die Kinder wirkten wie Opferlämmer auf dem Weg zum Altar. Der Gottesdienst für Entschlafene stand bevor. Die feierliche Zeremonie fand dreimal im Jahr statt und spendete bereits Verstorbenen die Sakramente des neuapostolischen Glaubens. Eine konfessionelle Besonderheit, die in anderen christlichen Gemeinschaften überhaupt nicht oder nur teilweise existierte. In Isobels Kapelle fanden auch die Toten ihr Heil oder konnten ihre Sünden noch im Jenseits loswerden. Daraus resultierte die völlig kontroverse Einstellung zum Tod, durch die Zoe oft mit ihrer Mutter aneinandergeriet. Mit Boris und seinen Freunden dürfte es drei zusätzliche Seelen geben, für deren Heil sich die Gemeinde ins Zeug legen konnte. Um die irdischen Überreste würde Zoe sich kümmern.
Sie runzelte die Stirn. Das Gebimmel wollte nicht mit ihrem schweren Kopf harmonieren. Sie fuhr mit einem Finger über den glatten Mahagonirahmen des runden Fensters. Die ganze Szene wirkte wie ein Ausschnitt aus einem alten Film. Wenn Zoe nicht genau gewusst hätte, dass unten auf dem Parkplatz keine Pferdegespanne, sondern eine Reihe Mittelklassewagen standen, gemahnte das Bild, das sich ihr bot, kaum an das Leben im einundzwanzigsten Jahrhundert. Auch wenn gerade diese über die Zeitalter andauernde Beständigkeit des Glaubens den Menschen Halt zu bieten schien, konnte Zoe dem nichts abgewinnen. Sie zog es vor, sich mit den weltlichen Dingen der Gegenwart zu beschäftigen. Abrupt wandte sie sich um und eilte die Treppe hinab, dem aufsteigenden Kaffeeduft entgegen.
Der Samstagvormittag war für Besorgungen reserviert. Im Bestattungsunternehmen fielen ständig Kleinigkeiten

an, wie besondere Kissenbezüge für die Innenausstattung der Särge. Seit Jahren ließ Zoe diese von einer Schneiderin in Emmelshausen nähen, die schnell genug arbeitete, um es auch mit drei Särgen gleichzeitig aufzunehmen. Geschäftig eilten die Leute die beschauliche Einkaufsmeile im Ort entlang. Es gab nicht viele Läden, aber das Nötigste war vorhanden.

Nachdem Zoe die Schneiderei verlassen hatte, wollte sie noch Brot besorgen. Mit raschen Schritten bog sie um die Ecke eines Fachwerkhauses, dessen Dachrinne so niedrig hing, das Zoe jede einzelne verwitterte Ausbeulung erkennen konnte. Die kleinen Butzenfenster waren peinlich sauber und leuchteten im Weiß der dahinter hängenden Spitzengardinen. Zu spät wandte sie den Blick wieder nach vorn, da prallte sie schon gegen eine Männerbrust. Wie in Zeitlupe schien ihr Gesicht am Stoff des Hemdes herabzurutschen. In einer amerikanischen Komödie war das sicher witzig – im wahren Leben einfach nur peinlich. Keuchend wich sie zurück und wäre beinahe gestolpert, wenn Strater nicht nach ihrem Arm gegriffen hätte.

»Ich wollte auch gerade zu Ihnen, allerdings hatte ich es nicht ganz so eilig.« Sein Lachen war erfrischend, brachte aber gleichzeitig Zoes Wangen zum Glühen.

»Witzig«, gab sie verlegen zurück. »Ich muss zum Bäcker.«

Da sie kaum wagte, ihn anzusehen, nickte sie ihm nur verhalten zu und marschierte weiter. Wenigstens hatte niemand ihren Zusammenstoß gesehen. Das enge Seitengässchen lag menschenleer vor ihr. Was machte der junge Kommissar überhaupt hier, abseits der Haupteinkaufsstraße? Vermutlich war es eine seiner Polizeiaufgaben, den kleinen Ort genau in Augenschein zu nehmen. Birkheim dürfte er innerhalb von einer Stunde eingehend in-

spiziert haben, so dass er seine Ermittlungen nun auf den Nachbarort ausweitete.
Seine Schritte näherten sich hinter ihr. »Wie praktisch! Da vorn gibt es doch ein Café, richtig?«
»Ja …«, erwiderte Zoe gedehnt und blickte ihn fragend von der Seite an.
»Wir könnten zusammen einen Kaffee trinken.« Er lief neben ihr her und hob leicht das Kinn an.
Zoe biss sich auf die Lippen und ging schweigend weiter. Ein Wiedersehen mit Strater hatte sie sich wirklich anders vorgestellt, irgendwie cooler und nicht auf der Straße in Emmelshausen. Unbemerkt verdrehte sie die Augen. Ein paar Schritte weiter hielt sie vor der Konditorei und öffnete die Eingangstür. Leon stellte sich neben sie vor den Verkaufstresen.
»Soll das Ja heißen?«
»Wo? Hier etwa?« Plötzlich musste Zoe dem Drang widerstehen, sich mit der flachen Hand gegen die Stirn zu schlagen. Eine noch dämlichere Antwort hätte sie wohl kaum geben können! Sie sollte sich wirklich langsam zusammenreißen und nicht vergessen, dass der gutaussehende Typ neben ihr in erster Linie eine Amtsperson war.
Ihr Blick fiel in das Café, das an den Verkaufsbereich grenzte. Der Boden ging dort von pflegeleichtem PVC in einen Industrieteppich über. Die Polster der Stühle sahen seit jeher aus wie Sofabezüge. Es hielten sich nicht viele Gäste in dem Café auf, doch Zoe kannte jedes einzelne Gesicht. Im *Mokkastübchen* trafen sich einheimische Senioren zum Nachmittagskaffee und zerquetschten Torte mit der Gabel auf ihren Tellern zu Brei. Manchmal fanden Touristen den Weg hierher, wenn aufgrund einer Großveranstaltung sämtliche Hotels in Kastellaun ausgebucht waren.

Für Zoe hatte es bisher keine Veranlassung gegeben, sich weiter als bis zur Ladentheke zu bewegen. Brot und Kuchen kaufte sie zum Mitnehmen. Das Geschäft war ihr so vertraut, dass sie sich vorkam wie das erwachsen gewordene Kind in einem Fernsehwerbespot für Karamellbonbons. Damals war es ihr gerade einmal gelungen, sich die Nase an der Frontseite der mit bunten Gummidrops gefüllten Behälter platt zu drücken. An die Öffnung oberhalb heranzukommen, war ein langgehegter Kindertraum gewesen. Die alte Frau Schierer war regelmäßig nachsichtig dreinblickend hinter ihrem Verkaufstresen hervorgekommen, um Zoe ihre Tüte mit Konfekt zu füllen. Nie würde Zoe das Knistern ihrer gestärkten Schürze vergessen.
Frau Schierer war vergangenes Jahr auf Zoes Behandlungstisch gelandet, und die Süßigkeitenbehälter reichten ihr inzwischen bis an die Hüfte. Sie griff nach einem ihrer Lieblingsschokoriegel und wog ihn prüfend in der Hand. Die waren ihr auch einmal größer vorgekommen. Sie legte den Riegel wieder zurück. Als Kind hätte Zoe sich, ohne zu zögern, daran satt gegessen, bis sie keinen Appetit mehr auf das Mittagessen gehabt hätte.
»Hey, kommen Sie, es ist nur ein Kaffee, kein Date!« Strater stupste sie kumpelhaft mit dem Ellbogen an.
»Dann hätten wir das ja geklärt.« Zoe lächelte zaghaft.
Er wedelte mit einer schwarzen Mappe vor ihr herum. »Außerdem handelt es sich um einen geschäftlichen Termin. Ich habe die Ergebnisse der Leichenproben. Ziemlich aufschlussreich!«
Hinter seinem Rücken verzog eine Frau mittleren Alters angewidert das Gesicht. Das kam davon, wenn man lauschte! Zoe musste grinsen. Ihre Neugier war geweckt, woran sein lockendes Augenzwinkern nicht unbeteiligt war.

Sie wählten einen Tisch am Fenster, das zwischen blütenweißen Kaffeehausgardinen den Blick auf die vorbeilaufenden Passanten freigab. Aus dieser Perspektive sah der vordere Ladenbereich völlig anders aus. Zoe kam sich vor wie jemand, der nach Jahren ins eigene Haus zurückkehrte und sich dabei wie ein Gast fühlte. Irgendwie fehl am Platz. Das signalisierte auch der Seitenblick der Kellnerin, bei der Strater zwei Tassen Kaffee bestellte.

»Alles in Ordnung?«, fragte er, nachdem sie wieder allein waren.

»Ja klar.« Zoe rutschte auf ihrem Stuhl herum.

Er schob ihr den Obduktionsbericht hinüber. Erleichtert darüber, sich mit etwas Sinnvollem beschäftigen zu können, griff sie danach und begann, zu lesen. Bereits die Einleitung weckte ihre Begeisterung. Einen ausführlichen Obduktionsbericht hatte sie noch nie vor sich gehabt. Sie kannte von ihren Pathologiekursen nur das Lehrmaterial mit Autopsie-Fallbeispielen. Ein realer Sachverhalt war etwas völlig anderes. Ihre Umgebung nahm sie kaum noch wahr. Sie nickte beiläufig, ohne aufzublicken, als die Kellnerin den Kaffee brachte.

Gemeinsam gingen sie die verschiedenen Untersuchungsergebnisse durch. Strater zog seinen Stuhl neben Zoe, damit sie den Bericht nicht immer über den Tisch schieben mussten. Immer wieder stieß dabei ihr Bein gegen das seine, wenn sie sich beide über den Text beugten. Normalerweise waren Zoe solche zufälligen Berührungen unangenehm. Je länger sie beide dort saßen, desto mehr wurde sie sich seiner Nähe bewusst. Es musste an ihrer nachlassenden Konzentration liegen, dass sie sich aufführte wie ein Teenager. Um sich zur Ordnung zu rufen, lehnte sie sich in ihrem Stuhl zurück, was gleichzeitig ihrem verspannten Rücken guttat. Ihre Augen tränten ein wenig vom Lesen. Sie rieb beiläufig mit dem Finger über ihre Augenwinkel. Im Gegensatz zu den Abenden, an denen sie als Loretta unterwegs war, trug sie tagsüber nie Make-up.

Sie betrachtete die feinporige Haut an Straters Wange, die neu sprießenden Barthaare. Bestimmt fühlte es sich stoppelig an, wenn man mit dem Finger darüberstreichen würde. Sie mochte seine gerade Nase. Herrje, sie litt definitiv unter Sauerstoffmangel!

»Neben den Proben, die Sie entnommen hatten, bat ich darum, die Leberwerte genauer zu analysieren. Außer der deutlichen Leberverfettung fanden sich im Blut der drei, abgesehen von ein paar nicht klassifizierbaren Rückständen, auch solche von Alkohol, Marihuana und ...«, er tippte auf die entsprechende Zeile im Protokoll, »... was sich vom üblichen Programm bei Verdacht auf Drogenkonsum unterscheidet, Atropin.«

Zoes Verstand verließ auf der Stelle den Ruhemodus und fing an, auf Hochtouren zu arbeiten. Straters bedeutungsvollen Blick nahm sie nur vage wahr, obwohl sie ihm direkt ins Gesicht blickte.

»Natürlich ... Leberverfettung deutet häufig auf Alkoholmissbrauch oder Toxine hin. Atropin, ein giftiges Tropan-Alkaloid. Es handelt sich um ein Racemat, eine Traubensäure. Eine Eins-zu-eins-Mischung aus den Isomeren (R)- und (S)-Hyoscyamin, das bei der Isolierung ...«

Scherzhaft abwehrend hob der Kommissar beide Hände. »Hey, hey, immer schön langsam! So sehr brauchen wir nicht ins Detail zu gehen.« Er pfiff leise zwischen den Zähnen und musterte Zoe mit leicht zur Seite geneigtem Kopf. »Was sind Sie, Fremde? Ein wandelndes Lexikon?«

Es tat gut, mit ihm zu lachen. »Sorry, das ist mir einfach herausgerutscht.« Sie beugte sich wieder über den Text. »Okay, wir haben es mit einem pflanzlichen Giftstoff zu tun, der in verschiedenen Nachtschattengewächsen vorkommt. Außer Tabakpflanzen gibt es davon allerdings jede Menge in dieser Gegend: Stechapfel, Bilsenkraut, Engelstrompete oder Tollkirsche, um nur einige zu nennen.«

»Wenn mich nicht alles täuscht, blühen ein paar davon in den Vorgärten.« Straters Worte klangen gedehnt, während er sie abwartend ansah.

Eine kaum wahrnehmbare Veränderung senkte sich wie ein Nebelschleier zwischen ihnen hinab, trübte die vorangegangene Unbeschwertheit. Er schien auf etwas hinauszuwollen, und Zoe fragte sich, warum er nicht einfach mit dem herausrückte, was ihm auf der Zunge lag. Vielleicht war das irgendeine Polizisten-Masche, und er konnte nicht anders. Aber sie saß hier nicht in einem Verhör, sondern führte ein Gespräch mit ihm, bei dem ihre fachliche Meinung gefragt war. Oder war ihr etwas entgangen? Verwirrt forschte Zoe in seinem Gesicht.

»Sie meinen, die könnten getrocknete Nachtschattengewächse geraucht haben, um sich zu berauschen?«

Der Kommissar zuckte mit den Achseln. »Bisher hatte ich eher mit den illegalen Drogen im Milieu zu tun. Zwar sind mir verschiedene Pflanzenarten bekannt, die derart zweckentfremdet werden, doch was die Gruppe der Nachtschattengewächse betrifft, musste ich erst einmal nachschlagen. Ziemlich gefährliches Zeug, führt zu extremen Visionen und Halluzinationen. Besonders gefährlich ist der Konsum über einen zubereiteten Tee aus den Blüten. Die falsche Dosierung kann tödlich sein.« Er schnalzte mit der Zunge und senkte den Blick wieder auf die Akte. »Wir sind hier auf dem Land. Wo kein Dealer aufzutreiben ist, wird man erfinderisch.«

Zoe legte die Stirn in Falten, um ihre Missbilligung auszudrücken. Sein selbstgerechter Tonfall und die typische Arroganz eines Großstädters, für den Jugendliche hier nichts weiter als hinterwäldlerische Landeier waren, ärgerte sie ebenso wie ihre Enttäuschung. Sie wusste nicht, ob der Beamte mit seinem Kommentar auch sie meinte, aber sie fühlte sich automatisch mit angesprochen. Es lag nicht in ihrem Sinn, Boris und seine Clique zu verteidigen – dafür aber sich selbst. Sie verschränkte die Arme vor der Brust und rückte mit dem Stuhl ein Stück nach hinten.

»Wissen Sie, nur weil wir nicht in der Großstadt leben, sind wir keine Idioten, die die Vorgärten ihrer Nachbarn plündern, um Wildkräuter zu rauchen. Wer meint, Drogen konsumieren zu müssen, findet jede Menge Möglichkeiten in Kastellaun. Das liegt nämlich gleich um die Ecke.« Sie blitzte ihn an. »Aber das weiß man natürlich nur, wenn man sich hier auskennt.«

»Schon gut! Ich wollte nicht abwertend klingen«, lenkte Strater ein. »Dennoch besteht die Möglichkeit, dass den Jungen Alkohol und Haschisch nicht ausgereicht haben.«

Ein bisschen leid tat es Zoe schon, zu beobachten, wie das Grinsen aus seinem Gesicht verschwand. Sie wusste um die Wirkung, wenn sie ihre Stimme senkte und die Worte beinahe zischend über ihre Lippen kamen. Er hatte ihre Verärgerung bemerkt. Prima! Schließlich wollte sie nicht, dass er sie für weltfremd hielt. Doch ihre Wut verrauchte ebenso schnell, wie sie aufgekommen war.

»Kann ich mir nicht vorstellen.« Zoe schüttelte den Kopf und schaute ihn an, um sich versöhnlich zu zeigen. »Damit man Rückstände in der Leber findet, genügt es nicht, den Qualm von ein paar getrockneten Blättern zu inhalieren. Dazu bedarf es einer Dosis von aufgearbeitetem Atropin.«

Strater runzelte die Stirn und nickte dabei nachdenklich. »Wird Atropin nicht als Gegengift bei einer Vergiftung mit E 605 verabreicht? Ich meine, das würde auch zu den nicht klassifizierbaren Werten passen.«

»Nicht klassifizierbar bedeutet lediglich, dass die Rückstände zu gering waren, um sie zu analysieren. Aber Sie haben recht. Mir kam dieser Gedanke auch gerade in den Sinn«, erwiderte Zoe. »Parathion ist sozusagen das Gegenstück zu Atropin. Früher wurde es nicht nur E 605, sondern auch Wormser Gift genannt. Soviel ich weiß, ist es nicht ohne Weiteres erhältlich.«

Der Verkauf des hochgiftigen Pflanzenschutzmittels E 605 war seit über zehn Jahren in Deutschland verboten. Auch in den Jahren zuvor sollten Sicherheitsbestimmungen wie die Vorlage eines Personalausweises beim Kauf verhindern, dass die tödliche Substanz ihren zweifelhaften Ruf des *Schwiegermuttergiftes* weiter bediente. Zum damaligen Zeitpunkt wurde es ausschließlich in vergällter Form verkauft, damit es nicht versehentlich verschluckt wurde. Dennoch konnte der stechende Geruch nicht verhindern, dass es zu mitunter fragwürdigen Unfällen kam. Zu den bekanntesten Morden mit dem reinen und somit fast geruchlosen Gift gehörten in den frühen sechziger Jahren die einer Wormser Serienmörderin, die ihre Opfer mit präparierten Schokoladenpilzen mit Likörfüllung umbrachte. Danach folgten zahlreiche Tötungsdelikte oder Vergiftungen aufgrund grober Fahrlässigkeit mit E 605, was das ursprüngliche Pflanzenschutzmittel zu einem wahren Modegift machte. Denn es

gab lange Zeit keine Methode, Parathion forensisch nachzuweisen.
Zoe fielen die Einstichstellen an den Brustkörben der drei Leichen ein, doch noch passte etwas nicht zusammen.
»Wir können nicht wissen, in welchen vergessenen Kellerregalen noch ein verstaubtes Fläschchen herumsteht – ob verboten oder nicht«, gab Strater zu bedenken.
Diese Vorstellung behagte Zoe gar nicht, doch sie musste ihm zustimmen. Genügend eigenbrötlerisches Volk gab es in der Tat. Sie konnte sich durchaus denken, dass auf den weit abgelegenen Höfen im Hunsrücker Waldgebiet nicht unbedingt jedes Gesetz so befolgt wurde, wie es sollte.
»Allerdings erscheint mir der Zusammenhang nicht logisch. Wenn jemand den Opfern Atropin als Gegengift wegen einer Vergiftung mit E 605 verabreicht hätte … na ja, dann wären die drei jetzt nicht tot«, überlegte Zoe. »Es sei denn …«
»Es sei denn, es war umgekehrt«, beendete Strater ihren Satz.
Zoe nickte anerkennend. »Richtig! Atropin führt ab einer bestimmten Dosierung zu Lähmungen. Dazu genügen jedoch nicht die getrockneten Blätter einer Brugmansia.« Sie warf ihm einen bedeutungsvollen Blick zu, den er mit einem Grinsen quittierte.
»Sondern?«
»Ein Serum, mit dem man wiederum Tabak oder Haschisch tränken und es anschließend rauchen kann«, schloss Zoe.
»Das würde bedeuten, dass die drei jungen Männer den oder die Täter kannten, sonst hätten sie wohl kaum an einem präparierten Joint gezogen. Danach sind Lähmungserscheinungen eingetreten, richtig?« Strater jong-

lierte einen Kugelschreiber zwischen den Fingern, klopfte damit zwischendurch auf die Tischplatte, als handelte es sich um eine Maschinerie, die seine Gedankengänge antrieb.
Zoe nickte. Es war ihm anzusehen, dass er gerade einen ähnlichen Gedanken verfolgte wie sie. Rein hypothetisch betrachtet könnte es sein, dass der Täter Boris und seine Freunde erst hatte lähmen wollen, um sie anschließend mit einer Dosis E 605 zu töten, weil er sie nicht alle drei gleichzeitig überwältigen konnte. Demnach könnte es sich tatsächlich um einen einzeln agierenden Täter handeln.
Strater zog eifrig die Akte mit dem Bericht in seine Richtung. »Wir sollten nach einem Hinweis auf Rückstände von E 605 Ausschau halten.«
»Das könnte schwierig werden. Parathion ist nur nachweisbar, wenn gezielt danach gesucht wird, und selbst dann ist es nicht einfach – je nachdem, wie das Gift in die Körper gelangt ist.«
Zoe hielt inne, weil die Einstichstellen plötzlich einen Sinn ergaben. Ein Schauder lief ihr über den Rücken bei der perfiden Vorstellung eines mehrfachen Mörders, der seinen Opfern ein Pflanzenschutzmittel in die Lungen spritzte.
»Das lässt sich eingrenzen, allzu viele Möglichkeiten, um jemanden zu vergiften, gibt es nicht«, erwiderte Strater und rieb sich das Kinn. »Allerdings hat sich unser hypothetischer Täter ziemliche Mühe gegeben. Wollte anscheinend seine Tat genießen. Wenn wir richtig liegen, haben wir es mit einem Psychopathen zu tun.«
»Ich befürchte, so ist es.« Zoe presste kurz die Lippen zusammen, bevor sie weitersprach. »Erinnern Sie sich an die Einstichstelle auf der Brust der Leiche?«

Seine Augen weiteten sich. Er erinnerte sich offensichtlich.

»Ich verstehe nicht, warum der Mörder sich solche Umstände gemacht hat.« Zoes Mund wurde trocken. Sie trank den letzten Schluck kalten Kaffee und verzog angewidert das Gesicht. »Ich meine, es ist ohnehin grauenvoll, jemanden zu töten. Aber gleich drei und dann auch noch so geplant!«

»Gesetzt den Fall, dass wir mit unseren Vermutungen auch nur einigermaßen richtig liegen, haben wir es möglicherweise mit einer Einzelperson zu tun, die ihre Opfer kannte – ob psychopathisch oder religiös fanatisch, spielt nur zweitrangig eine Rolle.«

Der Kommissar schlug die Akte zu.

Seine Worte ließen Zoe frösteln. Unwillkürlich zogen Gesichter von Menschen an ihr vorbei – Menschen, die sie seit ihrer Kindheit kannte, mit denen sie quasi Tür an Tür lebte. Dass sich mitten unter ihnen ein kaltblütiger Mörder befinden könnte, war wirklich beunruhigend. Doch sie konnte dazu beitragen, diesen Fall aufzuklären, und nahm sich vor, ihr Bestes zu geben.

»Zumindest kann ich versuchen, herauszufinden, ob sich Parathion in den Lungen der Toten befindet. Das Gift ist ohnehin schwer nachweisbar, besonders zum gegebenen Zeitpunkt des Zersetzungsprozesses. Doch wenn es direkt in das Organ injiziert wurde, brauchen wir Proben aus der Lunge, um mögliche Rückstände aufzuspüren. Dazu könnte ich eine Bronchoskopie vornehmen.«

Zoe beugte sich über den Tisch und blickte den Kommissar zuversichtlich an. Sobald sie einen Weg finden konnte, etwas zu unternehmen, war sie in der Lage, beinahe jede Situation zu bewältigen. Der Tatendrang kam einem Motor gleich, der sie antrieb und unangenehme Empfin-

dungen vertrieb. Untätig dasitzen und grübeln, das konnte sie sich beim besten Willen nicht vorstellen.
Leon zog die Stirn kraus. »Dazu müssten die Leichen eigentlich erneut der Gerichtsmedizin überführt werden, um eine weitere Obduktion zu veranlassen.«
In seinen Worten schwangen unüberhörbare Bedenken mit. Natürlich war ihm bewusst, dass Zoes Vorhaben weit über den normalen Tätigkeitsbereich einer Bestatterin hinausging. Als pflichtbewusster Beamter bereitete ihm die Vorstellung, alternative Vorgehensweisen in Betracht zu ziehen, zunächst Schwierigkeiten. Zoe wusste nur zu gut, wie kompliziert die deutsche Bürokratie sein konnte. Seine zurückhaltende Art, ihr das zwischen den Zeilen zu vermitteln, zeugte von Respekt gegenüber ihrem Wissen und ihrer Arbeit. Eine sympathische Geste.
»Keine Sorge, ich werde schon nicht einen auf Miss Marple machen und mir ein zweites Standbein als Privatdetektivin aufbauen! Ich möchte nur helfen, soweit es mir möglich ist. Mein Vater war Forensiker und hat mir nach seinem Tod ein vollständig ausgestattetes Labor hinterlassen. Es müsste nicht einmal jemand davon erfahren, zumal es sich bei einer Bronchoskopie um ein sehr schonendes Verfahren handelt. Allerdings rechne ich damit, dass es Rückstände gibt, so dass ich selbstverständlich einen Gerichtsmediziner hinzuziehen würde. Ich arbeite eng mit dem Leiter der pathologischen Abteilung in Simmern zusammen. Er wird mich bei der Untersuchung unterstützen, damit wir uns den Aufwand einer Leichenüberführung ersparen können.«
»Ein Pathologe auf Hausbesuch?« Strater verzog seine Lippen zu einem Grinsen. »Klingt beinahe so, wie unsere Kollegen in den USA es handhaben. Dort kann jeder Hinterbliebene private Autopsien im eigenen Wohnzim-

mer vornehmen lassen, wenn Zweifel an der Todesursache bestehen. Klingt zwar makaber, aber die Geschäftsidee ähnelt der der bekannten Fastfood-Ketten.« Er zwinkerte ihr zu, wodurch sein nachdenklicher Gesichtsausdruck beinahe einen rebellischen Zug annahm.
Davon hatte Zoe gehört, stand dieser Entwicklung jedoch skeptisch gegenüber. Straters aufgeschlossene Art zeugte von Interesse für neuartige Ideen im Arbeitsumfeld. Zoe empfand es ähnlich. Ob allerdings immer alles Neue auch gleich eine Verbesserung darstellte? Es gab immer zwei Seiten der Medaille. Den Toten zu einer Lobby verhelfen zu wollen, entsprang sicherlich einer ehrenwerten Absicht. Ein Schlupfloch für gierige Nachkommen zu schaffen war hingegen etwas anderes. Sie schnaubte missmutig.
»Diese Unternehmen florieren, weil es vorwiegend um Schadensersatzklagen gegenüber Ärzten und Krankenhäusern geht. Das hat nicht mehr viel mit der Aufklärung von Mordfällen zu tun.« Zoe schob eine widerspenstige Haarsträhne hinter ihr Ohr, wobei die Finger an ihrem glühenden Ohrläppchen verharrten.
»Da gebe ich Ihnen recht. Dagegen können wir froh sein, dass unsere drei Leichen überhaupt obduziert wurden. Schließlich liegt die Obduktionsquote in Deutschland gerade einmal bei acht Prozent«, erwiderte er.
Zoe ließ ihre Hand sinken, immer noch verwundert über ihre vor Aufregung heißen Ohren. »Anscheinend empfand jemand drei Tote gleichzeitig als zu kurios, denn für gewöhnlich werden keine Obduktionen vorgenommen, wenn die Umstände eindeutig auf einen Unfall hinweisen.«
Der Kommissar blickte sie interessiert an. »Mir fällt gerade auf, wie wenig Sie mit Miss Marple gemein haben.«

»Hey, sie war eine kluge Frau!«, entgegnete Zoe lachend.
»Ich hatte auch weniger auf ihre inneren Werte angespielt.« Er zog seine Geldbörse aus der Jackentasche.
Zoe räusperte sich verlegen, weil ihr die Worte fehlten. Damit er ihre Unsicherheit nicht bemerkte, griff sie hinter sich nach ihrer Jacke.
»Ich würde ja vorschlagen, Sie zu begleiten, aber wenn Sie die Leichen noch einmal öffnen wollen, verzichte ich gern. In der Zwischenzeit werde ich meine Ermittlungen vorantreiben.« Sein sachlicher Kommentar brachte ihr Gespräch wieder auf den Punkt zurück, was Zoe erleichterte.
»Ich schneide sie nicht auf«, erklärte sie mit einem nachsichtigen Grinsen. »Es gibt andere Möglichkeiten, dazu führt man ein flexibles Endoskop in die …«
»Ja, danke«, unterbrach er sie hastig. »Das genügt mir an Information.« Mit gespielter Entrüstung steckte sich Leon die Finger in die Ohren.
Sein Scherz über einen Polizisten, der keine Obduktion sehen konnte, amüsierte Zoe, doch sie war mit ihren Gedanken bereits bei der Arbeit. Sie hatte sich in ihren Studien ausgiebig mit den verschiedenen Giften und deren Wirkung beschäftigt. Das Pflanzenschutzmittel E 605 gehörte dazu. Trotz des landesweiten Verbots waren weder Mediziner noch Kriminologen so leichtfertig, zu glauben, das Gift wäre damit aus der Welt geschafft. Jedes Gesetz barg Schlupflöcher, und Zoe bezweifelte, dass jeder Einwohner von Birkheim ausnahmslos gesetzestreu war.
Sie stand auf. Wenn sie noch eine nützliche Gewebeprobe vom Leichnam entnehmen wollte, musste sie sich beeilen. Obwohl die Körper gut gekühlt lagerten, konnte sie dennoch den Verwesungsprozess nicht verhindern. Je

mehr Zeit verging, desto stärker die Zersetzung, insbesondere der inneren Organe. Auch wenn Zoe das Gegenteil befürchtete, hoffte sie insgeheim, dass Strater und sie sich täuschten. Andernfalls wäre die Kaltblütigkeit der Tat erschreckend. Die Wahrheit aufzudecken, oblag dem Aufgabenbereich der Polizei. Dass der Täter auf freiem Fuß war, machte die Sache auch nicht einfacher. Unwillkürlich musste sie an den mysteriösen Steinewerfer denken und fragte sich, in welchem Zusammenhang dieser wohl mit der ganzen Sache stand. Zumindest konnte sie dazu beitragen, weitere Spuren an den Opfern zu untersuchen. Besonders jetzt, wo es einen gezielten Hinweis zu geben schien. Es war einfacher, nach einem speziellen Wirkstoff zu suchen, als innerhalb einer großangelegten Routineuntersuchung einzelne Stoffe zu dechiffrieren.
Am Durchgang zum Ladenbereich eilte die Kellnerin an ihr vorbei, um zu kassieren. In Gedanken vertieft steuerte Zoe auf die Tür zu, als sie eine vertraute Stimme vernahm.
»Hey, Zoe! Was machst du denn hier?« Josh schlurfte herbei und deutete mit seinem angebissenen Schokocroissant in Richtung Café. Da er sie offenbar hatte kommen sehen, war es sinnlos, sich eine Ausrede auszudenken. »Ich habe Kaffee getrunken.«
Seine Augen wurden groß. »Was?! Im Omastübchen?«
Typisch Josh! Er hielt es nicht für nötig, seine Stimme zu senken. Plauderte einfach drauflos, egal, wer ihm dabei zuhören konnte. Zoe atmete hörbar aus und beeilte sich, hinauszugehen. Wie erwartet folgte Josh ihr. Draußen wandte sie sich ihm zu.
»Hör zu, Josh, ich habe jetzt keine Zeit. Ich muss in den Behandlungsraum … und nein, du kannst mich nicht begleiten. Ich habe zu tun!«
Josh ließ die Arme wieder sinken, bevor er zu Wort kom-

men konnte. Seine Enttäuschung hielt sich jedoch in Grenzen, wie sie seinem Achselzucken entnehmen konnte. Er wusste, dass Zoe ihm nur in Ausnahmefällen gestattete, ihr bei der Arbeit zuzusehen.
Er biss von seinem Croissant ab. »Hast du schon gehört? Die haben aus Mainz so 'nen Superbullen hergeschickt. Der soll wohl aufklären, ob der Bastard und seine Kumpel von jemandem um die Ecke gebracht wurden.«
Hinter Josh öffnete Strater die Glastür des Cafés und blieb auf der oberen Stufe stehen. Ein fragender Ausdruck spiegelte sich in seiner Miene, während Josh mit vollem Mund seine Sicht der Angelegenheit weiter kundtat. »Voll cool! Wäre ja ein echter Mordfall – und das in Birkheim! Bestimmt kommen wir in die Zeitung!«
Zoe wusste nicht, ob sie Josh gegen die Schulter boxen oder gegen das Schienbein treten sollte, um ihn zum Schweigen zu bringen. Sie kannte ihn gut genug, um zu wissen, dass seine leichtfertigen Äußerungen nicht unbedingt ernst zu nehmen waren. In Straters Ohren musste sich das Ganze jedoch völlig anders angehört haben. Plötzlich fühlte Zoe sich seltsam befangen. Irgendwie hatte sie nicht das Gefühl, dass Josh und Strater vor Sympathie füreinander übersprühten. Josh war ihr Freund, doch sie erzählte ihm noch lange nicht alles – vor allem nicht, wenn es um berufliche Details ging. Und darum ging es bei ihrer Zusammenarbeit mit Leonhard Strater schließlich. Sie hatte keine Lust, sich Joshs Sprüche anzuhören, wenn er erst anfing, mehr in ihre Bekanntschaft mit einem Beamten hineinzuinterpretieren, der zufällig kaum älter war, als sie selbst. Manchmal hatte sie den Eindruck, dass Josh eifersüchtig war, wenn Zoe Kontakte zu anderen Menschen aufbaute. Auch wenn das eher selten der Fall war.
Strater schien beschlossen zu haben, sich bemerkbar zu

machen, und lief die Stufen hinunter. »Frau Lenz, ich wollte Sie noch um Ihre Handynummer bitten, damit wir in Kontakt bleiben können, wenn sich etwas Neues ergibt.«

»Oh, ja klar!« Mit einem Seitenblick auf Josh kramte sie in ihrer Tasche nach ihrem Handy. Peinliches Schweigen breitete sich aus, während sie leise fluchend in ihrer Tasche kramte. Warum musste diese verflixte Beuteltasche jedes Mal zum unergründlichen Nirwana mutieren, wenn sie etwas suchte?! Weitere Kunden verließen den Laden, so dass sie ein Stück zur Seite treten mussten, um nicht im Weg zu stehen. Endlich! Da war das Ding. Sie öffnete das Telefonbuch und suchte nach der Option *Eigene Nummer.* Während sie Strater das Display hinhielt, damit er ihre Nummer in sein Handy eingeben konnte, wandte sie sich an Josh.

»Das ist übrigens Kommissar Leonhard Strater.«

Joshs Miene bot in rascher Folge ein Wechselspiel von Überraschung über Erkenntnis bis hin zu aufflammendem Argwohn.

»Mmh.« Josh vergaß, in sein Croissant zu beißen.

Der Signalton für eingehende SMS ertönte, und Zoe speicherte die Nummer ebenfalls ab. Bemüht locker setzte sie ihre angefangene Konversation fort. »Das ist Josh Ziller. Er ist ... wir kennen uns aus der Schule.«

Josh blickte sie vorwurfsvoll an. »Ja, genau, aus der Schule.«

Ein dumpfes Gefühl in Zoes Magen zeugte von der unangenehmen Situation, in die sie sich hineinmanövriert hatte. Natürlich waren sie mehr als Schulkameraden. Josh war für sie wie ein kleiner Bruder. Der Ton in seiner Stimme zeugte davon, dass seine Laune zu kippen drohte. Er konnte zu einem richtigen kleinen Kampfzwerg werden. Das hatte Zoe ihm schließlich selbst beigebracht, nachdem sie in der Schule nicht mehr ständig auf ihn aufpassen konnte. Allerdings bestand überhaupt kein Anlass für ihn, sich aufzuregen. Sie konnte sich selbst nicht erklären, warum sie solch halbgares Zeug von sich gab. Aus irgendeinem unerfindlichen Grund wollte sie nicht, dass der Kommissar dachte, Josh wäre ihr fester Freund. Was hätte sie denn sagen sollen? Jetzt stand sie da und hätte sich am liebsten auf die Lippe gebissen. Stattdessen nestelte sie beschäftigt an ihrer Handtasche herum und tat so, als wollte sie ihr Handy an einem speziell dafür vorgesehenen Platz verstauen. Den gab es natürlich nicht zwischen Kaugummipapier, Kassenbons und losen Notizzetteln.

»Hallo, Josh. Ich bin zwar kein Superbulle, untersuche aber dennoch den Unfall im Steinbruch.«

Strater streckte seine Hand aus, die Josh nach einem kurzen Zögern ergriff und schüttelte.

»Und? Wollen Sie mich jetzt verhören?«, fragte er.

»Im Moment sehe ich dafür keinen Grund«, erwiderte der Kommissar freundlich. »Es sei denn, du möchtest mir etwas erzählen.«

»Ich wüsste nicht, was, außerdem sind Sie der Polizist«, gab Josh patzig zurück.

»Josh!«, ermahnte Zoe ihn, weil sie seinen Tonfall grenzwertig fand.

»Was?!«, funkelte Josh sie an, schien aber bemüht, sich zusammenzureißen. »Ach, weißt du was? Ich muss sowieso gehen, hab noch was Dringendes zu erledigen.« Er stopfte den Rest seines Gebäcks in den Mund, schulterte seine Tasche und stapfte davon.

Durch seinen abrupten Abgang fühlte Zoe sich vor den Kopf gestoßen, was sie davon abhielt, ihm eine passende

Erwiderung hinterherzurufen. Es erschien ihr nicht der richtige Augenblick, um mit Josh zu zanken. Sie starrte ihm wortlos hinterher und versuchte, den aufsteigenden Ärger zu ignorieren.

»Da ist aber jemand sauer.« Straters Stimme holte sie aus ihren Gedanken.

»Der kriegt sich schon wieder ein.« Sie hatte keine Lust, sich weiter mit Josh zu beschäftigen. »Ich muss jetzt los. Ich melde mich, wenn ich die Laborergebnisse habe.«

Er nickte ihr zwinkernd zu. Ihr Herz machte einen Satz, und sie verfluchte sich insgeheim für diese alberne Reaktion. Bevor ihr Blut auf die Idee kommen konnte, ihr in den Kopf zu steigen, machte Zoe sich schnell auf den Weg zu ihrem Auto. Wenn sie das Grinsen zugelassen hätte, das in ihren Mundwinkeln zuckte, hätte jeder auf der Straße sie für geistesgestört gehalten. Sie wagte nicht, herauszufinden, ob Strater ihr hinterherschaute. Denn wenn er es tat, wäre sie garantiert gestolpert. Und wenn nicht, wäre sie enttäuscht gewesen, ob sie wollte oder nicht.

Zum ersten Mal seit langer Zeit machte sie sich Gedanken über ihr Aussehen. Plötzlich erschienen ihr die praktische Cargohose und das bedruckte T-Shirt unangemessen. Ein bisschen Loretta hätte nicht geschadet, zumindest, was das Äußere betraf.

kapitel 9

Leon fuhr den Wagen auf den begrünten Seitenstreifen und stellte den Motor ab. Bevor er zum Unfallort fuhr, wollte er einen Blick auf das Radargerät werfen und sich bei dieser Gelegenheit einen Überblick über den möglichen Tatort verschaffen. Inzwischen erhärteten die Indizien seinen Verdacht, dass es sich nicht um einen Verkehrsunfall handelte. Dadurch war der Steinbruch zwar nach wie vor für die Spurensicherung wichtig, die Tat hingegen musste woanders geschehen sein. Vielleicht konnte er in der Nähe des Geschwindigkeitsmessers einen Hinweis finden.

Die Landstraße erstreckte sich vor ihm weiter in Richtung Wald. Undurchdringliche Laub- und Nadelbäume wuchsen weit hinauf, bis sich ihre Gipfel in luftiger Höhe trafen und einen grünen Bogen schlugen. Von der hellen Nachmittagssonne drang kaum ein Strahl herunter. Während der Fahrt hierher hatte Leon nur wenige Autos gesehen. Dabei war er gut eine Stunde unterwegs gewesen. Die Entfernungen auf dem Land waren in der Tat anders als in der Stadt. Ohne sein externes GPS-Gerät der Polizei hätte er lange nach dem Radargerät suchen müssen. Auch jetzt konnte er das Ding nicht ausmachen, obwohl er eindeutig an der richtigen Stelle stand. Es musste sich dort irgendwo auf der anderen Straßenseite befinden.

Er zog den Schlüssel ab und stieg aus, um die Straße zu überqueren. Außer Vogelgezwitscher und dem Rauschen des Windes in den Bäumen war kein Laut zu hören. Die Überreste eines überfahrenen Igels auf der Fahrbahn zeugten davon, dass die einheimischen Tiere trotz der wenigen Autos, die hier entlangkamen, das Nachsehen hatten. Anscheinend ergab das Radargerät an dieser abgelegenen Stelle Sinn. Erneut überprüfte er die Daten auf seinem Ortungsgerät. Hier musste es sein. Er zog wildwachsendes Gestrüpp zur Seite und fluchte laut, als er sich den Daumen an einer Brombeerranke aufriss. Dabei fiel sein Blick auf ein abgenutztes Tarnnetz inmitten des Gebüsches. Darunter kam die Fotoeinheit eines Einseitensensors zum Vorschein, der in der Tat schon bessere Zeiten erlebt hatte. Er zog einen Schraubenzieher aus der Innentasche seiner Jacke und öffnete das angerostete Gehäuse. Zwar war Leon kein Techniker, doch er konnte zumindest überprüfen, ob das eingebaute Frequenzband intakt war. Soweit er es beurteilen konnte, schien alles in Ordnung. Er schraubte die Klappe wieder an und legte das Tarnnetz auf.

Zwischen dem bisher bekannten Todeszeitpunkt und dem Entstehen des Radarbildes lagen Stunden, was zwar keinen Aufschluss darauf gab, wo die Opfer getötet worden waren, wohl aber darüber, dass mindestens drei der vier Insassen auf dem Radarbild zum Zeitpunkt der Aufnahme bereits tot gewesen waren. Es konnte ganz in der Nähe passiert sein, aber ebenso kilometerweit entfernt. Je nachdem, wann der Täter die Leichen zum Steinbruch transportiert hatte.

Unschlüssig blieb Leon am Straßenrand stehen und schaute sich um. Einsam genug war es hier, um unbemerkt eine Straftat zu begehen. Frau Lenz würde mit ihrer Gewebeprobe aus der Lunge höchstwahrscheinlich einen weiteren Beweis liefern. Somit konnte er in etwa den Tathergang rekonstruieren. Sicher war, dass der Mörder seine Tat wie einen Unfall aussehen lassen wollte. Wenn es sich tatsächlich in etwa so abgespielt hatte, wie er es mit der jungen Bestatterin in Gedanken nachgestellt hatte, war der Mörder ziemlich organisiert vorgegangen. Mögli-

cherweise lag sogar ein durchdachter Plan zugrunde, womit sie es mit vorsätzlicher Tötung zu tun hätten.
In der Hoffnung auf irgendeinen Hinweis ging Leon den Seitenstreifen entlang. Dabei kam ihm immer wieder Zoe Lenz in den Sinn. Ihr widersprüchliches Wesen weckte sein Interesse. Sie zeigte eine bemerkenswerte Kompetenz, sowohl ihr Fachgebiet als auch ihre Kombinationsgabe betreffend. Der Übergriff auf sie durch den Steinewerfer hatte sie spürbar erschüttert. Dennoch verlor sie nicht die Fassung oder wurde hysterisch. Im Gegenteil, der Vorfall schien sie erst recht anzuspornen, sich genauer mit der Angelegenheit zu befassen. Leon musste lächeln, als er sich an ihre wissbegierigen leuchtenden Augen hinter den Vergrößerungsgläsern der Lupenbrille erinnerte. Jeder andere hätte damit lächerlich ausgesehen. Die junge Frau hingegen wirkte damit auf witzige Weise niedlich. Vorher schien ihr Blick eher verhangen, ein bisschen traurig gewesen zu sein. Oder sie war mit den Gedanken ständig unterwegs.
Es machte sie sympathisch, dass sie nicht viel Aufhebens um ihr Aussehen machte. Das brauchte sie auch nicht. In ihrer saloppen Kleidung wirkte sie hinreißend wie die weibliche Ausführung eines zerstreuten Professors mit Superhirn. Der Hauch von Lipgloss war ihm erst aufgefallen, nachdem sie im Café von der Toilette zurückgekommen war. Auf ihre außergewöhnlich geschwungene Lippenform hingegen war er schon bei ihrer ersten Begegnung aufmerksam geworden.
Im Gegensatz zu seiner Ex-Freundin, die bei einem so langen Lokalaufenthalt mindestens dreimal mit ihrem Malkasten in der Damentoilette verschwunden wäre, fand er Zoe Lenz' Verhalten äußerst erfrischend. Frauen mochte er ohnehin am liebsten morgens nach dem Auf-

wachen oder nach dem Schwimmen in einem See, wenn alle Make-up-Spuren verschwunden waren. Zoe Lenz wusste vermutlich nicht einmal, dass sie aussah wie eine ernst dreinblickende Porzellanpuppe. Mit dem Gedanken an ihre leicht geröteten Wangen, wenn sich ihre Knie unter dem Tisch wie zufällig berührten, lief er weiter.
Obwohl er nicht erwartete, in den abgelegenen Waldgebieten zu beiden Seiten der Straße etwas vorzufinden, das ihn möglicherweise weiterbrachte, suchte er gewohnheitsmäßig die Umgebung ab. Dabei wählte er auf seinem Handy Willis Nummer. Nach dem dritten Versuch hatte er noch immer keinen Empfang. Er hielt das Handy hoch und lief im Slalom die Straße entlang, von einem Funkloch in das nächste. Dabei kam er sich vor wie bei dem Versuch, trockenen Fußes einen Fluss zu überqueren, indem er über herausragende Steine hüpfte.
Endlich ertönte ein Freizeichen. Leon blieb stehen, um die Verbindung nicht wieder zu verlieren. Sein Mentor klang erfreut. Mit wenigen Sätzen informierte Leon ihn über den Stand der Dinge.
»Die örtliche Bestatterin hat also eine Spur gefunden, die in der Pathologie übersehen wurde?«, vergewisserte Willi sich.
»Na ja, sie sagt, man hätte dort nicht gezielt danach gesucht, weil es sich scheinbar um einen Unfall handelte.«
»Wie alt ist sie noch mal?« Willi legte einen bedeutungsvollen Tonfall in seine Stimme.
Leon lachte verhalten. Willis zwanglose Andeutung mochte für Außenstehende wie ein väterlicher Versuch klingen, ihn zu verkuppeln, barg jedoch den subtilen Denkanstoß, Zoe Lenz von allen möglichen Seiten zu betrachten. Möglicherweise kam sie ebenso als Zeugin wie als potenzielle Verdächtige infrage.

»Scherz beiseite«, meinte Willi nach einer Weile. »Ich überprüfe gerade ihre Daten im Zentralrechner und bin fündig geworden.«

»Tatsächlich?« Leon blieb überrascht stehen.

»Es gab da einen Vorfall vor drei Jahren. Versuchte Vergewaltigung, das Verfahren wurde eingestellt.«

Mitgefühl wallte in Leon auf. Die aufkommende Wut schluckte er schleunigst hinunter, damit Willi nicht auf die Idee kommen würde, ihn für befangen zu halten.

»Lass mich raten: Der mutmaßliche Täter war Boris Nauen.«

»Er und die beiden anderen Unfallopfer.«

»O Mann!«, entfuhr es Leon. Schnell räusperte er sich. »Damit hätten wir unsere drei Toten.«

»Alles in Ordnung mit dir?« Willi klang besorgt.

»Klar. Gibt es sonst noch was in ihrer Akte?«

»Ein Junge, Josh Ziller, und sein Vater haben damals anscheinend das Schlimmste verhindert und sind dem Mädchen zu Hilfe gekommen.«

Es überraschte Leon nicht, dass Joshs Name fiel. Leon war klar, dass die beiden mehr verband als eine Schulfreundschaft. Armer Kerl! Sich in ein älteres Mädchen zu verlieben, war in diesem Alter ein Fluch. Jede Wette, dass Zoe Lenz keine Ahnung davon hatte.

»Dir ist klar, dass diese junge Frau damit ein Motiv hätte?«, erkundigte Willi sich.

»Damit würde sie nicht allein dastehen«, erwiderte Leon. »Wenn dem so sein sollte, werde ich es herausfinden«, fuhr er fort.

»Davon gehe ich aus, mein Junge. Du machst das schon!«

Nachdem das Gespräch beendet war, steckte Leon sein Handy in die Tasche zurück. Natürlich wusste der Polizist in ihm sofort, dass Zoe Lenz durch den Vorfall vor drei Jahren in den engeren Kreis der Verdächtigen rückte. Der Mann in ihm wehrte sich vehement dagegen und verwarf den Gedanken sofort wieder. Nun galt es, die richtige Mischung aus Sachverstand und Sympathie zu finden. Aber er wäre kein guter Polizist gewesen, wenn ihm das nicht gelänge.

Bisher hatte er bei seinen Ermittlungen herausgehört, dass es vor Ort einige Leute gab, denen man ein mögliches Motiv zusprechen könnte. Besonders beliebt waren die toten jungen Männer nicht gewesen – zumindest bei einem Teil der Bevölkerung. Es war schwer vorstellbar, dass ein zierliches Persönchen wie Zoe Lenz es mit drei Burschen aufnehmen konnte. Anderseits gab es die skurrilsten Fälle, bei denen er sich auch nicht ausmalen konnte, dass der überführte Täter tatsächlich zu der begangenen Tat in der Lage gewesen war.

Er hatte sie zwar erst ein paarmal getroffen, doch sein Gespür sagte ihm, dass Zoe unschuldig war. Immerhin versorgte sie die drei Leichen. Zwar verstand er nicht viel vom Bestatterwesen, doch sicher hätte sie den Auftrag ebenso gut an einen Kollegen abgeben können. Es zeugte von Professionalität, dass sie sich dennoch ihrer beruflichen Aufgabe stellte. Oder von Kaltblütigkeit, echote eine gehässige Stimme in seinem Hinterkopf.

Der Grund, weshalb E 605 seine traurige Berühmtheit erlangt hatte, bestand darin, dass es vorwiegend von Frauen benutzt wurde, die sich ihrer unliebsamen Ehemänner diskret entledigen wollten. Leon fuhr sich mit der Hand durch die Haare. Zoe hatte zitternd in seinen Armen gelegen, nachdem der Anschlag auf sie verübt worden war. Das Kartenhaus aus Selbstbeherrschung war schnell zusammengefallen. In seinen Augen war sie ein empfindsamer Mensch, der zwangsweise lernen

musste, mit den Widrigkeiten des Lebens umzugehen. Kaum verwunderlich, dass sie sich eine harte Schale zugelegt hatte!
Ein Knacken im Unterholz lenkte seine Aufmerksamkeit auf die eng beieinanderstehenden Bäume zu seiner Rechten. Erstaunt stellte er fest, wie weit er sich von seinem Auto entfernt hatte. Ihm war gar nicht aufgefallen, dass er in Gedanken versunken weitergelaufen war. Jetzt bemerkte er wieder das Kribbeln in seinem Nacken. Schon seit einer Weile hatte er den Eindruck, jemand würde ihn aus dem Dickicht heraus beobachten. Doch das Gespräch mit Willi hatte ihn abgelenkt. Es ließ sich nicht von der Hand weisen, dass die Umgebung sogar am helllichten Tag in gewisser Weise unheimlich war. Es gab genug Horrorstreifen mit auffallend ähnlichem Schauplatz. Mitunter spielten einsame Polizisten auf der Landstraße die Rolle eines unwichtigen Nebencharakters, deren Dasein schnell ein überaus blutiges Ende nahm.
Leon schüttelte den Kopf über sich selbst. Er sollte sich zusammennehmen, sonst würde seine Phantasie noch mit ihm durchgehen. Das Gefühl, jemand liefe durch den Wald, verließ ihn trotzdem nicht. Mit einem Satz sprang er über den Grünstreifen und landete auf moosigem Waldboden. Er lief in die Richtung, aus der er glaubte, das Geräusch gehört zu haben. Ein Schatten huschte ein Stück weiter zwischen silbrig schimmernde Baumstämme. Man hätte glauben können, er wäre vom Tag in die Nacht gesprungen. Nur das Zwitschern der Vögel erinnerte daran, dass irgendwo da oben die Sonne den strahlend blauen Himmel erhellte. Feuchtwarme Luft stieg vom Waldboden auf. Es roch nach modrigem Laub.
»Bleiben Sie stehen!« Leon öffnete sein Schulterhalfter, um notfalls schnell an seine Waffe zu kommen.

Der Schatten entpuppte sich schon nach wenigen Metern als Mann in grüner Uniform. Unter der Krempe seines schwarzen Hutes lugten graumelierte Haare hervor. Ein Jagdgewehr über seiner Schulter, paffte er gelassen an einer verzierten Pfeife.

»Was machen Sie hier?« Leon senkte die Hand mit der Pistole. Die dürfte wohl nicht nötig sein.

Der Mann folgte mit erhobenen Augenbrauen seiner Bewegung. »Das könnte ich Sie genauso fragen, junger Mann.«

Da hatte er recht. Leon war in Zivil und somit nicht als Polizist zu erkennen. »Ich bin Kommissar Strater und untersuche einen Mordfall in dieser Gegend.«

»Ah, also doch Mord.« Der Mann stieß ein kleines Rauchwölkchen aus.

»Das scheint Sie nicht sonderlich zu überraschen.«

Er nahm die Pfeife aus dem Mund. »Mein Name ist Kemper, ich bin der staatliche Förster in diesem Gebiet. Und nein, es wundert mich nicht sonderlich. Konnte mir nicht vorstellen, dass die Burschen mal eben den Steilhang runtergefahren wären. Wenn diese Nichtsnutze sich mit etwas auskannten, dann mit ihren stinkenden Benzinkarren.«

»Dann haben Sie die Jungen also öfter gesehen?«

»Öfter, als mir lieb ist. Ich gehe dieses Waldgebiet regelmäßig ab und komme an manchen Stellen kaum nach, bei dem Abfall, den manche Leute im Wald hinterlassen.«

Trotz der steilen Falte über seiner Nasenwurzel schien der Förster seltsam gelassen zu sein in Anbetracht der jungen Leute, die sich in seinem Revier vermutlich nicht immer wünschenswert verhalten hatten.

»Sie sind der Polizist, den man in letzter Zeit an der Seite der kleinen Lenz gesehen hat.« Er deutete mit seiner

Pfeife auf Leon, als gäbe sie für etwas ihre Zustimmung. »Das ist gut. Die Kleine braucht jemanden, der sie beschützt.«

Der Birkheimer Buschfunk schien hervorragend zu funktionieren. Erstaunlich, wie schnell sich sein Treffen mit Zoe Lenz herumsprach! Es lag gerade einmal einen halben Tag zurück. Besonders schutzbedürftig erschien ihm die junge Frau jedoch nicht, wenn man von den außergewöhnlichen Umständen derzeit einmal absah. Soweit Leon es bisher mitbekommen hatte, stand sie mit beiden Beinen im Leben. Die Aussage erschien ihm seltsam.

»Sie lebt doch bei ihrer Mutter.«

Kemper verdrehte die Augen und zog an seiner Pfeife. »Herrje, Isobel hat aufgehört, zu wachsen, als sie mit ihrer Beterei anfing! Hätte sicher eine gute Nonne abgegeben, so wie die den Kopf voller Apostel hat. Hält sich selbst für einen. Erzählt sie jedes Mal, wenn sie mich aufsucht.«

»Sie verlässt doch nur selten das Haus. Sind Sie befreundet?« Der Förster schüttelte belustigt den Kopf. »Freunde? Wir leben nur im selben Dorf, das genügt, um über jeden Schritt informiert zu sein.« Er hielt kurz inne, bevor er Leon mit wissenden Augen anblickte. »Sie wird dem Mädchen kaum eine Hilfe sein, wenn man ihr und dem Jungen die Sache in die Schuhe schiebt.«

Leon stutzte. »Das ist eine ziemlich ernste Andeutung, die Sie da von sich geben, noch dazu als Amtsperson. Wer behauptet denn, dass Zoe Lenz oder Josh Ziller etwas mit den Morden zu tun hat?«

Er nahm an, dass der Förster Josh gemeint hatte, nach allem, was er von Willi über die vergangene Geschichte der beiden gehört hatte. Es sollte ein Bluff sein in der

Hoffnung, der Mann würde sich genauer ausdrücken, statt vage Andeutungen von sich zu geben, die auf bürgerlichem Kombinationssinn beruhten.
Der Förster schnaubte. »Ja, ja, Amtsperson, aber nicht taub! Die Leute reden eben. Man bekommt einiges mit, wenn man nur genau zuhört.«
Es war nicht ungewöhnlich, dass Dinge durch bloßes Hörensagen aufgebauscht wurden, und die Ermittlungen der Polizei wurden durch Klatsch nicht selten mehr behindert denn gefördert. Doch erfahrungsgemäß fand sich in jedem Gerücht ein Körnchen Wahrheit. Ein Körnchen. Nicht genug, um Zoe Lenz oder sonst jemanden ernsthaft zu verdächtigen. Allerdings konnte Leon zum aktuellen Stand seiner Ermittlungen nicht sicher sein und schon gar nichts ausschließen, ob es ihm nun in den Kram passte oder nicht. Mörder waren nicht immer grobschlächtige Kerle mit stoppeligem Kinn.
»Ist Ihnen am Tatwochenende etwas aufgefallen?« Der Förster war der Erste, dem er nicht jedes Wort aus der Nase ziehen musste. Bislang zeigten sich die Befragten im Ort eher zurückhaltend.
Fürs Erste sammelte er Informationen. Ausfiltern konnte er später noch. Der Mann kannte sich in seinem Revier aus und könnte etwas beobachtet haben, das Leon nützlich sein konnte.
Mit der freien Hand zog der Förster ein verwittertes Notizheft aus seiner Jackentasche und blätterte darin herum, bis er anscheinend den passenden Eintrag gefunden hatte. »Der übliche Ärger auf der Lichtung. Eine Horde Halbwüchsiger in ihrem Auto, laute Musik und viel Alkohol. Die leeren Flaschen lassen sie meistens dort liegen. An jenem Tag kam ich dort kurz vorbei und habe die Burschen aufgefordert, zu verschwinden.«

»Und? Sind sie das?«
Kemper zuckte mit den Achseln. »Letztlich ist das ein öffentlicher Wald, ich kann niemandem verbieten, sich hier aufzuhalten. Ich tue, was ich kann, wenn ich mitbekomme, dass irgendjemand herumlungert und alles zumüllt. Bisher war ich nicht wieder dort. Mein Gebiet ist groß, verstehen Sie? Da braucht es seine Zeit, bis ich wieder an einer Stelle vorbeilaufe.«
Leon nickte. »Wo befindet sich diese Lichtung, von der sie sprachen?«
»Ein Stück weiter die Straße runter gibt es eine Einbuchtung. Auf dem kleinen Platz treffen sie sich, trinken ihre mitgebrachten Schnäpse und fahren weiter nach Kastellaun.« Der Förster wedelte mit seiner Pfeife in die angesprochene Richtung, während er redete. »Jetzt muss ich aber gehen, junger Mann! Sie können sich ja dort einmal umschauen.«
Leon nickte ihm zu. »Danke, das werde ich machen.«
Mit einem angedeuteten Wink kehrte der Förster ihm den Rücken zu und ging davon.
Leon machte sich auf den Rückweg zur Straße und nahm sich vor, als Nächstes der Mutter von Zoe Lenz einen Besuch abzustatten. Die eigenwillige Darstellung des Försters machte ihn neugierig. Vor einigen Tagen hatte er hinter dem Bestattungsunternehmen eine kleine Kapelle bemerkt. Er war davon ausgegangen, dass dort Abschiedsfeiern abgehalten wurden, doch dafür gab es im Bestattungsunternehmen extra einen festlich dekorierten Saal. Er wollte die junge Bestatterin fragen, ob die Kapelle zu ihrem Grundstück gehörte und welcher Religion diese angehörte. Bei der Gelegenheit konnte er herausfinden, was es mit dem Gerede über ihre Mutter als vermeintlichem Apostel auf sich hatte.

In dem Moment, in dem Leon den Asphalt auf der Straße betrat, schien er in die Gegenwart zurückzukehren. Er machte sich auf den Weg zu dem Autotreffpunkt der Birkheimer Jugendlichen. Die Beschreibung des Försters traf zwar zu, dennoch musste Leon ein wenig suchen, bis er fündig wurde. Ein schmaler Schotterweg, gerade einmal ausreichend für ein Auto, führte von der Landstraße aus zu einer Art begrünter Terrasse hinauf. Er ließ seinen Wagen unten stehen und stieg die Anhöhe hinauf. Dabei achtete er darauf, sich auf dem schmalen Grünstreifen zu bewegen, um die Reifenspuren im Lehmboden nicht zu betreten. Sowohl die hinführenden als auch die wegführenden Reifenspuren waren ausgewaschen. Leon zog seinen Notizblock hervor, um zu vermerken, dass er später den Wetterdienst kontaktieren wollte. Zusammen mit der Zeitangabe auf dem Radarbild würde es hilfreich sein, herauszufinden, wann und wie lange der letzte Pkw hier geparkt hatte. Je nachdem, wie exakt das Wetter nachvollzogen werden konnte und je kürzer die Perioden waren, in denen es sich geändert hatte, desto genauer ließ sich die Zeit eingrenzen. Bestenfalls stundengenau, was wiederum Aufschluss über den möglichen Todeszeitpunkt der Opfer im Wagen bringen konnte.
Die Plattform lag geschützt, von wildwachsendem Gestrüpp und Bäumen umrahmt wie von einem grünen Schutzwall. Nach vorn bot sich ein weiter Blick über die Straße, so dass heranfahrende Fahrzeuge frühzeitig bemerkt werden konnten. Ein idealer Platz für Jugendliche, die ungestört sein wollten. Perfekt geeignet zum Vorglühen mit Billigalkohol, um dann zu den Diskotheken im Umkreis weiterzuziehen. Der festgetretene Lehmboden zeigte, dass sich hier häufig Leute aufhielten. Überall lagen leere Getränkedosen, Spirituosenflaschen und Tetra-

paks, deren verwitterte Aufschrift einen Billigwein aus dem Discounter auswies. Zigarettenkippen, ausgespuckte Kaugummis und weiterer Unrat zogen sich bis zu den angrenzenden Gebüschen. Nichts Ungewöhnliches für einen Jugendtreffpunkt. Doch möglicherweise könnten die Opfer an diesem Ort vergiftet worden sein. Der Förster hatte die drei am Tag ihres Todes hier gesehen. Ebenso befand sich das Radargerät nicht weit von hier, so dass sie zumindest zum Zeitpunkt der Aufnahme in der Nähe gewesen waren.

Die Tat lag eine Weile zurück, was sicher einige Trugspuren verursacht hatte. Leon konnte nicht wissen, wer sich seither hier aufgehalten hatte. Dennoch dürfte noch genug potenzielles Material für die Spurensicherung zu finden sein. Es hatte ein paarmal geregnet in den letzten Tagen, aber eine Suche könnte trotzdem brauchbare Hinweise ergeben. Langsam schritt Leon die Plattform ab. Dabei versuchte er, sich in die Lage des Mörders zu versetzen, dessen Gedankengänge zu rekonstruieren. Es gab keine Anzeichen für einen Überfall, alles deutete auf eine gründlich vorbereitete Tat hin. Falls der Mörder denselben Weg genommen hatte wie er, mussten die Jugendlichen ihn spätestens bemerkt haben, als er den Weg hinaufgekommen war. Seinen Wagen hatte er vermutlich etwas abseits geparkt, sofern er einen benutzt hatte. Davon ging Leon aus, weil das Waldgebiet ziemlich abseits lag und die nächste öffentliche Verkehrsverbindung kilometerweit entfernt war. Wenn es dem Mörder tatsächlich gelungen war, die Jungen an diesem Ort mit einem präparierten Joint zu betäuben, war es sehr wahrscheinlich, dass Täter und Opfer sich kannten.

Anderseits, wenn die Jungen betrunken genug gewesen waren, wäre ihnen ein Fremder vielleicht erst spät aufge-

fallen. Sie waren zu dritt, fühlten sich also stark, außerdem bestand für sie kein Grund, misstrauisch zu werden und eine kostenlose Einladung zum Haschischrauchen könnte willkommen gewesen sein.
Leon blieb mit dem Rücken zum Rand der Plattform stehen und skizzierte mit schnellen Bleistiftstrichen den Tatort auf seinem Notizblock. Zusammen mit den bereits vorhandenen Indizien wollte er versuchen, das Verhalten des Täters zu erschließen. Sein Blick fiel auf eine angrenzende Gebüschgruppe. Er klappte den Block zu, steckte ihn in die hintere Tasche seiner Jeans und überquerte den Platz. Um hinter das Gebüsch zu treten, musste er dichtes Blattwerk zur Seite schieben. Seinen Blick prüfend auf den Boden geheftet, entdeckte er zerdrücktes Laub und umgeknickte Zweige. Jemand hatte sich hier für eine Weile niedergelassen – lange genug, damit das Unterholz sich nicht wieder erholen konnte. Einem Impuls folgend, hockte Leon sich hin, um den Boden nach Hinweisen abzusuchen. Er wurde fündig. Ein kleines rundes Plastikteil lugte unter verrotteten Blättern hervor. Er wischte mit einer Hand weitläufig die Stelle frei, um besser erkennen zu können, worum es sich handelte. Er beugte sich weiter vor. Eine Polaroid-Filmdose. Interessant! Es gab kaum Spuren von Verwitterung und schien kein prähistorisches Überbleibsel aus Zeiten vor der digitalen Fototechnik zu sein.
Teenager fotografierten sich ständig gegenseitig, allerdings benutzten sie dazu ihre Fotohandys.
Leon zog aus seiner Jackentasche einen kleinen wiederverschließbaren Plastikbeutel hervor und bugsierte das Plastikdöschen hinein, ohne es zu berühren. Irgendjemand hatte sich hier aufgehalten und fotografiert. Abgeschottet genug lag diese Stelle allemal. Hinter Leon er-

tönte der Ruf eines Käuzchens. Er fuhr herum und spähte in die Dunkelheit des Waldes. Der Wind rauschte leise in den Baumwipfeln. Ein Schaudern zog über seinen Rücken. Nicht selten kehrten Mörder an den Tatort zurück. Vor ihm befand sich eine Lücke im Buschwerk. Die Äste waren zur Seite geschoben und stellenweise abgeknickt. Von hier aus bot sich ein genauer Überblick der Stelle, an der vermutlich der Wagen der Opfer geparkt hatte. Ob der Täter nun von der Straßenseite oder aus dem Wald gekommen war, konnte Leon nicht auf Anhieb bestimmen. Dazu bedurfte es einer genaueren Untersuchung des Platzes. Ein klarer Fall für das Spurensicherungsteam. Die Kollegen aus Mainz würden nicht begeistert sein, erneut hierhergeschickt zu werden, zumal sie bereits den Unfallort untersucht hatten. Doch inzwischen lagen die Fakten anders. Leon war sicher, sich gerade am eigentlichen Tatort zu befinden. Er zog sein Handy aus der Hosentasche, um bei der Soko ein Spezialistenteam anzufordern.

*

»Du kommst spät«, stellte Zoes Mutter fest, ohne von ihrer Arbeit aufzublicken.
Die Schleife ihrer Schürze schaukelte im Takt, während sie mit kreisenden Handbewegungen das Cerankochfeld polierte. Der Geruch von Reinigungsmitteln überlagerte den der Kochdünste.
»Ich hatte zu tun und bin auch gleich unten.«
Zoe klaubte mit spitzen Fingern ein Stück Salatgurke aus der bereitgestellten Schüssel und lehnte sich gegen die Küchenanrichte. Früher hätte Isobel ihr einen Klaps auf die Finger gegeben, doch mittlerweile begnügte sie sich

mit einem tadelnden Seitenblick. Sie hasste es, wenn jemand aus ihren Töpfen naschte, bevor das Essen serviert war. Zoes Vater hatte dieselbe Eigenart besessen und auf Isobels Rüge stets mit einem beschwichtigenden *Ach, Isobel, hab dich doch nicht so!* reagiert, woraufhin diese manchmal sogar lächelte.

Nur ein Mal hatte Zoe ihren Vater imitiert, danach nie wieder. Ihre Mutter hatte nicht viel für Späße übrig. Damals hatte Zoe damit angefangen, ihre Mutter in Gedanken beim Vornamen zu nennen. Der anfänglich rebellische Trotz war inzwischen in Gewohnheit übergegangen.

Die Küche war blitzblank. Nicht einmal die schräg einfallenden Sonnenstrahlen schafften es, Schmierstreifen auf der Lackoberfläche der Schränke zu entlarven. Hausarbeit stellte eindeutig Isobels zweite Leidenschaft dar, gleich nach ihrer Kirchentätigkeit. Was das betraf, war sie derart akribisch, dass das Ergebnis noch nach seinesgleichen suchte. Im Gegensatz zu ihren früheren Schulkameradinnen gab es für Zoe nie einen Grund, sich darüber zu beklagen, im Haushalt mit anpacken zu müssen. Ihre Mutter verlangte von Zoe keine Hilfe. Vermutlich traute sie es ihr nicht zu, oder sie war der Ansicht, es klebte zu viel *Leichengift* an Zoes Händen. Dabei waren Leichen nicht giftiger als das Fleisch, das ihre Mutter soeben auf ihrer hochsauberen Küchenanrichte zubereitet hatte. Es war zwecklos, sie davon überzeugen zu wollen. Wenn es nach ihr ginge, wäre der gesamte Kellerbereich hermetisch abgeriegelt, damit auch bloß keine geheimnisvollen Giftgase ins Haus strömten. Seltsamerweise hatte Isobel, wie die meisten Anhänger dieser Mär, keine Probleme damit, sich in der Nähe eines aufgebahrten Sarges aufzuhalten.

Dennoch musste Zoe schmunzeln, denn ihre Mutter ahnte nicht, dass genau dort ihre Gemeinsamkeit lag. In ihrem Behandlungsraum war Zoe ebenso penibel wie sie, nahm jede Hygienevorschrift doppelt ernst. Natürlich trug sie aus Hygienegründen Gummihandschuhe. Es bestand immer die Gefahr, sich zu infizieren. Jemand könnte an einer Infektionskrankheit gestorben sein. Oder Reste von stationären Behandlungen wie Schläuche und Injektionsnadeln steckten noch im Körper der Leiche. Demselben Risiko waren allerdings auch Rettungssanitäter im Umgang mit Lebenden ausgesetzt.

Dankbar war Zoe dennoch, sich nicht mit Kochen und Putzen beschäftigen zu müssen.

»Die Kamps haben sich für morgen angekündigt. Sie möchten einen Bestattungsanzug vorbeibringen und die Gelegenheit nutzen, um vor der Trauerfeier allein Abschied von ihrem Sohn zu nehmen.« Isobel räumte ihre Putzmittel mit dem Etikett nach vorn in den Schrank.

»Schon morgen?« Zoe brauchte einen Moment, um ihre Gedanken zu ordnen.

Auf dem Heimweg war sie mit der Planung für die Probenentnahme an Boris' Leichnam beschäftigt gewesen. Obwohl es schon Nachmittag war, wollte sie zumindest die Vorbereitungen treffen, um dem Kommissar rechtzeitig die Ergebnisse zu verschaffen. Über die anderen beiden Toten im Keller hatte sie nicht nachgedacht.

»Das sagte ich doch«, erwiderte Isobel mit gerunzelter Stirn. »Frau Kamps wurde gerade aus dem Krankenhaus entlassen. Sie war zusammengebrochen, als sie vom Tod ihres Sohnes erfuhr. Ihrem Mann ging es wohl auch nicht besser, so dass ein enger Freund die Identifizierung mit der Polizei übernommen hatte. Jetzt erwarten sie natürlich, ihren Sohn in einem einigermaßen ansehnlichen Zu-

stand vorzufinden. Dürfte doch kein Problem für dich sein, den Jungen herzurichten, oder irre ich mich?«
Isobel sprach in einem Ton, als handelte es sich darum, jemandem einen neuen Haarschnitt zu verpassen, und nicht um die hygienische Versorgung eines Unfalltoten. Manchmal konnte ihre Ignoranz wirklich nervig sein. Doch sie hatte ja keine Ahnung vom Zustand der drei Leichen im Behandlungsraum, zumal sie die meiste Zeit deren Existenz generell auszublenden schien.
»Das bekomme ich schon hin«, antwortete Zoe leichthin. Innerlich stöhnte sie auf, weil ihr Arbeitsplan durcheinander geworfen wurde. Sich für flexibel zu halten, war etwas anderes, als wenn es dann tatsächlich von einem gefordert wurde. Auch wenn es Zoe nicht passte, gab es Dinge, die keinen Aufschub duldeten. Schließlich wurde von ihr neben Professionalität auch Einfühlungsvermögen verlangt, wobei ihr Ersteres deutlich mehr lag. Aber sie bemühte sich, und wenn Familie Kamps morgen Abschied von ihrem Sohn nehmen wollte, so würden sie ihn auch zu sehen bekommen – in einem passablen Zustand, versteht sich. Zoe täuschte Interesse an den brutzelnden Hähnchenschenkeln im Backofen vor und verzog die Miene wegen Isobels stichelnder Frage.
Vermutlich hatte die Polizei den Kamps davon abgeraten, den Leichnam zu identifizieren, weil der Anblick unerträglich für die Eltern sein würde. Nun wollten sie nachholen, wozu sie nicht in der Lage gewesen waren. Selbstverständlich würde Zoe Sorge dafür tragen, diesen Leuten einen angemessenen persönlichen Augenblick zu ermöglichen.
Am besten fing sie gleich damit an, um rechtzeitig fertig zu werden. Auf dem Weg in ihren Behandlungsraum hatte sie ihre Planung bereits umgeschmissen und wieder

neu sortiert. Unten angekommen, sprenkelte sie zunächst kaltes Wasser in ihr Gesicht, um den Anflug von Müdigkeit zu vertreiben. Wenn sie ehrlich mit sich war, kam ihr die Programmänderung nicht ganz ungelegen. Sie konnte es sich nicht erklären, doch sie fühlte sich seltsam unkonzentriert. Ein wenig durch den Wind. Jedenfalls war ihr heute nicht danach, in Boris' Gesicht blicken zu müssen. Auch nicht in das tote. Eine Routinebehandlung war genau richtig, um sich zu entspannen.
Zoe zog ihren Kittel an, legte sich die nötigen Instrumente zurecht und zog die Rollliege aus dem Kühlhaus. Die Vorbehandlung der Leichen, bei der sie ihnen eine Injektion mit präventiver Flüssigkeit in das arterielle System verabreicht hatte, hatte ihr bereits den notwendigen Aufschub ermöglicht. Die bakterientötende Substanz schaffte ein antiseptisches Milieu, was den Verfall der beiden Körper im Kühlhaus aufhalten würde. *Modern Embalming* nannte sich diese gesonderte Form der hygienischen Totenversorgung, die nicht so neuartig war, wie der Name es vielleicht vermuten ließ. Die Idee ging zurück auf einen französischen Offizier und Chemiker in der Zeit der Sezessionskriege im achtzehnten Jahrhundert. Man hatte die verstümmelten Leichen der Soldaten nicht unbehandelt in die Heimat zurückschicken wollen.
Zoe streifte sich die Latexhandschuhe über und begutachtete den Leichensack auf der Trage. Die äußere Form verhieß nichts Gutes. Nicht was ihre Arbeit betraf, sondern im Sinne des Anblicks, den der tote Junge seinen Angehörigen bieten würde. Statt der üblichen knapp zwei Meter Länge mit ebener glatter Oberfläche, was auf einen liegenden Körper im Innern schließen ließ, ähnelte dieser einem nachlässig gepackten Kartoffelsack.
Zoe plazierte die Liege parallel zum Sektionstisch und

stellte die Bremsen fest. Von der anderen Seite des Tisches aus beugte sie sich vor und ergriff beherzt die nachgebende Kunststoffhülle. Dabei stemmte sie sich mit einem Bein an der Querleiste in Bodennähe ab. Sie zog den Leichensack wie eine überfüllte Einkaufstüte über den Aluminiumrand des Sektionstisches. Ihre Oberarmmuskeln spannten sich unter der Anstrengung an. Der Druck auf Zoes Bandscheibe erinnerte sie mahnend an ihre physischen Grenzen. Dabei hatte sie schon deutlich höhere Gewichtsklassen gestemmt. Aber vielleicht lag es an der unhandlichen Form des Leichenpakets. Ein ausgestreckter Körper ließ sich leichter von der Trage auf den Tisch ziehen. Wie dem auch sei, der schwierigste Teil war erledigt. Der eingehüllte Körper rutschte wie geschmiert in die Mitte des Tisches.

Im Beisein des Kommissars hatte Zoe den Leichensack nur an der Stelle geöffnet, wo sie den Brustkorb ertastet hatte, um die Probe zu entnehmen. Ein kurzer prüfender Blick ins Innere des Sacks hatte ihr das erwartete Durcheinander von Gliedmaßen bestätigt. Gesicht und Oberkörper schienen bis auf ein paar Schrammen unversehrt. So weit war sie im Bilde. Über den Rest des Körpers konnte sie nur mutmaßen. Sah ganz nach Grobarbeit aus. Erfahrungsgemäß würde sie dafür jedoch nur ein paar Stunden brauchen. Zoe zog die Karte aus der am Leichensack angebrachten Plastikhülle und überflog die knappen Angaben, um sicherzustellen, dass die eingetragenen Daten auch mit der Person im Leichensack übereinstimmten. Es handelte sich um Lars Kamps, den sie in seine Einzelteile zerlegt im Leichensack fand, nachdem sie den Reißverschluss aufgezogen hatte.

Zoe schnaubte leise. »Da ist aber jemand ganz schön durcheinandergeraten! Aber keine Sorge, das haben wir bald!«

Den Tablettwagen mit den kosmetischen Artikeln und Spateln für die Feinarbeit dürfte sie vorerst nicht brauchen. Sie schob ihn beiseite und legte sich die entsprechenden Instrumente bereit.
»Okay, Lars, welche Musik nehmen wir – deine oder meine?« Da Lars nicht mehr widersprechen würde, wählte Zoe eine CD mit Rockmusik. Hätte ihm vielleicht auch gefallen. Kurz darauf erfüllten die rhythmischen Klänge den Raum. Sie schloss die Augen, um sich zu konzentrieren. Dabei zupfte sie ihre Gummihandschuhe in Form. Ein tiefer Atemzug, und schon förderte sie den rechten Unterarm zutage. Er war unterhalb des Ellbogens aus dem Gelenk gerissen worden. Vermutlich war Lars' Körper an der Autotür hängen geblieben, bevor er hinausgeschleudert worden war. Ein langer Hautlappen aus dem Oberarmbereich hing über dunkelrotem Fleisch. Die Leichenstarre hatte sich längst gelöst, der Zersetzungsprozess begonnen, wie die blaugrauen Verfärbungen der Haut und die schwarzen Fingernägel zu erkennen gaben. Zoe würde später die Hände so übereinanderlegen, dass die noch am Körper befindliche Hand die verfärbten Fingernägel der anderen verdeckte. Eine angedeutete Gebetshaltung.
Sie hob den schlaffen Hautlappen beiseite. Er erinnerte mehr an den faltigen Arm einer alten Frau als an die Überreste eines jungen Mannes. Eingehend betrachtete sie die Abrissstelle. Das weiße Kugelgelenk der Elle trat hervor wie der elfenbeinfarbene Knauf eines Gehstocks. Den Hautlappen würde sie mit einem Skalpell entfernen, um eine halbwegs glatte Fläche zu schaffen, an der sie den Arm wieder anbringen konnte. Sie nahm sich vor, das Amputat später zunächst anzukleben, bevor sie nähen würde. Hauptsache, die Gliedmaßen kamen wieder

an Ort und Stelle. Natürlich hätte sie die Körperteile auch einfach vor die Stümpfe legen und es dabei belassen können. Niemand würde unter dem Bestattungsanzug etwas bemerken. Ebenso erwartete Zoe nicht, dass ihr Aufwand gewürdigt wurde. Aber darum ging es nicht. Sie könnte auch behaupten, sie täte es für den Verstorbenen. Doch Lars merkte ja nichts mehr, also tat sie es für sich – für ihre moralischen Grundsätze, für ihr Berufsethos.

Zoe legte den Arm auf den Beistelltisch, um sich der nächsten Gliedmaße zu widmen, deren Existenz als Teil eines Großen und Ganzen schlagartig geendet hatte. So schnell konnte es gehen. Körperteile waren nicht besonders strapazierfähig, wenn sie einem Sturz bei sehr hoher Geschwindigkeit ausgesetzt waren. So etwas konnte übel enden. Manchmal war sogar Zoe mit ihrem Latein am Ende, nämlich dann, wenn sie die Überreste eines Unfallopfers mit Hilfe einer Schaufel in den Transportsarg befördern musste.

Oder man verfügte über eine gehörige Portion Glück. Als Dreizehnjährige war Zoe auf dem Jahrmarkt bei voller Fahrt aus der *Raupe* hinauskatapultiert worden, weil sie so cool wie die anderen Teenager unbedingt stehend fahren wollte. Dummerweise hatte sie sich mit einer Hand an dem heruntergeklappten Verdeck des Fahrgeräts festgeklammert, das irgendwann mit voller Wucht hochschoss. In solchen Augenblicken gefriert das Leben zu einem Standbild. Man möchte nach Belieben darin herumlaufen und alles genauestens betrachten. Die gefühlte Ewigkeit dauerte gerade mal einen Sekundenbruchteil und – zack, der Aufprall folgte sogleich. Wie durch ein Wunder hatte Zoe den Unfall damals ohne einen Kratzer überstanden, wenn man von ein paar Prel-

lungen am Hinterteil und einem ziemlich in Mitleidenschaft gezogenen Selbstwertgefühl absah.
Für Lars war es wohl Glück im Unglück gewesen, falls es so etwas überhaupt gab, dass er zum Zeitpunkt des Absturzes schon tot war. An einem abgerissenen Arm starb man nicht unbedingt. Dafür bekam man das deutlich mit. Garantiert – auch unter Schock. Bevor der Schmerz einsetzte, sollte man günstigerweise entweder das Bewusstsein verloren haben oder ärztlich versorgt sein. Zugegeben, die nächste Zwangsamputation hätte Lars vermutlich bewusstlos werden lassen, wäre er nicht schon tot gewesen.
Dieses Mal brauchte Zoe ihre beiden Hände. Lars' rechtes Bein lag im verkehrten Winkel neben seinem Torso. Ein grotesker Anblick. Es war aus dem Hüftgelenk gerissen worden wie die überdimensionale Keule eines Brathähnchens. Zoes Magen hielt nichts von unpassenden Assoziationen, sondern knurrte vehement.
»Sorry, Lars, ich hätte vorher wohl essen sollen.«
Das Bein wog mindestens zwölf Kilogramm. Sie wuchtete es ebenfalls auf den Rollwagen und untersuchte die Amputationsstelle. Wieder bedeckte ein gräulich verfärbter Hautlappen die Wunde. Wegen der relativ großen Abrissfläche war eine aufwendige Replantation nötig. Für einen Chirurgen wäre der Zustand des Amputats ein Alptraum gewesen. Zerfetzte Haut, abgerissene Sehnen, zahlreiche Knochenabsplitterungen und Quetschungen wären für eine Replantation bei einem Lebenden denkbar ungünstig. Eine glatte Amputationsstelle hingegen wie durch einen Unfall an einer Schneidemaschine bot eine deutlich bessere Voraussetzung für eine wiederherstellende Operation. Schließlich sollte die Gliedmaße später auch funktionieren.

Lars brauchte sein Bein nicht mehr. Den Arm auch nicht. Und Zoe war keine Chirurgin, sondern Thanatologin. Also war alles im grünen Bereich, nicht einmal eine besondere Herausforderung. Nachdem sie den Leichensack unter Lars' Torso entfernt hatte, wusch sie den Toten zunächst gründlich. Dabei fiel ihr Blick immer wieder auf den Brustkorb. Eine Leinwand aus graublauer Haut, übersät von sprießenden Haarstoppeln, deren längst überfälliger Rasur der Tod in die Quere gekommen war. Irgendwo zwischen talggefüllten Haarporen musste sich die winzige Einstichstelle befinden. Mit bloßem Auge war die genaue Position nicht auszumachen, dennoch erinnerte sie Zoe an die bevorstehende Probenentnahme an Boris' Leichnam. Den Gedanken, die Entnahme an Lars vorzunehmen, verwarf Zoe schnell. Dazu fehlte ihr die Zeit.

Nachdem der Körper gereinigt und eingecremt war, wendete sie sich den Amputaten zu. Sie zog den Tablettwagen mit einem Sortiment von Skalpellen verschiedener Größen und mit Knochensägen heran. Mit einer sichelförmigen Klinge fing Zoe an, die überstehenden Hautlappen zu entfernen. Der schwere Griff des Skalpells fühlte sich angenehm an, die stählerne beidseitig geschärfte Klinge wurde eins mit Zoes Hand und zeichnete eine schwarze Linie auf die bleiche Haut. Durchtrennte sauber alle drei Hautschichten wie ein Stück Butter: zunächst mit leichtem Druck die eigentlich widerstandsfähige Epidermis, dann die Bindegewebsfasern der Lederhaut, bis das Skalpell beinahe behäbig in das subkutane Fett der Unterhaut sackte, wo es Blutgefäße und Nerven durchschnitt. Nur ein Klingenwechsel war nötig, während Zoe das Beinamputat behandelte. So scharf Skalpelle auch waren, so schnell stumpften sie während der Arbeit ab. Die scharfen Chirurgenmesser waren tückische Dinger, die bisweilen ein Eigenleben zu entwickeln schienen.

Das Skalpell ist dein ständiger Begleiter, mit dem du dich am besten schnell anfreundest, damit er sich nicht gegen dich wendet.

Manchmal fragte Zoe sich, ob ihr Großvater sich seine weisen Sprüche nur ausgedacht hatte, um seiner Enkelin den nötigen Respekt vor den Geräten einzubleuen. Sicher hatten sie dazu beigetragen, dass Zoe früh eine besondere Affinität zu Skalpellen entwickelte. Beim Anblick der scharfen Messer kribbelte ihr Beckenboden und erinnerte sie an zahlreiche Wunden, die sie sich in ihrer Anfangszeit damit zugefügt hatte. Finger und Unterarme waren bei der Arbeit besonders gefährdet. Viele Schnitte hatten Narben hinterlassen, ein paar davon sogar auf dem Bauch. Zoe betrachtete sie wie bizarre Trophäen. Jede Verletzung trug ihren Anteil am Lernprozess, und mit der Zeit hatte Zoe einen schaurig-schönen Reiz empfunden, sobald sie mit der Klinge abrutschte. Nicht dass sie sich absichtlich verletzen würde, und der Moment, in dem das Skalpell in ihre Haut schnitt, war alles andere als angenehm. Auf eigenartige Weise genoss sie den Heilungsprozess. Als wollte etwas in ihr verdeutlichen, dass ihre Arbeit zwar ausschließlich mit totem Fleisch einherging, ihr Leben jedoch nicht. Sie selbst verkörperte das adäquate Gegenstück zu den Leichen auf ihrem Sektionstisch.

Zoe betrachtete zufrieden das Ergebnis. Die Wundränder waren blassrosa, als hätte man den Schorf von einer verheilten Hautabschürfung gezogen. Doch der Schein trog. Sobald weiterhin Luft an das Gewebe kam, würde sich das Fleisch wieder dunkel verfärben. Sie drückte prüfend dagegen. Damit ließ sich arbeiten.

Was sie von den Amputaten abgeschnitten hatte, fehlte nun an den Stümpfen. Dort, wo die Epidermis großflächig abgerissen war, klaffte fleischige Lederhaut, stellenweise Unterhaut. Einst rosige Bindegewebsfasern lösten sich in schleimige Reste von subkutanem Fett auf wie zertretenes Gras am Uferrand eines umgekippten Tümpels. Obwohl die Leiche gut gekühlt war, nahm der Prozess seinen Lauf. Zoe tupfte die aufgeweichten Gewebereste ab und griff nach einem Tiegel mit teintfarbenem Kitt aus ihrem Theaterschminkesortiment. Mit einem Spatel kaschierte sie die hautlosen Stellen und strich die Übergänge glatt.

Der beißende Geruch von Cyanacrylat erfüllte den Raum, sobald Zoe die faustgroße Tube aufgedreht hatte. Sie zog sich den Mundschutz über die Nase, damit die Dämpfe sie nicht benebelten. Abgesehen davon, brannte die chemische Substanz in ihrer Nase. Sie trug eine dünne Schicht des Sekundenklebers auf die herausstehende Gelenkpfanne an Lars' Hüfte auf, wobei sie die umstehenden Muskel- und Fleischbereiche aussparte, weil die Flächen inzwischen zu nachgiebig waren. Der Kleber würde zumindest die Knochen fixieren und einen besseren Halt für die späteren Näharbeiten bieten.

Ursprünglich war Cyanacrylat entwickelt worden, um in Kriegszeiten größere Verletzungen zu verkleben. Dank seiner Eigenschaft, massive Blutungen zu stoppen, eine effiziente Notfallbehandlung, die zahlreiche Menschenleben gerettet hatte. Obwohl die Substanz biologisch abbaubar ist, wurde der Klebstoff aufgrund von auftretenden Hautirritationen nicht für zivile Zwecke freigegeben. Erst eine weiterentwickelte Variante nahm kurz vor der Jahrtausendwende als Sprühverband Einzug ins Gesundheitswesen. Für Zoes Zwecke genügte jedoch die ur-

sprüngliche Variante, die sie in Großtuben im Baumarkt kaufen konnte.
Sie umklammerte das Beinamputat mit beiden Armen und trug es wie einen Holzbalken zur Bahre. Aus den Knien holte sie sich genügend Schwung, um das Körperteil an seinen angestammten Platz zu wuchten. Jetzt zählte die richtige Mischung aus Geschick und Motorik, damit sie die Gelenkkapsel sofort und ohne großen Schaden in ihre Schale positionierte. Ein falscher Ansatz, und der Klebstoff würde jede Korrektur vereiteln. Schräg über den Tisch gebeugt, hielt Zoe das Bein, ohne es abzulegen, an die Hüfte und lugte in den verbleibenden Zwischenraum. Ein gleißender Schmerz zog über ihr gestrecktes Knie in ihre gebeugte Hüfte. Die Überdehnung hatte ihren Ischiasnerv überfordert. Sie presste einen Fluch zwischen den Lippen hervor, behielt aber stur ihre Haltung bei. Was sie hier veranstaltete, glich der Präzisionsarbeit eines Bauarbeiters. Tatsächlich gelang es ihr auf Anhieb. Der Knochen schnappte in die Gelenkpfanne, wie ein Knarrenschrauber die Mutter griff.
Zoe stieß die angehaltene Luft aus, als sie ihre Haltung lockerte. Ihre Muskeln entspannten sich, der Schmerz ließ nach. Den Druck gegen Lars' Hüfte erhielt sie mit beiden Händen aufrecht und zählte dabei von zehn rückwärts.
»Gleich haben wir es geschafft, Lars. Dann bist du wieder vollständig. Auf Sekundenkleber ist immer Verlass.«
Das Bein blieb an Ort und Stelle, so dass Zoe sich dem Arm widmen konnte. Derselbe Vorgang, nur weniger anstrengend. Mit dem Ärmel wischte sie sich den Schweiß von der Stirn. Ihre Arbeit brachte sie nicht häufig zum Schwitzen. Abschließend fädelte sie einen groben Faden in eine gebogene Gerbernadel und vernähte die Schnitt-

stellen mit flinken Stichen. Langsam wurde ihr flau im Magen. Sie schnitt den letzten Faden ab und warf ihre Instrumente in das Desinfektionsbecken. Bevor sie Lars ankleidete, musste sie etwas essen. Sie hatte die Zeichen zu deuten gelernt. Wenn ihr Blutdruck sank und ihr schwindelig wurde, weil sie vor lauter Arbeit das Essen vergaß, sollte sie rechtzeitig einlenken. Es hätte ihr gerade noch gefehlt, in ihrem Behandlungsraum ohnmächtig zu werden!

kapitel 10

Wenige Tage später marschierte Leon in das Gebäude des Mainzer Dezernats, um seinen Chef aufzusuchen. Auch wenn er die meiste Korrespondenz per E-Mail erledigte, empfand er es jedes Mal als hilfreich, den aktuellen Stand der Ermittlungen in einem persönlichen Gespräch auszuwerten.

Die Landluft mochte gut bekömmlich sein, doch Leon zog es in die Stadt. Abgesehen davon schlief es sich im eigenen Bett am besten. Den Bericht über die verschiedenen Zeugenaussagen hatte er getippt und per E-Mail ans Dezernat weitergeleitet. Die nachdenkliche Unruhe, die ihn dabei beschlich, hielt sich jedoch hartnäckig. Der Name Zoe Lenz war während der Befragungen öfter gefallen, als ihm behagte – wobei nicht immer versucht wurde, die junge Frau zu belasten. Manchmal wurde lediglich mitfühlend die versuchte Vergewaltigung Jahre zuvor erwähnt, die den Bewohnern offenbar nicht aus dem Sinn gegangen war. Natürlich maß Leon den Zeugenaussagen keine allzu große Bedeutung bei, denn schließlich musste er erst sämtliche Materialien auswerten, um eine Fallanalyse zu erstellen. Dadurch konnten Verdächtige eingegrenzt werden, was dazu führte, dass die weiteren Ermittlungsarbeiten sich strukturieren ließen.

Der Gedanke an Zoes Augen, die sich manchmal klärten wie winzige Spiegel in die Seele, ließ ihn nicht mehr los. Er wollte etwas Abstand gewinnen, um sich ohne Ablenkung auf den Fall zu konzentrieren.

Er nahm drei Stufen gleichzeitig und erreichte die Glastür zum Großraumbüro. Obwohl er nicht lange weg gewesen war, löste der Anblick seines Arbeitsplatzes ein vertrautes Gefühl in ihm aus. Einige Kollegen wandten

ihm ihre Köpfe zu, im nächsten Moment schallten ihm die Begrüßungsrufe entgegen.
»Hey, da ist ja unser strafversetzter Hinterwäldler!«, rief einer der Beamten hinter seinem Schreibtisch hervor. Den einen oder anderen Witz musste er über sich ergehen lassen. Doch Leon nahm es gelassen. Mit einem betont müden Lächeln nahm er den meisten Sprücheklopfern den Wind aus den Segeln. Kurz vor Willis Büro stellte sich ein neuer Kollege der Abteilung vor.
»Krüger mein Name.« Er reichte Leon dienstbeflissen die Hand. »Ich hörte, Ihr Fall im Hunsrück sei brisanter als erwartet.«
»Woraus schließen Sie das?« Leon wunderte sich, denn für gewöhnlich besprach Willi nicht jeden Fall mit dem ganzen Dezernat.
Krüger zog die Schultern hoch. »Na, der Chef hat sich mächtig ins Zeug gelegt, damit er die Ergebnisse möglichst schnell von der Spurensicherung bekommt.«
Leon blickte ihn fragend an.
»Aber das will er Ihnen sicher selbst mitteilen.« Krüger räusperte sich verlegen, als er die Blicke seiner Kollegen bemerkte. »Er ist in seinem Büro«, sagte er schnell und wandte sich seinen Akten zu.
»Das weiß ich wohl«, erwiderte Leon gedehnt und verkniff sich ein Schmunzeln gegenüber dem übereifrigen neuen Kollegen. Er klopfte an Willis Tür und trat ein.
»Ah, Leon. Was führt dich hierher?«
»Ich bin übers Wochenende zu Hause und wollte kurz bei dir reinschauen. Übermorgen fahre ich zurück.«
Er setzte sich auf den Stuhl vor Willis Schreibtisch.
»Das trifft sich gut, dann kann ich dir die Ergebnisse der Spurensicherung gleich persönlich überreichen.«
»Das ging ja schnell!«, entgegnete Leon verblüfft.

Für gewöhnlich zog mindestens eine Woche ins Land, bis eine Auswertung erstellt worden war.
Willi lehnte sich mit einem zufriedenen Grinsen in seinem Stuhl zurück. »Ja, wie es aussieht, haben wir unseren Tatort.«
Er schob die Akte über den Tisch. »Das Alter der Reifenspuren entsprach stundengenau dem Todeszeitpunkt der Opfer.«
»Und der Wagen von Boris Nauen konnte identifiziert werden«, ergänzte Leon.
»Es fahren nicht viele Chevrolets durch den Hunsrück, so dass wir ziemlich sicher davon ausgehen können, dass es sich um seinen Wagen handelt.«
Leon nickte. »Außerdem wurden mikroskopisch kleine Partikel von gelber Lackfarbe neben den Reifenspuren gefunden.«
»Die detaillierten Untersuchungen vom Unfallort werden mit Sicherheit eine Übereinstimmung bringen.«
Es gab immer Restspuren an Gebrauchsgegenständen, die mit bloßem Auge nicht zu erkennen waren. Abnutzungsspuren wurden sie genannt, wenn ältere Fahrzeuge zum Verkauf angeboten wurden. In diesem Fall dürften die Absplitterungen am Lack möglicherweise vom Todeskampf der Insassen herrühren. Hände, die sich an den Rand gekrallt, oder Ringe der Opfer, die zu Abschürfungen geführt hatten. Zufrieden darüber, dass seine Annahme sich bestätigte, blätterte Leon weiter im Bericht. Allerdings verging ihm das Lächeln, als er auf einen der ermittelten Namen von Personen stieß, deren Spuren am Tatort eindeutig nachgewiesen worden waren.
»Josh Ziller?« Leon blickte von der Akte auf.
»Er und höchstwahrscheinlich einige andere Jugendliche nebst den Opfern«, erläuterte Willi.

Laut Bericht stammten die Fingerabdrücke am Fotodöschen von dem Jungen. Leon blätterte weiter. Zusammen mit den Fingerabdrücken aus dem Fall der versuchten Vergewaltigung an Zoe war das eindeutige Ergebnis ermittelt worden. Die Zeugenaussagen aus Leons Bericht steuerten ihren Teil dazu bei und rückten den Jungen in den engeren Kreis der Tatverdächtigen. Betrübt schüttelte Leon den Kopf. Ein minderjähriger Dreifachmörder war immer etwas anderes und konnte das Weltbild schon ins Wanken bringen. Anderseits war dieser Junge noch jünger gewesen, als er Zoes Angreifer, ohne zu zögern, den Gewehrkolben übergezogen hatte, statt auf seinen Vater zu warten, der ihm unmittelbar gefolgt war.
»Warum wurden damals die Fingerabdrücke des Jungen genommen?« Leon erwartete eine Antwort über übereifrige Kollegen im Hunsrücker Dezernat, denn gegen Josh hatte damals schließlich kein Tatverdacht bestanden – im Gegenteil.
»Weil der Vater von Boris Nauen eine Anzeige wegen Körperverletzung eingereicht hatte. Der Schlag auf den Kopf hatte wohl eine Gehirnerschütterung nach sich gezogen.«
Leon schnaubte. Eine unmittelbare Gegenanzeige erfolgte nicht selten bei einem begründeten Strafverdacht. Wenigstens führte das für gewöhnlich zu nichts. Anscheinend hielten sowohl Juristen als auch Richter es für unglaubwürdig, wenn ein überführter Straftäter sich anstrengte, in die Opferrolle zu schlüpfen.
Leon blätterte in der Akte. »Das Verfahren wurde eingestellt, weil der Junge damals mit dreizehn noch nicht dem Jugendstrafrecht unterlag.«
Willi nickte. »Und der Vorwurf letztlich als banal deklariert worden war.«

»Richtig so!«
Sein Chef enthielt sich einer Antwort, doch Leon wusste auch ohne Worte, dass sie einer Meinung waren.
»Da wäre aber noch etwas«, fügte Willi hinzu. »Der Junge gab damals zu Protokoll, dass er wohl besser härter hätte zuschlagen sollen, und deutete an, es bei der nächsten Gelegenheit zu tun.«
»Eine Morddrohung von einem Vierzehnjährigen? Das kann wohl kaum jemand ernst genommen haben.«
Willi nickte. »Wenn jedoch damals Boris' Vater davon Wind bekommen hätte, was der Junge da leichtfertig von sich gegeben hat, wäre womöglich noch eine Anzeige wegen versuchten Totschlags dazugekommen.« Willi winkte ab. »Fakt ist, dass der Name Josh Ziller nun wieder im Zusammenhang mit einer Straftat auftaucht. Dieses Mal ist es ernster. Die Spuren des Jungen wurden am Mordtatort gefunden, was ihn dringend verdächtig macht. Abgesehen davon scheint er keinen Hehl aus seiner Abneigung gegenüber den Opfern zu machen, wie ich deinen Befragungen der Birkheimer Bürger entnehmen kann.«
Tatsächlich wurde in den Aussagen immer wieder Joshs Eigenart erwähnt, lautstark über Boris Nauen herzuziehen. Für die meisten handelte es sich nicht um mehr als die ungehaltenen Ausbrüche eines Teenagers, eines Außenseiters. Für andere stellten die Sprüche des Jungen Hasstiraden dar, resultierend aus dem »Zusammenstoß« der beiden in der Vergangenheit.
»Das kann ich mir nur schwer vorstellen«, entfuhr es Leon. »Josh scheint mir ein zorniger Junge zu sein, dessen Vergehen darin liegt, eine Klassenkameradin beschützt zu haben.«
Willi hob tadelnd die Augenbrauen. »Als Polizisten dür-

fen wir uns nicht von subjektiven Eindrücken beirren lassen.«

Leon schüttelte zweifelnd den Kopf. »Das ist mir bewusst. Tut mir leid, aber unter Freunden wird man sich auch einmal gehen lassen dürfen.«

»Das ist in Ordnung, solange du dich nicht zu sehr in die Sache hineinsteigerst. Da fällt mir gerade ein, was ist mit der jungen Frau?« Willi musterte ihn über den Rand seiner Lesebrille hinweg.

Sofort war Leon klar, dass von Zoe Lenz die Rede war. »Was soll mit ihr sein?«

»Nun, sie stand in Bezug zu den Opfern, um nicht zu sagen, sie hatte ebenfalls ein Motiv.« Willi stützte seinen Ellbogen auf der Tischplatte ab und legte die Handflächen zusammen. »Sie wäre nicht das erste Opfer, das zum Täter wurde.«

Leon biss die Zähne zusammen und nickte. Es war besser, nichts zu entgegnen, sonst stünde er wie Zoes Verteidiger vor seinem Chef. So verständnisvoll Willi auch war, schätzte er es nicht, wenn Emotionalität den ermittlerischen Sachverstand trübte. Es war seine Aufgabe als Dezernatsleiter, in dieser Beziehung auf seine Mitarbeiter aufzupassen. Sie waren alle nur Menschen. Niemand war davor gefeit, befangen zu reagieren, wenn ein Fall einem an die Substanz ging. Es oblag Willis Verantwortung, den betroffenen Beamten gegebenenfalls zu ersetzen.

Plötzlich ereilte Leon das dringende Bedürfnis, nach Birkheim zurückzukehren. Ein Kribbeln an seiner Wirbelsäule bekräftigte die aufkeimende Ungeduld. Auch wenn die neuen Erkenntnisse mehr Indizien als Beweise darstellten, schien sich das Netz um den Mordfall zusammenzuziehen. Er wollte sich nicht die Fäden aus der Hand nehmen lassen. Sachlich betrachtet gerieten sowohl Josh als auch Zoe ins Fadenkreuz der Ermittlungen, untermauert von Motivmöglichkeiten und Spurensicherungsergebnissen. Natürlich lagen gewichtige Erkenntnisse vor, die eine mögliche Auflösung des Falls vorantreiben konnten. Doch etwas stimmte nicht. Josh Ziller gehörte zu den wenigen, die Leon nicht befragt hatte, weil das Verhalten des Jungen sich nicht in sein provisorisches Täterprofil einfügte. Von Zoe wusste er, dass der Junge klug war. Doch allein Leons Begegnung mit Josh hatte einen Heranwachsenden gezeigt, der mehr von Hormonen als von der Selbstsicherheit eines Erwachsenen angetrieben wurde. Ihm fehlte schlicht die Reife, um nach einem derartigen Vergehen die Fassung zu bewahren und allen anderen ein normales Leben vorzuspielen.

Den typischen Serienmörder gab es nicht, auch wenn Statistiken bestimmte gemeinsame Merkmale zeigten. Eine ausgeprägte Persönlichkeitsstörung lag fast immer vor, doch deren Ursprünge waren ebenso individuell wie jeder Mensch. Dieser Mörder war sich seiner sicher, hatte seine Tat bis ins Detail geplant und ausgeführt. Er genoss ein gewisses Vertrauen, denn sonst hätten die Opfer ihn kaum nahe genug an sich herangelassen. Nun verbarg er sich höchstwahrscheinlich inmitten der bürgerlichen Gemeinschaft, was weniger zum Profil eines Serienmörders passte, die für gewöhnlich sozial isoliert lebten. Ein Gesinnungsmörder hingegen verschaffte sich keine persönlichen Vorteile aus seinen Taten, sondern folgte ideologischen oder religiösen Motiven. Und sie waren besonders schwierig zu überführen, weil ihre Morde manchmal kein Muster erkennen ließen.

Josh galt zwar als Außenseiter, doch konnte Leon sich nicht vorstellen, dass er über die notwendige Fähigkeit verfügte, seine Umwelt zu täuschen. Dazu hatte er sich viel zu impulsiv verhalten. Aus irgendeinem Grund traute er eher Zoe zu, sich ausreichend zu verstellen, wenn sie etwas zu verbergen hätte. Ihre Charakterzüge waren vielschichtig wie die Schale einer Zwiebel, bis zu deren Kern man nicht ohne Tränen vorzudringen vermochte.

Willi klappte die Akte zu und legte sie zur Seite. »Ich werde den Bericht der Hunsrücker Staatsanwaltschaft übermitteln. Den Jungen hingegen erwartet eine Vorladung, wenn nicht sogar ein Haftbefehl.«

»Ist das nicht etwas verfrüht?«

»Es besteht Verdunklungsgefahr. Der Verdächtige könnte Beweismittel vernichten und Zeugen oder Mittäter beeinflussen«, gab Willi zu bedenken.

Leon stand von seinem Stuhl auf und wollte sich gerade von seinem Chef verabschieden, als ihn dessen Räuspern davon abhielt.

»Da wäre noch etwas. Wir haben Lilian gefunden. Sie ist in der Stadt.«

»Was?!« Der Schreck ließ Leons Beine weich werden. Er plumpste auf seinen Stuhl zurück und starrte Willi an.

»Sie wurde an der niederländischen Grenze mit einer Gruppe Drogenschmuggler aufgegriffen. Ihr konnte nichts nachgewiesen werden, aber wir haben eine Adresse.«

Leon wischte sich über das Gesicht. Seit über einem Jahr war Lilian spurlos verschwunden. Anfangs hatte ihn die Sorge um sie beinahe um den Verstand gebracht. Bei jeder aufgefundenen Frauenleiche wurde seine Befürchtung größer, es könnte sich um sie handeln. Immer wieder hatte er sich einreden müssen, dass nicht jeder Vermisste irgendwann als Wasserleiche angeschwemmt werden musste. Nur mit Mühe war es ihm gelungen, sich in Geduld zu üben, nicht dauernd darüber nachzudenken, was Lilian zugestoßen sein könnte. Ausreißer verfügten nicht selten über ein großes Geschick, wenn es darum ging, nicht gefunden zu werden. Jetzt plötzlich zu hören, dass sie lebte, überwältigte ihn mit einer Wucht, die seine Beherrschung auf die Probe stellte. Er verschränkte die Finger ineinander, bis er seine Gelenke knacken hörte.

»Seit wann weißt du davon?« Obwohl er versuchte, es zu vermeiden, klang er vorwurfsvoll.

»Seit einer Woche«, antwortete sein Chef.

Leon atmete hörbar aus und schüttelte verständnislos den Kopf.

»Hör zu, Leon! Ich habe versucht, einen geeigneten Zeitpunkt abzuwarten. Du steckst mitten in den Ermittlungen. Ich kann dich nicht einfach von dem Fall abziehen«, versuchte Willi, sich zu rechtfertigen.

»Ich habe gedacht, sie wäre tot!«, rief Leon aufgebracht aus.

»Es geht ihr gut.«

Leon schnaubte. »Gut?! Sie treibt sich seit einem Jahr weiß Gott wo rum und wird mit Drogendealern an der Grenze geschnappt!« Leon sprang von seinem Stuhl auf und lief im Zimmer auf und ab. Das Blut rauschte in seinen Ohren. Die Haut an seinen Beinen spannte, als bestünde sie aus gebündelten Nervenbahnen. Sein Chef hätte ihn sofort informieren müssen, doch letztlich konnte er nichts dafür. Leon war selbst schuld, wenn er sich vom Stress der Vergangenheit wieder einholen ließ. Ausgerechnet jetzt, wo er endlich die Chance bekam, sich einem Fall nach eigenem Ermessen zu widmen! Doch so etwas wie den besten Zeitpunkt gab es ohnehin nicht. Wenigstens blieben ihm noch zwei Tage, bis er wieder nach Birkheim fahren wollte.

»Wo ist sie? Ich muss sie sehen.«

Willi seufzte, als hätte er geahnt, dass es so kommen würde. »In Marienborn. Sie wohnt dort bei einem gewissen … Sören Hellmann.«

Auch das noch! Nicht gerade die beste Adresse in Mainz. In der Nähe lagen die Tatorte einer Reihe Morde an Prostituierten, was die Sache nicht besser machte.

»Jetzt sag nicht, der Kerl ist aktenkundig!« Willis Tonfall hatte seine Befürchtung jedoch längst bestätigt.

»Zuhälterei, Körperverletzung und Freiheitsberaubung. Er hat mindestens fünf Mädchen laufen, meist aus osteuropäischen Ländern.«

»Verdammt!«, stieß Leon hervor. »Ich brauche die Akte.«

»Leon, ich sag dir das als dein Freund: Du kannst nicht jeden retten. Auch nicht, wenn er dir noch so viel bedeutet. Als dein Vorgesetzter muss ich dich wohl nicht daran erinnern, dass du dich um einen Fall in Birkheim zu kümmern hast. Also, keine Kurzschlusshandlung! Habe ich mich klar ausgedrückt?«

»Ja, aber niemand kann mir verbieten, sie in meiner Freizeit zu besuchen.« Leon rieb sich mit den Händen über die Oberschenkel.

Willis scharfer Blick erinnerte an einen Wolf. »Wir observieren das Gebäude, Leon. Halte dich wenigsten bedeckt!«

Leon verzog die Miene. Willi hätte beinahe geknurrt. Heiße Wellen der Erregung schwappten über Leon hinweg. Er schluckte einen trockenen Kloß hinunter. Zu wissen, dass Lilian Teil eines der brisantesten Fälle war, mit denen sich die Mainzer Kriminalpolizei herumzuschlagen hatte, zerrte an seinen Nerven. Es war nicht einmal klar, ob sie in Gefahr schwebte oder die Komplizin von Sören Hellmann war. Er hätte einiges darum gegeben, über seine uneingeschränkte Urteilskraft zu verfügen. Aber verdammt, auf so etwas konnte man sich nicht vorbereiten! Da halfen keine erlernten Fallbeispiele oder therapeutischen Tipps. Gefühle folgten ihren eigenen Regeln und waren schon gar nicht bereit, Grenzen zu beachten. Er konnte nur vorgeben, nicht befangen zu sein.

»Ich nehme an, du rollst den Fall über die Prostituiertenmorde wieder auf?«

Willi zog leicht die Schultern hoch. »Es gibt Hinweise auf einen Zusammenhang. Anscheinend haben wir es mit einer organisierten Bande zu tun, angeführt von Sören Hellmann und seinen Handlangern.«

*

Zu Lebzeiten hatte Peter Suhr das Haar vorn lang getragen, so dass sein Gesicht eine asymmetrische Form annahm. Der lange Pony reichte ihm als mit Haarlack fixiertes Haarbrett bis zum Kinn hinunter. Es war eigenartig, sein ovales Gesicht nun vollständig vor Augen zu haben wie den Vollmond, den man vorher nur als zunehmenden Mond kannte.

Unter dem Kopf des Leichnams lugte ein Plastikbeutel hervor – wie der Hinweis einer Bauanleitung, damit der verzweifelte Käufer sofort wusste, an welche Stelle das Einzelteil gehörte. Allerdings war das nicht schwer zu erraten bei einer Leiche, der die komplette Schädeldecke fehlte. Zoe verzog das Gesicht und beförderte den plattgedrückten Beutel hervor. Irgendjemand hatte sich die Mühe gemacht, ihn luftdicht zu verschließen. Das Vakuum löste sich beim Aufreißen mit einem leisen Zischen. Der Inhalt erinnerte an das Rückenhaar eines Yorkshireterriers nach einem Spaziergang bei feuchtem Wetter.

Der Geruch, der nun durch die Verbindung mit Sauerstoff ausströmte, dürfte ähnlich sein. Deshalb also die luftdichte Verpackung. Sehr vorsorglich!
Einer der Friedhofsgärtner trug ein Toupet mit langem leicht gewelltem Braunhaar. Seine Kollegen nannten ihn hinter vorgehaltener Hand *Fifi.* Die Ähnlichkeit war frappierend, wenn man von dem großen Hautlappen absah, an dem die Haare hingen. Haut und Blutgefäße des Skalps waren bräunlich verfärbt und ledrig wie bei einer naturgetreuen Requisite für einen Western.
Es klebten keine Blutreste im Haar, weil Peter Suhr schon tot war, als seine Haare sich in der zersplitterten Windschutzscheibe verfangen hatten. Dafür gab es neben feinen Glassplittern jede Menge getrocknete graue Gehirnmasse, Schmutzreste sowie ein sauber abgesägtes Stück Schädelknochen. Sein Körper muss beim Sturz von dem Abhang mit voller Wucht hinauskatapultiert worden sein, so dass er sich an der zerbrochenen Windschutzscheibe des Cabriolets selbst skalpiert hatte. Mit einer Pinzette zog Zoe alle greifbaren Überreste aus den Haarsträhnen und sammelte sie in einer metallenen Nierenschale.
Es war nicht der erste Skalp, den sie zu sehen bekam. Vor einiger Zeit hatte sie einen toten Mann aus seiner Wohnung geholt. Es gab keine Angehörigen. Erst nach Wochen hatten Fußgänger den Gestank bemerkt, der aus dem Erdgeschoss des Einfamilienhauses strömte. Er schien sich zum Sterben auf sein Sofa gelegt zu haben, von dem er nach einer Weile aufgrund des voranschreitenden Verwesungsprozesses hinuntergerutscht war. Die schwarze teerartige Masse, in die sich die Rückseite seines Körpers aufgelöst hatte, war nur schwierig vom Veloursteppich zu lösen gewesen. Sein Skalp hatte sich ent-

fernt und war mit ausgefransten Rändern heruntergeklappt wie ein schauriges Halloween-Utensil. Wenn ein Leichnam längere Zeit lag, löste sich alles von ihm ab. Zoe schäumte in einer Plastikschüssel mit Haarshampoo eine Seifenlauge auf, legte den Skalp hinein und reinigte ihn mit vorsichtigen Bewegungen. Durch das Wasser weichte die amputierte Kopfhaut etwas auf, wurde nachgiebiger, was die spätere Rekonstruktion am Schädel leichter machen würde.

Für Josh wäre der Zustand dieser Leiche sicher interessant gewesen. Zoe hätte ihn gern dabeigehabt. Nicht immer war ihr danach zumute, doch manchmal brachten seine witzigen Sprüche eine willkommene Abwechslung in ihre Routinearbeiten. Sie konnte ihn förmlich vor sich sehen, wie er sich mit spitzbübischem Grinsen darüber lustig machte, dass sie besser hätte Friseurin werden sollen. Ein Lächeln schlich sich in ihre Mundwinkel, während sie den Skalp in der einen Hand hielt und mit der anderen die Haarsträhnen auswrang.

Seltsam, dass Josh sich immer noch nicht gemeldet hatte! Normalerweise kriegte er sich schnell wieder ein, wenn sie eine Auseinandersetzung hatten. Meist rief er schon am selben Abend an oder schickte eine SMS mit völlig beiläufigem Inhalt, als wäre nichts geschehen. War es meistens auch nicht. Sie stritten und vertrugen sich wieder. Keiner von ihnen hinterfragte irgendetwas, sie verstanden sich ohne Worte wie eine bizarre Einheit gegen den Rest der Welt.

Eine Murmel löste sich in Zoes Hals und kullerte durch ihre Eingeweide. Ihre Mageninnenwand vibrierte. Es tat ihr längst leid, Josh so angefahren zu haben. Doch irgendwie hatte die Anwesenheit des Kommissars sie ungehalten werden lassen. Vielleicht war es dieser taxierende Blick gewesen, mit dem Strater sie und Josh abgeschätzt hatte. Das hatte wahrscheinlich nicht viel zu bedeuten, war eher eine Art Reflex, mit dem Polizisten automatisch auf ihre Gesprächspartner reagierten. Ohne es bewusst wahrzunehmen, musste sie sich jedoch darüber geärgert haben, und Josh war in ihre Schusslinie geraten. Wer sonst?

Weitere winzige Murmeln rollten hinab, verwandelten ihr Innerstes in eine Kugelbahn. Zoes Wangen fühlten sich heiß an. Wenigstens würde niemand sehen, wie sie errötete – zumal sie es sich selbst nicht erklären konnte. Als unangenehm hätte sie den fremdartigen Gefühlsaufruhr allerdings nicht bezeichnet, dazu ähnelte er zu sehr dem, was sie beim Anhören eines besonders schönen Songs empfand. Sie holte tief Luft und versuchte, sich auf das Haarteil in ihrer Hand zu konzentrieren. Mit einem grobzinkigen Metallkamm zog sie durch die feuchten Haarsträhnen des Skalps. Der scharfkantige Knochenrest an dessen Unterseite rieb über ihre Finger. Sie verlagerte behutsam das Gewicht, damit ihre Handschuhe nicht zerschnitten wurden.

Wie gewohnt wirkte das Cyanacrylat in Sekundenschnelle, und die Knochensplitter klebten wieder am Schädel. Die lockeren Ränder des Haarteils baumelten an der Schädelplatte. Zoe fädelte einen Faden in eine kleine Gerbernadel und nähte den abgetrennten Hautlappen an die Kopfhaut. Die Übergänge bearbeitete sie mit Camouflage. Die feste Paste auf Öl-Wachs-Basis kaschierte jeden Makel, ob Muttermal oder entstellende Narben, und verwandelte jeden Leichenteint in eine schön getarnte Hautoberfläche. Die Nahtstelle verschwand im Nu, den Rest erledigte Peters wiederhergestellter natürlicher Haaransatz. Sanft massierte Zoe die Camouflage über das gesamte Gesicht, damit kein Übergang mehr zu sehen war. Mit einem weichen Tuch wischte sie das überschüssige Make-up aus den Augenbrauen und Wimpern der Leiche und brachte sie mit einem kleinen Bürstchen in Form.

»Um deine Augenbrauen hätte dich so manche Frau beneidet«, stellte Zoe fest und betrachtete das fertige Gesicht. »Damit wärst du sicher nicht einverstanden, aber glaube mir, deine Angehörigen werden dankbar sein, wenn ich dich nicht ganz so emomäßig frisiere. Ich meine, was bringt es dir jetzt noch, melancholische Todessehnsucht zu demonstrieren?« Sie klopfte dem Toten kumpelhaft auf die Schulter. »Wenigstens zum Abschied solltest du deiner Familie einen vollständigen Blick auf dein Gesicht gewähren.«

Sie kämmte die lange Ponysträhne glatt, drapierte sie schräg über dem Gesicht des Toten und fixierte das Ganze mit Haarlack. Immerhin behielt sie damit ansatzweise Peters Style bei.

Die friedliche Schönheit der Schlafenden ergriff Zoe immer wieder aufs Neue, manchmal mehr als andere Male. Peter Suhr wäre ihr möglicherweise sogar sympathisch gewesen, wenn sie sich unter anderen Umständen kennengelernt hätten, wenn er nicht mit Boris befreundet gewesen wäre, wenn er damals nicht tatenlos dabeigestanden hätte … wenn … wenn.

Der Tod ließ alle Einwände ins grenzenlose Nichts laufen, machte sie so belanglos wie einen vergänglichen Windhauch. Das Leben war endlich. Danach gab es keine Gelegenheit mehr, für Ordnung zu sorgen. Versäumtes verharrte auf ewig im Chaos. Sie nahm sich vor, nachher Josh anzurufen, ihn zu fragen, ob alles okay bei ihm wäre. Er würde sich darüber wundern, weil es sonst nicht ihre Art war. Vielleicht würde er sich ein bisschen darüber freuen.

*

Wenige Stunden später saß Leon im Wagen auf dem Weg nach Marienborn, wo Lilian sich in der Wohnung von Sören Hellmann aufhalten sollte. Laut Akte war Hellmann mehrfach wegen verschiedener Kleindelikte vorbestraft. Zuhälterei konnte ihm bislang nicht nachgewiesen werden, weil er sein Gewerbe nach der neuen Masche der *Loverboys* ausübte. Er täuschte jungen Mädchen skrupellos die große Liebe vor, um sie später zur Prostitution zu zwingen. Für gewöhnlich sagten die Mädchen aus, dass sie freiwillig anschaffen gingen. Es war schwer vorstellbar, dass die selbstbewusst wirkende Lilian auf falsche Schmeicheleien eines Schönlings hereinfiel. Doch die Zeit veränderte jeden, und mit Hilfe von Drogen war es nicht schwer, ein nach Aufmerksamkeit verlangendes Mädchen zu überzeugen.

Er bog in eine Siedlung mit Mehrfamilienhäusern ein. Regelmäßig fuhren die Kollegen von der Streife hier Einsätze wegen familiärer Gewalt und Jugenddelikten. Auf einem nahegelegenen Spielplatz war vor ein paar Monaten die verstümmelte Leiche eines Mannes gefunden worden. Die beiden Angeklagten warteten derzeit auf ihr Urteil. Der Tat war ein Streit über Geld aus Drogengeschäften vorangegangen, als Mordwaffe hatte ein Schraubenzieher gedient. Leon schüttelte den Kopf. Seltsamerweise musste er ausgerechnet jetzt an Zoe Lenz denken, die sich vermutlich einer derart verstümmelten Leiche vollkommen souverän widmen würde. Sie war so erfrischend anders.

Leons Herz wurde schwer bei dem Gedanken, Lilian ausgerechnet hier wiederzusehen. Anderseits war es typisch für sie. Egal, wo auf der Welt sie sich aufhalten mochte: Leon konnte davon ausgehen, dass es sich bei diesem Ort in irgendeiner Form um einen sozialen Brennpunkt handelte. Lilian zog den Ärger an wie eine verletzte Maus die Katze. So war es immer schon gewesen, besonders nachdem sie von zu Hause ausgerissen war. Diese Tatsache war nicht spurlos an Leon vorübergegangen. Schuldgefühle lagen ihm wie ein Stein im Magen. Er fühlte sich für sie verantwortlich. Auch wenn er es sich nicht gern eingestand, stellte ihr Verschwinden einen der Gründe dar, weswegen er sich so für die Aufklärung von Kapitalverbrechen oder Drogendelikten engagierte. Willi lag nicht so falsch, wenn er Leon auf sein Helfersyndrom hinwies. Er steigerte sich tatsächlich häufig bis zur Selbstaufgabe in die Fälle hinein, weil er glaubte, wiedergutmachen zu können, was er bei Lilian versäumt hatte.

Wie erwartet, fand Leon nur auf einzelnen Klingeln Namensschilder, als er vor dem vierstöckigen Haus stand. Die drahtdurchzogene Scheibe der Eingangstür kennzeichneten zahlreiche Risse. Aus den zerbeulten Briefkästen quollen Werbeprospekte, deren Vorgänger gelblich verwittert über die abgetretene Grünfläche vor dem Haus verteilt waren. Er betätigte wahllos mehrere Klingelknöpfe. Die metallene Haustür öffnete sich mit einem Summen. Gleichzeitig ertönte das Schnarren abgerissener Wortfetzen aus der defekten Gegensprechanlage. Im Hausflur roch es nach Urin und abgestandenem Zigarettenrauch. Nur jede zweite oder dritte Deckenbeleuchtung funktionierte. Wenigstens war es kühl. Leon brauchte mehrere Anläufe, bis einer der Mieter, die er

durch sein Klingeln an die Tür gelockt hatte, ihm sagen konnte, in welcher Wohnung Sören Hellmann vermutlich lebte. Genau konnte es keiner sagen.
Im obersten Stockwerk machte er vor einer der schäbigen Wohnungstüren halt. Dahinter ertönte Rockmusik. Die Klingel war abgestellt oder funktionierte nicht. Ein ungutes Gefühl beschlich Leon. Er griff an sein Halfter und öffnete es, um notfalls seine Pistole ziehen zu können. Sein Klopfen hallte durch den Gang. Nach einer Weile erstarb die Musik, und die Tür wurde geöffnet. Das hohlwangige Gesicht eines Mannes lugte durch den Spalt, den Arm lässig gegen den Rahmen gestemmt. Eine tätowierte Spinnwebe prangte an seinem Hals, zog sich über seine Schulter und verlor sich im flusigen Achselhaar, aus dem Schweißgeruch strömte. Hinter ihm flackerte ein Licht in der Dunkelheit der Diele. Unbestimmbare Geräusche deuteten auf mindestens eine weitere Person in der Wohnung hin.
»Sind Sie Sören Hellmann?«, fragte Leon, obwohl keine Ähnlichkeit bestand.
»Der ist nicht da.«
»Ich möchte zu Lilian Strater. Sie wohnt doch hier, oder?«
Wie er seinem Chef versprochen hatte, ließ Leon seine Dienstmarke stecken. Gar nicht so einfach, damit aufzuhören, Polizist zu sein. Eigentlich sogar unmöglich.
»Ich kenne niemanden, der so heißt. Sie müssen sich in der Tür geirrt haben. Hier ist niemand außer mir.«
Bevor ihm die Tür vor der Nase zugeschlagen werden konnte, steckte Leon einen Fuß dazwischen. »Willst du mich verarschen, Mann?! Ich höre doch, dass jemand in der Wohnung ist!« Leon drückte gegen die Tür. Der Mann taumelte zur Seite.

»Lili?«, rief Leon in den Flur.
Ungeachtet der verdatterten Miene des Tätowierten durchquerte er die Diele und betrat kurz darauf den Wohnraum.
Die zierliche Gestalt einer jungen Frau richtete sich schwerfällig vom Sofa auf. Ein unterdrücktes Stöhnen drang über ihre Lippen wie bei jemandem, der Schmerzen verbergen wollte. Sie schlang die Wolldecke bis zur Brust um ihren Körper und fröstelte trotz sommerlicher Temperaturen. Ihr Blick streifte Leon flüchtig, das kurze Aufflammen von Freude erlosch augenblicklich wieder. Nach einem sinnlosen Versuch, ihr wasserstoffblondes Haar zu ordnen, tastete sie auf dem Tisch herum wie eine Blinde und griff nach einer halb gerauchten Zigarette. Ihre braunen Augen lagen tief in den Höhlen und hatten jeglichen Glanz verloren. Die bleichen Wangen waren von Pickeln und nässenden Wunden überzogen. Leon war die großflächige Rippenprellung ebenso wenig entgangen wie die Vielzahl entzündeter Abschürfungen auf dem leichtbekleideten Körper, den sie nun zu verbergen versuchte.
Bis auf ein paar Billigmöbel war der Raum nur spärlich eingerichtet. Die zugezogenen Vorhänge sperrten das Tageslicht aus und ebneten der Trostlosigkeit den Weg. Überall lagen leere Flaschen und Fast-Food-Verpackungen herum. Überquellende Aschenbecher verteilten sich wie Zierat auf den wenigen Abstellmöglichkeiten. Die Luft roch abgestanden. Unwillkürlich fühlte Leon sich an den letzten Tatort in Mainz zurückversetzt. Vor dem Mord musste es dort ähnlich ausgesehen haben.
Auf einem Seitentisch stand eine Fotografie im Goldrahmen, auf der ein junger Mann mit braungebranntem Oberkörper sein strahlendes Zahnpastalächeln in den

Raum warf. Dem Fahndungsbild nach handelte es sich um Sören Hellmann.

»Ey, was soll das, Mann?!«, kam es von der Tür.

Leon fuhr herum, doch ehe er etwas sagen konnte, ergriff Lilian das Wort. »Der ist okay.« Mit verhangenem Blick wandte sie sich an Leon. »Ein Freund. Er leistet mir Gesellschaft, wenn ich allein bin.«

Ihre Stimme klang belegt. Leon schluckte seine Wut hinunter und setzte sich auf den Rand eines Sessels. Der angebliche Freund verharrte im Türrahmen wie ein Aufseher.

»Hast du mich also doch noch gefunden«, stellte sie fest.

»Ich habe nie aufgehört, zu suchen.«

Lilian seufzte und strich sich eine Haarsträhne hinter die Ohren. Hinter ihr an der Wand hingen Kohlestiftzeichnungen, Landschaften und Porträts. Deutlich war Lilians Stil zu erkennen. Eine Zeichnung zeigte ihr Elternhaus. Lilian wandte sich ab, als Leon das Bild betrachtete, und drehte sich mit fahrigen Bewegungen eine Zigarette.

»Statt mich anzustarren, kannst du auch einfach sagen, was du von mir willst!«, erklärte sie ungeduldig.

»Ich will, dass du mit mir nach Hause kommst. Du bist krank, und das hier ist keine geeignete Umgebung für dich.«

Ein verächtliches Schnaufen ertönte von der Tür. Lilian blickte auf. Ihre Miene spiegelte eine ungewohnte Härte wider.

»Natürlich ist es das! Hier werde ich akzeptiert. Daheim waren ständig alle enttäuscht von mir. Das muss ich nicht haben. Ihr könnt doch froh sein, wenn ich weg bin! Ich wette, unsere Eltern haben mich längst abgeschrieben.«

»Sie machen sich große Sorgen«, erwiderte Leon, obwohl er sich dessen nicht mehr sicher war. Meistens redete sein Vater über Lilian als das Kind, das ihm schon jede Menge Nerven gekostet hatte. Seine Mutter zog es vor, im Rahmen ihrer Teekränzchen mit Freundinnen über den Verlust der geliebten Tochter zu klagen. Leon empfand ihre sentimentalen Ausbrüche als inszeniert, zumal diese Runden häufig in eine Art Wettstreit über das Maß an Leid, welches die Damen zu ertragen hatten, ausarteten. Lilian hatte schon früh erkannt, dass es ihren Eltern in erster Linie um sich selbst ging. Leon hatte eine Weile gebraucht, bis er feststellte, dass seine Eltern sich mit Leistungen ihres Sohnes brüsteten, für die sie keinen Finger gerührt hatten. Er verübelte es ihnen nicht, aber er trug auch den aus Lilians Sicht leichteren Part als Erstgeborener.

»Hör zu, ich bin nicht krank. Warte nur ab, bis ich mich nachher gestylt habe!«

Plötzlich klang sie wieder wie der trotzige Teenager, der ein Verbot seiner Mutter durchsetzen wollte. War das wirklich schon so lange her?

»Du kannst doch nicht in dem Zustand … arbeiten!« Leon blieben die Worte im Halse stecken, so elend fühlte er sich mit einem Mal. Natürlich war ihm klar, was mit Lilian los war. Die Einstichstellen in der Armbeuge, der Vorzeige-Lude an der Tür, ihr abgemagerter Körper. Alles deutete darauf hin, dass sie eins der Mädchen war, die von Hellmann ausgebeutet wurden. Experimentierfreudig war Lilian zwar schon lange, aber harte Drogen hätte er ihr nicht zugetraut.

»Anschaffen, Leon. Ich gehe anschaffen, auch wenn es meinen hochanständigen Bruder brüskiert! Und es ist in Ordnung. Ich mache es freiwillig für …«

Ein warnendes Rascheln von dem Tätowierten unterbrach ihren plötzlichen Redeschwall. Keine Namen nennen! Ganovenehre. Sie nahm den Zigarettenstummel zwischen Daumen und Zeigefinger und zog kräftig daran.

»Als Nächstes willst du mir wohl weismachen, dieser Sören liebt dich, was?« Leon konnte nur mit Mühe seine Wut im Zaum halten.

Lilians Blick huschte umher wie der eines verletzten Rehs. »Tut er auch.«

»Klar, dich und ein paar andere Mädchen, die für ihn die Kohle ranschaffen!«

Leon hielt inne, weil er glaubte, aus einem Nebenzimmer Geräusche zu hören.

»Du hast überhaupt keine Ahnung, Mann!« Lilians Stimme erhob sich. »Immerzu laberst du, weißt alles besser. Kein Wunder, dass du der Liebling unserer Eltern bist!« Sie sprang auf, gestikulierte mit einem Arm wild herum, während sie mit dem anderen die Wolldecke zu halten versuchte.

Ein wenig von ihrem alten Kampfgeist existierte also doch noch. Für einen Augenblick fühlte Leon sich in die Vergangenheit zurückversetzt. In der Villa seiner Eltern am Stadtrand hatte er endlose Diskussionen mit seiner Schwester geführt. Damals hatte er sie für schwierig gehalten, heute erschien sie ihm zügellos, beinahe unberechenbar.

»Glaubst du, ich habe es mir ausgesucht, vorgezogen zu werden? Auch ich konnte es Papa nicht recht machen, seine Erwartungen waren immer schwer zu erfüllen.« Die lange unausgesprochenen Worte erzeugten ein Klopfen in Leons Kehle. Sein Vater sprach seit Jahren kaum noch mit ihm, weil er es ihm verübelte, dass er Lilian nicht aufspüren konnte. Schließlich wäre er kein einfacher Streifenpolizist, sondern Kommissar. Als großer

Bruder hätte er auf sie aufpassen müssen, hätte sie davon abhalten sollen, die Schule zu schmeißen und ihrem Traum, Künstlerin zu werden, nachzujagen.

»Wenn du bedauert werden willst, ruf die Seelsorge an, aber lass mich in Ruhe!«

»Ich werde nicht aufgeben, bevor ich dich davon überzeugt habe, nach Hause zu kommen.« Leon beugte sich vor. »Komm schon, Lily, wenn du in irgendwelchen Schwierigkeiten steckst, werden wir einen Weg finden! Ich werde dir einen Platz in der Entzugsklinik besorgen.«

»Darauf kannst du lange warten!« Lilian wich seinem Blick aus und wischte sich beiläufig über die Wange.

Die vertraute Geste berührte Leon. Er versuchte, ihre Hand zu ergreifen, doch sie entzog sich ihm. »Du weißt ja, wo die Tür ist. Ich muss mich jetzt fertig machen.«

Plötzlich fiel ihm auf, dass ihre harte Fassade brüchig war. Ihre Worte klangen nicht echt. Sie benahm sich wie früher, wenn sie etwas verbergen wollte. Beinahe wäre es ihr gelungen, ihn mit ihren schnippischen Bemerkungen abzulenken. Er ließ sich so leicht von ihr provozieren, doch letztlich kannte er sie lange genug, um ihre Angst wahrzunehmen. Für gewöhnlich fiel es ihr nicht schwer, jeden davon zu überzeugen, eine Wildwasserkanufahrt wäre nichts weiter als ein langweiliger Familienausflug. Und wenn sie beschlossen hatte, auf den Strich zu gehen, würde sie nicht nur sich selbst davon überzeugen, dass es sich um den besten Job der Welt handelte. Nicht ganz. In Wahrheit duldete sie einfach keinen Widerspruch, wenn sie sich etwas in den Kopf gesetzt hatte. Notfalls legte sie einen jähzornigen Ausbruch hin, der jede Gegenwehr im Keim erstickte. Betretenes Schweigen konnte sie dann als Zustimmung deuten. Sie konnte nicht anders. Selbst jetzt, während sie wie ein Häufchen Elend unter ihrer Decke kauerte, fiel sie in ihr altes Verhaltensmuster zurück und versuchte, mit Leon zu konkurrieren. Um die Gunst der Eltern, den Anspruch, das Leben zu verstehen, oder was auch immer Lilian dazu treiben mochte. Eingelassen hatte Leon sich nie darauf und würde es auch jetzt nicht tun.

Sein Instinkt warnte ihn. Er liebte Lilian, aber er konnte ihr nicht trauen. Hier war nichts in Ordnung, ganz und gar nicht. Unwillkürlich warf er einen Blick zu dem dürren Tätowierten. Aus seiner Sicht war das Furchterregendste an ihm sein Tattoo, obwohl … gegenüber einer eingeschüchterten Frau konnte sich so mancher Versager aufspielen. Ein bitterer Geschmack machte sich in Leons Mund breit.

Lilian war dabei, hastig in einen Jogginganzug zu schlüpfen. Die Taillenbänder hingen ihr bis auf die Oberschenkel, so eng musste sie den Hosenbund zuziehen. Leon stand auf und wandte sich zur Tür. Nicht aus Anstand, sondern weil er den Zustand ihres Körpers nicht ertragen konnte. Der Typ in der Tür regte sich, machte Anstalten, Leon hinauszugeleiten, während Lilian ihn auffordernd ansah. Sie war nicht nur zäh, sondern auch stur. Doch Leon hatte nicht vor, sich einfach so hinausbugsieren zu lassen. Er musste einen Weg finden, sie zu überzeugen, dieses selbstzerstörerische Leben aufzugeben. Notfalls wollte er sie dazu zwingen. Auf keinen Fall würde er sie mit diesem zwielichtigen Typen allein zurücklassen. Je ruhiger er sich verhielt, desto mehr erweckte er Leons Misstrauen.

Wieder ertönte ein Geräusch von nebenan, und dieses Mal zuckte auch der Blick des Tätowierten.

»Was war das?«, wollte Leon wissen.

Lilian trat neben ihn, um ihm den Weg zum anderen Teil der Wohnung zu versperren, und legte die Hand auf die Klinke der Zimmertür. »Gar nichts … meine Katze hat ihre *fünf Minuten.* Ich muss sie jetzt füttern.«

Leon machte einen Schritt auf die Tür zu und behielt dabei den Tätowierten im Auge, der sich hinter ihm postierte. Eine Katze? Lilian reagierte seit ihrer Kindheit schwer allergisch auf Tierhaare. Außerdem wimmerten Katzen nicht wie Menschen.

Leon wuchtete seinen Ellbogen ruckartig nach hinten und traf auf die Rippen des Tätowierten. Mit einer halben Drehung setzte er noch einen Faustschlag auf dessen Nase nach. Es knackte. Der Kerl taumelte zu Boden.

»Leon! Nicht!«, schrie Lilian.

Doch er schoss schon an ihr vorbei und rannte den Flur entlang. Er rammte die Tür, hinter der er die Geräusche vermutete, mit solch einer Wucht auf, dass sie aus den Angeln zu fliegen drohte. Sofort schlug ihm der Gestank nach Kot entgegen, so dass er sich einen Augenblick wünschte, in dem Raum tatsächlich nur ein verdrecktes Katzenklo zu finden. Er stürmte in den abgedunkelten Raum und wäre beinahe auf etwas Feuchtem am Boden ausgerutscht. Ein Lichtstreifen fiel vom Flur herein, genügte aber nicht, um etwas zu erkennen. Scharfer Ammoniakgeruch brachte ihn zum Husten. Er hob seine Armbeuge vor die Nase und schlug mit der freien Hand auf den Lichtschalter. Nichts. Das Wimmern aus einer Ecke ließ ihn erschaudern. Auf der gegenüberliegenden Zimmerseite drang Tageslicht durch die winzigen Löcher des Fensterbehangs. Mit wenigen Schritten war Leon dort und riss die Tücher hinunter. Staub wallte auf. Ein verzweifeltes Stöhnen ging in panisch hechelndes Atmen über. Leon fuhr herum und erstarrte.

Auf einer verdreckten Matratze hockte eine junge Frau. Ihre Arme schienen ihr nicht recht gehorchen zu wollen, dennoch mühte sie sich ab, um ihre Blöße zu verbergen und gleichzeitig ihre vom plötzlichen Tageslicht geblendeten Augen zu schützen. Die Drahtschnur ihrer Fesseln verrutschte, es kamen tiefe Einschnitte an ihren Handgelenken zum Vorschein. Ihr nackter Körper krampfte unter dem Versuch, mit der Wand zu verschmelzen. Dabei traten ihre Füße ins Leere wie bei einem panischen Tier in der Falle. Heisere Laute drangen aus ihrer Kehle. Jemand hatte ihr den Kopf geschoren, was dem Elend ihres geschundenen Körpers noch eins draufsetzte. Schmutz und Prellungen in verschiedensten Heilstadien waren kaum voneinander zu unterscheiden. Die junge Frau hörte abrupt auf, zu strampeln, und wandte Leon den Rücken zu.

In der plötzlichen Stille hörte sich Leons Herzschlag unnatürlich laut an. Mit an den Körper gezogenen Beinen verharrte die Frau in Embryonalhaltung, schien in Schockstarre gefallen zu sein. Blutschlieren zogen sich von der Innenseite ihrer Oberschenkel bis zu ihren Waden.

Leon eilte zu ihr und hockte sich vor die Matratze. Schnell zog er seine Jacke aus und legte sie sanft über die bebenden Schultern der Frau. An ihrem Nacken prangte eine Abschürfung, die sich um ihren Hals zog und Folge einer Strangulierung zu sein schien.

»Ganz ruhig! Ich bin Polizist, Ihnen geschieht nichts.« Behutsam löste er die Handfesseln. »Wie heißen Sie?«

Er wusste nicht, ob er sie erreichen konnte, ob sie ihn überhaupt verstand. Er wollte ihr nur verdeutlichen, dass keine Gefahr von ihm ausging. Jemand, der ihr etwas antun wollte, interessierte sich nicht für Namen. Doch es kam keine Antwort. Offensichtlich stand sie unter

Schock. Sein Blick fiel auf einen Hundenapf mit Wasser, dessen Oberfläche von Flusen überzogen war. Übelkeit kroch in ihm hoch.

»Lilian, ruf einen Krankenwagen!«, brüllte er über die Schulter hinweg. Unter seiner Hand zuckten die Schultern des Opfers unter einem Anfall von Schüttelfrost. Fiebrige Hitze stieg ihm entgegen. Seine Jacke reichte nicht aus, um sie zu wärmen oder wenigstens zu bedecken. Die Fenstertücher. Leon sprang auf, wobei sein Blick auf einen Baseballschläger fiel, der am Fußende der Matratze gegen die Wand gelehnt worden war wie ein Miniaturmarterpfahl. Die Griffseite war blutbesudelt.

»Verfluchter Dreckskerl!«, presste Leon zwischen den Zähnen hervor.

Er sprang auf und bewegte sich mit gezogener Dienstwaffe auf die Tür zu. Hinter ihm schwoll das Wimmern der Frau zu einem flehenden Weinen an. Mit zusammengepressten Lippen kämpfte Leon den Drang nieder, den Tätowierten bei der ersten falschen Bewegung über den Haufen zu schießen. Er hatte schon einiges gesehen, wenn es darum gegangen war, dass Frauen zur Prostitution gezwungen wurden. Die Opfer wurden gedemütigt und misshandelt und ihr Widerstand schließlich völlig gebrochen, indem man sie mit den unterschiedlichsten Gegenständen penetrierte. Erschütternd war jeder dieser Fälle. Doch ein Baseballschläger … das war einfach krank.

Ehe Leon den Dielenbereich erreichte, rumste die Haustür ins Schloss. Der Tätowierte war abgehauen. Vermutlich mit Lilian im Schlepptau, denn im Flur war niemand zu sehen. Alarmiert spurtete Leon los, riss die Tür wieder auf und richtete seine Waffe das Treppengeländer hinunter.

»Polizei! Stehen bleiben!«

Zwei Schatten entfernten sich mit überraschender Geschwindigkeit nach unten. Nur hin und wieder erschienen Hände auf dem Geländer. Eine davon gehörte zu Lilian. Ob der Kerl sie gezwungen hatte, zu fliehen, oder es ihre Entscheidung war, dürfte für den Moment irrelevant sein. Für Leon war es unmöglich, zu schießen, ohne Gefahr zu laufen, seine Schwester zu treffen. Oder einen der Nachbarn, die durch den Lärm aufgeschreckt aus ihren Wohnungen kamen.
Hinter ihm drangen panische Worte in den Flur und hallten von den Wänden wider. In einer Sprache, die Leon zwar nicht verstand, zeugten sie dennoch unmissverständlich davon, dass die Frau drohte, vor Angst den Verstand zu verlieren. Hin- und hergerissen zwischen dem Drang, die Flüchtenden zu verfolgen oder dem Opfer beizustehen, zögerte Leon. Herrje, es war seine Schwester, die mittlerweile längst verschwunden sein dürfte! Er würde sie nicht mehr einholen können. Wohl aber die Kollegen, die das Haus observierten. Sie waren irgendwo da draußen, auch wenn Leon sie nicht bemerkt hatte. Aber das war auch der Sinn der Sache. Sie würden Lilian aufgreifen. Bestimmt.
Leons Gedanken rasten. Leute redeten im Treppenhaus aufgeregt durcheinander. Er musste eine Entscheidung treffen. Kurz entschlossen wandte er sich um und lief in die Wohnung zurück. Das schwerverletzte Opfer brauchte dringend Hilfe. Mit entsicherter Waffe durchsuchte er jedes Zimmer, bevor er zu der Frau zurückkehrte. Sie zuckte zusammen, wie sie es vermutlich während ihres Martyriums ständig getan hatte, sobald jemand den Raum betrat. Als sie Leon erkannte, schien sie sich zu beruhigen, doch die Angst in ihren Augen würde noch eine Weile dort verharren.

Er steckte die Waffe ein, griff nach den Fenstertüchern und setzte sich zu ihr auf die Matratze. Wie ein gequältes Tier ließ sie sich von Leon in die Tücher hüllen. Abgrundtiefe Verzweiflung und Ergebenheit lagen nah beieinander. Er legte seine Arme um ihre Schultern und wiegte sie behutsam, wie er es früher bei Lilian getan hatte, wenn sie nach einem ihrer Alpträume schreiend aufgewacht war. Über sein Handy forderte er einen Krankenwagen und Verstärkung an.

Sein Kinn berührte den stoppeligen Kopf des Opfers. Sie saßen da und warteten. Das Einzige, was Leon im Augenblick für sie tun konnte. Einfach da sein, ihr beistehen.

»Svenja«, wisperte die Frau kaum hörbar.

»Svenja«, wiederholte Leon und drückte leicht ihre Schulter.

Eine Osteuropäerin, die unter falschen Versprechungen nach Deutschland gelockt worden war, um einem unbestimmten Schicksal in ihrer Heimat zu entfliehen. Leon schüttelte den Kopf. Es hätte ebenso gut seine Schwester sein können, die sich in diesem erbarmungswürdigen Zustand vertrauensvoll gegen ihn lehnte.

Er schluckte schwer und starrte ins Nichts. Lilian. Wo war sie da nur wieder hineingeraten? War sie ebenfalls ein Opfer wie diese geschundene Frau oder gar mitverantwortlich? Der Gedanke fühlte sich an, als würde er rostige Nägel schlucken. Beim besten Willen konnte er sich nicht vorstellen, dass Lilian jemandem etwas antun oder tatenlos dabei zusehen würde, wie andere es taten. Es sei denn, sie hatte keine Wahl. Mit Sicherheit würde Leon bald erfahren, was Lilian mit dieser Angelegenheit zu tun hatte.

Seinem Chef war er eine Erklärung schuldig, weil er die

Observation hatte auffliegen lassen. Vermutlich würde eine Dienstaufsichtsbeschwerde folgen. Er konnte nur hoffen, dass Willi ihn nicht suspendierte. Immerhin hatte er sich gegen die Vorschrift in einen Fall eingemischt, mit dem er nicht betraut war. Doch Willi wäre sicher nachsichtig. Er würde nicht wollen, dass Leons Arbeit in Birkheim davon beeinträchtigt wurde. Ein Zittern ging durch den Körper der Frau und erinnerte Leon an Zoe Lenz nach dem Anschlag in ihrem Behandlungsraum. Der seltsame Wunsch, wieder im Hunsrück zu sein, überkam ihn. Dort wartete ein dreifacher Mord auf Aufklärung, und Leon wollte die Unschuld einer jungen Frau beweisen.

kapitel 11

Mit einer fast zärtlich anmutenden Bewegung umfasste Zoe mit gespreizten Fingern den Kiefer von Boris' Leichnam. Sie hatte sich schräg am Kopfteil der Bahre positioniert, um den bestmöglichen Zugriff auf die nötigen Geräte zu haben. Die Nackenstütze hatte sie vorher abmontiert, um nun Boris' Kopf behutsam nach hinten zu überdehnen. Längst hatte die Leichenstarre sich gelöst, so dass sich die Halspartie zwar problemlos bewegen ließ, sie aber dennoch achtgeben musste, keinen Schaden an der empfindlichen Gesichtshaut anzurichten. Für morgen stand die Beerdigung auf dem Programm. Für weitere aufwendige Wiederherstellungsarbeit fehlte die Zeit. Allenfalls konnte sie die pergamentdünne Haut am Hals wieder ankleben, wenn sie aufgrund der Überdehnung abblätterte. Das Auffüllen der zuvor eingedrückten Wangenpartie war gelungen, die rekonstruierten Konturen von Nase und Kinn wiesen kaum mehr eine Spur ihres vorherigen desolaten Zustands auf. Zufrieden betrachtete Zoe das Ergebnis und versuchte, das flaue Gefühl der Beklemmung zu ignorieren.
Doch vorerst war wichtig, dass Boris aussah wie zu Lebzeiten, und das tat er. Dazu war auch eine ganze Palette an Theaterschminke und Fixierpuder nötig gewesen. Sogar eine spezielle Kittmischung aus dem Baumarkt hatte Zoe angewendet, weil sie damit besser arbeiten konnte als mit der kunststoffhaltigen Modelliermasse für Bestatter.
Mit ruhiger Hand bog Zoe den Kopf Stück für Stück weiter. Dabei konzentrierte sie sich so sehr, dass sie kaum wagte, zu atmen. Immer mehr Risse erschienen an der stark in Mitleidenschaft gezogenen Haut. Das war be-

sorgniserregend, doch nun gab es kein Zurück mehr. Wenn sie an dieser Stelle abbrach, würde der Schaden nicht geringer werden. Und Zoe führte in der Regel immer zu Ende, was sie angefangen hatte. Sie presste die Lippen fest aufeinander und bewegte den Kopf der Leiche mit sanftem Druck, bis endlich der Mund aufklappte. Geschafft! Sie hielt inne und wischte sich mit dem Ärmel den Schweiß von der Stirn. Ihr Mundschutz schmiegte sich eng an ihre Lippen, während sie tief durchatmete. Gut, dass sie noch keine Ligatur vorgenommen hatte! Erst wenn sie hiermit fertig war, wollte sie abschließend den Mund- und Rachenraum der Leiche vernähen.

Zoe griff nach dem elastischen Endoskop und führte behutsam den kunststoffummantelten Schaft durch den Mund in die Luftröhre ein. Natürlich hätte sie für die Gewebeentnahme einfach den T-Schnitt auf der Brust öffnen können. Doch das Risiko war ihr schlicht zu groß, dabei eine der inzwischen zahlreich vorhandenen Fäulnisblasen zu erwischen. Bereits jetzt zogen sich die Leichenflecke bis zum Oberbauch. Ein deutlicher Hinweis von fortgeschrittener Verwesung. Eine postmortale Untersuchung der Darmpartie wäre zu diesem Zeitpunkt nicht mehr möglich gewesen, da sich dieser Bereich inzwischen zu einer breiigen Masse zersetzt haben dürfte. Auf die Sauerei, am Ende das Labor von ausgetretener Fäulnisflüssigkeit zu reinigen, konnte Zoe dankend verzichten.

Wieder war Millimeterarbeit ebenso gefragt wie Geschick. Langsam schob sie den Sehschlauch in die Tiefen des toten Körpers vor, achtete peinlichst genau darauf, nicht zu oft die Wände der sonst so robusten Trachea zu berühren. Ja, sonst war die Luftröhre robust, zumindest solange kein Zersetzungsprozess den sogenannten rauhen Schlauch aufzuweichen drohte wie eine verfaulte Fruchthülle. Für gewöhnlich waren Menschen bei dieser Art von Untersuchung auch nicht tot. Ebenso wenig nahmen Bestatter eine Bronchoskopie vor. Doch Zoe experimentierte gern auf beruflicher Ebene. Sie hatte es nicht anders von ihrem Vater und Großvater gelernt. Unterstützt worden war sie dabei von einem engen Freund ihres Vaters. Peter Schüller war Leiter des kriminologisch-gerichtsmedizinischen Instituts und vertraut mit der *Lenzschen* Arbeitsweise.

War die Arbeit des Gerichtsmediziners beendet gewesen, hatte der Bestatter übernommen, bei dem es sich genau genommen um Zoes Großvater gehandelt hatte. Doch ihr Vater war ihm gern zur Hand gegangen und hatte sowohl die Ausarbeitung von Proben als auch das Erstellen von Berichten meistens am Folgetag in der gerichtsmedizinischen Abteilung erledigt.

Durch dieses ungewöhnliche Arrangement war mit der Zeit das Equipment in Zoes Behandlungsraum weit über die Bedürfnisse einer hygienischen Leichenversorgung hinausgewachsen und entsprach einem voll ausgerüsteten Labor. Nach dem Tod ihres Vaters hatte Peter Zoe regelmäßig eingeladen, um in der Gerichtsmedizin bei Obduktionen zu assistieren, weil er davon überzeugt war, dass sie eines Tages eine Möglichkeit finden würde, ihrer Bestimmung zu folgen. Es wäre ein Jammer, wenn ihre Begabung ungenutzt bleiben würde, pflegte er zu sagen. Bis dahin wollte er ihr dabei helfen, möglichst viel zu lernen.

Am Telefon hatte er ihr mitgeteilt, dass er später vorbeikommen wollte, um Zoe bei der Arbeit über die Schultern zu schauen. Über ihren Behandlungsvorschlag hatte er sich beeindruckt gezeigt, was Zoe mit einem gewissen

Stolz erfüllte. Sie wussten beide, dass Zoe keine Unterstützung benötigte, um die Bronchoskopie vorzunehmen. Die Anwesenheit eines Kriminologen war reine Formsache. Deshalb rechnete sie auch nicht damit, dass er bald kam. Vermutlich würde er morgen auf dem Weg zur Arbeit vorbeikommen, um die Gewebeprobe an sich zu nehmen, damit alles mit rechten Dingen vonstattenging.

Zoe begutachtete das übertragene Bild auf dem Monitor neben ihr. Es entsprach exakt der Realität. Die Arbeit mit dem Endoskop war eine bequeme Variante, und die Bronchoskopie einer Leiche setzte keine besondere medizinische Ausbildung voraus. Eine Anästhesie fiel naturgemäß weg, und das Augenmerk war nicht darauf gerichtet, Verletzungen zu vermeiden, die dem Patienten später Schmerzen verursachen konnten.

Zoes Motive waren gänzlich andere. Auf ihrem Behandlungstisch landeten Tote, was eine völlig andere Arbeitsweise voraussetzte. Es ging nicht darum, Leben zu erhalten wie bei den Medizinern, sondern lediglich um die möglichst ansehnliche Gestaltung der sterblichen Hülle – zumindest für eine Weile. Dennoch bemühte sie sich, nicht versehentlich das nachgiebig gewordene Gewebe der Trachea zu beschädigen. Wenn Blutreste oder Fäulnisflüssigkeit in die Lungen gelangten, würde dadurch das Ergebnis der Gewebeprobe beeinträchtigt oder sogar eine Entnahme unmöglich gemacht. Das Organ war ohnehin schon in sich zusammengefallen wie ein leerer Heißluftballon.

Auf dem Monitor verfolgte sie den Weg der winzigen Kamera an der fernsteuerbaren Gerätespitze durch den düsteren Tunnel von grauschwarzen Gewebewänden. An der unteren Seite hatte sich bräunlicher Schleim abgelagert. Ein bisschen beneidete Zoe die Ärzte um ihren Blick in die Luftröhre eines lebendigen Menschen. Ihnen bot sich für gewöhnlich der angenehmere Anblick gut durchbluteter rosiger Außenwände mit geringer Ablagerung von eher weißlichem Schleim. Nun, man konnte nicht alles haben, und faszinierend waren auch Zoes Einblicke. In mühsamen Schritten ließ Zoe das Endoskop sich weiterschlängeln.

Ihre Gedanken schweiften ab. Der Mittag im Café hatte sie auf unerwartete Weise durcheinandergebracht. Immer wenn sie an den jungen Ermittler dachte, durchfuhr sie wie ein Blitz eine seltsame unterschwellige Aufregung. Daran war nicht einmal Joshs Erscheinen schuld, auch wenn es zusätzlich dazu beigetragen hatte. Deutlich spürte sie den Drang, sich zu verkleiden und als Loretta für eine Weile dem Alltag zu entfliehen. Zoes Magen zog sich zusammen – ein deutliches Zeichen für ihre zunehmende Unsicherheit. Im Loretta-Kostüm wäre sie ganz anders mit Josh umgesprungen und hätte wahrscheinlich sogar Leon Strater in null Komma nichts um den Finger gewickelt, statt beschämt den Kopf zu senken, als sich ihre Knie unter dem Tisch berührten. Ob Polizist oder nicht: Verkleidet hätte es für Zoe keinen Unterschied gemacht, wenn ein attraktiver Mann vor ihr auftauchte. Der Druck in ihrem Magen wandelte sich in ein rebellisches Glimmen. Widerstand war zwecklos.

Ein Vibrieren am Haltegriff riss Zoe aus ihren Gedanken. Das Endoskop steckte fest. Sofort hielt sie mit der Schiebebewegung inne und sog scharf den Atem ein. Hoffentlich war sie nicht durch die Außenwand der Luftröhre gestoßen! Sie zog den Schaft ein Stück zurück und drang wieder vor. Auf dem Monitor erschienen die ersten feinen Verästelungen der oberen Bronchien, einst Versorgungssystem eines ganzen Organismus, nun farblos verkümmert wie die Krone eines toten Baumes. Mit verhaltenem Druck schob Zoe den Schaft weiter vor zum oberen Lungenlappen durch die bizarre Welt im Innern eines Körpers. Oder von dem, was davon übrig war. Morast kam Zoe in den Sinn. Das Lungengewebe hatte angefangen, sich aufzulösen. Das Endoskop glitt lautlos in den Brei aus zersetztem Organ. Das Bild auf dem Monitor verdunkelte sich.

»So ein Mist!«, fluchte Zoe laut.

Es war zu spät. Jetzt war es nicht mehr nötig, behutsam vorzugehen. Vielleicht konnte sie noch eine einigermaßen brauchbare Probe entnehmen. Zügig zog sie das Objektiv aus dem Arbeitskanal, warf es hinter sich in das Spülbecken und fing an, eine mikromechanische Greifzange einzuführen. Kurz darauf landete das zwar wenig ansehnliche, aber brauchbare Stück Biopsiematerial in einem mit Formalin gefüllten Plastikbehälter. Zoe seufzte, während sie den Deckel festdrehte. Sie hasste die Vorstellung, ihre Arbeit könnte zu keinem sinnvollen Ergebnis führen. Wenigstens wurde in der molekularbiologischen Abteilung des Kreiskrankenhauses ausgezeichnete Arbeit geleistet. Die Laboranten würden schon das bestmögliche Ergebnis aus der Probe erzielen.

Sie entfernte das Endoskop aus dem Rachen des Toten und legte es in ein Desinfektionsbad. Ein Schwall von süßlichem Ammoniakgeruch drang aus dem offenen Mund des Leichnams durch Zoes Mundschutz. Bevor sie sich mit dem abschließenden Vernähen und Ankleiden der Leiche beschäftigen würde, verpackte sie das Material in eine Versandtüte. Über die Ergebnisse würde umgehend das zuständige Dezernat in Mainz informiert werden. Ob Kommissar Strater sie darüber in Kenntnis setzte? Darüber hätte sie sich zwar gefreut, doch war es nicht zu erwarten. Ihr Job war erledigt, zumindest was die Ermittlungen an den Morden betraf. Sie musste sich nun um die endgültige Aufbereitung der Leichen kümmern. Glücklicherweise hatte sie entsprechende Vorarbeit geleistet, so dass der Abschiedsfeier nichts im Wege stand.

*

Zoe zupfte unbehaglich am Schoß ihres Blazers herum. Wie immer zu geschäftlichen Anlässen trug sie ein dunkelblaues Kostüm mit schmalem Rock und klassischen Pumps. Mit weißer Bluse und zusammengebundenem Haar dürfte ihre Aufmachung offiziell genug sein. Ihre Mutter stand mit strenger Hochsteckfrisur auf der anderen Seite des Bestattungssaales neben dem Sarg und lauschte der Rede eines Angehörigen.
Zahlreiche Blumengestecke umringten den Aufbahrungsbereich, erstreckten sich wie ein bunter Teppich über den Boden. Ihr Duft wogte schwer über den Köpfen der Trauergemeinde und schien den Sauerstoff in die äußersten Winkel des Raumes zu verdrängen. Bis zum letzten Stuhl war jeder Platz belegt. Sogar auf den zusätzlich aufgestellten Bänken saßen Angehörige und Freunde der Familie Nauen eng aneinandergedrückt.
Zoe öffnete diskret den oberen Knopf ihrer Bluse, bevor sie den Schalter in dem Tableau neben sich betätigte, um die Klimaanlage höher zu stellen. In Gedanken ging sie bereits die nächsten Aufgaben durch, die sie heute noch zu erledigen hatte. Drei Beerdigungen an einem Tag erforderten ein Höchstmaß an Organisation. Hinter ihr in

der Halle warteten genügend Helfer auf ihr Zeichen. Nach der letzten Rede mussten diese schon damit anfangen, die Blumenbuketts möglichst diskret durch den Hinterausgang zum Transportwagen zu bringen, das Ganze natürlich, ohne den feierlichen Ablauf zu stören. Erst danach würden die Sargträger mit gewohnt würdevollen Mienen den Sarg aufladen, um ihn zur letzten Ruhestätte des Toten zu bringen.

Zoe und ihrem Bestattungsteam blieb gerade einmal eine halbe Stunde, bis die nächste Trauergemeinde eintreffen würde, für die mindestens genauso viel Aufwand bevorstand. Die Familien der drei Verstorbenen hatten sich gegen eine gemeinsame Bestattungsfeier entschieden. Aus Gründen der Pietät wollte man jedem Jungen einen individuellen feierlichen Rahmen zum Abschied bieten. Dabei lag die Vermutung nahe, dass sich die drei Familien nicht so gut verstanden, wie es die drei toten Jungen zu Lebzeiten getan hatten. Es war allgemein bekannt, dass einer den anderen dafür verantwortlich gemacht hatte, wenn die drei wieder einmal in Schwierigkeiten geraten waren.

Für Zoe war der Stress derselbe. So oder so war sie für einen reibungslosen Ablauf verantwortlich. Nichts durfte bei einer Bestattung schiefgehen, weil es sich um eine einmalige Angelegenheit handelte. Fehler ließen sich nicht mehr ausbügeln. Manchmal überlegte sie, ob sie nicht besser einen Catering-Service hätte aufmachen sollen. Nervös blickte sie auf ihre Armbanduhr. Sie hinkte ihrem Zeitplan um ein paar Minuten hinterher. Was für sie Geschäft war, sollte in der Erinnerung der Anwesenden ein den Umständen entsprechend angenehmes Erlebnis werden. Dafür stand sie mit ihrem Namen. In Gedanken jedoch trieb Zoe die Gäste zur Eile an, nachdem diese nun langsam in Richtung Ausgang steuerten.

Die Hände vorn übereinandergelegt, lächelte Zoe den Vorbeigehenden verhalten zu. Nur bei direktem Augenkontakt gab sie ihr Beileid kund oder bedankte sich, wenn jemand sie für ihre Arbeit lobte. Doch neben Trauer und Mitgefühl lag noch eine andere Stimmung in der Luft. Zoe hatte den Eindruck, die Anwesenden beäugten sich gegenseitig misstrauisch, wenn in einem Vortrag erwähnt wurde, dass Boris seiner Familie auf tragische Weise gewaltsam entrissen worden war. Diese Beisetzung und vermutlich auch die beiden noch folgenden unterschieden sich aufgrund der Todesumstände deutlich von einer gewöhnlichen Trauerfeier. Die Vorstellung, dass sich inmitten dieser Gesellschaft möglicherweise ein Mörder befand, schwelte unter einem Nebel aus Schmerz und Wut. Nicht jeder Anwesende entsprach der äußerlichen Etikette, so dass Zoe unweigerlich die Gesichter derer musterte, die selbst zu einer Beerdigung in gewöhnlicher Straßenkleidung erschienen waren. Doch würde ein Mörder tatsächlich zur Beerdigung seines Opfers kommen? Und sich dann auch noch offensichtlich unangepasst zeigen?

Frau Nauen stützte sich schwer am Arm ihres Mannes und bewegte sich mit der Unterwasseranmut eines Betrunkenen. Der sorgfältig aufgetragene Lippenstift konnte nicht über ihr graues Gesicht hinwegtäuschen. Sie drückte ein Spitzentaschentuch an ihre vom Weinen gerötete Nase und hielt den Kopf gesenkt. Herr Nauen hingegen warf Zoe einen Blick zu, der ihr bedeutete, dass er mit dem Ablauf der Zeremonie zufrieden war.

»Herzliches Beileid«, sagte Zoe und nickte ihm zu. Daraufhin blieb seine Frau abrupt stehen.

»Spar dir deine Floskeln!«, fuhr sie Zoe an. »Du hast doch nicht die geringste Ahnung, was es bedeutet, ein

Kind zu Grabe zu tragen ... wenn das Leben jegliche Bedeutung verliert.«

»Natürlich nicht. Es tut mir leid«, erwiderte Zoe und spannte die Schultern an.

Ausbrüche von Trauernden war sie gewöhnt. Zu ihrer eigenen Verwunderung zog sich jedoch ihr Magen zusammen.

»Was tut dir leid? Dass mein Sohn tot ist oder dass ihr euch jemals begegnet seid?«

»Bitte, Elsbeth! Das ist nicht der richtige Rahmen, um melodramatisch zu werden!« Herr Nauen legte den Arm um seine aufgelöste Frau und versuchte, sie mit sich fortzuziehen.

Hinter den beiden huschten Zoes fleißige Helfer in den Saal und machten sich an die Arbeit. Ihre Mutter würde zunächst die Koordination übernehmen. Sie war schon dabei, ihre ersten Anweisungen mit brüsken Handbewegungen zu untermauern. Haltung bewahren in jeder Lebenssituation ging Herrn Nauen anscheinend leicht von der Hand. Zoe konnte nicht abstreiten, dass sie erleichtert war, wenn jemand die Fassung bewahrte. Doch im Moment wusste sie nicht, was sie mehr verwunderte: die Worte, mit denen er die Trauer seiner Frau banalisierte, oder ihren Gefühlsausbruch, der direkt auf Zoe gerichtet zu sein schien. Aus Frau Nauens Augen flossen nun erneut Ströme von Tränen. Ihr aschfahles Gesicht ließ die sonst so distanzierte Frau auf ergreifende Weise menschlich wirken.

»Ich kann es nicht ertragen, ich kann sie nicht ...« Sie stockte. Ihre Beine schienen nachzugeben, so dass ihr Mann seinen Griff verstärkte.

Zoe presste betroffen die Lippen zusammen. Auch wenn diese Frau es nicht glauben mochte: Zoe verstand ihren

Schmerz. Nachdem das Ehepaar hinausgegangen war, lehnte sie sich für einen Augenblick gegen den Türrahmen. Von einem Moment auf den anderen fiel alle Spannung von ihr ab. Sie wusste, dass Frau Nauen sie für Boris' Schulverweis damals verantwortlich machte. Doch Jahre später in einem völlig anderen Zusammenhang von ihr angefeindet zu werden, setzte Zoe ein wenig zu. Sie schüttelte den Kopf, als könnte sie damit den Zwischenfall von eben ausradieren.

»Zoe, sind alle draußen? Dann schließ die Tür, und komm hierher! Wir haben noch allerhand zu tun.« Die Stimme ihrer Mutter riss sie aus ihren Gedanken.

»Ja, natürlich.« Zoe schob die Flügeltür zu und ließ sich bereitwillig wieder von der Betriebsamkeit um sie herum einnehmen.

Am nächsten Tag arbeitete Zoe stundenlang an Boris' Totenmaske, um endlich für sich den Fall Boris Nauen abschließen zu können. Bis auf den Zwischenfall mit seiner Mutter waren die Beisetzungen ein voller Geschäftserfolg gewesen. Wobei die Trauerfeier für Lars Kamps vor ein paar Stunden beschaulicher in einem kleineren Rahmen stattgefunden hatte. Vermutlich würde es bei der dritten und letzten Beerdigung am nächsten Tag ähnlich zugehen.

Nun hielt sie das fast fertige Abbild in der Hand, was den Verstorbenen posthum zum Goldjungen machte. Ein prunkvoller Edelholzrahmen lag bereit, in dem die Maske schlussendlich für die Ewigkeit dekorativ zur Schau gestellt werden sollte. Zoe hätte einen schlichteren Rahmen gewählt, um die Wirkung der Maske besser zur Geltung zu bringen, doch der Wunsch des Auftraggebers lautete anders. Der Umgang mit dem edlen Material war zunächst ungewohnt, doch aufgrund der enormen Dehnbarkeit des Goldes ging Zoe die Arbeit leicht von der Hand. Schnell hatte sich gezeigt, mit welch außergewöhnlicher Präzision das Gold jede einzelne Pore und Hauterhebung exakt nachbildete. Mit einer speziellen Feile bearbeitete Zoe die letzten rauhen Ränder und korrigierte verbliebene Unebenheiten.

Mittlerweile ließ ihre anfängliche Begeisterung nach, was nicht selten vorkam, wenn sie mit einem Werk zum Abschluss kam. Es ähnelte einem Abnabelungsprozess, den sie immer wieder aufs Neue durchlebte. Die Totenmasken waren ihre Passion, der sie sich mit Herzblut und Begeisterung widmete. Doch irgendwann verließ jedes Vögelchen sein Nest, und jeder Prozess neigte sich dem Ende zu. Zoe wandte sich meistens schnell einer neuen Arbeit zu, um das leise Gefühl des Verlustes zu verdrängen. Die goldene Totenmaske war längst fertig. Zoes Gefeile an unsichtbaren Ecken und Kanten stellte den schwachen Versuch dar, die aufsteigende Unrast zu kanalisieren.

Ständig tauchte Leons Bild vor ihrem inneren Auge auf. Sie hatte nichts mehr von ihm gehört, was ihre Gefühle in einen Tumult aus Verständnis und Verärgerung warf. Sie hätte gern gewusst, wie es um die Ermittlungen in dem Mordfall stand. Vielleicht war Leon in den umliegenden Dörfern unterwegs, um die Bewohner zu befragen. Oder war der Fall bereits abgeschlossen? Dabei hatten sie sich doch so gut verstanden. In seiner Gegenwart fühlte sie sich ausgeglichen, beinahe glücklich. Sie interessierten sich für dieselben Themen, unterhielten sich lebhaft, als würde der eine die Gedanken des anderen im Voraus kennen. Er roch nach Wald und frischer Luft. Aber er war eben in seiner Eigenschaft als Kriminalbeamter hier unterwegs. Weiter nichts. In ihrem Magen schwoll ein nervöses Flattern an. Das passierte ihr häufig in den letzten Tagen.

»Okay, es reicht!«

Zoe warf die Feile auf die Anrichte, legte ein weiches Tuch über die Totenmaske und verließ ihr Atelier. Sie brauchte dringend Zerstreuung, um sich abzulenken. Wenn ihr das schon nicht bei der Arbeit gelang, half nur ein Abend in Lorettas Maske. Entnervt verdrehte sie die Augen und löste das Gummiband von ihrem Zopf. In ihrem Zimmer angekommen, griff sie mit resoluten Bewegungen nach den Kleidungsstücken und zog sich um. Die verschiedenen Schichten Make-up aufzulegen, bildete die leichteste Übung. Das hätte sie selbst im Schlaf vollbracht. Mit jedem Pinselstrich kam Loretta stärker zum Vorschein, während Zoe in den Hintergrund trat.

Wie konnte sie nur annehmen, ein Polizist aus Mainz hätte mehr als ein berufliches Interesse an ihr? Langsam kam sie sich wie eine alberne Gans vor. Das musste aufhören, bevor es peinlich wurde. Unterdessen warf ihr Loretta-Spiegelbild ihr unter den pinkfarbenen Fransen der Perücke einen abschätzenden Blick zu.

»Nun, dann wollen wir doch mal sehen, ob sich in unserer Vergnügungswelt keine Lösung für Gefühlschaos finden lässt!«

Sie zupfte das eng anliegende Oberteil in Form und schlüpfte in die hochhackigen Lederstiefel. Während sie sich umdrehte, zwinkerte sie ihrem Spiegelbild zu, als gehörte ihr die Welt und sie brauchte nur danach zu greifen.

Leon hielt sich nicht für einen Spielverderber. Er konnte durchaus feiern gehen, auch trank er gerne mal ein Bier.

Doch diese Großraumdiskotheken waren ihm ein Greuel. Es gelang ihm nicht immer, einfach abzuschalten, wenn um ihn herum ständig Drogenbriefchen weitergereicht wurden und an die Ereignisse in Mainz erinnerten. Es fiel ihm ohnehin schwer, die beiden Fälle voneinander zu trennen. Das würde noch eine Weile dauern, bis er genügend Abstand gewonnen hatte.

Mittlerweile hatte sich herausgestellt, dass Sören Hellmann Anführer einer organisierten Mädchenhändlerbande war, deren Nebeneinkünfte aus Drogengeschäften kamen. Es wäre nicht verwunderlich gewesen, wenn sich die kriminellen Aktivitäten bis in den Hunsrück zögen. Allerdings blieb Leon keine Wahl, denn Willis Auflage war eindeutig und weit entfernt von einer freundschaftlichen Bitte. Über Lilian hatte er Leon nur widerwillig Auskunft gegeben. Sie war auf der Flucht mit dem Tätowierten namens Ulf geschnappt worden. Ihre Aussage wurde von der des Opfers bestätigt, was Leon zunächst erleichterte, für etwa eine Sekunde. So lange hatte es gedauert, bis die andere Seite der Medaille wie ein Spukbild vor seinem inneren Auge aufgetaucht war.

Lilian hatte anscheinend mit allen ihr zur Verfügung stehenden Mitteln versucht, Svenja zu schützen, indem sie doppelt so viele Freier bedient hatte. Um Hellmanns Aufmerksamkeit von der jungen Ukrainerin abzulenken und ihn damit vermeintlich friedlich zu stimmen. Laut Zeugenaussagen ein Ding der Unmöglichkeit. Hellmann galt in Insiderkreisen als Pitbull im Schafspelz. Nur unter Drogen konnte Lilian der extremen körperlichen Belastung standhalten. Svenja hatte mehrfach versucht, zu fliehen. Jedes Mal war sie aufgegriffen worden. Am Anfang hagelte es nur Schläge, um sie gefügig zu machen. Dann folgte eine Reihe unaussprechlicher Gewalttaten, von denen Leon beim bloßen Lesen des Berichts schlecht geworden war.

Lilian hatte während dieser düsteren Zeit erfolglos nach einer Möglichkeit gesucht, Leon zu kontaktieren. Der Gedanke daran zerriss ihm beinahe das Herz. Inzwischen befand seine Schwester sich im Rahmen eines Zeugenschutzprogramms an einem Ort, den Willi ihm nicht nennen durfte. Von ihren Eltern hatte Lilian sich verabschiedet, bevor sie unter staatlicher Aufsicht abgetaucht war. Sie meinte, ihnen könnte sie eher unter die Augen treten als Leon. Warum auch immer, Leon musste diese Entscheidung akzeptieren. Irgendwann würde Lilian bereit sein, ihn zu sehen. Irgendwann. Je nach Gefährdungsstufe konnte es vorkommen, dass Zeugen über Jahre geschützt werden mussten. Manchmal ein Leben lang.

Svenjas Wunden verheilten, ihre Seele hingegen kaum. Sie wollte nach ihrer Genesung in ihre Heimat zurückkehren. Besser ein Leben in Armut als das, was sie durchgemacht hatte.

Willi und seine Kollegen arbeiteten fieberhaft an dem Fall und würden früher oder später diesen Verbrecherring ausheben. Davon war Leon überzeugt. Er konnte sich also getrost seiner Aufgabe hier im Hunsrück widmen. Darauf musste er sich konzentrieren. Klar, nichts einfacher als das! Wenn dieser Fall gelöst war, konnte er immer noch in seinem Dezernat dazustoßen – sofern sein Chef der Meinung war, er wäre so weit.

Eigentlich war er ja froh, sich wieder mit seinem Fall beschäftigen zu können. Der Hunsrück kam ihm beinahe idyllisch vor. Dafür nahm er gern in Kauf, im Zuge seiner Ermittlungen wieder einmal eine dieser Hochburgen aufsuchen zu müssen. Inzwischen häuften sich im gesammelten Material aus Aussagen oder solchen, die nur entfernt damit zu tun hatten, die Hinweise auf das Pydna in Kastellaun. Scheinbar verkehrte dort jeder Hunsrücker zwischen achtzehn und dreißig Jahren, neben den zahlreichen Besuchern von außerhalb. Zwar mochten die drei Opfer allgemein als unzertrennliches Trio bekannt gewesen sein, doch scharte sich anscheinend ein ganzes soziales Netzwerk aus feierwütigem Volk um Boris und seine Kumpel.

Der grobschlächtige Türsteher mit Boxernase fixierte Leon mit einem abschätzenden Blick. Gleichzeitig winkte er zwei blutjunge Mädels mit einem gönnerhaften Nicken durch, das in keinster Weise einer ordnungsgemäßen Alterskontrolle entsprach. Danach heftete er seinen Blick auf Leons Sneakers und schüttelte den Kopf. Scheinbar die pantomimische Variation für: Du kommst hier nicht rein. Ob der Kerl nicht reden konnte oder es schlicht nicht für nötig hielt, sollte wohl sein Geheimnis bleiben. Ohne sich weiter um Leon zu kümmern, wendete er sich bereits den nächsten erwartungsfrohen Ankömmlingen in einer nicht enden wollenden Warteschlange zu.

»Entschuldigung!« Leon nickte den zur Musterung angetretenen Gästen zu und drängte sie mit sanftem Nachdruck zur Seite. Die Miene des Türstehers verfinsterte sich. Leon zückte seinen Dienstausweis und hielt ihn Meister Propper unter die Nase.

»Soko Mainz. Reicht das als Eintrittskarte?«

Das Murren hinter ihm erstarb auf der Stelle. Der Türsteher verlor ein gutes Maß Spannung in seinen Schultern, trat unverzüglich zur Seite und öffnete die Tür, um Leon einzulassen. Sprechen gehörte anscheinend tatsächlich nicht zu seinen Stärken.

Das Pydna war der Polizei in Mainz als Drogenumschlagplatz einschlägig bekannt. Dazu kamen zahlreiche Schlägereien und Kleindelikte. Allerdings verhielt es sich mit den meisten Großraumdiskotheken so. Für diesen Abend konnte Leon es sich sparen, nach Dealern Ausschau zu halten. Der freundliche Türsteher dürfte inzwischen per SMS jeden vorgewarnt haben, der ihm bekannt war. Das dürften die meisten aus der Szene sein. Deshalb war Leon auch nicht hier, sondern lediglich, um sich einen Überblick von dem Ort zu verschaffen, an dem die Opfer und möglicherweise auch der Täter verkehrt hatten. Erste bekannte Gesichter von seinen Befragungen waren ihm bereits im Gedränge aufgefallen. Auch schienen ihm einige Kandidaten aus der Täterdatei zu begegnen, die er routinemäßig studierte, wenn er einen neuen Fall annahm.

Von der Theke aus hatte er einen annehmbaren Überblick. Außerdem schien er sich hier in einer Art akustischem Loch zu befinden; die Musik war nicht allzu laut. Er orderte einen Caipirinha und setzte sich auf einen der Barhocker. Der eintönige Techno-Sound wechselte in etwas rhythmischeren House. Nicht ganz Leons Musikrichtung, aber hörbar. Er wippte mit dem Fuß im Takt. Der ganze Raum wurde durch ein kunstvolles Lichtdesign illuminiert, was es nahezu unmöglich machte, einzelne Gesichter aus der Entfernung zu identifizieren. Ein paar Stegbühnen ragten wie Zungen in die Menge hinein, bestückt mit tanzenden Mädchen, von denen eins seine Aufmerksamkeit auf sich zog. Nicht wegen der pinkfarbenen Perücke, die von einem einzelnen Spotlight in Szene gesetzt wurde, sondern wegen ihrer lasziven Bewegungen. Mit schlängelnden Armen bog sie ihren schmalen Körper und schien dabei einem eigenen Rhythmus zu folgen. Normalerweise interessierte Leon sich nicht für halbnackte Go-go-Girls, die auf irgendwelchen Tischen tanzten. Es sei denn, sie dienten der Ermittlung in einem bestimmten Fall. Aber irgendetwas hatte diese junge Frau an sich, das ihn auf unerklärliche Weise anzog. Ziemlich irritierend. Ellenlange Beine hatten viele Frauen, auch wenn diese es durchaus mit einem Model aufnehmen konnte.

»Ganz schön scharf die Kleine, was?« Der Barkeeper stellte den Cocktail auf einen Pappdeckel und nickte in Richtung der Tänzerin.

»Sie fällt auf«, stimmte Leon zu.

Der Mann lachte. »Wenn sie tanzt, steigt regelmäßig der Umsatz an dieser Theke. Sie heizt den Burschen ganz schön ein, hat wohl Spaß daran. Gage nimmt sie keine – also, was soll's?«

»Keine engagierte Tänzerin?« Leon nippte an seinem Glas.

»Nee, die springt einfach auf die Bühne und legt los. Scheint ihr zu gefallen, im Mittelpunkt zu stehen, doch sonst macht sie ein Riesengeheimnis um sich. Nennt sich Loretta …« Der Barkeeper legte einen Zeigefinger an sein Auge, um zu verdeutlichen, dass dies anscheinend nicht ihr richtiger Name war. Er zuckte mit den Achseln. »Wir nennen sie Anonyma, und solange sie keinen Ärger macht, kann sie gern da oben tanzen.«

»Überprüfen Sie nicht die Personalausweise?«, fragte Leon. »Immerhin sieht sie sehr jung aus.«

»Doch, klar«, erwiderte der Barkeeper und straffte die Schultern. »Ist aber schon eine Weile her. Ich habe ihr eine VIP-Karte angeboten und bei der Gelegenheit das Geburtsdatum kontrolliert.«

»Und dabei haben Sie nicht ihren Namen gelesen?«

»Den hat sie mit dem Finger zugehalten, meinte, Foto

und Geburtsdaten reichten für unsere Zwecke aus.« Der Barkeeper zeigte sich deutlich amüsiert. »Ziemlich gewitzt, die Kleine, aber volljährig.«
Leon nickte und blickte erneut zur Bühne. Im selben Moment wandte Loretta sich mit einer geschmeidigen Drehung in seine Richtung. Leon widerstand dem albernen Drang, ihr zuzuwinken. Stattdessen starrte er auf den knallrot geschminkten Mund. Das Gefühl eines Déjà-vu-Erlebnisses wurde für den Bruchteil einer Sekunde stärker, bis ihre Augen sich auf ihn richteten. Leon zuckte leicht zusammen. Dieser Blick hätte Glas zerschneiden können. Er blinzelte irritiert. Kannte sie ihn? Nicht selten traten ihm ehemalige Verdächtige oder Verurteilte mit offenem Hass gegenüber. Zumindest in dem Maße, in dem es gesetzlich vertretbar war, und hasserfüllte Blicke waren nicht strafbar.
Dem Barkeeper, der gerade Gläser polierte, war das kleine Zwischenspiel entgangen. Nun richtete er seinen ernster gewordenen Blick wieder auf Leon. »Aber mal was anderes: Gibt es Probleme? Ich bin übrigens Tom, einer der Geschäftsführer, und wäre gern darüber informiert, wenn die Polizei hier auftaucht.«
»Keine Probleme. Ich ermittle in einem Fall und wollte mich hier umsehen.« Leon zog ein Foto aus der Innentasche seiner Jacke und legte es vor Tom auf den Tresen. »Kennen Sie einen dieser jungen Männer?«
Das Foto zeigte Boris Nauen mit seinen beiden Freunden, wie sie in kumpelhafter Umarmung unbeschwert in die Kamera grinsten. Boris' Eltern hatten Leon die Aufnahme aus einem Jugendcamp zur Verfügung gestellt.
Tom runzelte die Stirn, bis sich die Haut seiner Glatze in Falten legte. Geschorene Köpfe schienen bei Mitarbeitern in Diskotheken beliebt zu sein.

»Ich habe davon gehört. Schlimme Sache.« Er schnalzte mit der Zunge und schwieg eine Weile.
Leon wunderte es nicht, dass sich der Tod der drei herumgesprochen hatte.
»Die tauchten immer im Dreierpack hier auf und trafen sich mit einer ganzen Gruppe dort hinten im angrenzenden Barbereich.«
Mit dem Zeigefinger deutete Tom auf eine Tür am anderen Ende des Raumes. Leon blickte in die angegebene Richtung. Aus dem Augenwinkel fiel ihm auf, dass das tanzende Mädchen von der Bühne verschwunden war. Wie von Tom prophezeit, füllte die Theke sich mit durstigen Besuchern.
»Hatte einer von ihnen irgendwelche Schwierigkeiten? Feinde?« Langsam wurde es anstrengend, gegen den Lärmpegel anzureden.
Tom griff nach einem Glas und polierte es. »Na ja, immer mal wieder. Streitereien gibt es dauernd bei den jungen Burschen. Da geht's meistens um Weibergeschichten, wie letztens der Zwischenfall mit ihr.« Tom deutete mit dem Kinn zur Tanzfläche.
Auch wenn Loretta nicht mehr dort war, verstand Leon, dass sie gemeint war. »Was ist passiert?«
Tom stützte einen Arm auf den Tresen. »Ich weiß nur, was hier so erzählt wird. An dem Abend war dieser Boris ohne seine Kumpel hier.«
Schließlich deutete er mit dem Finger auf das Foto. »Da hinten bei den Toiletten soll er sich wohl mit Loretta gezankt haben. Muss heftig abgegangen sein. Die Umstehenden dachten, es handelte sich um einen Beziehungsstreit. Aber die waren kein Paar. Wie es aussah, hat der Typ versucht, sie anzubaggern, und sie hat sich gewehrt ... ziemlich gewehrt.«

Leon konnte einen Hauch von Bewunderung in der Stimme des Barkeepers vernehmen.
»Das heißt?«, hakte er nach.
»Die Kleine hat ihm volle Pulle in die Weichteile getreten und ihm vor die Füße gekotzt.« Tom stieß einen unbestimmbaren Laut aus. »Echt, man soll nicht schlecht über Tote reden, aber nach allem, was man von anderen Gästen so hört, hatte der Bursche eine Abreibung mehr als verdient.«
»Und was passierte dann?«
»Bevor unsere Sicherheitsleute dort waren, um diesen Boris aufzusammeln, war die Kleine verschwunden.«
Leon steckte das Foto wieder ein. »Danke. Ich werde mich noch ein wenig hier umgucken.« Er griff nach seinem Glas und schlenderte in Richtung der Tür, die der Barkeeper ihm gezeigt hatte.
Die Tänzerin mit der pinkfarbenen Perücke war nirgendwo zu sehen. Bedauerlich. Es wäre sicher interessant gewesen, sich mit ihr zu unterhalten. Wirklich bedauerlich, dass er ihren vollen Namen nicht kannte, so würde es schwer werden, sie ausfindig zu machen. In irgendeiner Form hatte sie mit Boris Nauen zu tun – ob die Auseinandersetzung nun aus einem zufälligen Treffen am besagten Abend resultiert war oder sich die beiden länger kannten. Beides deutete darauf hin, dass Loretta nicht gut auf Boris zu sprechen, möglicherweise sogar in die Mordsache verwickelt war. Ihre geheimnisvolle Identität deutete zumindest darauf hin, dass sie etwas zu verbergen versuchte. Abgesehen davon konnte Leon sich vorstellen, dass sie von ihrem Podest aus einiges mitbekam, zumal sie häufig im Pydna verkehrte.
Er betrat den angrenzenden Barbereich und schloss die Tür hinter sich. Die Musik drang gedämpft in den mit

Sitzgruppen ausgestatteten Raum. Ein kleiner Tresen sorgte dafür, dass die Gäste hier im zurückgezogenen Ambiente mit Getränken versorgt wurden. In einer Ecke gruppierten sich einige junge Leute und schienen sich angeregt zu unterhalten.
Leon stellte sich nahe der Sitzgruppe an die Bar und orderte ein Bier. Obwohl hier nicht viel los war und die Musik eine gesprächsfreundliche Lautstärke hatte, musste er sich anstrengen, um ein paar Wortfetzen aufzufangen. Aber das würde schon gehen. Bisher waren die Gesprächsthemen der jungen Leute belanglos, drehten sich um Mode oder Berichte aus der Boulevardpresse. Die regionalen Begebenheiten schienen für die Cocktail schlürfenden Gäste im Augenblick nicht von Belang zu sein. Leon beschloss, noch eine Weile sitzen zu bleiben und abzuwarten, bevor er sich als Kriminalbeamter zu erkennen gab. Vielleicht würde sich das Gesprächsthema doch zu den Mordfällen hinbewegen und ihm möglicherweise ein paar Hinweise liefern.
Er nahm einen großen Schluck aus seinem Glas. Das Zeug konnte man auch ohne Durst trinken, und er wollte nicht auffallen, also orderte er ein weiteres. Nach einer Weile hatte er genug von dem Geplapper der Gruppe und entschied, die jungen Leute direkt zu befragen. Gerade als er sich zum Tisch begeben wollte, zog einer der Jungen ein paar Papiertütchen mit verdächtigem weißem Pulver aus der Tasche und bot der Runde an. Zwei der jungen Frauen kicherten und schienen sich sicherheitshalber an ihre Cocktailgläser zu klammern, während der Rest der Gruppe aufgeregt lachte.
»Hey, Alter, spendierst du ’ne Line? Voll cool!«
Leon musste zugeben, dass ihn das dreiste Verhalten ein wenig überraschte. Sie hatten tatsächlich vor, Kokain in

aller Öffentlichkeit zu konsumieren! Obwohl, so öffentlich war dieser Raum nicht. Trotzdem kein Grund, wie selbstverständlich mit illegalen Drogen herumzuhantieren. Er musste wohl doch noch einmal ein ernstes Wort mit dem Clubbetreiber reden.

Leon näherte sich dem Tisch. Sofort wurden mit hastigen Bewegungen die Tütchen gegriffen und verstaut. Ganz so sicher schienen sich die jungen Leute doch wieder nicht zu sein. Er beschloss, so zu tun, als hätte er das Koks nicht bemerkt. Das würde die Gruppe verunsichern und möglicherweise dazu bewegen, Informationen zu seinen Fragen herauszurücken – in der Hoffnung, damit von den Drogen abzulenken.

Leon zog seinen Dienstausweis. »Strater, Kripo Mainz. Ich habe ein paar Fragen. Darf ich mich setzen?«

Unsichere Blicke wurden ausgetauscht.

»Ja klar«, antwortete eine der jungen Frauen und rückte auf der Sitzbank ein Stück weiter, um Platz für Leon zu schaffen. Der junge Mann, in dessen Tasche Leon das Kokain wusste, war ein bisschen blass um die Nase herum geworden.

Leon legte das Foto von Boris und seinen Freunden auf den Tisch. »Ich nehme mal an, Ihnen sind die drei bekannt. Ebenso dürfte es sich herumgesprochen haben, dass sie tot sind. Können Sie mir etwas über die jungen Männer sagen?«

Betroffenes Schweigen. Leon beobachtete die Gesichter der jungen Leute, während diese Blicke austauschten. Die direkte Konfrontation mit einer derartigen Information ließ häufig Rückschlüsse auf die Beteiligung des Gesprächspartners an einem bestimmten Vorfall ziehen. Die meisten Menschen reagierten auf extreme Nachrichten vollkommen intuitiv, weil nicht genug Zeit blieb, um sich vorzubereiten. Vor allem, wenn eine Person etwas zu verbergen hatte, zeigten sich auffallende Merkmale wie übertriebene Gesichtsausdrücke oder unruhige Körperbewegungen.

»Wir waren zusammen auf der Schule, bevor die runtergeflogen sind. Später haben wir manchmal zusammen abgehangen«, ergriff der junge Mann mit den Drogen das Wort.

»Sie waren nicht befreundet, Boris und … wie heißen Sie?«

»Lars Olm – und ja, schon, aber meistens waren die drei allein unterwegs. Es heißt, sie wären umgebracht worden, und Josh Ziller hätte damit zu tun.«

»Darüber gibt es noch keine näheren Hinweise«, entgegnete Leon.

»Der Josh war sowieso immer so komisch, hing ständig mit der bleichen Totengräberin zusammen.«

»Sie meinen Zoe Lenz?« Leon ließ seine Stimme streng klingen.

Lars räusperte sich verlegen. »Ja, Boris hatte es irgendwie auf sie abgesehen und sie ständig schikaniert.«

»Vielleicht war Boris wütend, weil er wegen ihr damals der Schule verwiesen wurde.« Leon musterte das Gesicht seines Gegenübers.

»Daran war er doch selbst schuld!«, mischte die junge Frau neben ihm sich ein. »Er hat damals versucht, Zoe zu vergewaltigen. Das ist ja wohl das Allerletzte! Ich finde, es war mal an der Zeit, dass jemand diesem Spinner von Boris zeigte, wo es langgeht. 'tschuldigung, ist nur meine Meinung.«

»Tickst du noch richtig? Da muss man ihn ja nicht gleich umbringen!«, fuhr Lars sie an.

»Mach mich nicht an, ja? Ihr habt doch selbst darüber ge-

lacht, wenn er *der kleinen Leichenpflegerin* Angst eingejagt hat. Bestimmt habt ihr auch noch dabei mitgemacht!«
Die offensichtlich beschwipste junge Frau zuckte mit den Achseln und verschränkte die Arme vor ihrer Brust.
Leon blickte interessiert in die Runde. Anscheinend teilte die Gruppe die Meinung ebenso wenig über Boris Nauen wie über Josh oder Zoe.
»War jemand von Ihnen am Tatabend auf der Lichtung im Wald?«
»Wir beide waren dort.« Lars deutete auf sich und den jungen Mann neben sich. »Aber nur kurz. Nach ein paar Schnäpsen sind wir losgezogen, weil wir hier mit den anderen verabredet waren. Boris wollte noch bleiben. Meinte, er und die Jungs würden später nachkommen. Tat ziemlich geheimnistuerisch. Schätze, die wollten ihr … äh … nicht teilen.«
»Sag ich doch! Spinner eben!«, zischte die junge Frau.
Leon vermutete, dass Boris sein Haschisch nicht teilen wollte.
»Nachdem Sie die Lichtung verlassen hatten, befand sich außer den drei Opfern noch jemand dort?«
»Da war niemand außer uns«, antwortete Lars und blickte zu seinem Freund, der mit einem Nicken zustimmte.
Leon gab dem Barkeeper ein Zeichen, dass er zahlen wollte.
»War Josh Ziller auch am besagten Abend dort?«, erkundigte er sich beiläufig, während er sein Portemonnaie aus der Jackentasche zog.
»Nein«, kam es beinahe gleichzeitig mit unverhohlener Empörung aus allen Mündern.
»Keine Chance«, äußerte der junge Mann neben Lars. »Der Josh hat sowieso immer rumgetönt, er würde Boris lieber tot als lebendig sehen.«

Lars ergriff das Wort. »Er war nicht da, nicht an diesem Tag und auch an keinem anderen. Ich meine, was haben wir mit dem komischen *Geek* zu schaffen?!«
»Oder was hat Josh Ziller mit Ihnen zu tun oder mit Boris Nauen? Genau das versuche ich, herauszufinden.«
Wenn Josh nicht am Tatort gesehen worden war, bedeutete das nicht, dass er nicht dort war. Entweder hatten sie sich zu verschiedenen Zeiten dort aufgehalten, oder niemand hatte den Jungen bemerkt. Fürs Erste genügte Leon, was er gehört hatte. Sicher hatte er für Gesprächsstoff gesorgt, was möglicherweise die Erinnerung des ein oder anderen auffrischte. Wie es aussah, hatten diese beiden Jungen die Opfer zuletzt lebend gesehen. Leon nahm die Personalien der jungen Leute auf.
»Kennt jemand von Ihnen eine junge Frau namens Loretta?« Er verstaute seinen Notizblock und musterte die fragenden Mienen. »Sie tanzt manchmal auf den Podesten hier im Pydna, ist groß, schlank und trägt eine pinkfarbene Perücke.«
Allgemeines Kopfschütteln, bis Lars sich zu Wort meldete. »Die Mädels hier sehen zum Teil so abgedreht aus, dass man sie kaum auseinanderhalten kann. Keine Ahnung, wer das sein soll, sorry.« Er zuckte mit den Achseln.
Leon nickte und legte seine Visitenkarte auf den Tisch, direkt neben die kaum sichtbare Spur aus weißem Pulver. »Falls Ihnen noch irgendetwas einfallen sollte, rufen Sie mich an, okay? Ansonsten hören Sie beide von meinen Kollegen, um Ihre Aussage zu Protokoll zu nehmen.«
Der Barkeeper tauchte neben Leon auf. Dieser stand auf, bezahlte und nickte zum Abschied in die Runde.

kapitel 12

Der Tote saß im dämmrigen Zwielicht, wie er es bereits seit Monaten tat. Die Hände auf den Armlehnen, als wollten sie sich aufstützen, um aufzustehen. Doch nichts dergleichen würde geschehen. Nirgendwohin würde er gehen. Nie wieder. Und doch verging er auf seine Weise. Leichenfliegen trugen Tag für Tag ein Stück von ihm davon wie winzige Soldaten auf Beutezug. Gierig und gefräßig. Unaufhaltsam aus dem Hinterhalt lauernd, bis irgendwann nichts mehr übrig sein würde. Insektenspray verzögerte die Angriffe, hielt sie aber nicht auf.

Feiner Schmutz bedeckte den Raum gleichmäßig wie ein Schneesturm, der in Zeitlupe eine karge Landschaft mit weißer Stille erdrückte. Auf dem Tisch lagen Sezier- und Jagdmesser unbenutzt in stummer Eintracht. Eine Staubschicht hatte ihren Klingen den Glanz genommen und verschmolz sie mit dem ganzen Raum zu einer Einheit voller ungesagter Worte.

Der leere Blick des Mannes im Lehnstuhl war ins Nichts gerichtet. Die milchigen Linsen nur noch ein Schatten dessen, was sie einst ausdrückten. Dagegen versuchten die Glasaugen der ausgestopften Wildtiere an den Wänden wenigstens, Lebendigkeit zu simulieren. Tierpräparate ließen sich einfach anfertigen, einen Menschen auszuweiden erforderte, dass man eine unüberwindbare Schwelle überschritt.

Drei Leichen hatten sie im Steinbruch gefunden. Diese sollte niemand finden. Ein Geheimnis würde bewahrt bleiben.

Wenn nur der Gestank nicht wäre! Immer wenn man glaubte, sich daran gewöhnt zu haben, wurde er schlimmer. Drang durch jede Ritze im Haus wie ein ungebetener Besucher, der unmissverständlich jegliche Aufmerksamkeit einforderte. Man roch ihn nicht nur, sondern nahm ihn mit jeder Pore über die Haut auf. Es wurde immer schwieriger, den Toten abzuwaschen. Aber das war der Preis. Der Preis für die Illusion einer Vergangenheit, die längst vorbei war.

*

Frösche zu sezieren war beknackt. Noch beknackter war die damit verbundene Aufgabe. Jedes Kind wusste, wie die Organe angeordnet waren und welchen Zweck sie erfüllten. Oder auch nicht.
Im Gegensatz zum Rest der Klasse hatte Josh in kürzester Zeit den fixierten Körper des toten Frosches mit drei sauberen Schnitten geöffnet, sämtliche Organe entnommen, sie mit ihren lateinischen Fachbegriffen benannt und wieder an ihren Platz zurückgelegt wie bei einem Baukastensystem. Nach dem Vernähen sah die empfindliche Bauchseite beinahe aus wie vorher, nur würde das dem Frosch wenig nützen. Die anderen Schüler waren noch bei der Organentnahme und würden den Rest der Doppelstunde damit beschäftigt sein. Josh schnitt den letzten Fadenrest ab und fing damit an, seinen Arbeitsplatz aufzuräumen. Immer noch drangen die überraschten Ausrufe seiner Klassenkameraden zu ihm herüber, eine Mischung aus gespieltem Entsetzen und kindlicher Begeisterung zog sich durch die Gruppe.
Kindsköpfe! Hatten sich paarweise zusammengetan, um gemeinsam aus den sezierten Exponaten zu lernen. Blöderweise bestand der Kurs aus dreizehn Schülern, so dass Joshs Partner wie sooft der Lehrer war. Dieser hatte sich jedoch schnell an sein Pult zurückgezogen, nachdem er

bei Joshs Fragen ins Straucheln geraten war. Ihm sollte es egal sein. Er arbeitete gern allein, weil seine Klassenkameraden ihn ohnehin nervten. Josh schnaufte leise und kramte unter dem Tisch nach seinem Frühstücksbrot. Das Rascheln der Tüte ging im allgemeinen Gemurmel unter. Mit den Fingern zupfte er ein mundgerechtes Stück Brötchen ab und schob es sich in den Mund, als sein Biolehrer gerade nicht hersah.

Vielleicht hätte er sich vorher die Hände waschen sollen. Zoe hätte ihm einen Riesenanschiss verpasst, gefolgt von einem ellenlangen Vortrag über hygienische Bedingungen bei Laborarbeiten. Aber Zoe beschäftigte sich auch mit wesentlich interessanteren Dingen, sie arbeitete an Menschenkörpern. Josh wäre jetzt lieber in ihrem Behandlungsraum gewesen, statt in der Schule Froschkörper zu malträtieren. Manchmal erlaubte Zoe ihm sogar, zu assistieren, doch meistens durfte er nur zusehen. In der letzten Zeit hatte er sich nicht mehr so häufig im Bestattungsraum aufgehalten. Zoe hatte er auch nicht gesehen und wenn, dann war dieser Sonnyboy von Bulle an ihrer Seite.

Joshs Magen zog sich zusammen, als er an ihr Treffen vor dem Café dachte. Noch immer nagte das Gefühl von Verrat in seinen Eingeweiden wie ein gefräßiger Bandwurm. Solange er denken konnte, hatten sie beide über die Spießer im *Omastübchen* gelästert. Was ihm jedoch wirklich zu schaffen machte, war Zoes Lächeln, wenn dieser Polizist Strater mit ihr sprach. Lächeln. Das tat sie sonst nie. Der Brotklumpen blieb ihm im Hals stecken. Seine kleinen Finger kribbelten, als unterdrückter Groll in ihm aufstieg. Überhaupt war er wütend auf Zoe. Da war endlich dieser Bastard Boris von der Bildfläche verschwunden, und schon tauchte ein anderer Typ auf! Ein

Polizist, der mit ihr *zusammenarbeitete.* Klar, wer's glaubt, wird selig!
Ein Rumsen riss Josh aus seinen Gedanken. Es dauerte einen Moment, bis er begriff, dass er fester als beabsichtigt gegen die Unterseite der Tischplatte geboxt hatte.
»Alles klar bei dir, Josh?« Der Lehrer blickte hinter seinem Pult auf und warf ihm einen strengen Blick zu.
»Ja, ja«, erwiderte er und stopfte den leeren Brotbeutel in seine Tasche zurück. Mit vor der Brust verschränkten Armen lehnte er sich in seinem Stuhl zurück und schaukelte damit gegen die Wand. Praktisch so ein Sitzplatz in der letzten Reihe. Der tote Frosch lag in ergebener Haltung vor ihm und wartete darauf, bewertet zu werden.
Dabei war Zoe so cool. Genau in diesem Raum war sie es gewesen, die Jahre zuvor mit einem spektakulären Streich für Aufsehen gesorgt hatte. Dabei wusste bis heute niemand, dass sie dahintersteckte. Kurz nach Boris' Schulverweis meinten ein paar seiner Anhänger, Zoe triezen zu müssen, wo sie nur konnten. Einer von ihnen war in Zoes Biokurs und fand eines Tages unter dem Tuch auf seinem Tisch keinen toten Frosch, sondern einen halb verwesten menschlichen Daumen. Bis heute kursierten die Geschichten über den Jungen, der beim Anblick des nach oben gerissenen rotlackierten Fingernagels von seinem Stuhl hochgeschossen war wie ein gezündeter Feuerwerkskörper und dabei zum Verwechseln ähnliche Geräusche von sich gegeben hatte. Ehe der alarmierte Lehrer den Tisch erreicht hatte, war der Daumen im allgemeinen Durcheinander verschwunden. Josh konnte sich bildlich vorstellen, wie Zoe mit der für sie typischen unbeteiligten Miene dagesessen hatte wie die Unschuld in Person. Josh hatte später im Behandlungsraum ihres

Großvaters den wieder angenähten Daumen an der Leiche einer Frau gesehen.
Er grinste, was ihn beinahe versöhnlich gestimmt hätte.
Mit einem leisen Klacken ließ er seinen Stuhl wieder in eine für Lehrer akzeptable Position sinken und starrte aus dem Fenster. Draußen lief *Granaten-Finke* in seinem Arbeitsoverall über den Schulhof und pikte die Hinterlassenschaften der Schüler vom Boden auf. Dabei bewegte sich der Mund des Hausmeisters unter gemurmelten Flüchen. Josh brauchte ihn nicht zu hören, um zu ahnen, dass er gegen die Klugscheißer, wie er die Schüler nannte, wetterte. Kaum vorstellbar, dass dieser Mann angeblich vor Jahren als Legionär im Kosovokrieg gekämpft haben sollte! Nach einer traumatischen Verletzung soll er zu seiner Einheit im Pydna zurückgekehrt sein. Damals hatte die Bundeswehr für kurze Zeit das Gelände der ehemaligen Raketenabschussbasis übernommen, stand jedoch zum Zeitpunkt von Finkes Ankunft kurz vor der Auflösung. Für den ausgedienten Legionär hatte man anscheinend keine Verwendung mehr, so dass dieser im Rahmen irgendeines Wiedereingliederungsprozesses den Job als Hausmeister am Gymnasium erhalten hatte. Dabei hasste Finke Kinder und machte keinen Hehl daraus – zumindest, solange kein Erwachsener in der Nähe war. Darin stellte er sich äußerst geschickt an. Schüler waren für ihn so etwas wie Probanden, an denen er sich in psychologischer Kriegführung üben konnte. Ganz dicht war Finke mit Sicherheit nicht.
Mit einem scharrenden Geräusch schob Josh den Stuhl nach hinten. Er stand auf und bewegte sich auf das Lehrerpult zu. »Ich bin mal eben vor der Tür«, sagte er, woraufhin der Lehrer ihm zunickte.
Der leere Gang mit seinen hohen Gewölbedecken und

dem strapazierfähigen Linoleumboden verstärkte in Josh das Gefühl von Langeweile. Es gäbe tausend Dinge zu erledigen, und er vergeudete hier seine Zeit! Er hatte nicht vor, sich zu beeilen, und schlenderte behäbig weiter. Seine Fingernägel erzeugten ein rhythmisches Klacken, wenn er seine Hand über die Wandpaneele gleiten ließ. Den Schmutzspuren in Höhe der Kleiderhaken nach zu urteilen, waren schon andere auf diese Idee gekommen. Im Gegensatz zu den später entstandenen Neubauten auf der anderen Seite des Schulhofes war das ehemalige Herrenhaus, in dem sich die Klassenräume der Oberstufe befanden, in einem auffallend gepflegten Zustand. Für Josh war es nichts weiter als ein alter Kasten, in dem man ebenso gut einen Knast hätte einrichten können.

Er passierte den Bereich des ausladenden Treppenaufgangs, als aus der Ferne das Geräusch von herannahenden Martinshörnern erklang. Das hörte man selten in dieser Gegend. Josh blieb auf halbem Weg vor dem Treppengeländer stehen und blickte durch die gegenüberliegenden Fenster. Wie üblich war nichts zu sehen außer Grün, das direkt am Schulhof angrenzte. Wenn er es nicht besser gewusst hätte, hätte er annehmen können, die Schule befände sich mitten im Dschungel.

»Rumtreiben auf den Gängen ist während des Unterrichts verboten!«

Erschrocken fuhr Josh herum. »Mach ich nicht!«

»Und ich bin der Weihnachtsmann«, knurrte Hausmeister Finke und ließ keinen Zweifel daran aufkommen, dass sein Witz alles andere als ein solcher war. »Wenn einer von euch hier rumlungert, kommt jedes Mal irgendein Mist dabei raus, um den ich mich kümmern muss!« Finke kam näher und strich sich dabei eine ins

Gesicht gefallene Haarsträhne zurück. Seine Fingernägel waren so dreckig, als hätte er den ganzen Vormittag Autos repariert und nicht mit einer Pike Papierreste vom Schulhof geräumt. Eine Narbe kam zum Vorschein, zog sich an seiner Schläfe bis zur Wange herunter und verlor sich dort in einer tiefen Furche ledriger Haut.

Unwillkürlich kam Josh der Gedanke, dass die Naht am Bauch seines Froschexponats weniger wulstig war. Finkes Mundwinkel zuckte, während sein stechender Blick einen drängenden Fluchtinstinkt in Josh auslöste. Er beschloss, besser nichts zu sagen, und versuchte, an Finke vorbeizugehen, doch dieser versperrte ihm den Weg.

»Da vorn wurde schon wieder ein Kleiderhaken abgerissen.«

»Und? Was habe ich damit zu tun?«, entgegnete Josh mit fester Stimme. Wenn der Kerl noch einen Schritt näher käme, brauchte er keine Toilette mehr.

»Tja, hier ist niemand außer dir.« Finke grinste debil.

Nicht umsonst ging jeder dem Hausmeister aus dem Weg. Nur außer Hörweite nannten die Schüler ihn Quasimodo. In Wahrheit machte sich jeder in die Hosen vor Schiss, wenn der Hausmeister in der Nähe weilte.

Finkes Blick zuckte über Joshs Schulter zum Fenster hinaus. Die Sirenen der Polizeiwagen schwollen an und wurden im nächsten Moment abgewürgt. Seine Augen weiteten sich kaum merklich. Für einen Moment glaubte Josh, Furcht darin zu erkennen, was ihm aus irgendeinem Grund noch mehr Angst einjagte. Er warf einen Blick über die Schulter. Drei Mannschaftswagen hatten auf dem Schulhof angehalten. Die Beamten bewegten sich auf die Eingangstür zu. Beinahe hätte Josh erleichtert aufgeatmet. Etwas Besseres hätte ihm jetzt nicht passieren können. Finke hatte ihn im Schwitzkasten, wollte ihm irgendetwas anhängen, weil er immer Schuldige suchte, wenn er einen Schaden entdeckt hatte. Es bereitete ihm anscheinend eine Riesenfreude, Schüler zum Direktor zu zerren.

Unten wurden Türen geöffnet. Die Stimme des Direktors ertönte, ein Polizist antwortete. Es drangen nur Wortfetzen zur dritten Etage hinauf. *Haftbefehl … Mordsache Nauen …*

Irritiert widerstand Josh dem Drang, sich umzudrehen, um besser verstehen zu können, was da unten vor sich ging. Doch er wollte Finke nicht aus den Augen lassen. Dieser machte einen Schritt auf ihn zu. Josh zuckte zusammen, wich zurück und klammerte sich am Geländer fest. Gleichzeitig versuchte er, sich zu beruhigen. Der Hausmeister würde ihn wohl kaum das Geländer hinunterschmeißen, wenn dort unten Polizisten standen. Oder? Wer wusste schon, was Finke zu verbergen hatte! Ein zertrümmerter Schüler auf dem Parterreboden könnte für genügend Ablenkung sorgen, um zu fliehen. Joshs Magen kribbelte.

Doch Finke blieb kurz vor dem Geländer stehen, so dass ihn von unten niemand sehen konnte, und spähte hinunter. Schweiß stand ihm auf der Stirn. Seine Augäpfel rollten wie Flipperkugeln in ihren Höhlen hin und her. Josh merkte, dass er die Luft angehalten hatte, dic er nun hörbar ausstieß. Erneut drangen Stimmen herauf, dieses Mal deutlicher. Sehr deutlich sogar.

»Wir suchen den Schüler Josh Ziller.«

Die gemurmelte Antwort des Direktors ging in Joshs Ohrenrauschen unter.

Finke hingegen entspannte sich auf der Stelle. Seine Miene zeigte Genugtuung. »Ach nee, jetzt kriegen sie dich dran, kleiner Scheißer!«

Joshs Mund war so trocken, als hätte er eine Schaufel Sand gegessen. »Wie jetzt … im Ernst?«
Finkes verächtliches Schnaufen schickte einen Schwall üblen Atems in Joshs Nase. Er reckte das Kinn in Richtung Treppe, auf der sich nun drei Beamte nach oben bewegten.
Joshs Knie wurden weich, seine Gedanken rasten. Wieso wurde sein Name im Zusammenhang mit einem Mord genannt? Das war vollkommen unmöglich! Er musste sich verhört haben. Bestimmt. Finkes selbstgefällige Miene nahm ihm jedoch die Hoffnung. Sein Herz stolperte vor Schreck.

Panik kroch Joshs Rücken hinauf. Was auch immer die Polizei von ihm wollte, würde unweigerlich dazu führen, dass sie seinen Vater sprechen wollten. Das konnte er nicht zulassen. Dazu durfte es unter keinen Umständen kommen! Als Finke den Arm ausstreckte, um ihn zu packen, legte sich plötzlich ein Schalter in Josh um. Blitzschnell duckte er sich darunter hinweg und rannte los. Sein Kopf streifte den Ärmel des Hausmeisters, als wäre er durch eine Spinnwebe gerannt. Im nächsten Moment war er schon am anderen Ende des Flurs und stieß die Tür zum Hinterausgang auf. Rote Pünktchen tanzten vor seinen Augen, als er die Stufen hinunterraste und sich dabei wunderte, nicht zu stolpern.
Der ehemalige Dienstbotenaufgang wurde als Zugang für das Lehrpersonal genutzt. Josh näherte sich der kleinen Holztür mit dem vergitterten Fenster und schickte ein Stoßgebet zum Himmel, dass Finke sie nicht abgeschlossen hatte. Er rannte über den Parkplatz auf den Wald zu. Hinter sich hörte er warnende Rufe, denen er keine Beachtung schenkte. Sie würden ihn nicht kriegen,

auf keinen Fall. Er kannte sich im Wald aus und würde sich verstecken, so lange wie nötig. Sein Atem ging keuchend, doch das bedeutete nichts. Er konnte noch stundenlang laufen, ohne schlapp zu machen. Und genau das würde er tun: Rennen, als ob sein Leben davon abhinge.

*

Leon saß in seinem Wagen auf dem Weg nach Birkheim, um Zoe Lenz über die Ergebnisse ihrer Gewebeproben zu informieren. Natürlich entsprach das nicht der üblichen Vorgehensweise, sondern mehr einer Gefälligkeit. Leon fand, sie hatte ein Recht, zu erfahren, dass sie gute Arbeit geleistet hatte. Außerdem konnte er die Gelegenheit nutzen, um mit ihr über Josh zu reden. Die Spuren am Tatort machten den Jungen tatverdächtig, was allerdings noch keinen Beweis darstellte. Dennoch lag Leon daran, mit Zoe zu reden, ihre Sichtweise zu erfahren, bevor die behördlichen Mühlen anfingen, sich zu drehen. Deutsche Bürokratie mochte zwar langsam sein, doch wehe, sie geriet einmal in Bewegung!
Im letzten Moment riss Leon das Lenkrad herum und schoss in die Rechtskurve. Diese leeren Straßen waren wirklich verlockend. Die Gedanken schweiften ebenso unmerklich ab, wie die Geschwindigkeit anstieg. Er verringerte das Tempo und ließ das Fenster hinab, damit frische Luft in den Wagen kam. Die Landstraße führte nach Birkheim, zu seiner Linken kündigten Wegweiser die Kleinstadt Emmelshausen an. Plötzlich ertönten Martinshörner in ihrer alles durchdringenden Lautstärke, eine Reihe von Einsatzwagen jagte an ihm vorbei zur Abfahrt nach Emmelshausen. Hier auf dem Land hatten sie auch noch einen höheren Frequenzwert als in der

Stadt. Schnell schaltete Leon den Polizeifunk ein und steuerte die Abfahrtstraße nach Emmelshausen an. Mit knarrenden Unterbrechungen ertönten verschiedene Polizeicodes, mit denen die Beamten sich über den Verlauf ihres Einsatzes in Kenntnis setzten und möglichst wenige Informationen für unerwünschte Mithörer preisgaben. Leon hörte schnell heraus, dass anscheinend versucht worden war, einen Verdächtigen zu verhaften. Einsatzort war die integrative Gesamtschule im Ort. Verdächtige Person flüchtig.

»Das kann doch nicht wahr sein.« Leon schlug wütend gegen das Lenkrad und trat auf das Gaspedal.

Anscheinend war die Polizei auf dem Land schneller mit ihren Entscheidungen als erwartet – um nicht zu sagen voreilig. Die Staatsanwaltschaft musste sofort nach Prüfung seines Berichtes eine Vorladung ausgestellt haben.

Kurz darauf bremste er mit quietschenden Reifen vor der Schule und sprang aus dem Wagen. Vier Streifenwagen mit eingeschaltetem Blaulicht bildeten eine Phalanx vor dem Schultor. Beamte postierten entlang des Gitterzauns. Sämtliche Schüler schienen sich auf dem Schulhof versammelt zu haben, standen in Gruppen beieinander, während ihre Lehrer auf sie einredeten.

»Wer ist der Einsatzleiter?« Leon marschierte mit gezogenem Dienstausweis auf den nächstbesten Streifenpolizisten zu. »Was geht hier vor?«

Mit irritierter Miene las der Beamte Leons Namen. »Guten Tag, Kommissar Strater. Wir erhielten heute früh die Order, Josh Ziller dem Staatsanwalt vorzuführen, weil er nicht auf die postalisch zugestellte Beschuldigtenvorladung reagierte.«

»Sie meinen, er ist nicht zum Termin erschienen.« Leon musterte den Beamten.

»Es gab Probleme mit der Postanschrift.«
»Und da rücken Sie mit vier Einsatzwagen an, um einen siebzehnjährigen Schüler zu verhaften?!« Leon hatte Mühe, seine Wut im Zaum zu halten.
Der Polizist starrte ihn an. »Natürlich nicht! Die Kollegen wurden erst hinzugerufen, nachdem der Junge in nördliche Richtung in den Wald geflohen war. Im Zusammenhang mit dem Mord an den drei jungen Männern hat er sich somit verdächtig gemacht. In Kürze wird der Haftbefehl bei uns eingehen.«
Als ob das die Sache besser gemacht hätte! »Ich ermittle in diesem Fall. Warum wurde ich nicht über den Einsatz informiert?«
»Wir konnten Sie nicht erreichen, Herr Kommissar«, antwortete der Beamte pflichtbewusst.
»Dann hätten Sie mit dem Einsatz warten können, bis Sie mich erreichen!«
Das Gesicht des Polizisten wurde lang. »Entschuldigen Sie, doch wir hatten den Befehl, den Jungen unverzüglich in Gewahrsam zu nehmen, und diesen befolgt.«
Leons Blick fiel auf eine Gruppe Fünftklässler, die ängstlich zurückwichen, als zwei weitere Streifenpolizisten aus dem Schulgebäude traten und ihre Schusswaffen in ihre Holster zurücksteckten.
Leon schnaubte. »Das haben Sie in der Tat! Und jetzt ziehen Sie auf der Stelle Ihre Männer ab! Sie machen noch die ganzen Leute hier verrückt!«
»Aber was ist mit dem Flüchtigen?«
»Darum werde ich mich kümmern. Solange Sie nichts von mir hören, werden Sie keine weiteren Schritte unternehmen!«
Der Polizist tippte an den Schirm seiner Mütze und wollte sich zum Gehen abwenden.

»Warten Sie!«, rief Leon, dem gerade ein Gedanke durch den Kopf schoss. »Auf wessen Veranlassung hin wurde der Amtsvorgang beschleunigt?«
»Stadtrat Nauen hat veranlasst, dass mehrere Jugendliche als Zeugen vorgeladen werden, die seiner Meinung nach mit seinem verstorbenen Sohn in Kontakt standen. Einflussreiche Persönlichkeit.« Der Polizist unterdrückte noch im letzten Moment ein Augenrollen.
Leon konnte sich nur mit Mühe ein zorniges Schnaufen verkneifen. Grundsätzlich war nichts dagegen einzuwenden, wenn schleppend voranlaufende Amtshandlungen durch Beziehungen beschleunigt wurden. Doch manchmal wurden die polizeilichen Ermittlungen dadurch gestört, und leider geschah es selten ohne persönliches Interesse. Leon hatte schon einige Fälle erlebt, in denen ein wenig Druck von oben von Vorteil gewesen wäre. Doch das hier ging entschieden zu weit. Nur weil ein übereifriger Stadtrat glaubte, seine Beziehungen dahingehend ausnutzen und dafür sorgen zu müssen, dass ein Schüler mit Blaulicht wie ein Schwerverbrecher von der Schule geholt wurde! Wohin sollte solch ein Wahnsinn denn führen? Es erschien ihm seltsam, dass Herr Nauen sich überhaupt einmischte. Vermutlich steckte dahinter weniger Gerechtigkeitssinn, sondern ein vermeintlich persönliches Interesse.
Eine Weile beobachtete Leon, wie die Streifenwagen abzogen. Er war es nicht gewöhnt, seine Befehle so eindringlich vorzubringen. Die Streifenbeamten erfüllten ihre Aufgabe, mehr nicht. Doch manchmal erforderten die Umstände, dass man energisch eingriff, um die Rangordnung zu verdeutlichen. Letztlich trug Leon die Verantwortung für diesen Fall. Ein derart überstürzter Einsatz entsprach nicht seiner bevorzugten Vorgehensweise.

»Kommt Josh jetzt in den Knast?«
Leon fuhr herum. Eine Gruppe Schüler stand abseits am Zaun – dem Alter nach möglicherweise Joshs Klassenkameraden.
»Wieso sollte er?«
»Na, weil er den Boris umgebracht hat«, antwortete der Rädelsführer der Gruppe.
Stimmbruchlädierte Lacher kamen von den anderen Jungen. »Voll krasse Aktion, echt der Hammer!«
»Sagt wer?« Leon trat einen Schritt näher.
Der Junge wich keinen Zentimeter zurück. Ein deutlicher Unterschied zu den eher zurückhaltend wirkenden Fünftklässlern.
»Mein Vater und seine Kollegen«, erwiderte der Junge trotzig, was ihm erneut ein paar bewundernde Zurufe seiner Kameraden einbrachte. »Paps meint auch, im Jugendknast würden sie ihm schon Manieren beibringen.«
Da kannte sich wohl jemand aus.
»Boris war ein totaler Widerling, aber Josh hat ihn ganz sicher nicht umgebracht. Dazu ist er viel zu schlau«, mischte ein sommersprossiges Mädchen mit geflochtenen Zöpfen sich ein.
»Das glaubst auch nur du, Streberin! Kümmre dich um deinen Häkelkurs, und zieh Leine!«
Allgemeines Gelächter – mit Ausnahme des Mädchens und ihrer Freundinnen, die sich ebenfalls genähert hatten.
»Macht sofort, dass ihr in eure Klasse kommt!« Der Mann im grauen Anzug fuchtelte wütend mit dem Arm herum, während er über den Schulhof schritt.
Die meisten Schüler sputeten sich sofort, während drei der Gruppenanführer sich provokant langsam davonbewegten. Nachdem die Gruppe außer Hörweite war,

wandte der Direktor sich mit einer eher pflichtbewussten Rüge, man könne nicht einfach seine Schüler verhören, an Leon. Ihm war seine Verwirrung deutlich anzusehen, als er ihn über Joshs Flucht durch die Hintertür der Schule informierte. Zufällig hätte er auf dem Gang mitbekommen, wie zwei Polizisten nach Josh fragten. Er könnte überhaupt nicht nachvollziehen, wie sein Schüler in eine derart prekäre Lage geraten war. Josh wäre ein Außenseiter, aber mit Sicherheit kein Verbrecher.

Leon musste dem Direktor beipflichten und entschuldigte sich für die übereilte Aktion. Dennoch stellte Weglaufen selten eine gute Idee dar. Es machte alles nur schlimmer. Damit untermauerte er nur einen Verdacht, der längst nicht endgültig bewiesen war. Leon konnte die Panik des Jungen jedoch nachvollziehen. Er machte sich Vorwürfe, nicht eher mit ihm gesprochen zu haben. Jetzt würde ihm wohl eine umfangreiche Suchaktion bevorstehen, die ihn vermutlich mitten in den unübersichtlichen Wald führte. In seinen Augen war der Junge weit davon entfernt, ein gefährlicher Schwerverbrecher zu sein, den man mit Waffengewalt zu stellen versuchen musste. Es konnte zahlreiche Gründe dafür geben, dass er sich am Tatort aufgehalten hatte. Erst ein Gespräch mit Josh würde Klarheit darüber bringen. Allerdings kannte Leon sich nicht in den Wäldern aus und brauchte dringend Unterstützung. Zwar befähigte sein Orientierungssinn ihn, sich in jeder Großstadt problemlos zurechtzufinden. In einem Wald, der den Anschein machte, die Zeit wäre vor Jahrhunderten stehen geblieben, war er hingegen aufgeschmissen. Na ja, zumindest würde seine Suche wesentlich mehr Zeit in Anspruch nehmen. Er konnte sich nicht darauf verlassen, dass die Behörden so lange die Füße still hielten.

Zoe Lenz war ihm sofort in den Sinn gekommen. Sie stammte von hier und war mit dem Jungen befreundet. Vielleicht konnte er von ihr ein paar Tipps bekommen, wie er seine Suche am besten anging. Er konnte es sich selbst nicht erklären, aber jedes Mal, wenn er darüber nachdachte, in welchem Zusammenhang die junge Bestatterin mit dem Mordfall stand, beschlichen ihn Schuldgefühle. Er stieg in seinen Wagen und ließ den Motor an. Es gab nur eine Möglichkeit, herauszufinden, ob sein Blick getrübt war, wenn es um Zoe Lenz ging. Er musste zu ihr fahren und bestenfalls gemeinsam mit ihr der Sache auf den Grund gehen.

kapitel 13

Zoe schlenderte mit einer Kaffeetasse in der Hand von der Küche aus zum Ladenbereich. Es waren noch zwei Stunden, bis sie öffneten, also würde sie nicht Gefahr laufen, auf Kunden zu treffen. Der metallene Briefschlitz am unteren Teil der Eingangstür klapperte energisch, während der Postbote von draußen einen Stapel Briefe durchschob. Sie stellte ihre Tasse auf die gläserne Auslagefläche und ging zur Tür. Es gab nichts Langweiligeres als Geschäftspost. Werbung und Rechnungen ohne Ende. Was in irgendeiner Weise interessant sein konnte, hatte sie längst aufs Internet verlagert. Dort hatte sie Leon Strater gegoogelt und war auf der Seite der Polizei Mainz auch fündig geworden. Es waren ein paar Klicks nötig, bis sie ein Foto in einem Artikel gefunden hatte, in dem von seiner Mitarbeit bei einem Polizeieinsatz berichtet wurde. Ein bisschen seltsam kam sie sich dabei schon vor, doch es musste schließlich niemand erfahren. Außerdem würde der Polizist schon aus beruflichen Gründen ebenfalls Informationen über sie einholen. Dabei war er nicht auf eine Suchmaschine angewiesen, sondern dürfte über polizeiliche Dateien vermutlich jede einzelne Station ihres Lebens kennen. Sicher hatte die Kripo da so ihre Möglichkeiten.

Zoe klemmte sich den Stapel Briefe unter den Arm, griff im Vorbeigehen nach ihrer Tasse und ging in den angrenzenden Wintergarten. Sie setzte sich in den bequemen Korbsessel und schloss für einen Moment die Augen. Ein freier Tag mitten in der Woche war purer Luxus. Seit ihrem letzten nächtlichen Ausflug vor ein paar Tagen fühlte sie sich seltsam beschwingt. Sie hatte den jungen Kommissar im Pydna gesehen. Lächelnd blinzelte sie in

die Morgensonne. Er war also noch mit seinen Ermittlungen beschäftigt, was früher oder später dazu führen würde, dass sie ihm begegnete. Die Welt war so klein im Hunsrück!
Einen Moment hatte sie befürchtet, er würde sie unter ihrer Maske erkennen. In seiner Miene hatte sich plötzliches Erkennen gespiegelt, als er näher an die Bühne herangetreten war. Doch kurz darauf war er in ein Gespräch mit Tom vertieft gewesen. Natürlich war sie ihm aufgefallen. Loretta fiel jedem auf. Aber nicht jeder schien auf Lorettas aufdringliche Anmachstrategie hereinzufallen. Das erfüllte Zoe mit einer grimmigen Belustigung. Nicht ein einziges Mal hatte Strater sie als Loretta so angesehen, wie er es im Café getan hatte. Als er sich auch noch einfach wegdrehte, um mit dem Barkeeper zu reden, fühlte Zoe eine seltsame Ruhe in sich aufsteigen. Es gefiel ihr, dass Leon Strater anscheinend nicht auf die offensichtlichen Reize ihrer Verkleidung ansprang.
In Gedanken versunken, blätterte sie den Stapel Briefe durch, bis ihr Blick auf das amtliche Siegel der Mainzer Polizei im Absenderfeld fiel. Der Brief war an sie adressiert.
Zoe schluckte. Was konnte die Polizei von ihr wollen? Sie hatte sich nichts zuschulden kommen lassen. Angestrengt überlegte sie, ob sie in den letzten Wochen möglicherweise falsch geparkt oder die Geschwindigkeit überschritten hatte. Mit fahrigen Bewegungen riss sie den Umschlag auf und zerrte das Amtsblatt heraus. In fettgedruckten Lettern prangte das Wort *Anhörung* auf dem Brief – damit anscheinend jeder sofort wusste, was ihm blühte. Zoes Herz klopfte. Sie wusste nicht genau, was eine Anhörung bedeutete, aber die Tatsache, dass sie aufgefordert wurde, bei der Polizei zu erscheinen, erzeugte ein flaues Gefühl in ihrem Magen.

Irritiert starrte sie auf den Brief und versuchte, einen Sinn in den Buchstaben zu finden. Ein Gemisch aus Beklemmung und Wut stieg in ihr auf, wirbelte die Worte wie Anklageschriften in ihrem Kopf umher: *Anhörung als Zeugin in einer vorliegenden Strafsache – betreffend Verkehrsunfall mit Todesfolge für drei Personen.*

Sie war kaum in der Lage, den Text zusammenhängend zu lesen. Natürlich hatte sie mit ihrer Arbeit dazu beigetragen, den Unfall erneut zu untersuchen, weil sie Herrn Straters Vermutung, dass möglicherweise mehr dahintersteckte, ernst genommen hatte. Die Sache mit der abweichenden Uhrzeit auf dem Radarbild und dem Todeszeitpunkt der Opfer war schon kurios. Sie war Bestatterin und damit die letzte Person, die mit einer Leiche in direktem Kontakt stand. Dadurch konnte ihre Aussage sinnvoll sein. Allerdings war ihr das bisher nicht passiert, und alles, was sie wusste, stand im medizinischen Gutachten, welches der Polizei vorliegen sollte. Zur Polizei bestellt zu werden, bereitete Zoe beinahe so viel Unbehagen wie ein Termin beim Zahnarzt. Der Kommissar hätte sie darauf vorbereiten können.

Da dämmerte es ihr. Das Herzklopfen verlagerte sich in ihren Hals. In ihren Ohren rauschte es. Deshalb hatte er sich nicht mehr blicken lassen! Er verdächtigte sie, in irgendeiner Form an diesen Morden beteiligt gewesen zu sein. Zoe keuchte auf. Das war lächerlich! Sie hatte ihm bei den Ermittlungen geholfen. Die Leichen versorgt, damit ihre Familien vernünftig von ihnen Abschied nehmen konnten. So etwas machte doch kein Mörder! Möglicherweise wollte er sie nur aushorchen. Als ob das nicht schlimm genug wäre, war er offensichtlich zu feige, es ihr selbst mitzuteilen! Sie spürte, wie ihr das Blut in die Wangen schoss. Tief in ihr drin erklang Lorettas hysterisches Gelächter, voller Hohn beschimpfte sie sich selbst als albernes Ding. Zoe sprang vom Sessel auf, das unheilkündende Blatt Papier in der Hand, und wusste nicht, was sie tun sollte.

Ein energisches Klopfen an der Ladentür riss sie aus ihren Gedanken. Nur langsam registrierte ihr Verstand, dass ihre Füße sich fortbewegen sollten, damit sie die Tür öffnen konnte. Der Brief flatterte im Gegenwind, während sie versuchte, mit den schweren Gewichten an ihren Beinen zu gehen. Mitten im Laden blieb sie wie angewurzelt stehen. Kommissar Strater stand draußen und winkte ihr zaghaft zu. Ein abgehetzter Ausdruck lag auf seinem Gesicht, ließ sein Lächeln freudlos wirken.

Etwas veränderte sich in Zoe bei seinem Anblick. Der winzige Freudefunke über ein Wiedersehen wurde unbarmherzig zu einer Wand aus Eis. Sie fröstelte. Ihre Wirbelsäule schien zu erstarren. Mit zusammengepressten Lippen schloss sie die Tür auf, musterte dabei unentwegt sein Gesicht, ohne wirklich zu sehen. Viel zu sehr lenkte die Enttäuschung ihre Gedanken ab.

»Na, so was nenne ich perfektes Timing!«

Die Entrüstung ließ sie vergessen, dass ein Beamter der Kriminalpolizei vor ihr stand. Noch bevor er den Raum betreten konnte, wandte sie sich um und knallte den Brief auf den Tresen, um ihm deutlich vor Augen zu führen, warum sie so sauer war. Sie wollte ihn nicht mehr ansehen. Es tat weh. Aber sie musste mit ihm reden, musste diese Sache klären. Er konnte doch nicht wirklich glauben, dass sie zu einer solchen Tat fähig war!

»Frau Lenz, bitte hören Sie mir zu …« Er holte sie an der Tür zur Halle ein und griff nach ihrem Arm.

Die Berührung ließ ihr Herz tanzen, doch ihr Zorn gewann Oberhand. »Sie hätten mir sagen können, dass Sie mich verdächtigen!« Beinahe wäre sie laut geworden.

Er zog ruckartig die Hand weg, als hätte er sich verbrannt. »Das bedeutet, man will Sie als Zeugin anhören wegen …«

»Ich weiß, was die Worte bedeuten. Herrgott!« Jetzt hatte sie ihn angeschrien.

»Beruhigen Sie sich, bitte! Es wird sich alles aufklären. Das ist nur eine Einladung zum Gespräch, nicht mal ein Verhör.« Die Ruhe in seiner Stimme ging ihr mächtig gegen den Strich.

»Glauben Sie wirklich, dass ich damit etwas zu tun habe?« Zoe zwang sich, ihn anzusehen. Ihre Knie waren butterweich, weil sie die Antwort fürchtete.

»Nein.«

Sie blinzelte ihn an. Damit hatte sie nicht gerechnet. Es sich gewünscht, ja, aber nicht wirklich daran geglaubt. »Nein? Und warum …« Ihre Stimme brach. Sie deutete mit ausgestrecktem Zeigefinger auf das Anschreiben hinter ihm.

»Ich habe es selbst erst vor kurzem erfahren. Wenn ich geahnt hätte, dass die örtlichen Behörden so schnell reagieren, wäre ich sofort hierhergekommen. Zusammen mit den Hinweisen aus der Bevölkerung wurden die Indizien erdrückend.« Er atmete laut aus und rieb sich über das Gesicht.

»Hinweise aus der Bevölkerung?« Zoe stieß ein hartes Lachen aus. »Wie viel Gewicht haben heutzutage irgendwelche Behauptungen?«

»Das kommt darauf an. Josh Ziller hat in der Vergangenheit nicht gerade ein Blatt vor den Mund genommen, wenn es darum ging, Morddrohungen gegen Boris Nauen von sich zu geben.«

Zoe blickte ihn an. »Morddrohungen? Meine Güte, das hat er doch nur so dahergesagt! Haben Sie noch nie jemanden verflucht, der Ihnen einen Parkplatz vor der Nase weggeschnappt hat?«
Leon sah sie vielsagend an.
»Okay, haben Sie wohl nicht. Entschuldigung.«
Sein Schweigen brachte sie ins Grübeln darüber, ob Josh womöglich in der Lage sein könnte, seinen leichtfertig dahergesagten Worten auch Taten folgen zu lassen. Es stimmte, nicht nur ein Mal hatte er auf offener Straße Boris in seinem davonbrausenden Chevrolet mit erhobener Faust hinterhergebrüllt, er möge doch vor den nächsten Baum fahren. Sofort verwarf Zoe den Gedanken wieder. Völliger Blödsinn! So etwas konnte doch niemand ernst nehmen.
»Und was ist mit den Beweisen?«, hakte sie nach.
»Maßgebend sind zum gegebenen Zeitpunkt die Untersuchungen am möglichen Tatort«, antwortete der Kommissar.
»Ich war an keinem Tatort.« Mittlerweile war ihre Wut zu einem düsteren Groll abgeklungen. Ihr wurde klar, dass Leon Strater der Einzige war, der ihr helfen konnte, ihre Unschuld zu beweisen.
Er schüttelte den Kopf. »Sie vielleicht nicht, aber der mögliche Täter. Er ist flüchtig, nachdem die Kollegen von der Streife ihn verhaften wollten.«
Es dauerte einen Moment, bis Zoe begriff. »Wen wollten sie festnehmen?«
»Josh Ziller.«
Der Boden unter Zoes Füßen wurde zu Watte. Sie hatte den Punkt des maßlosen Erstaunens überschritten und ließ sich matt auf die Stufen sinken.
»Mein Gott!«

Der Kommissar hockte sich vor sie, legte eine Hand vorsichtig an die Seite ihres Beins. Das Ganze kam ihr vor wie ein wirrer Traum. Das Wort »Verschwörung« bekam eine völlig andere Bedeutung. Anscheinend konnte bloßer Klatsch mehr Schaden anrichten, als sie jemals für möglich gehalten hatte. Die Leute hatten immer über sie geredet, ganz zu schweigen von dem, was ihre Mutter sich anhören musste. Dafür gab es andere, die ihnen wohlgesinnt waren. Irgendwie hielt es sich stets die Waage. Natürlich war Mord etwas anderes, erhitzte die Gemüter, und wer wusste schon, aus welchem braven Bürger plötzlich ein Denunziant wurde.
Zoe bemühte sich, Leon zuzuhören, die Bilder in ihrem Kopf nicht allzu klar werden zu lassen. Josh hatte eine große Klappe, würde aber niemandem etwas zuleide tun – im Gegenteil: Er war es, den sie stets beschützen musste. Bis auf das eine Mal, als er sie gerettet hatte. Sie wollte sich gar nicht erst vorstellen, was damals geschehen wäre, wenn Josh nicht rechtzeitig mit seinem Vater aufgetaucht wäre. Dafür würde sie ihm bis in alle Ewigkeit dankbar sein. Vielleicht war nun der Zeitpunkt, sich zu revanchieren.
»Sie haben versucht, ihn in der Schule zu verhaften? Das ist nicht Ihr Ernst!« Fassungslos schüttelte sie den Kopf. »Für jemanden wie Josh bedeutet eine solche Aktion das soziale Aus.«
Im Blick des Beamten lagen Zustimmung und Wärme. »Es gab eine Vorladung, und die angegebene Postanschrift der Familie Ziller existiert nicht. Zumindest steht dort kein Haus mehr. Die Kollegen hatten keine andere Wahl, als den Jungen in der Schule aufzugreifen. Allerdings ist er ihnen entwischt, was ihn auch nicht gerade entlastet.«

Das konnte Zoe sich gut vorstellen. Josh war flink wie ein Wiesel, streifte schon seit seiner Kindheit durch die Wälder.

»Eine falsche Adresse?«, sprach Zoe mehr zu sich selbst.

»Nur ein Postfach. Ich finde es auch merkwürdig, dass so etwas niemandem auffällt. Anscheinend ist dieser Umstand bei der Meldebehörde schlicht untergegangen«, erklärte er.

Obwohl sie aufgebracht war, musste Zoe sich ein Schmunzeln verkneifen. Joshs Elternhaus war vor über zehn Jahren abgerissen worden, weil das alte Gebäude drohte zusammenzubrechen. Seitdem lebte Josh mit seinem Vater in dessen Jagdhütte oben im Hunsrücker Wald. Allerdings hätten die beiden Streifenpolizisten das wissen müssen. Mit dieser Nachlässigkeit waren sie ihrem Ruf gerecht geworden, denn hinter vorgehaltener Hand nannten die Birkheimer die beiden kauzigen Beamten *Pat & Patachon.* Mit einem Seufzen erwiderte sie Straters Blick.

»Hören Sie, ich darf das zwar nicht sagen, dennoch glaube ich persönlich an Ihre Unschuld, aber …«

»Nichts, was vor dem Wort *aber* gesagt wird, ist wirklich von Bedeutung«, unterbrach sie ihn.

Enttäuschung verrauchte nicht so einfach wie Wut. Bei ihrem letzten Treffen waren sie so etwas wie Partner gewesen. Zumindest hatte Zoe es so empfunden, während sie gemeinsam den Obduktionsbericht studiert, Schlussfolgerungen gezogen und die weiteren Untersuchungsmöglichkeiten eingeleitet hatten. Jetzt fühlte sie sich degradiert, sie war zur Verdächtigen geworden.

Straters Hand näherte sich der ihren, als wollte er sie ergreifen, um sie zu beruhigen. Einem Impuls folgend zog Zoe ihre Hand zurück und fing an, ihre Handflächen nervös aneinanderzureiben. Irgendwann würde die Frage aufkommen, wo sie sich zum Zeitpunkt der Tat aufgehalten hatte. Übelkeit stieg in ihr auf. Sie war damals als Loretta verkleidet im Pydna gewesen. Hunderte Leute hatten sie dort gesehen, doch konnte niemand sie identifizieren. Den Rest des Wochenendes hatte sie allein in ihrem Atelier verbracht. Ein vollkommen nutzloses Alibi. Außerdem hätte ebenso gut Loretta in Verdacht geraten können, denn in dieser Aufmachung war Zoe schon mehrmals auffällig geworden – auch in Bezug auf Boris. Für jeden Außenstehenden war die Tänzerin Loretta eine Unbekannte. Um sich zu verteidigen, wäre Zoe gezwungen, ihr kleines Geheimnis aufzudecken. Wenn der Kommissar von ihren nächtlichen Ausflügen erfuhr, würde er ein völlig falsches Bild von ihr bekommen. Ihr Magen zog sich zusammen. Sie wischte ihre feuchten Handflächen an ihrer Jeans ab. Es fühlte sich an, als würde eine Falle zuschnappen, die sie selbst aufgestellt hatte. Loretta. Das war nicht wirklich sie, sondern nur eine Art Spiel. Doch wie sollte sie das erklären?

Und der Kommissar? Konnte sie auf das vertrauen, was er sagte, oder handelte es sich bloß um irgendeine psychologische Strategie? Er tat seinen Job. Gut. Aber was dachte er wirklich über sie?

Strater stieß die angehaltene Luft aus und betrachtete Zoe eindringlich. »Aber …«, wiederholte er sein letztes Wort mit fester Stimme, »… andere könnten das möglicherweise nicht so sehen. Deshalb muss ich den Jungen finden und der Gerichtsbarkeit übergeben. Nur mit seiner Aussage haben wir eine Chance, diesen Fall zu lösen.«

Er fuhr sich mit den Fingern durchs Haar. Dabei wirkte er unschlüssig, als wollte er noch etwas sagen und hatte

sich im letzten Moment anders entschieden. Sein Blick war nicht zu deuten. Er hatte allerdings recht: Sie mussten Josh finden. Seine Aussage könnte Licht ins Dunkel bringen. Wenn sich herausstellte, dass Josh unschuldig war, wovon Zoe ausging, würde die Polizei sich darauf konzentrieren, den wahren Täter zu ermitteln. Natürlich waren das nur Spekulationen, die nicht weiter hilfreich waren. Das Einzige, was sie tun konnte, war, Strater dabei zu helfen, Josh aufzuspüren. Sie konnte sich vorstellen, wohin der verrückte Kerl geflohen war.
Zoe wischte ihre Befangenheit beiseite und sprang von den Stufen auf. Gleichzeitig erhob sich Kommissar Strater.
»Okay, mal sehen, wie viel Zeit ich habe.« Zoe las den Termin zu ihrer Anhörung. »Fünf Tage sollten reichen.«
Strater schüttelte lächelnd den Kopf. »Wozu reichen?«
»Um Josh zu finden. Ich werde Sie zur Jagdhütte seines Vaters führen. Dort wohnt er nämlich tatsächlich.«

kapitel 14

Leon war für den nächsten Morgen mit Zoe Lenz verabredet, um sich mit ihr gemeinsam auf die Suche nach Josh zu begeben. Ein paar wichtige Dinge wie ein tragbares GPS-Gerät und sein Handy hatte er in seinen Jackentaschen auf der Rückbank verstaut. Allzu lange dürften sie nicht im Wald unterwegs sein. Immerhin wusste die junge Frau, wo sich die Jagdhütte befand. Dennoch konnte es nicht schaden, eine Flasche Wasser mitzunehmen. Die Sonne lugte am östlichen Horizont hinter dem Gebäude des Bestattungsunternehmens Lenz hervor und versprach einen heißen Tag. Leon fuhr mit dem Wagen vor. Unterwegs hatte er noch getankt und bei dieser Gelegenheit ein paar Donuts an der Tankstelle gekauft. Dennoch war er eine Stunde zu früh. Vielleicht gehörte Zoe Lenz auch zu der überpünktlichen Sorte Mensch. Schlimmstenfalls würde er sie im Pyjama antreffen. Für diesen Anblick wäre er gern bereit gewesen, zu warten, bis sie aufbrachen.

Gerade als Leon die Türklingel betätigen wollte, erweckte ein Geräusch seine Aufmerksamkeit. Er trat einen Schritt zurück und blickte die Häuserfassade hinauf. Dabei lauschte er, um herauszufinden, woher das monotone Gemurmel kommen mochte. Nicht besonders klangvoll, erinnerte es dennoch ein bisschen an Gesang. Verwundert blickte Leon sich um. Frau Lenz hätte doch kaum ihrem Ausflug zugestimmt, wenn für heute eine Trauerfeier vorgesehen gewesen wäre.

Das Beerdigungsunternehmen lag abseits des ohnehin schon ruhigen Dorfes. Bei etwas mehr Umgebungslärm hätte Leon das seltsame Geräusch möglicherweise nicht wahrgenommen oder es für das Rauschen des Windes gehalten. Im Haus schien alles ruhig zu sein. Unweit dahinter grenzte der Hunsrücker Wald an, davor lag die kleine Kapelle. Stutzig geworden, machte er sich über den schmalen Steilweg an den Aufstieg. Vor den hölzernen Stufen blieb Leon stehen. Der Gesang hatte abrupt aufgehört. Gerade eben? Oder als er auf dem Weg hinauf gewesen war? Er war sich nicht sicher. Ein eigenartiges Gefühl beschlich ihn, ließ ihn zögern, ohne Einladung auf einem fremden Grundstück herumzulaufen. Unsinn! Er war schließlich Polizist. Neugier gehörte zu seinem Beruf.

Morgendliche Stille lag wie ein Schleier der Vergangenheit über der Umgebung. Nur vereinzelt zwitscherten Vögel in der Ferne, während ihre Artgenossen innezuhalten schienen. Leon drehte sich um, damit der Anblick seines Autos unten auf der Straße ihn daran erinnerte, dass er sich im einundzwanzigsten Jahrhundert befand. Ein Windstoß strich über ihn hinweg, kühler als für die Jahreszeit üblich. Die feinen Härchen auf Leons nackten Armen richteten sich auf.

Die kleine Handglocke bimmelte leise in ihrer Befestigung über der Eingangspforte der Kapelle. Gedämpft vom soliden Mauerwerk der Miniaturkirche, drang eine Frauenstimme aus dem Inneren der Kapelle an sein Ohr. Die einst weiße Tür konnte sich an ihren letzten Anstrich nicht mehr erinnern. Leon drückte sie auf und trat in die kühle Dunkelheit. Seine Augen brauchten einen Moment, um sich an das gedämpfte Licht zu gewöhnen. Durch die geöffnete Tür zog ein Sonnenstrahl seine Spur über den blassroten Teppich des Mittelgangs. Feinste Staubpartikel schwirrten in der Luft, wurden unsichtbar, sobald sie die Grenze von Licht und Schatten überschritten hatten. Jeder Platz auf den Holzbänken schien von Gläubigen besetzt zu sein, die ihre Blicke starr nach vorn richteten. Unangenehm berührt, räusperte Leon sich leise und nickte entschuldigend. Doch niemand nahm Notiz von ihm, obwohl sein Eintreten nicht unbemerkt geblieben sein konnte. Er empfand die andächtige Atmosphäre in jeder Kirche als ergreifend. Das hatten Gottesdienste wohl so an sich. Doch die demütige Haltung der vorwiegend schwarz gekleideten Gestalten in den Bänken erinnerte ihn an Quäker, eine religiöse Gemeinschaft, die sich im siebzehnten Jahrhundert unter dem Einfluss eines Laienpredigers gegründet hatte und auf Außenstehende aufgrund ihrer Bräuche bis heute befremdlich wirkte. Die ungewöhnlich frühe Morgenstunde verlieh dem Ganzen den Hauch eines geheimen Treffens.

Die Stimme der Frau auf der Kanzel erfüllte den Raum auf beeindruckende Weise. Warm, kraftvoll und überdeutlich transportierte sie die Worte zu jedem einzelnen Zuhörer. Leon fand keine Anzeichen für die technische Vorrichtung eines Mikrofons oder Lautsprechers.

»Und er sprach: Siehe, hier ist Feuer und Holz; wo ist aber das Schaf zum Brandopfer?

Abraham antwortete: Mein Sohn, Gott wird sich ersehen ein Schaf zum Brandopfer. Und gingen die beiden miteinander.

Und als sie an die Stätte kamen, die ihm Gott gesagt hatte, baute Abraham dort einen Altar und legte das Holz darauf und band seinen Sohn Isaak, legte ihn auf den Altar oben auf das Holz und reckte seine Hand aus und fasste das Messer, dass er seinen Sohn schlachtete.

Da rief ihn der Engel des Herrn vom Himmel und sprach: Abraham! Abraham! Er antwortete: Hier bin ich.

Er sprach: Lege deine Hand nicht an den Knaben, und tu ihm nichts; denn nun weiß ich, dass du Gott fürchtest und

hast deines einzigen Sohnes nicht verschont um meinetwillen.«
Die Predigerin schloss die Augen, ihre Hände ruhten auf dem Stehpult. Die dramaturgische Einlage beschied nicht nur den Leuten im Raum eine erwartungsvolle Atempause. Leon wartete ebenso darauf, dass die Frau weitersprach.
»Wir alle wissen um Abrahams Versuchung im ersten Buch Mose, Kapitel 22, wie er Gottes Wort missdeutete und dennoch die Prüfung bestand. Denn er hat gesehen, was er sehen sollte. Gott hat sehend gemacht.«
Plötzlich richtete die Predigerin ihren Blick in Leons Richtung, ohne ihre Rede zu unterbrechen. Ihre Halsschlagadern traten hervor, es schien, als schwölle ihr Hals an. Ihre Augen glänzten im Schein der Kerzen.
Leon zuckte zusammen und wunderte sich im selben Moment über seine Reaktion. Für einen Moment schien er eingelullt gewesen zu sein im Netz der kryptischen Worte, deren mitreißende Leidenschaft wie Spinnweben im Gebälk der Kapelle hängen geblieben war. Er drehte sich um, um sicherzugehen, dass die Aufmerksamkeit der Predigerin tatsächlich ihm galt. Tat sie nicht. Beinahe hätte er erleichtert ausgeatmet, als er Zoe Lenz neben sich wahrnahm. Sie war unbemerkt hinter ihn getreten und erwiderte nun mit einer Intensität den Blick ihrer Mutter, dass Leon verblüfft zurückwich. Obwohl ihre Miene vollkommen regungslos blieb, konnte kaum mehr Entschlossenheit vermittelt werden. Die beiden Frauen standen sich gegenüber wie kampfbereite Feldherren, darauf bedacht, die Armee zwischen ihnen auf ihre Seite zu bringen.
Unnötigerweise hob die Predigerin ihre Stimme. »Wie Gott auf Abrahams Berg sichtbar wurde, so sehen wir

ihn auch hier unter uns. Denn auch wir machen uns für Gott sichtbar und erkennen den Gehörnten, das leibhaftige Böse. Und sehet, Gott ist bei den Getöteten, bei jenen, die zu Lebzeiten blind waren.«

»Mutters Lieblingspredigt«, sagte die junge Frau tonlos und zuckte mit den Achseln. »Sie sieht in ›Abrahams Versuchung‹ ihre apostolischen Lehren bestätigt, besonders was die Vergebung der Sünden nach dem Tod betrifft.« Sie drehte sich um und steuerte auf den Ausgang zu. Leon folgte ihr.

»Aber reden kann sie«, erwiderte er, nicht ohne Bewunderung. Draußen vertrieben die Sonnenstrahlen schnell die Gänsehaut auf seinem Rücken.

Zoe Lenz ließ mit einem Rums die schwere Tür hinter ihnen ins Schloss fallen. Dahinter predigte ihre Mutter ohne Unterlass weiter, als wären sie beide nie da gewesen.

»Sie kennen sich ziemlich gut mit Bibelstellen aus«, bemerkte Leon.

Zoe warf ihm unter zusammengezogenen Augenbrauen einen Blick zu. »Wohl kaum! Es liegt daran, dass ich mir den ganzen Unsinn mein Leben lang anhören musste.«

»Abraham. Ist das nicht der Apostel, der in blindem Gehorsam seinen einzigen Sohn verbrennen wollte?«

»Sind Sie gläubig?« Ihre Frage klang verwundert.

»Nur evangelisch.« Er zwinkerte ihr zu. »Ich werde aus beruflichen Gründen öfter mit den verschiedensten Auslegungsformen der Bibel konfrontiert. ›Abrahams Versuchung‹ taucht nicht selten auf, wenn Gesinnungsmörder nach ihrer Überführung versuchen, ihre Motive zu verteidigen.«

»Das ist absurd«, erwiderte sie kopfschüttelnd.

»Ist nicht jedes Mordmotiv absurd?«

Sie bückte sich nach dem Rucksack, den sie am Fuße der Treppe abgelegt hatte, und schulterte ihn. Eine Antwort blieb sie ihm schuldig.

Leon musterte den prall gefüllten Beutel. »Was haben Sie alles eingepackt? Wir haben doch keine Tagestour vor.«

Die junge Frau warf ihm einen seltsamen Blick zu. »Wir werden mehrere Stunden unterwegs sein. Ich bin gern für alle Fälle gewappnet.«

Während Leon ihr folgte, beschäftigten ihn weiterhin die Worte ihrer Mutter. Die Intensität, mit der sie die Geschichte vorgetragen hatte, war ihm unter die Haut gegangen. In der Bibel war die Rede von einem Widder, den Gott angeblich als Blutopfer forderte. In der Predigt sprach sie von dem Gehörnten, dem leibhaftigen Bösen, als wollte sie eine drohende Apokalypse ankündigen.

»Seit wann predigt Ihre Mutter?« Leon betrachtete die feinen Löckchen, die sich an ihrem Nacken kräuselten. Die Kapuze ihrer Regenjacke lag wie ein geknubbelter Stoffhaufen darunter. Er musste lächeln.

»Schon immer«, erwiderte sie, ohne sich umzudrehen. »Sie meint, meine Geburt hätte sie daran gehindert, in einen Orden einzutreten.«

Ihr mürrischer Tonfall ließ darauf schließen, dass sie sich nicht gern mit Fragen zu ihrer Mutter befasste.

»Na ja, Ihrer Geburt dürfte ja noch etwas Maßgebliches vorangegangen sein. Oder sind Nonnen heutzutage nicht mehr jungfräulich?«

Er beschleunigte seinen Schritt, damit er ihr Gesicht sehen konnte. Ein feines Lächeln zog sich über ihre Mundwinkel, während sie ihn unter dem Rand ihres Käppis anblinzelte. Es freute ihn, sie mit einer kleinen Witzelei aufgeheitert zu haben.

Sie steuerte auf das ans Haus grenzende Garagentor zu

und zog es auf, wobei die Scharniere laut quietschten. Leon zog eine Miene, weil das Geräusch ein unangenehmes Ziehen in seinem Zahnfleisch verursachte. Hier war dringend eine Schmierung nötig!
Zoe kramte im staubigen Halbdunkel aus abgelegten Gegenständen des Hausgebrauchs herum. »Ich nehme vorsichtshalber eine Taschenlampe mit. Sie muss doch hier irgendwo sein …«
Währenddessen blickte Leon sich um. Am Garageneingang lehnte ein Damen-Hollandrad mit Weidenkörbchen am Lenkrad. Im Gegensatz zu den meisten anderen Dingen war es frei von Spinnweben oder Staub, schien also noch benutzt zu werden. Allerdings erinnerte der Allgemeinzustand des etwas in die Jahre gekommen Rades eher an das BMX eines Halbwüchsigen, mit dem kürzlich eine wilde Rallye unternommen worden war. Der untere Rahmenteil war schlammbespritzt, die Profile der Räder angefüllt von getrockneten Lehmresten.
»Ganz schön sportlich!«, äußerte Leon.
»Mmh?« Zoe suchte gerade ein Regal in der Ecke ab.
»Ihre Fahrradtouren.«
»Was, meine?« Mit der Taschenlampe in der Hand wandte sie sich um. »Fahrradfahren? Nie im Leben!« Sie ging mit gerunzelter Stirn an ihm vorbei. »Das Thema war bei mir durch, sobald ich den Führerschein hatte. Bei den Strecken, die man hier zurücklegen muss, fiebert jeder seinem ersten Auto entgegen, das können Sie mir glauben!«

Nach einer halbstündigen Autofahrt endete die Landstraße so abrupt vor einer grünen Wand aus Bäumen, dass Leon scharf bremsen musste. Ein Verkehrsschild, das auf eine Sackgasse hindeutete, musste er wohl übersehen haben. Unmittelbar an den Asphalt grenzte der Wald und schien sich aus diesem Blickwinkel unübersehbar weit zu erstrecken.

»Von hier aus geht es zu Fuß weiter«, verkündete Zoe und griff nach ihrem Rucksack.

»Wow, hatten die Straßenbauer keine Lust mehr, weiterzuarbeiten?« Leon legte den Rückwärtsgang ein, um den Wagen etwas abseits auf dem Grünstreifen zu parken.

»Die ganze Fläche wurde damals kurzfristig zum Naturschutzgebiet erklärt. Der Bau der Straße wurde abgebrochen und alles einfach so belassen«, erklärte sie.

Während Leon sein Schulterholster anlegte und die gesicherte Dienstwaffe verstaute, sah er zu dem dichten Grün hinüber. »Ziemlich weiter Schulweg, den Ihr Freund täglich auf sich nehmen muss.«

»Josh ist nicht so ein Freund, wie Sie denken.« Sie warf ihm einen genervten Blick zu.

»Kein Grund, sauer zu werden. So war es nicht gemeint«, erwiderte Leon verwundert. Anscheinend schätzte sie es nicht, wenn man ihr und Josh Ziller mehr als bloße Freundschaft andichtete.

Den Großteil der Fahrt hatten sie schweigend zurückgelegt. Leon konnte Zoe Lenz' Anspannung deutlich spüren. Immer wieder war sein Blick zu ihr hinübergeschweift, um ihr halb abgewandtes Profil zu bewundern. Nachdenklich hatte sie gewirkt, aber auch gefasst. Bei manchen Radiosongs hatte sie mit den Fingern den Takt auf ihrem Oberschenkel geklopft, anscheinend, ohne es zu bemerken. Durch den Fußmarsch schien sich ihre Stimmung zu heben. Mit strammen Schritten marschierte sie vor ihm her, überwand mit beinahe tänzerisch anmutenden Bewegungen umgefallene Baumstämme. Zwischendurch warf sie immer wieder einen Blick über die

Schulter, um zu prüfen, ob er ihr noch folgte. Ihre geröteten Wangen und das angedeutete Lächeln wirkten ansteckend auf Leon.
Er atmete tief die frische Luft ein und versuchte, mit ihrer Geschwindigkeit mitzuhalten. Er war gut trainiert. Doch regelmäßige Besuche im Vierundzwanzig-Stunden-Fitnesscenter erforderten eine andere Art der Kondition als ein Waldlauf mit Hindernissen, denen man ständig ausweichen musste. Schon nach einer Weile hätte Leon Mühe gehabt, sich zu orientieren. Nahezu undurchdringlich schloss sich der Wald in alle Richtungen wie eine Ringmauer. Überall wucherten überdimensionale Farngewächse. Moosflechten zogen sich über die Stämme uralter Bäume, weil kaum Sonnenlicht in die schattigen Tiefen hinabdrang. Ein Blick nach oben zeigte Fetzen von strahlend blauem Himmel zwischen Baumwipfeln, die im Wind schaukelten. Selbst das Zwitschern der heimischen Vögel wirkte wie gedämpft. In der Ferne nahm er das Geräusch eines Flugzeuges wahr, das vom nahe gelegenen Flughafen Hahn startete. Ansonsten stellte das von ihren Schritten verursachte Knacken der Zweige, die am Boden lagen, das einzige Geräusch dar. Instinktiv tastete er nach seinem GPS-Gerät, beließ es aber, wo es war.
Zoe Lenz lief zielstrebig voran und schien genau zu wissen, wohin es ging. Nach einer Weile verringerte sie den Abstand zwischen ihnen. »Joshs Vater lebt sehr zurückgezogen in der Jagdhütte. Früher wohnte Josh eine Zeitlang bei seiner Großmutter im Ort, damit er nicht täglich den langen Schulweg auf sich nehmen musste.«
»Erklärt das Missverständnis mit seiner Adresse«, fügte Leon hinzu.
Sie zuckte leicht mit den Schultern. »Dort hat er es aber nicht lange ausgehalten. Seine Oma war ziemlich streng.«

Da nahm er lieber die Schikanen seiner Klassenkameraden im Bus auf sich. Der Schulbus fuhr allerdings nur bis zur letzten Möglichkeit, um auf die Umgehungsstraße abzubiegen. Von dort aus benutzte Josh Schleichwege durch den Wald.

»Ich war nur ein paarmal bei ihm zu Hause. Seinen Vater habe ich dabei kaum gesehen. Entweder war er unterwegs oder im Lehnstuhl eingenickt«, erzählte sie und warf einen kritischen Blick nach oben.

Erneut erhöhte sie das Tempo. Leon gab es nicht gern zu, doch langsam kam er aus der Puste. »Warum rennen wir so?«

»Weil es jeden Moment zu regnen anfängt und wir den Unterschlupf da vorn erreichen sollten.« Sie deutete mit einer Kopfbewegung in eine bestimmte Richtung.

Leon folgte mit dem Blick und sah nichts außer Bäume. »Welcher Unterschlupf?«

Gleichzeitig klatschte der erste Regentropfen auf seine Stirn. Über ihm hatten sich unbemerkt graue Regenwolken über den eben noch klaren Himmel gezogen. Vielleicht hätte er der Wettervorhersage im Radio doch mehr Beachtung schenken sollen, deren allgemein bekannte Unzuverlässigkeit sich in den Höhen des Hunsrücker Waldes offensichtlich nicht bewahrheitete. Im Gegensatz zu Zoe Lenz machte es Leon nichts aus, ein bisschen nass zu werden. Bei dieser Wärme würden ihre Klamotten schnell wieder trocken. Doch sie war bereits losgelaufen und spurtete auf ein für ihn unsichtbares Ziel zu. Es blieb ihm nichts anderes übrig, als die Beine in die Hand zu nehmen und zu hoffen, dass es nicht mehr allzu weit war.

Die klapprige Tür des Verschlags drohte aus den Angeln zu springen, als Zoe mit der Schulter dagegenstieß. Sie

war seit einer Ewigkeit nicht mehr hier gewesen, kannte aber wenigstens die ungefähre Lage der Wanderhütte – sofern der provisorische Unterschlupf diese Bezeichnung verdiente. In Wahrheit handelte es sich um nichts anderes als den Nachbau eines aus Ästen erstellten Fuchsbaus mit Blätterdach. Davon gab es einige im Wald, die im Laufe der Jahre von rücksichtsvollen Wanderern errichtet worden waren. Ihr Erinnerungsvermögen hatte Zoe zumindest nicht im Stich gelassen, obwohl mittlerweile Laubranken bis zum Boden wucherten, so dass der Verschlag kaum noch auszumachen war.
Es war Eile angesagt. Inzwischen hatten die wenigen Regentropfen Gesellschaft bekommen und sich zu einem Platzregen entwickelt. Zwar hatte Zoe die Vorzeichen rechtzeitig bemerkt, dennoch waren ihre Schultern und Haare auf den wenigen Metern durchnässt worden. Strater eilte hinter ihr durch die Tür und schüttelte sich wie ein nasser Hund. Mit ihm strömte frische Waldluft herein und vertrieb den modrigen Geruch im Innern des Verschlags. Der kleine Raum maß keine acht Quadratmeter und war lediglich mit einer Bank ausgestattet. Das genügte für gewöhnlich, um auszuharren, denn so schnell ein Platzregen einsetzte, so schnell konnte er auch wieder aufhören.
Zahlreiche eingeritzte und nicht immer jugendfreie Liebesbekundungen an den verwitterten Bretterwänden zeugten jedoch davon, dass die Hütte nicht nur als Regenschutz diente. Nachdem Zoe die Verschlagtür an einem Halteseil zugezogen hatte, ließ sie ihren Rucksack auf die Bank gleiten und kramte ein Handtuch hervor. Sie rieb sich über die Haare und trocknete ihr Gesicht damit ab, bevor sie es dem Kommissar reichte. Er nahm das Handtuch dankbar entgegen und wischte sich damit

über die Stirn. Dabei schüttelte er immer wieder perplex den Kopf, weil er anscheinend nicht mit einem Wolkenbruch gerechnet hatte.

Zoe hatte fast vergessen, wie wundervoll es war, durch den Wald zu streifen. Früher hatte sie oft Wanderungen unternommen. Manchmal mit Josh, häufig allein. Bei Wind und Wetter, zu jeder Jahreszeit. Wie sehr sie das vermisste, war ihr erst heute klargeworden. Während ihres Fußmarsches war ihr immer wieder aufgefallen, dass Kommissar Strater sie beobachtete, was sie zunehmend verunsicherte. Dazu kamen seine Fragen, deren Hintergrund oder Sinn ihr zum Teil schleierhaft war. Natürlich gehörte das zu seiner Ermittlungsarbeit, doch insgeheim wünschte Zoe sich ein bisschen, ihn unter anderen Umständen kennengelernt zu haben. Dass er zusätzlich ihre Mutter in Höchstform erlebt hatte, machte die Sache nicht angenehmer. Eigentlich hatte sie damit aufgehört, sich für ihre Mutter zu schämen. Doch vor ihm war ihr das erzkonservative Auftreten von Isobel ebenso peinlich wie für andere Mädchen die Tatsache, dass ihre Mütter die gleichen Jeans trugen. Außerdem glaubte sie, in seinem forschenden Gesichtsausdruck eine Spur Misstrauen erkannt zu haben, als sie die Kapelle verließen.
Durch die Ritzen des Verschlags drang kaum Licht ins Innere. Der Regen würde noch eine Weile andauern, was ihren Aufbruch hinausschob. Dagegen konnte sie nichts machen, egal, wie ungeduldig sie wurde. Sie konnte es kaum erwarten, endlich mit Josh zu sprechen. Warum war er bloß vor der Polizei abgehauen? Er hatte doch nichts zu verbergen. Was immer in seinem Kopf vorging, mit der Fluchtaktion hatte er ihnen allen Schwierigkeiten bereitet. Sein Vater würde sicher nicht begeistert sein,

wenn Zoe mit der Polizei auftauchte. Es war ihr unangenehm, doch ging es nicht nur um Josh, sondern auch um ihre eigene Zukunft. Solange sich der Verdacht der Polizei auf Josh oder sie fokussierte, würde die Suche nach dem wahren Mörder brachliegen.

Strater zog seine Jacke aus und breitete sie zum Trocknen auf der Bank aus. Gänsehaut überzog seine Arme. Das T-Shirt klebte feucht an seinen Schultern. Kein besonders wetterfestes Material. Zoe war davon ausgegangen, dass er besser vorbereitet sein würde. Sie biss sich auf die Unterlippe, um ein Schmunzeln zu unterdrücken.

»Hey, ich kann sehen, dass Sie sich über mich lustig machen!« Anscheinend war ihm ihr Anflug von Schadenfreude nicht entgangen.

Zoe schüttelte schweigend den Kopf. Plötzlich wurde ihr seine Nähe bewusst. Sie räusperte sich nervös und kramte eine Flasche Wasser aus ihrem Rucksack.

»Dann hoffen wir mal, dass wir unseren Flüchtling fangen. Sind Sie sicher, dass wir ihn in der Jagdhütte finden?«, fragte er.

»Nein, sicher kann ich nicht sein. Ich gehe aber davon aus. Werden Sie ihn verhaften?«

»Ich muss ihn in Gewahrsam nehmen, sonst wird eine Fahndung ausgeschrieben. Früher oder später wird man ihn stellen«, erwiderte er ernst.

»Das klingt, als wäre klar, dass er schuldig ist.« Zoes Magen zog sich zusammen.

»Erst wenn er seine Aussage gemacht hat und ich sie überprüft habe, sehen wir weiter. Leider deutet bislang vieles auf ein handfestes Motiv hin.«

»Handfest?« Zoe blickte ihn an.

Einen Moment schien der Kommissar nach den richtigen Worten zu suchen. »Nun, tatsächlich scheinen die Opfer nicht nur Freunde gehabt zu haben. Menschen wurden schon aus geringeren Gründen umgebracht. Dazu kommt eine Dunkelziffer gewaltsamer Todesfälle, die wir nur erahnen können. Und bei den Sachen, die man über die drei hört, scheint es hier nicht um ein paar gestohlene Gartenzwerge zu gehen.« Er hielt inne, steckte seine Hände in die Hosentaschen und zog die Schultern zusammen. Die silberne Kette um seinen Hals bewegte sich dabei. Unter dem Kragen seines T-Shirts verschwand der Anhänger zwischen seinen Brustmuskeln.

Zoe fragte sich, ob Polizisten auch eine Erkennungsmarke wie Soldaten trugen. Sein Anblick irritierte Zoe. Sie wandte sich um und tat so, als würde sie nachsehen, ob es noch regnete, obwohl es unüberhörbar war: Der Regen rauschte herab. In der Nähe knackte es im Gehölz. Vermutlich war ein schwerer Ast den durchnässten Hang heruntergerutscht. Ein unbestimmtes Gefühl verriet ihr, dass die Sprache gleich auf sie kommen würde.

»Ich weiß von der Sache damals«, begann Strater vorsichtig.

Zoes Rücken versteifte sich. Seine Worte trafen eine wunde Stelle. Der bemüht nachsichtige Tonfall entzündete eine Flamme des Zorns in ihr. Wie sie das hasste! Natürlich wusste er davon! Er war Polizist und hatte ganz Birkheim ausgefragt. Mit zusammengepressten Lippen schloss sie genervt die Augen. Sie wollte nichts von all den scheinheiligen Mitleidsbekundungen und an den Haaren herbeigezogenen Verdächtigungen hören. Nicht von ihm.

Plötzlich fühlte Zoe sich vom Schicksal genarrt, zurückgeworfen in eine Zeit, an die sie sich nicht gern erinnerte. Sie hatte die Vergangenheit eigentlich gut im Griff. Boris' Leiche auf ihrem Tisch – damit konnte sie umgehen, weil

sie sich auf ihre Arbeit konzentrierte. Aber von einem Fremden, ob Polizist oder nicht, erneut mit der Tat von damals konfrontiert zu werden, drohte, ein emotionales Chaos auszulösen.
Hinter sich nahm sie seine Bewegung wahr.
»Josh hat damals Zivilcourage bewiesen, was durchaus lobenswert ist. Sie sind Freunde, doch ich habe den Eindruck, er ist Ihnen ergebener, als Sie glauben.«
»Das sind doch nur Vermutungen!«, rief Zoe aufgebracht aus. Abrupt fuhr sie herum und funkelte Leon an.
»Oder objektive Beobachtungen«, entgegnete er mit fester Stimme. Er musterte sie und runzelte die Stirn.
»Klar, und jeder, der mich kennt, läuft gleich los und tötet meine Scheißpeiniger!«
Entsetzt hielt Zoe inne. Der Ausbruch war unerwartet heftig. Noch nie hatte sie derart hasserfüllt über Boris gesprochen. Gefühlt hatte sie die unterschwellige Verbitterung immer.
Strater machte einen Schritt auf sie zu. Sie wich zurück.
»Nein, aber manchmal merkt man nicht, wenn jemand einem nahesteht und schon gar nicht, wie derjenige tickt.« Ein Schatten zog über seine Miene.
Zoe schnappte nach Luft. »Das ist doch … pffh!« Ihr fehlten die Worte, während sie versuchte, seinem Blick standzuhalten. Seine Augen schienen jeden Winkel ihres Gesichts zu scannen.
»Dieser Fall wird aufgeklärt. Egal, wie schwer es ist, ein Geheimnis aufzudecken, es ist noch viel schwerer, eines zu wahren.«
»Wem sagen Sie das!«, sagte Zoe mehr zu sich selbst.
Der junge Mann kam langsam auf sie zu. Es war unmöglich, seinen Gesichtsausdruck zu deuten. Die Atmosphäre veränderte sich deutlich. Die feuchtwarme Luft schien

sich aufzuladen. Er stand so nah vor ihr, dass sie seinen Atem spürte. Die Wand im Rücken vereitelte jede Flucht. Wobei sie nicht einmal sicher war, ob sie überhaupt weglaufen wollte. Ihr Herz klopfte.

»Wenn Sie mich weiter so angucken, erstarre ich gleich zur Salzsäule, und Sie stehen vor dem Problem, mich abtransportieren lassen zu müssen.« Mit einem Zwinkern versuchte Leon, die Situation aufzulockern.

Regen prasselte lautstark auf das undichte Holzdach. Wasserspritzer benetzten Zoes Wange. Dennoch bot der Schauer keine Abkühlung. Sie schwitzte unter ihrer Jacke, besonders an der Stelle, wo Strater nun seinen Arm um ihre Taille legte. Der kurze Impuls, auszuweichen und wegzulaufen, fiel ihren puddingweichen Knien zum Opfer. Langsam näherte sein Gesicht sich dem ihren. In rascher Abfolge flogen seine Blicke über sie hinweg, als wollte er sich etwas einprägen, das nur für den Bruchteil einer Sekunde sichtbar war, bevor es auf ewig verschwand. Eines seiner Augen schien sich nicht ganz dem Rhythmus anpassen zu wollen und hinkte anrührend hinterher. Dieser Silberblick gab ihr das Gefühl, auf ganz besondere Weise angesehen zu werden. Sie lächelte kurz, und ihr Atem beschleunigte sich.

Winzige elektrische Stöße durchfuhren Zoe, als Leons Lippen die ihren trafen. Zunächst vorsichtig tastend, als wollte er ihre Reaktion abwarten. Doch Zoe war nicht in der Lage, zu reagieren. Ihre Vernunft war ausgeschaltet. Ihre Gefühle fuhren Achterbahn. In ihrem Kopf löste ein Schwindel den nächsten ab. Das Einzige, was funktionierte, war ihr Instinkt. Ihre Hand legte sich ohne ihr Zutun auf seine Schulter. Er zog sie näher an sich. Zoe schloss die Augen und erwiderte seinen Kuss. Sie fiel in ein Meer aus Watte und hätte nichts dagegen gehabt, wenn die Welt auf einmal stehen geblieben wäre. Leons leises Seufzen berührte ihr Herz. Langsam tastete seine Hand unter ihrer Bluse und ruhte an ihrer Taille. Seine Daumenspitze berührte den unteren Rand ihres BHs, während sein Kuss fordernd wurde.

In Zoes Kopf schrillten die Alarmglocken. Bis hierher und nicht weiter! Allerdings fühlte sich seine Hand auf ihrer nackten Haut verdammt gut an. Trotzdem! Mit leichtem Bedauern löste sie sich von ihm und machte Anstalten, seitlich auszuweichen. Sofort trat er einen Schritt zurück.

»Es tut mir leid, Zoe! Das hätte nicht passieren dürfen.« Leon wirkte bestürzt. Mit einer Hand rieb er sich über den Nacken.

»Ist schon gut«, lenkte sie ein. »Es ist nur so … ich bin …« Weil ihr die Worte fehlten, atmete sie laut aus.

»Ich habe dich falsch eingeschätzt. Du wirkst reifer und abgeklärter als die meisten Frauen in deinem Alter. Besonders neulich im Pydna … das warst du doch, oder?«

Zoe stockte der Atem, so überrumpelten seine Frage und die nun persönliche Anredeform sie. Es handelte sich um eine rhetorische Frage, erkennbar an seinem unverbindlichen Tonfall. Er kannte die Antwort. Die Hütte war durchaus klein, doch plötzlich schienen sich die Wände bedrohlich auf Zoe zuzuschieben.

»Aber wie …?« Ihre Kehle schnürte sich zu. Noch nie hatte jemand sie erkannt! Die Maskerade um Loretta war undurchdringlich. Perfekt. Okay, sie hatte Josh nicht umsonst davon abgehalten, ins Pydna zu gehen. Er war ihr zu vertraut, so dass sie befürchtete, er würde sie erkennen. Aber Leon hatte sie erst vor kurzem getroffen. Wie war es möglich, dass er sie enttarnte?

»Wie ich dich erkannt habe?« Leon trat wieder zu ihr.

Zoe versuchte, eine ausdruckslose Miene aufzusetzen. Sie verschränkte die Arme vor ihrer Brust.
»Es hat eine Weile gedauert«, gab er zu. »Genau genommen habe ich es erst heute bemerkt. Deine Bewegungen, als du vor mir hergelaufen bist, erinnerten an deinen Tanz. Dein Mund …« Er fuhr mit dem Daumen über ihre Unterlippe. »… ist sogar unter Tonnen von Schminke wiederzuerkennen. Ausschlaggebend war jedoch dein wütender Blick. So wie dieser jetzt.« Er hob eine Augenbraue.
Es machte keinen Sinn, es abzustreiten. Im Grunde empfand Zoe sogar eine gewisse Erleichterung, auch wenn Leon es gerade fertiggebracht hatte, ihr Innerstes nach außen zu kehren. Seine Worte berührten sie, doch gleichzeitig war sie etwas enttäuscht, weil Lorettas Aufzug Eindruck auf ihn gemacht hatte. Eine widersprüchliche Eifersucht überkam sie. Sie wollte, dass er sie so mochte, wie sie wirklich war.
Kampflustig fuhr sie ihn an: »Aha. Und du glaubst, wenn eine Frau in Hotpants mit dem Hintern wackelt, ist sie leicht zu haben!«
Sie griff nach ihrem Rucksack und ließ ihn mit verdatterter Miene stehen. »Wir können aufbrechen, es hat aufgehört zu regnen.«
»Warte! So habe ich es nicht gemeint. Ich kann mir selbst nicht erklären, wie ich mich so gehenlassen konnte. Ich bin im Dienst.«
An der Tür fuhr Zoe herum. »Keine Sorge, ich werde dich schon nicht bei deinem Chef verpetzen!«
Sie marschierte voran, damit er ihre Unsicherheit nicht bemerkte. Doch die Realität holte sie rasch wieder ein. Er war Polizist und sie Zivilistin. Er lebte in der Großstadt, sie in einem kleinen Kaff. Es trennten sie Welten. Sie hat-

ten etwas zu erledigen, sollten sich nicht ablenken lassen. Sicher fühlte er sich auch nicht besser. Es war ein Ausrutscher gewesen, zu dem sie beide ihren Teil beigetragen hatten. Zoe verzog leicht die Mundwinkel. Es war nicht einfach, doch nach einer Weile gelang es ihr, die Fassung wiederzugewinnen.

Der Wald wurde immer undurchdringlicher. Der verwunschene Pfad schlängelte sich unter schweren Efeuranken dahin wie ein Sandwurm in der Wüste. Der Wind flüsterte in den Blättern.

»Es ist nicht mehr weit. Dort hinter dem Hügel befindet sich die Jagdhütte.«

Leon nickte und warf ihr einen Seitenblick zu. Ein verirrter Sonnenstrahl ließ seine grüne Iris aufblitzen. Sie konnte förmlich spüren, wie es in seinem Kopf arbeitete. Eigentlich war es sogar ein bisschen amüsant, mitanzusehen, wie der sonst gelassene Beamte versuchte, seine zerknirschte Miene vor ihr zu verbergen.

»Übrigens«, unterbrach Leon sein Schweigen. »Mir gefällt Loretta, aber …« Er zog das letzte Wort theatralisch in die Länge.

Überrascht über seine verspätete Reaktion, blieb Zoe stehen. »Was, aber?«

»Aber Zoe schlägt sie um Längen.« Er grinste sie an. »Und irgendwann erzählst du mir, was es mit den beiden Ladys auf sich hat. Einverstanden?«

Mit diesen Worten marschierte er voran, als wäre er es, der sich im Wald auskannte. Kein Wunder! Der Hügel, den Zoe vorhin gemeint hatte, ragte unmittelbar vor ihnen auf wie eine grüne Welle in einem Meer aus Bäumen. Belustigt starrte sie auf seinen sich langsam entfernenden Rücken. Ein Lächeln kitzelte in ihren Mundwinkeln.

»Einverstanden.«

kapitel 15

Aus der richtigen Perspektive fotografiert, hätte die Jagdhütte mit dem fröhlich blühenden Rittersporhain im Vordergrund ein passendes Motiv für eine Postkarte abgeben können. Doch die Idylle auf der Lichtung täuschte. Je näher sie dem Haus kamen, desto unwahrscheinlicher erschien es Zoe, dass ihr Freund jemals hier gelebt haben konnte. Windschief lehnte das verwitterte Gebäude sich an den Hügel, wo solides Mauerwerk von einer Blockhüttenwand abgelöst worden war. Ein kleiner Erker schien im Laufe der Jahre mit dem Wald eins geworden zu sein. Wilde Efeuranken griffen von allen Seiten nach dem verlassen wirkenden Haus. Dazwischen lugten blinde Fensterscheiben hervor, umgeben von tiefen Simsen, starr wie tote Augen in Höhlen. Von außen deutete nichts auf ein einladendes Heim hin. Jedes Fenster war von innen verhangen, was nicht unbedingt den Eindruck vermittelte, als wäre alles in Ordnung.

Obwohl die Sonne sich ihren Weg zwischen den Regenwolken hindurchbahnte, fühlte es sich an, als würden sie um Mitternacht über einen Friedhof schleichen, statt den verwilderten Vorgarten einer Jagdhütte zu durchqueren. Mit einem leichten Schaudern legte Zoe eine Hand auf das mit Vogelkot überzogene Treppengeländer. Immer noch besser, als auf den bemoosten Stufen vor der Eingangstür zu stürzen.

»Kaum zu glauben, dass hier jemand wohnt«, sagte Leon mit gedämpfter Stimme. »Dafür mussten sicher ein paar Gesetzeslücken herhalten, denn als dauerhaften Wohnsitz dürfte es hier keine Genehmigung gegeben haben.«

»Das wird Joshs Vater wenig interessiert haben.«

Wieso flüsterten sie überhaupt? Sie hatten doch nicht vor, hier einzubrechen, sondern zu klopfen und zu sehen, ob Josh aufgetaucht war.
Da nirgendwo eine Klingel zu finden war, betätigte Zoe den rustikalen Türklopfer. Nichts rührte sich. Leon griff unter seine Jacke und öffnete den Verschluss seines Schulterholsters. Ein kleines Seitenfenster neben der Tür war nicht verhangen, doch es starrte vor Schmutz. Zoe wischte mit dem Ärmel darüber, schürzte die Hände und spähte in undurchdringliche Dunkelheit.
»Wir versuchen es hintenherum.« Leon bedeutete ihr mit einem Nicken, ihm zu folgen.
Nachdem sie ein Dickicht aus wildwucherndem Brombeergestrüpp mit ein paar Kratzern an den Händen überwunden hatten, erreichten sie den Hintereingang des Hauses. Erneut erwartete sie ein völlig verschmutztes Türfenster. Ein flimmerndes Fernsehbild tauchte den schwach beleuchteten Raum in gespenstisches Licht. Davor erkannte Zoe die Rückseite eines Ohrensessels, auf dessen Lehne eine Hand ruhte.
»Hallo? Herr Ziller?« Ihr Klopfen ließ die marode Tür erzittern.
Keine Reaktion. Sie zuckte mit den Achseln.
Leon schob sich an ihre Seite. »Hier stimmt was nicht. Geh bitte zur Seite!«
Mit dem Ellbogen zertrümmerte er die Scheibe und klinkte die Tür von innen auf. Zoe schluckte. Es kam ihr nicht richtig vor, unaufgefordert in ein fremdes Haus einzudringen. Doch Leon war Polizist. Er wusste, was zu tun war. Aus diesem Grund ließ er ihr auch nicht den Vortritt, sondern ging langsam voran. Sie durchquerten einen Vorraum, der mehr Ähnlichkeit mit einer überdachten Terrasse aufwies. Eine Gruppe farbloser Korb-

möbel stand verlassen in einer Ecke. Die Treppe zum oberen Stockwerk verlor sich in der Dunkelheit.
Im angrenzenden Wohnraum umfing sie modrige, feuchte Stille. Hereinströmende Zugluft wirbelte dicke Staubschichten von den Kommoden auf, die schon bessere Tage gesehen hatten. Spinnweben hingen von den Wänden herab wie fehlplazierte halbdurchsichtige Gardinen. Eine flackernde Neonröhre tauchte den Raum in ein unwirtliches Licht. Ansonsten schienen Glühlampen selten auf dem Einkaufszettel der Zillers zu stehen. Die meisten Lampen blieben dunkel, als Zoe den Lichtschalter betätigte.
Sie unterdrückte ein Husten und zog ihre Taschenlampe aus dem Rucksack. Ein strenger Geruch strömte aus dem Wohnzimmer. Zoe beschlich eine dunkle Vorahnung. Sie wollte sich weigern, das süßlich-faulige Aroma als das zu identifizieren, was es unverkennbar war. Verwundert registrierte sie einen leichten Hauch von Formalin. Das Konservierungsmittel war ihr durchaus vertraut, auch wenn sie für ihre Arbeit auf das weniger gesundheitsschädliche Ethanol zurückgriff. In den gerichtsmedizinischen Labors roch es ständig nach Formaldehyd. Übelkeit erzeugte der Geruch normalerweise nicht mehr bei ihr, und wie ein Seitenblick auf Leon zeigte, schien auch er damit vertraut zu sein. Was in ihr jedoch den Reflex auslöste, nur noch durch den Mund zu atmen, war ein widerliches Gemisch aus zahlreichen Gerüchen, von denen nur einige als Folge eines dauerhaft vernachlässigten Haushalts gewertet werden konnten.
»Herr Ziller, wir sind auf der Suche nach Josh.«
Ihre Hoffnung, der Mann wäre nur eingenickt und würde jeden Moment aufwachen, um sie zu beschimpfen, weil sie in seine Hütte eingedrungen waren, erfüllte sich

nicht. Neben Zoe entsicherte Leon seine Waffe und blieb an der Tür zurück.

Eisige Schauer krochen über Zoes Rücken, als sie langsam auf den Sessel zuging. Plötzlich taumelte sie einen Schritt zurück und stieß einen Schreckenslaut aus. Vor ihr erblickte sie die stark verweste Leiche von Joshs Vater im Sessel. Das Licht aus dem Fernseher flackerte über die ledrige ausgegerbte Haut des Toten. Da dem Körper offenbar jede Flüssigkeit entzogen worden war, entblößte ein bizarres Grinsen das unvollständige Gebiss des Mannes. Die eingefallenen Augen waren von faltigen Lidern bedeckt. Pergamentartige Haut spannte sich über den Schädel, auf dem strähnige Haarflusen sich hartnäckig hielten.

»Ist er tot?« Leon stand noch hinter dem Sessel und trat nun zögernd näher.

»Und wie!«

Zoe beugte sich leicht vor. Der Geruch von Formalin strömte neben den üblichen Verwesungsgerüchen aus jeder Pore des Leichnams. Der goldene Ehering wurde mehr von der Sessellehne als von dem spindeldürren Finger an Ort und Stelle gehalten. Behutsam strich Zoe über die Hand, um die Konsistenz der Haut zu überprüfen. Ledrig mit wenig Widerstand wie eine Dattel. Sie ignorierte das flaue Gefühl im Magen bei dem Gedanken an Dörrobst.

Unter dem Sesselrand lugte das hintere Ende einer übergroßen Einwegspritze hervor. Mit Hilfe eines herumliegenden Lappens griff sie danach und hielt sie hoch.

»Ein Kolbenprober?« Leon ließ seine Waffe sinken.

»Ist einfacher zu besorgen als medizinische Instrumente.« Zoe bückte sich erneut, um unter den Sessel zu sehen. Mit einem Scufzer zog sie eine kleinere metallene

Spritze hervor und betrachtete sie von allen Seiten. »Es sei denn, man klaut sie aus meinem Behandlungsraum.« Kopfschüttelnd ließ sie die Spritze in eine von Leons Beweismitteltütchen fallen, die er ständig im richtigen Moment aus irgendeiner Tasche zu ziehen schien.
»Wie es aussieht, hat hier jemand auf laienhafte Weise versucht, den Körper zu mumifizieren, ohne dabei die fachmännischen Aspekte der Einbalsamierung zu beachten.« Hinter ihr gab Leon einen unbestimmbaren Laut von sich. Zoe hielt die Luft an, während sie das Gesicht des Toten aus der Nähe betrachtete. Mit der Taschenlampe beleuchtete sie die Nase. »Kein Wunder, dass es nicht funktioniert hat!«
»Was meinst du damit?«, fragte Leon.
Zoe war nicht aufgefallen, dass sie ihre Gedanken laut aussprach. »Genau kann ich es nicht bestimmen, doch es sieht danach aus, als wäre der Kopf mit einer Formalinlösung ausgespritzt worden, allerdings ohne vorher das Gehirn zu entnehmen.« Sie deutete auf die Nasenlöcher. »Wie du sehen kannst, gibt es hier keine Spuren einer künstlichen Erweiterung oder von Rissen, die entstehen, wenn man die Hirnhaut aufschneidet, bevor man das Gehirn verquirlt, um es zu entnehmen.«
»Wie beruhigend, dass die Spurensicherung keine breiige Gehirnmasse aus den Nasenlöchern puhlen muss!«, entgegnete Leon indigniert.
Zoe nickte ihm kurz zu und widmete sich wieder ihrer Untersuchung. Was hätte sie darum gegeben, in ihrem Behandlungsraum mit vernünftiger Beleuchtung zu stehen! So konnte sie sich nur auf ihre Vermutungen stützen. Außerdem musste sie darauf achten, möglichst wenig anzurühren, um keine Spuren zu verwischen. Sie wusste, dass die kleinste Veränderung an der Lage des

Toten zu massiven Fehlurteilen bei der ersten Leichensichtung führen konnte.
Ihr Blick schweifte über den Körper der Leiche. Beinahe entspannt lehnte der Mann in seinem Sessel. Die Kleidung schien in ordentlichem Zustand, wenn sie auch im Laufe der Liegezeit arg verstaubt war. Zoe war keine Ärztin, doch schätzte sie grob, dass der Zeitpunkt des Todes mehr als ein Jahr zurücklag. Selbst ein erfahrener Totenbeschauer hätte seine Schwierigkeiten. Hier handelte es sich um einen fortgeschrittenen Verwesungsprozess, der jedoch vom eingespritzten Formalin stark gehemmt worden war. Sie hob das Hemd des Toten hoch, um den Bauchbereich nach Schnitten oder Wunden zu untersuchen. Außer der schwarz gegerbten Hautfläche war nichts zu sehen. Sie ging davon aus, dass die inneren Organe sich noch im Körper befanden.
»Unfassbar …«, stammelte Zoe, plötzlich ergriffen von Joshs unvollendetem Werk. »Das war also der Grund für sein Interesse an meiner Arbeit!«
Sie schüttelte den Kopf. Niemals hätte sie für möglich gehalten, dass ihr bester Freund zu so etwas in der Lage war. Anscheinend verbarg sich hinter seiner verletzlichen Fassade noch eine ganz andere, dunkle Seite. Wenigstens hatte er Skrupel, den Unterbauch seines Vaters aufzuschneiden, um die Organe zu entnehmen.
»Kannst du ihn als Vater von Josh Ziller identifizieren?«, erkundigte Leon sich.
Zoe nickte. »Ich habe ihn zwar erst ein paarmal gesehen, und viel Ähnlichkeit ist nicht mehr festzustellen, aber ich bin mir da ziemlich sicher.«
»Damit wäre klar, warum der Junge abgehauen ist – was auch immer er mit dem Dreifachmord zu tun hat oder nicht. Das hier geht ganz sicher auf seine Kappe.«

Zoe musste ihm recht geben. Vermutlich war Joshs Vater nicht getötet worden, sondern eines natürlichen Todes gestorben. Bestätigen mussten das jedoch letztlich die Gerichtsmediziner. Aus welchen Gründen Josh versucht hatte, seinen Vater zu mumifizieren und in einem Fernsehsessel aufzubahren, war ihr schleierhaft. Fakt war jedoch, dass jeder Todesfall grundsätzlich meldepflichtig, eine Unterlassung strafbar war.
Nachdenklich schüttelte sie den Kopf. »Ich verstehe nicht, warum er das getan hat.«
»Seinen Vater umzubringen oder ihn zur Mumie zu machen?«
Leon bewegte sich auf ein angrenzendes Nebenzimmer zu. Die Endgültigkeit in seiner Stimme verärgerte Zoe. Nicht zuletzt, weil sie sich plötzlich nicht mehr sicher war, ob sie ihren langjährigen Freund wirklich so gut kannte, wie sie geglaubt hatte.
»Ich meinte den Versuch, seinen Vater hier aufzubahren. Es könnten sentimentale Gründe dahinterstecken. Josh hat sonst niemanden. Es muss für ihn ein Schock gewesen sein, plötzlich völlig allein dazustehen. Vielleicht war das seine Art, mit dem Verlust umzugehen.«
Das klang selbst in Zoes Ohren ziemlich abstrus, doch eine andere Idee, um Joshs Verhalten zu erklären, hatte sie nicht. Sie kaute auf ihrer Unterlippe, während sie den toten Mann betrachtete.
»Oder einfach der Versuch, weiterhin von Papas Rente zu leben«, gab Leon zurück.
Verdutzt blickte Zoe ihn an. Was für ein seltsamer Gedanke! Bei näherer Betrachtung durchaus nachvollziehbar, wenn man versuchte, sich in Joshs Lage zu versetzen. Zwar war das in keinster Weise entschuldbar, musste aber nicht zwingend ein Mordmotiv darstellen.

»Ich kann aber keine Anzeichen für einen gewaltsamen Tod feststellen«, widersprach sie beinahe trotzig.
Leons treffende Bemerkung trug trotzdem dazu bei, dass leise Zweifel an Joshs Unschuld in ihr aufkeimten.
»Das konnte man bei den anderen dreien auch nicht«, erwiderte Leon abwesend.
Entnervt schnaubte Zoe. Damit hatte Leon allerdings recht. Unwillkürlich zog sie mit spitzen Fingern den Hemdkragen des Toten vor und beleuchtete den Brustbereich. Auf den ersten Blick waren keine Einstiche zu sehen. Das Gefühl von Genugtuung hielt jedoch nicht lange an. Leons Schritte im Nebenzimmer klangen, als würde er über sandigen Boden laufen. Anscheinend hatte irgendetwas in der staubigen Höhle seine Aufmerksamkeit erregt.
»O Mann!«, hörte sie Leon. »Das solltest du dir ansehen.«
Alarmiert folgte Zoe seiner Stimme. Das winzige Zimmer verdiente diese Bezeichnung kaum. Es war eine fensterlose Kammer, deren spärliches Mobiliar aus einer Pritsche in der Mitte und einer Anrichte bestand. Von der Decke baumelte eine nackte Glühlampe wie ein groteskes Spotlight, das in unregelmäßigem Wechsel die Fotos und Poster an den Wänden beleuchtete. Bestürzt blieb Zoe im Raum stehen und versuchte, zu begreifen, was ihre Augen ihrem Gehirn vermittelten.
Die Kammer war von oben bis unten mit Fotos von ihr beklebt, wovon ihr die meisten vollkommen unbekannt waren. Sogar von der Zimmerdecke blickten ihre eigenen Augen von einem Poster herab. Manchmal befand sich auch Josh auf den Bildern. Zoe erkannte ein paar wieder, die Josh an ihren gemeinsamen Nachmittagen am See gemacht hatte. Harmlose Aufnahmen mit dem Fotohandy.

Aus Spaß hatten sie ihre Münder zu übertriebenen Schmolllippen verzogen und die Köpfe aneinandergelehnt, wie die Duck-Faces der Girlies auf den Internet Communities. In Zoes Ohren rauschte es, als sie sich um die eigene Achse drehte, um das Chaos zu überblicken. Einige Fotos zeigten sie in Unterwäsche, ein paar völlig nackt in ihrem Badezimmer zu Hause. Hitze schoss ihr in die Wangen. Ihre Hände zuckten unter dem Drang, die Fotos sofort von den Wänden zu reißen. Doch ihre Beine waren wie gelähmt und hinderten sie daran.

Wie hatte Josh das angestellt? Er musste auf einen Baum geklettert sein, um sie durch ihr Zimmerfenster zu fotografieren. Doch manche Blickwinkel deuteten darauf hin, dass er sie von der Tür aus fotografiert haben musste. Vor Aufregung schlug ihr das Herz bis zum Hals. Er musste ihr hinterhergeschlichen sein, wenn sie ihn darum gebeten hatte, unten auf sie zu warten. Ein unterschwelliges Grauen tauchte sie in ein Wechselbad aus Scham und Wut. Sie stieß ein Keuchen aus und schlug sich mit der Hand vor den Mund, um einen Aufschrei zu unterdrücken. Sie wagte kaum, Leon anzusehen. Er stand vor einem Tapeziertisch, auf dem zwei mit Flüssigkeit gefüllte Plastikbehälter plaziert waren.

Konzentriert untersuchte er die Behälter und benahm sich dabei völlig normal. Was für Zoe einer mittleren Katastrophe gleichkam, bedeutete für ihn Ermittlungsarbeit. Erleichterung machte sich in ihr breit. Er war professionell genug, in dieser Situation möglichst sachlich zu bleiben. Sie war überzeugt, seine Diskretion würde auch weiterhin anhalten. Zumindest hoffte sie das. Dennoch änderte das nichts an der Tatsache, dass er ihren Körper aus nahezu jedem erdenklichen Winkel auf diesen widerwärtigen Fotografien gesehen hatte. Und es würde noch schlimmer kommen, wenn die Polizei hier eintraf, um ihre Ermittlungen aufzunehmen. Mein Gott! Zoe wünschte sich nichts sehnlicher, als dass sich der Boden unter ihren Füßen auftun würde.

Leon zog ein nicht fertig entwickeltes Foto aus einer Wanne. Eine farblich bearbeitete Porträtaufnahme von Zoes Gesicht sollte wohl ein Andy-Warhol-Kunstwerk imitieren. Zoe verdrehte mit einem Aufstöhnen die Augen.

»Was für ein kleines krankes Arschloch!«, urteilte Leon. Seine Worte formten ein Bild in Zoes Kopf. Plötzlich war die kleine Kammer kein gewöhnlicher Raum mehr, sondern die Stätte eines Fans mit ihr selbst als Ikone. Diese Erkenntnis wandelte Zoes Schrecken in Angst.

Sie zuckten gleichzeitig zusammen, als direkt über ihren Köpfen ein Rumpeln aus dem oberen Stockwerk ertönte, gefolgt von gedämpften Schritten. Leon schoss an Zoe vorbei zum vorderen Teil des Hauses. Zoes Gedanken rotierten. Irgendjemand war dort oben. Es war mit Sicherheit Josh, der aus gutem Grund nicht reagiert hatte, als Zoe an der Haustür geklopft hatte.

Leon war neben ihr im Türrahmen in Deckung gegangen und richtete die gezogene Waffe in den schmalen Flur, der zur Treppe führte. Seiner Geste folgend, hockte Zoe sich hinter ihn.

»Polizei! Kommen Sie mit erhobenen Händen herunter!«

Nichts rührte sich.

»Bleib hier, bis ich zurückkomme!«, flüsterte Leon ihr zu.

»Auf keinen Fall!«, gab Zoe mit fester Stimme zurück.

Sein Blick ging ihr direkt unter die Haut, ließ sie einen Moment in ihrer Entscheidung schwanken.

»Okay, dann halte dich hinter mich!«
In gebeugter Haltung liefen sie den Gang entlang. Kurz vor dem Treppenabsatz stolperte Leon, fing sich aber noch rechtzeitig, bevor er vornüber fallen konnte. Leise fluchend suchte er den Boden nach dem vermeintlichen Hindernis ab.
Zoe war abrupt stehen geblieben. Ein dünnes Drahtseil vibrierte etwa in Knöchelhöhe über dem Boden. Bei dem schummrigen Licht war gerade einmal zu erkennen, dass das Seil bis zur Wand reichte, dort hinauflief und sich in von Spinnweben verhangenen Dachbalken verlor. Dafür war das mechanische Rollen und Knarzen, das nun einsetzte, umso präsenter. Es klang, als würde auf dem Dachboden jemand Bowling spielen. Zoe spitzte die Ohren und blinzelte in die Höhe, um herauszufinden, woher die Geräusche kamen. Vermutlich war jemand oben gegen einen Gegenstand gelaufen und hatte ihn umgeworfen. Mit ächzendem Gebälk hatte das nicht mehr viel zu tun. Sie tastete nach Leons Ärmel, weil ihr die Ungewissheit plötzlich immer bedrohlicher erschien.
Leons Miene zeigte Ratlosigkeit. Im nächsten Moment weiteten sich seine Augen, als oben am Treppenabsatz ein Schatten auftauchte. Ehe Zoe sichs versah, beförderte ein heftiger Stoß von Leon sie von der Treppe weg. Sie landete hart auf dem Boden. Ein Stechen in ihrer Brust nahm ihr die Atemluft, und Blitze tanzten vor ihren Augen.
Leon versuchte, der Bodenvase auszuweichen, die jemand mit voller Wucht die Treppe hinunterwarf, wurde jedoch an der Schläfe getroffen. Er taumelte zurück, fing sich aber wieder. Die Vase krachte an die gegenüberliegende Wand und zerschellte in tausend Stücke. Zoe hob schützend ihren Arm vor das Gesicht und schrie auf.

Im nächsten Augenblick kam Josh die Treppe heruntergerannt, stützte sich auf halber Höhe ab und trat mit beiden Füßen gegen Leons Kopf.
Einen Herzschlag lang herrschte absolute Stille. Zoe stockte der Atem. Leon lag regungslos auf dem Boden, während Josh den Rest der Treppe mehr herunterrutschte, als dass er rannte, und letztlich mit einem Satz seitlich über das Geländer flankte. Erschrocken wich Zoe rücklings aus dem Weg. Doch Josh rannte an ihr vorbei, ohne sie zu beachten, die blanke Panik im Blick. Er war kaum wiederzuerkennen. Wie eine Spukgestalt schoss er den Flur entlang und verschwand durch die Hintertür.
Zoe sprang auf die Füße und lief zu Leon hinüber, um seinen Puls zu prüfen. Gott sei Dank! Er atmete. Ohne weiter darüber nachzudenken, machte sie kehrt und folgte Josh durch die Hintertür. Sie rannte auf das Waldstück zu, von dem sie annahm, dass Josh dort verschwunden war. Ihr Blut pulsierte durch ihre Adern. Fassungslosigkeit und die Sorge um Leon spornten sie an. Der Wind rauschte in ihren Ohren, während sie das unebene Waldstück voller Hindernisse meisterte wie die Rennstrecke auf dem Sportplatz. Ihr Herzschlag beschleunigte sich im gleichen Maße, wie sie an Tempo zunahm. Der Gedanke an Leon löste den zwingenden Impuls aus, zu ihm umzukehren. Sie verdrängte die Angst um ihn. Bestimmt würde er bald wieder zu sich kommen. Es war sinnvoller, wenn sie versuchte, Josh zu ergreifen, bevor er ihnen endgültig entwischte.
In einiger Entfernung tauchte Josh zwischen den Bäumen auf, um im nächsten Moment wieder zu verschwinden. Zumindest konnte Zoe die Richtung ausmachen, in die er sich bewegte. Schleichwege hin, Schleichwege her – ihr genügte ein gesunder Orientierungssinn, um den Versuch

zu unternehmen, ihm den Weg abzuschneiden. Immerhin kannte sie sich im Wald ebenso gut aus wie Josh. Sie zog scharf nach rechts, sprang über einen umgestürzten Baumstamm und spurtete einen Abhang hinunter. Immer wieder rutschte sie auf feuchtem Laub aus, fing sich und lief weiter. Der Schweißfilm in ihrem Gesicht wurde vom Gegenwind getrocknet. Dafür, dass sie völlig untrainiert war, war ihre Kondition beachtlich. Dennoch ging ihr langsam die Puste aus. Schräg vor ihr rannte Josh den Abhang hinunter und würde gleich ihren Weg kreuzen. Ausgerechnet jetzt setzte das Seitenstechen ein! Zoe rutschte auf ihrem Hinterteil ebenfalls den Abhang hinunter und wappnete sich zum Endspurt. Es war knapp, doch reichte es noch aus. Sie schnitt Josh den Weg ab.

Er blieb so abrupt stehen, dass er stürzte, sich aber auf den Ellbogen abfing und sofort wieder aufstand. Seine Augen suchten wild die Umgebung ab, sein ganzer Körper schien angespannt, in Fluchtalarm versetzt.

»Josh!«, keuchte Zoe und hielt sich die Seite. »Hör auf damit, das ist doch sinnlos! Du kannst nicht ewig davonlaufen.«

Erst jetzt bemerkte sie das Gewehr in seiner Hand. Sie wich ein Stück nach hinten. Josh war vorhin so schnell an ihr vorbeigerauscht, dass sie die Waffe übersehen haben musste. Er wirkte unschlüssig. Sein Körper schwankte, als versuchte eine unsichtbare Kraft, ihn zum Weiterlaufen zu bewegen. Sein Blick fixierte Zoe, schien abzuwägen, ob er ihr vertrauen konnte oder nicht.

»Warum hast du das getan?!«, schrie Zoe ihn an.

Eigentlich gab es genügend Gründe, um Angst vor Josh zu haben. Doch Zoe erging es seltsamerweise nicht so. Stattdessen wurde sie wütend. Ihre Frage sollte ihn ablenken.

»Weil es nicht anders ging. Alles lief gut, bis auf einmal die Polizei hier auftauchte, wegen dieses toten Bastards und seiner Kumpel!« Joshs Stimme kippte, changierte zwischen tief und schrill. Er schwitzte. Tränen und Rotz rannen sein Gesicht hinab. Da er mit beiden Händen das Gewehr fest umklammert hielt, konnte er sich seine Brille nicht hochschieben.

Zoe starrte ihn an. Sie verstand kein Wort. Gleichzeitig überkam sie eine Welle von Mitgefühl.

»Was meinst du damit?« Sie überlegte, ob er jetzt vollkommen verrückt geworden war.

Mit einem Ruck hatte er das Gewehr auf sie gerichtet. Zoes Rücken versteifte sich, als sie in die Mündung blickte. Ihr Herz setzte einen Atemzug lang aus. Instinktiv hob sie zur Abwehr beide Hände. Wenn es stimmte, dass er in sie verliebt war, würde er ihr nichts antun. Sie machte einen Schritt auf ihn zu.

»Bitte, Josh …«

»Bleib, wo du bist! Ich kann dir nicht trauen. Du bist nicht mehr auf meiner Seite, sondern auf der des Bullen. Ich sehe doch, wie du ihn ansiehst. Verbringst jede freie Minute mit ihm!«

Verdattert hielt Zoe inne. Langsam kroch Angst in ihr hoch. Er hatte sie nicht nur heimlich fotografiert, sondern auch die ganze Zeit beobachtet. Das hatte eindeutig krankhafte Züge. Sie hatte ihn unterschätzt.

Wieder suchte Joshs Blick nervös die Umgebung ab. Zoe ahnte, dass er nach Leon Ausschau hielt. Ein Stich durchfuhr sie bei dem Gedanken, wie Joshs Falle ihn niedergestreckt hatte. Hoffentlich war er wieder bei Bewusstsein! Darüber nachzudenken, dass der Schlag Schlimmeres angerichtet haben könnte, wagte sie nicht. Sie musste einen Weg finden, um Joshs Vertrauen wiederzuerlangen, da-

mit er die Waffe ablegte. Er hatte ihr heimlich nachgestellt und seinen toten Vater zu Hause versteckt. Aber machte ihn das gleich zum Mörder?
»Wir wollten dir nur helfen, Josh, und haben dabei deinen Vater gefunden!«, beschwor sie ihn eindringlich. Nur mühevoll konnte sie das Zittern in ihrer Stimme unterdrücken.
Josh blinzelte irritiert. Er stockte. Dann breitete sich maßloses Erstaunen in seinem Gesicht aus.
»Ich soll nicht nur den Bastard und seine bescheuerten Kumpel umgebracht haben, sondern auch meinen Vater? Das glaubst du doch nicht wirklich?!« Er ließ den Gewehrlauf sinken, schüttelte immer wieder fassungslos den Kopf. »Du bescheuerte Kuh, du …«
Seine Beschimpfung traf Zoe. Er schien nun völlig außer sich zu geraten, wusste wahrscheinlich nicht mehr, was er sagte. Übermannt von Schuldgefühlen, streckte sie ihm die Hand entgegen, als Geste der Versöhnung. Bei allem, was geschehen war, konnte sie ihre freundschaftlichen Gefühle nicht einfach ausblenden.
»Nein, natürlich glaube ich das nicht. Davon hat doch überhaupt niemand gesprochen.«
»Nicht?!«, fuhr Josh sie an. »Dann hättest du mal hören müssen, was die in der Schule von sich gegeben haben!« Er schnaubte abwertend.
»Aber das ist doch belangloses Gerede, hast du selbst immer gesagt«, versuchte Zoe einzulenken. »Die Polizei wird das schon alles aufklären.«
Sie hatte ihn vor den Kopf gestoßen, nicht nur mit ihren Worten, sondern auch durch die Tatsache, dass sie mit Leon aufgetaucht war. Für ihn musste es so aussehen, als ob Zoe ihn die ganze Zeit für schuldig gehalten hatte. Das machte ihn unberechenbar. Er wirkte auf gefähr-

liche Weise wie jemand, der jeden Bezug zur Wirklichkeit zu verlieren drohte. Die Fotos von ihr, sein toter Vater im Lehnstuhl, das Vorspielen eines völlig normalen Lebens. Dazu kam der Mordverdacht, eine schwere Anschuldigung. Kannte Zoe ihren Freund wirklich? Irgendwie musste es ihr gelingen, ihn zum Aufgeben zu bewegen.

Immer noch kopfschüttelnd wischte Josh sich mit dem Ärmel über das Gesicht.

Hinter ihm nahm Zoe eine Bewegung wahr. Leon tauchte aus dem Gestrüpp auf und legte einen Finger an seine Lippen. Sie verstand die Geste und bemühte sich, sich nichts anmerken zu lassen. Fest heftete sie ihren Blick auf Josh. Aufgebracht, wie er war, würde er vermutlich sofort schießen, sobald er Leon hinter sich bemerkte. Vor lauter Panik fiel Zoe das Atmen schwer. Es gelang ihr nur mühsam, mit fester Stimme zu sprechen.

»Josh, leg das Gewehr hin! Du brauchst Hilfe. Bitte, du bist mein bester Freund! Ich werde versuchen, dir zu helfen.«

Etwas veränderte sich in Joshs Miene, sie wurde weich. Bestürzt erkannte Zoe genau den Ausdruck, den Josh annahm, wenn er sie bei ihren gemeinsamen Unternehmungen manchmal angeschaut hatte. Leon näherte sich lautlos, und Zoe fühlte sich wie eine Verräterin. Aber dieses Mal konnte sie ihren Freund nicht beschützen.

Josh nahm das Knacken im Gehölz im selben Moment wahr, als Leon ihn schon von hinten an den Schultern packte. Sofort duckte er sich unter dem Griff hinweg, legte das Gewehr an und wollte herumfahren. Doch Leon stoppte den Gewehrlauf mit der Hand, wobei er reflexartig seinen Kopf zur Seite neigte. Mit einem ohrenbetäubenden Knall löste sich ein Schuss, der Leon nur

knapp verfehlte. Zoe stieß einen Schrei aus. Ihre Ohren klingelten.
Leon nutzte seine körperliche Überlegenheit und rammte seine Schulter gegen Josh. Gleichzeitig schlug er ihm mit einem gezielten Hieb das Gewehr aus der Hand. Josh heulte vor Wut auf, als er sich plötzlich in Leons Umklammerung wiederfand. Dieser verdrehte Joshs Arm in einem schmerzhaften Winkel nach hinten. Er verstärkte den Druck auf Joshs Ellbogen, worauf er kreischend in die Knie ging.
»Tu ihm nicht weh!«, rief Zoe zaghaft.

Die Handschellen klirrten bei jedem Schritt. Aneinandergekettet liefen Leon und Josh vor Zoe den Waldweg entlang, während sie immer noch mit ihrem schlechten Gewissen zu kämpfen hatte. Plötzlich verrauchte ihre Wut auf Josh. Sie konnte es sich nicht erklären. Stattdessen war sie betroffen von seiner Geschichte. Sie schämte sich dafür, dass sie seine Probleme nicht bemerkt, sich nicht dafür interessiert hatte. Leon hatte während des ganzen Weges auf Josh eingeredet, mit gleichbleibend ruhiger Stimme. Irgendwann hatte Josh damit aufgehört, an den Handfesseln zu zerren, und eingesehen, dass er Leon weder überwältigen noch vor ihm fliehen konnte. Doch immer noch warf er Zoe über die Schulter zornige Blicke zu, bis sie es irgendwann nicht mehr aushielt und vorzog, kleine Steinchen vor sich herzutreten.
Leon hingegen ließ nicht locker, redete in stoischer Ruhe auf Josh ein. »Willst du uns nicht erzählen, was mit deinem Vater passiert ist?«, fragte er.
»Er ist gestorben.«
»Etwas genauer bitte, wenn es geht!« In Leons Stimme zeichnete sich ein deutlicher Befehlston ab.

Zoe schüttelte den Kopf. So wurde das bestimmt nichts!
»Herzinfarkt. Papa wusste, dass es passieren würde …«
Josh hielt inne, holte tief Luft.
Zoe starrte überrascht auf die beiden Rücken vor ihr. Anscheinend hatte der Befehlston den Knoten gelöst und Josh zum Reden gebracht.
»Er hat gesagt, wenn er tot ist, soll ich ihn im Wald verbuddeln und so lange von seiner Rente leben wie möglich.«
Josh lief mit hängenden Schultern weiter, als trüge er die Last der ganzen Welt.
Leon wandte sich zu Zoe um und hob eine Augenbraue. Sie funkelte ihn mit zusammengekniffenen Augen und vorgeschobenem Kinn an.
Unterdessen erzählte Josh mit leiser Stimme weiter. »Und wenn es zu viele Fragen geben würde, sollte ich einfach behaupten, er wäre abgehauen.«
Abgesehen von den Gesetzesverstößen, die Josh begangen hatte, indem er den Tod seines Vaters verschwieg und die Rentenversicherung betrog, ging die Rechnung letztlich auf. Besonders auf dem Land konnte es eine halbe Ewigkeit dauern, bis jemand den Verbleib einer Person hinterfragte, die ohnehin ein Einsiedlerleben geführt hatte.
»Ich hab's nicht fertiggebracht, hab ihn einfach im Sessel sitzen gelassen.« Zum ersten Mal blickte Josh auf. »Es war sein Lieblingsplatz.«
Dort fing der Leichnam natürlich nach kurzer Zeit an zu stinken. Der penetrante Verwesungsgeruch hatte sich in jede Ritze des Hauses gesetzt. Selbst Joshs laienhafte Vorkehrungen konnten daran nichts ändern. Zoe vermochte sich kaum vorzustellen, wie er das ertragen hatte. Sie verstand, dass er sich nicht zu helfen gewusst und

deshalb versucht hatte, sich ein paar Handgriffe in der hygienischen Totenversorgung von ihr anzueignen.
Sie beschleunigte ihre Schritte und reichte Josh ein Papiertaschentuch. Sein tränenerkticktes Schnaufen war mitleiderregend. Sie tauschte einen Blick mit Leon aus. Ihre eigenen Belange rückten plötzlich in den Hintergrund. Es ging hier nicht darum, ob sie beleidigt oder ihr Stolz verletzt war. Für Josh stand weitaus mehr auf dem Spiel.
»Seit wann ist dein Vater tot?«, erkundigte Zoe sich mitfühlend.
»Letztes Jahr in den Sommerferien fand ich ihn in dem Sessel.« Er blickte sie von der Seite an.
»Warum hast du nichts gesagt?«, fragte Zoe betroffen.
Der Junge zuckte zusammen, sein Kopf fuhr zu ihr herum. »Und dann? Hättest du etwa verhindert, dass sie mich in eine Erziehungsanstalt stecken?!« Sein Tonfall klang aggressiv. Er schaute zwar in ihre Richtung, sah sie aber nicht an. Keine Spur mehr von vermeintlicher Versöhnlichkeit.
»Erziehungsanstalt«, wiederholte Leon den altmodischen Begriff. »Da hat aber jemand mächtig übertrieben, um dir Angst einzujagen. Jugendknast könnte schon besser passen.«
Am liebsten hätte Zoe ihn für diese unsensible Bemerkung getreten, beließ es aber bei einem rügenden Blick. Leon zuckte gleichmütig mit den Schultern.
»Papa hat gehofft, so lange am Leben zu bleiben, bis ich volljährig bin …« Josh hielt inne und starrte auf seine Füße. Dicke Tränen rannen über seine Wangen. Mit einer resoluten Bewegung wischte er sie fort.
Es war für Zoe unverständlich, warum Josh keinen Arzt gerufen hatte, als es seinem Vater schlechter ging. So wie

Josh ihn beschrieben hatte, war er zweifellos ein eigensinniger Mann gewesen. Davon gab es einige in der Gegend. Je ländlicher die Menschen lebten, desto zögerlicher schienen Ärzte konsultiert zu werden. Der Tierarzt wurde dagegen häufiger gerufen. Kein Wunder: Tiere bedeuteten Profit. Da kam es mitunter vor, dass ein Veterinär während seines Besuches auf dem Hof die fortgeschrittene Brustkrebserkrankung der Bäuerin am beißenden Geruch erkannte. *Was von allein kommt, geht auch von allein wieder.* Eine hartnäckige und wenig sinnvolle Bauernregel. Wenig später hatte die Bäuerin bei Zoe auf dem Tisch gelegen.

Eine Weile gingen sie schweigend weiter. Zoe versuchte, die Gedanken in ihrem Kopf zu ordnen. Sie war froh, dass Leon die Fotos nicht erwähnte.

»Kannst du erklären, wieso wir deine Spuren auf der Plattform an der Landstraße gefunden haben?«, unterbrach Leon das Schweigen.

»Boah, keine Ahnung, Mann!«, presste Josh zwischen den Zähnen hervor, ohne seinen Kopf anzuheben.

Zoe seufzte resigniert, weil Josh sich derart bockig verhielt. Sie konnte nur Joshs Profil sehen, dennoch spürte sie seine Verwirrung. Er schien nicht zu wissen, was da alles auf ihn einprasselte, und wirkte wie ein in die Enge getriebenes Tier. Er hatte sich verschlossen, sie kamen nicht mehr an ihn ran. Zumindest für den Augenblick.

Leon zog ihn an den Handschellen mit sich, während Zoe ihre Schritte verlangsamte, um hinter ihnen herzugehen.

Sie presste die Lippen zusammen. Die Bäume wurden immer lichter. Sonnenstrahlen fielen auf den Weg vor ihnen. Über ihren Köpfen stimmten die Vögel ihr abendliches Lied an. Sie blinzelte gegen die aufkommende Erschöpfung an. Den Rest des Weges legten sie schweigend zurück.

Der Anblick des Autos vor ihnen auf der Landstraße schien Josh in die Realität zurückzuholen. Mit einem Ruck zerrte er an den Handfesseln, als wollte er einen letzten sinnlosen Fluchtversuch unternehmen. Leon umfasste Joshs Arm und hielt ihn mühelos fest. Joshs Blicke huschten umher, sein Haar klebte feucht an seiner Stirn. Zoe sah Angst und Wut in seinen Augen.

»Komm schon, beruhige dich!«, ermahnte Leon ihn.

Doch Zoe ahnte, dass bloße Worte ihm jetzt nicht weiterhelfen würden.

Leon entriegelte den Wagen, öffnete die Tür und bugsierte Josh mit einer zielsicheren Bewegung auf die Rückbank.

»Wir bringen dich erst einmal in ein Krankenhaus, von dort aus wirst du morgen dem Jugendrichter vorgeführt werden. Ich hoffe, bis dahin bist du gesprächiger.«

Seine Worte waren zwar sachlich, klangen aber bestimmt. Zoe wagte nicht, etwas dagegen einzuwenden. Der Polizist Leon war ein völlig anderer. Sein autoritärer Tonfall duldete keinen Widerspruch. Wenig später startete er den Wagen und fuhr los. Außer dem monotonen Motorengeräusch war kein Laut im Innern des Wagens zu hören. Zoes Muskeln entspannten sich langsam. Josh gab hinter ihnen keinen Ton von sich. Sie lehnte den Kopf gegen die Scheibe und ließ die abendliche Landschaft an sich vorüberziehen.

kapitel 16

Fachwerkhäuser umsäumten eng aneinandergeschmiegt den Marktplatz von Emmelshausen wie steinerne Hüter. Nur gab es nichts mehr zu beschützen, denn der alte Brunnen hatte längst als Quelle des Lebens ausgedient. Weder diente er heute noch der Wasserversorgung noch als sozialer Treffpunkt für die Bewohner.

Zoe saß auf den denkmalgeschützten Mauerziegeln des aufgeschütteten Brunnens, der nun als Vogeltränke seine Dienste tat. Einen Fuß auf dem replizierten Kopf eines Ungeheuers aus Sandstein gestützt, reckte sie ihr Gesicht in die Sonne und atmete tief durch. Einer der wenigen Plätze, an denen man unter Menschen allein sein konnte. Außer ein paar Touristen zog es niemanden zu der moosbewachsenen Zisterne. Bis zu ihrem Termin bei einer alten Dame, um die Beerdigung ihres Mannes zu besprechen, hatte sie noch ein wenig Zeit. Die Leute nutzten das milde Wetter, um ihre Erledigungen zu machen, ohne dabei die sonst übliche Hektik an den Tag zu legen. Mütter blieben stehen und schwatzten. Kinder nahmen die Gelegenheit wahr, um quer über den Marktplatz zu rennen. Fahrradfahrer radelten behäbig durch die verkehrsberuhigte Zone. Ein Eiswagen rollte aus einer Seitenstraße heran und verkündete seine Ankunft mit einer Bimmel, was sofort die Aufmerksamkeit aller Kinder auf sich zog. Auch Zoes. Sie rutschte vom Brunnenrand und kramte in ihrer Jeans nach Kleingeld.

»Da unten im *Trevi-Brunnen* liegt doch genug davon«, vernahm sie eine vertraute Stimme hinter ihr.

Sie drehte sich herum. »Na, hör mal, auch wenn wir uns nicht in Rom befinden, kann ich doch nicht die Wünsche der Spender vereiteln!«

Leon schlenderte um den Brunnen herum und lächelte zu ihr herauf.
»Hi«, grüßte sie erfreut.
Er kam auf sie zu und lehnte sich neben sie an den Brunnenrand. »Soll ich dir ein Eis spendieren?«
»Ich glaube, das hat noch Zeit.« Zoe warf einen Blick zur länger werdenden Schlange am Eiswagen.
Wie aus dem Nichts tauchten immer mehr Kinder mit geröteten Gesichtern auf, um sich geduldig anzustellen.
»Was führt dich denn hierher?« Wenn sie weiter so grinste, würde sie gleich eine Kiefersperre bekommen.
»Ich habe ein Zimmer in der kleinen Pension da hinten.« Leon deutete mit dem Kinn in die entsprechende Richtung.
Sie brauchte seinem Hinweis nicht zu folgen, um zu wissen, welches Haus er meinte, und zog es vor, sein Gesicht zu betrachten.
»Sag mal, ist dir dieser Jugendtreffpunkt an der Landstraße ein Begriff?«, fragte Leon beiläufig.
Zoe verging die Lust auf ein Eis. Ihr Kiefer entspannte sich, als ihr Lächeln sich auflöste. Es gab Songs, Momente und Orte, an die sie nicht gern zurückdachte, weil unangenehme Gefühle oder Erinnerungen damit verbunden waren. Diese erhöhte Lichtung im Wald war einer dieser Orte. Der Gedanke daran erzeugte einen Mahlstrom aus Erinnerungen, die durch ihren Geist stoben wie feiner Sand.
»Ja«, antwortete sie. »Den Platz kennt jeder aus seiner Jugendzeit. Für Fremde ist er allerdings nicht einfach zu finden.«
Sie atmete tief durch, um die dunklen Schatten auf ihrem Gemüt zu vertreiben.
»Ein Förster hat mir davon erzählt.«

»Das war bestimmt der alte Herr Kemper. Er ist viel im Wald unterwegs.«
»Gehst du auch manchmal dorthin?« Leon blickte sie an.
Nein, schrie eine Stimme in ihr, und sie musste sich bemühen, es nicht laut auszusprechen. Aber das wäre gelogen gewesen.
»Früher mal.«
»Verstehe.«
Tat er das wirklich? Wusste er, dass sie die Zeit meinte, bevor Boris den unbeschwerten Teenager in ihr zerstört hatte?
Die Sonne schaffte es nicht mehr, Zoe zu wärmen. Sie rieb sich über die fröstelnden Arme. Dabei wich sie Leons Blick aus. Im gegenüberliegenden Haus lehnte ein grauhaariger Mann auf ein Kissen gestützt aus seinem Fenster im ersten Stockwerk und schien wenig interessiert am Geschehen auf dem Marktplatz zu sein. Sein Gesicht war abgewandt, als beobachtete er gebannt irgendetwas in der Ferne.
»Und Josh? Gehört er zur Clique?«
Entnervt schnaubte Zoe. »Nicht dass ich wüsste …«
Leon neigte sich leicht zur Seite, um ihr ins Gesicht schauen zu können. »Hey, ich muss diese Fragen stellen!«
»Ich weiß«, entgegnete sie, ohne ihn anzusehen.
Eine unsichtbare Mauer schob sich zwischen sie wie eine unmissverständliche Grenze. Keine Spur von Vertrauen oder gar Nähe. Zoe versuchte, eine ausdruckslose Miene aufzusetzen. Laut aufheulende Motorengeräusche ließen sie augenblicklich zusammenfahren.
»Pass doch auf! Verdammter Idiot!«, brüllte der Mann aus dem Fenster.
Im nächsten Moment schoss das Motorrad aus einer der

engen Gassen, schlenkerte, stieß gegen Mauerwerk, fing sich und raste mit ungezügelter Geschwindigkeit auf Zoe zu.
Der Schreck fuhr durch ihre Glieder, ließ ihre Füße zu Blei werden. Schwer im Boden verankert. Ihr Rückgrat gefror. Sie wusste, dass sie zur Seite springen, wegrennen, sich bewegen musste, wenn sie nicht wollte, dass ihr Körper gleich am Rande eines uralten Brunnens zerquetscht wurde. Stattdessen starrte sie auf das sich nähernde schwarze Visier des Helms wie ein erschrockenes Reh, kurz bevor es überfahren wird. Wie vom Rest ihres Körpers losgelöst, tastete ihre Hand hilfesuchend in Leons Richtung. Er ergriff sie und zog Zoe mit solch einer Wucht an sich, dass sie glaubte, ihr Herz würde zerspringen.
Der Motorradfahrer riss das Lenkrad herum, kurz vor der Stelle, an der sie eben noch gestanden hatte. Er verlor das Gleichgewicht und stürzte seitlich zu Boden. Mensch und Maschine schlitterten über das Kopfsteinpflaster. Funken stoben auf, wo Metall kreischend über den Boden schliff.
Einen kurzen Schreckmoment lang war alles still.
Zoes Atmung setzte wieder ein. Sie keuchte. Ihr Blickfeld war eingeschränkt. Aus den Augenwinkeln registrierte Zoe die aufkommende Bewegung um sich herum. In ihren Ohren pulsierte es, ihr Herz schlug Kapriolen. Das Motorengeräusch nichts mehr als ein schwaches Knattern. Sein Fahrer regungslos auf dem Boden. Menschen eilten herbei, von allen Seiten des Marktplatzes. Wo kamen sie bloß alle her? Eiscreme schmolz über Kinderhände, weil sie vergaßen, daran zu lecken. Eine Frau mit bunten übergroßen Lockenwicklern auf dem Kopf kam angelaufen, den hastig übergeworfenen Kittel noch

zuknöpfend. Der Mann am Fenster reckte drohend seine Faust, unverständliche Worte schimpfend.
Leon löste sich von Zoe und lief auf den Motorradfahrer zu. Dieser sprang auf wie ein Kastenteufel und fuhr blitzschnell herum. Die Faust traf Leon am Kinn. Er taumelte zurück, konnte sich aber noch rechtzeitig fangen. Ein entsetztes Raunen erhob sich unter den Umstehenden. Im nächsten Moment saß der Mann wieder auf seiner Maschine. Der Motor heulte auf wie ein Warnruf, der den Schaulustigen eine letzte Chance einräumte, den Weg frei zu machen. Dann raste er über den Marktplatz. In der Ferne ertönte ein Martinshorn.

»Geht es dir gut?« Leon beugte sich vor, als würde er mit einem kleinen Kind reden.
Zoe nickte verstört. »Alles okay.«
Die Blumenverkäuferin fasste Zoe am Arm. »Armes Ding! Der Kerl ist direkt auf Sie zugefahren, als wollte er Sie überfahren.«
Ein neuer Schreck durchfuhr Zoe. »Warum … warum sollte jemand so etwas tun?«, flüsterte sie. Der Gedanke, dass möglicherweise Absicht dahintersteckte, war ihr gar nicht gekommen.
Die vermeintliche Antwort kam aus der Menschentraube, die sich um den Brunnen gebildet hatte.
»Das musste ja irgendwann passieren! Man ist sich ja seines Lebens nicht mehr sicher, seit diese Kriminellen hier aufgetaucht sind!«, ereiferte sich eine Frau.
»Genau! Und mit ihr hat doch alles angefangen!«, fügte eine weitere hinzu und deutete auf Zoe.
Ein paar Leute nickten zustimmend, während andere sich kopfschüttelnd abwandten.
Leon seufzte, ging auf die zeternde Gruppe zu und zeig-

te seinen Dienstausweis in die Runde. »Was genau hat angefangen?«
Die angesprochene Frau starrte ihn verdattert an. »Dieses ganze Volk, das sich hier in der letzten Zeit rumtreibt. Sind doch alles Verbrecher! Dazu die drei Toten, und der verhaftete Junge war schließlich ihr Freund!«
»Was wollen Sie damit sagen?« Leons Stimme hatte an Strenge zugenommen. Er sah wütend aus.
Zoe fühlte sich plötzlich ausgegrenzt. Sie stand da wie ein unbeteiligter Beobachter, obwohl die Anschuldigungen eindeutig ihr galten, auch wenn sie noch so weit hergeholt waren. Sie straffte ihre Schultern und steckte beide Hände in die Hosentaschen, um ihr Unbehagen in den Griff zu bekommen.
»Ich meine ja nur«, gab die Frau kleinlaut zurück.
»Das ist doch alles Bockmist!«, rief der Mann oben aus dem Fenster. »Die haben sich dahinten ein Rennen geliefert!«
»Wer?« Leon ging näher an das Haus.
»Der und ein Auto. Das ist vorn in den Waldweg abgebogen.«
Von seinem Beobachtungsposten in dem schmucken Fachwerkhaus aus hatte der Mann den besten Blick zum nahe gelegenen Ortsrand. Es ging doch nichts über aufmerksame Bürger!
»Konnten Sie den Wagen erkennen?«, rief Leon hinauf.
Der Mann schüttelte den Kopf. »Der ist in einen Feldweg abgebogen. Ich glaube, er war weiß.«
Eine eigenartige Stimmung hatte sich über den Marktplatz gelegt wie eine Gewitterwolke, die versuchte, sich vor die Sonne zu schieben. Hinter Zoes Rücken wurde weitergetuschelt. Wohlwollende wie aburteilende Wortfetzen erzeugten ein unangenehmes Prickeln zwischen

ihren Schulterblättern. Sie nickte der freundlichen Blumenverkäuferin zu und bewegte sich mit leicht wackeligen Knien auf Leon zu. Ehe sie ihn erreichen konnte, kam ein Streifenwagen herangefahren und versperrte ihr den Weg. Unschlüssig blieb Zoe stehen, während Leon den Polizisten mit wenigen Worten die Lage schilderte und ihnen das Kennzeichen des Motorrads zur Überprüfung gab. Die hartnäckigsten Schaulustigen reckten die Hälse, um noch mehr von dem Spektakel mitzubekommen.

Zoe kam sich überflüssig vor und wollte unter keinen Umständen den Anschein erwecken, ebenso neugierig zu sein. Für den Mann am Fenster war es ein Motorradfahrer gewesen, der sich bei einem Rennen überschätzt hatte. Demnach hatte er es nicht auf sie abgesehen. Jetzt musste sie nur noch selbst daran glauben. Sie zog sich aus der Menge zurück und wollte sich auf den Weg zu ihrem Auto machen, als sie Schritte hinter sich hörte.

»Da macht sie sich einfach klammheimlich davon!« Leon erschien neben ihr.

»Na ja, du hast auch ohne mich alles im Griff.« Sie blieb stehen. »Glaubst du, dieser Motorradfahrer könnte einer von den beiden sein, die mein Fenster eingeschmissen haben?«

Er zögerte einen Moment. »Wir haben die Personalien des Fahrzeughalters bereits ermittelt und prüfen nun, ob er in irgendeiner Form auffällig geworden ist.«

Mit anderen Worten: Er wusste es nicht genau, würde es aber sicher bald herausfinden. Toll! Also keine Lausbubenstreiche mehr wie jene, mit denen die Dorfjungen sie in der Vergangenheit gern aufgezogen hatten. Insgeheim hatte sie sich die ganze Zeit einzureden versucht, dass es sich auch dieses Mal wieder nur um einen Zufall oder dummen Streich handelte. Natürlich war sie nicht wegen Leon frustriert, auch wenn er ihre Stimmung unmittelbar zu spüren bekam. Er konnte am wenigsten dafür. Allmählich brannte sich die Gewissheit über den Ernst der Lage ein. Das machte Zoe zu schaffen.

»Soll ich dich nach Hause bringen?«

Zoe schüttelte den Kopf. »Mein Wagen steht da hinten. Außerdem habe ich noch einen Termin.« Sie versuchte ein Lächeln, das Leon zaghaft erwiderte. »Tote warten nicht, wie du weißt.«

Gleichzeitig wendeten sie sich in die entgegengesetzten Richtungen, als Zoe innehielt. »Da wäre noch etwas.«

»Ja?«

»Könntest du dafür sorgen, dass ich Josh im Gefängnis besuchen darf?«

Leon nickte leicht, seine Miene wirkte nachdenklich. »Ich denke, ich kann es einrichten.«

*

Leon bestellte sein drittes Bier. Durch die braungetönten Butzenscheiben der Bar fiel träges Nachmittagslicht herein. Im Hintergrund plärrten Schlager aus einer nostalgischen Musikbox. Es waren nur wenige, aber dafür umso trinkfreudigere Gäste anwesend. Ausreichend, um die Luft mit dicken Rauchschwaden zu schwängern. Darunter die beiden Männer ihm gegenüber, deren Murmeln von der Musik verschluckt wurde. Er hätte sich ein paar Hocker näher heransetzen sollen, um sie zu observieren. Allerdings hätte das ein wenig seltsam ausgesehen. Das Lokal war so gut wie leer. Da setzte sich ein frustrierter Typ, der sich mit ein paar Bieren trösten wollte, nicht neben die beiden einzigen Gäste an die Theke. Jetzt musste er sich anstrengen, um ein paar Wortfetzen aufzufangen. Aber das würde schon gehen. Bisher waren die Gesprächsthemen der beiden jedoch so uninteressant wie dieser Besuch in der Eckkneipe. Die Hinweise aus der Bevölkerung über die beiden fremden Saisonarbeiter hatten ihn hierhergeführt. Einer der beiden war höchstwahrscheinlich ein gewisser Sascha Slona, wie es die Überprüfung des Nummernschildes ergeben hatte, sofern es sich um den Halter des Motorrades handelte, mit dem Zoe beinahe angefahren worden wäre. Ganz abgesehen von dem Haken, den Leon ihm zu verdanken hatte. Abwesend rieb er sich über das Kinn, obwohl es längst nicht mehr schmerzte. Vielleicht stellte das sogar die erste konkrete Spur zu den unbekannten Steinewerfern dar.

Der Termin zum Verhandlungsauftakt rückte näher. Der dreifache Mord würde in einem großangelegten Prozess verhandelt werden und letztlich zu einem gerechten Urteil führen. Leon konnte bei seinen Befragungen deutlich erkennen, dass sich zwei Fronten bildeten: auf der einen Seite Sympathisanten für den Angeklagten, auf der anderen solche, die am liebsten mit brennenden Mistgabeln losgezogen wären. Deutlich war diese moralische Disharmonie auf dem Marktplatz geworden.

Ein leises Rattern der Musikbox kündigte angenehme Stille an. Erleichtert nahm Leon zur Kenntnis, dass dem letzten Song kein weiterer folgte. Die beiden Typen unterhielten sich lallend über Fußball. Dazu brauchte Leon nur seine halbe Aufmerksamkeit, was unweigerlich zur Folge hatte, dass seine Gedanken zu Zoe abschweiften. Er knickte die Ecken seines Bierdeckels um und beobachtete den Wirt, wie er Gläser polierte. Leider genügte das nicht, um sich abzulenken. Er seufzte.

»Noch eins?«, fragte der Wirt und deutete auf Leons Glas.
»Klar, warum nicht?«
Seit ihrem gescheiterten Treffen auf dem Marktplatz hatte er nur einmal mit Zoe telefoniert. Er war ihrer Bitte nachgekommen und hatte eine Besuchererlaubnis beim Haftrichter beantragt. Da er Zoe als ermittelnder Beamter begleiten würde, ging der Antrag relativ zügig über den Tisch. Leon hoffte, dass in einem Gespräch mit Zoe möglicherweise ein paar neue Informationen aus dem Jungen herauszubekommen wären. Allerdings schleppte er das Formular schon ein paar Tage mit sich herum. Der Gedanke, ihr zu begegnen, erzeugte Unbehagen in ihm. Er machte sich Vorwürfe, weil er sie auf dem Marktplatz etwas unterkühlt behandelt hatte. Sie zu küssen, war unprofessionell gewesen. Aber verdammt, er war auch nur ein Mann! Sie war in der Waldhütte so hinreißend gewesen. Regentropfen hatten ihr Gesicht benetzt, als läge ein silberner Schleier auf ihrer Haut. Als sie sich küssten, hatte Zoes anfängliche Zurückhaltung sich schon bald in wissbegierige Leidenschaft verwandelt, als wäre er ein neues Forschungsobjekt, das sie möglichst rasch erkunden wollte.
Er lächelte in die Schaumkrone seines Pils. Etwas unbeholfen war sie ihm vorgekommen, was wiederum im völligen Gegensatz zu ihrer sonst sachlichen Professionalität stand. Beinahe hätte er die Kontrolle über sich verloren. Der Gedanke daran erzeugte ein warmes Prickeln in Leons Leistengegend. Diese außergewöhnlichen Lippen, die sich anfühlten, als würden sie beim Küssen lächeln. Er verlagerte ein wenig die Position auf seinem Thekenhocker. Sein unterdrücktes Räuspern war sicher nicht die Folge einer trockenen Kehle.

Überraschend war jedoch Zoes Offenbarung gewesen. Nachdem er in ihr das flippige Tanzgirl aus dem Pydna wiedererkannt hatte, waren ihm im ersten Moment ernsthafte Zweifel an ihrer Unschuld gekommen. Auf keinen Fall hätte er sich zu diesem Kuss hinreißen lassen dürfen. Zoe empfand es sicher ebenso. Zumindest hatte sie kein Wort mehr darüber verloren. Allerdings wirkte sie etwas verunsichert, nachdem er auf dem Marktplatz versucht hatte, sich möglichst neutral zu verhalten. Schon auf der Rückfahrt im Auto, nachdem sie Josh erwischt hatten, war sie sehr zurückhaltend gewesen, was natürlich mit den ungewöhnlichen Umständen zusammenhing. Ihren besten Freund ständig verteidigen zu müssen, wenn Leon sie mit den Beweisen konfrontierte, war eine Sache. Joshs heimliche Vorliebe für sie und deren Auswirkungen hatten sie jedoch sichtlich mitgenommen. Allein dadurch dürfte ihr kleines Zufallsdate in den Hintergrund gerückt sein. Am Telefon hatte sie so reserviert geklungen, dass es Leon wiederum einen Stich versetzt hatte. Er musste sich langsam zusammenreißen und sie aufsuchen!

Seine Blase meldete sich. Die Toiletten befanden sich auf der anderen Seite der Theke hinter einem verzierten Holzgitter. Eine passende Gelegenheit, um sich den beiden Männern unauffällig zu nähern. Inzwischen unterhielten sie sich mit gedämpften Stimmen, was auf einen Themawechsel hindeutete. Leon rutschte vom Barhocker und ging am Tresen entlang. Schon während er näher kam, fing er Gesprächsfetzen der beiden Männer auf.

»Komm schon, Alter, schmeiß noch ’ne Runde! Ich bin voll pleite«, murrte der blondgelockte Mittzwanziger.

»Es ist erst Mitte des Monats«, erwiderte sein nicht viel älterer Kumpel und starrte in sein Whiskyglas.

»Die Stütze vom Amt reicht hinten und vorn nicht.«
»Dann such dir ’nen Job!«, kam es ungerührt zurück.
»Nee, echt nicht! Etwa wie du, als Aushilfe auf ’m Bau?« Der Blonde lachte keckernd und honorierte den Ratschlag mit einem kumpelhaften Schlag auf die Schulter.
»Was ist verkehrt daran, du Spinner? Ich kann wenigstens einen saufen gehen, wenn ich will.«
»Jetzt hab dich nicht so!«, beharrte der andere.
Der Wirt näherte sich langsam den beiden Streithähnen, um einzugreifen oder die nächste Bestellung entgegenzunehmen. Vermutlich würde sich das in den nächsten Minuten entscheiden. Die Männer nahmen keine Notiz von Leon, der an ihnen vorbeischlenderte und sich hinter dem Holzgitter vor den Toiletten verbarg. Sie palaverten weiter.
»So was wie letztens wäre jetzt nicht schlecht. Gute Kohle dafür, irgendwo ein paar Fensterscheiben einzuschmeißen. Hast du mal wieder was von unserer unbekannten Auftraggeberin gehört?«
Das Geräusch eines von Stoff abgefangenen Hiebes ließ vermuten, dass Blondie sich eine eingefangen hatte. Leon bewegte sich ein Stück vor und spähte durch das Holzgitter.
»Hast du sie noch alle?! Schrei es doch gleich in die Welt hinaus!«, rügte der andere ihn und wandte sich zum Wirt um. »Noch mal dasselbe!«
»Was denn? Ich hab doch gar nichts gesagt.« Der Blonde rieb sich die Schulter und bemühte sich, zu flüstern.
Langsam näherte Leon sich. Beide hatten nun die Köpfe zusammengesteckt und redeten gedämpft weiter.
»Ich bin froh, wenn ich nichts mehr von der Frau höre.«
»Wieso? Wir haben der kleinen Leichenpflegerin ein bisschen Angst eingejagt und fertig. Solange die Bezah-

lung stimmt, würde ich das sofort wieder machen.« Der Blonde zuckte mit den Schultern.
»Laberkopf! Hier wimmelt es nur so vor Bullen. Einen davon hatten wir schon an den Fersen kleben. Schon vergessen? Außerdem …«
Der Bierspendierer wirkte plötzlich kleinlaut, was Leon aufhorchen ließ.
»… hat sie beim letzten Mal gesagt, es wäre ihr auch recht, wenn ein Stein die Kleine am Kopf treffen würde. Das ging mir zu weit. Ich meine, wir sind doch keine Killer oder so!«
Der Blonde nickte nachdenklich – zumindest so weit seine leichte Schräghaltung es zuließ. »Ich wüsste schon gern, wer sie ist, diese Auftragstante.«
»Hör bloß auf! Ich bin froh, wenn die sich nie wieder meldet! Bei der letzten Geldübergabe hat sie mich über die Landstraße gejagt wie ein Karnickel. Klebte fast an meinem Hinterrad. Ich hab echt gedacht, jetzt ist es aus mit mir!«
»Woher willst du wissen, dass sie es war?«
»Wer sollte sonst an diesem gottverlassenen Treffpunkt auftauchen, nachdem ich gerade das Geld im Rucksack verstaut hatte?«
»Echt? Die Kleine muss der ja ziemlich auf den Schlips getreten sein.«
Der Blonde kippte sein Getränk in einem Zug hinunter und knallte das Glas auf den Tisch. »Ich geh mal pinkeln.«
Leon lief lautlos auf die andere Seite der Garderobe und verbarg sich dahinter. Nachdem der Blonde in der Toilette verschwunden war, steuerte er von der anderen Seite aus auf die Theke zu.
Jemand hatte die beiden Kerle auf Zoe angesetzt, um ihr

Angst zu machen. Das allein reichte schon, um ihn wütend zu machen. Nicht nur das – diese unbekannte Frau schien auch nichts dagegen gehabt zu haben, wenn Zoe bei dem angeblichen Jungenstreich ums Leben gekommen wäre! Instinktiv spürte er, dass diese Auftraggeberin in irgendeiner Form mit den drei Toten zu tun hatte. War sie die Mörderin? Unwahrscheinlich. Der letzte Anschlag auf Zoe war nach den Morden passiert. Es musste ein anderer Grund vorliegen, weswegen Zoe ihr ein Dorn im Auge war. Wem konnte es nützen, wenn Zoe etwas zustieß?

Eine entscheidende Frage, doch wichtiger war, dass diese Frau noch frei herumlief. Wer wusste schon, ob sie nicht die Lust packte, ihren beiden Helfershelfern erneut einen Auftrag zu erteilen. Grund genug, die Kerle fürs Erste festzusetzen. Während der eine Skrupel zu haben schien, kam Blondie ihm weniger abgeneigt vor. Darauf musste Leon sich einstellen, wenn er ohne Verstärkung eingreifen wollte. Er positionierte sich hinter dem Mann.

»Sind Sie Sascha Slona?«

»Hä?«

Als ob der Kerl ihn nicht verstanden hätte! Nichts war vertrauter als der Klang des eigenen Namens. Leon verspürte keine Lust, die Zeit mit unnützem Geplänkel zu vergeuden. Er legte seinen Dienstausweis sichtbar auf die Theke. Mit der anderen Hand zog er vorsichtshalber die Handschellen aus der Hosentasche und umfasste sie mit festem Griff, damit sie kein Geräusch verursachten. Wenn man auf sich gestellt war, sollte man den Schreckmoment nutzen. Der Mann war kein unbeschriebenes Blatt, sondern stand mit einigen Kleindelikten in den Akten.

Slona verbarg seine Verwunderung gekonnt, mimte Desinteresse. Doch das Zucken in seinen Schultern entging Leon nicht. Er wappnete sich. Langsam wandte der Mann ihm den Kopf zu, wobei seine regungslose Miene in dem Moment Risse bekam, als Erkenntnis in seine Augen trat.

»Scheiße!«, zischte er durch die Zähne.

»Klingt nach einem Ja.«

Plötzlich fegte Slona mit dem Arm die Gläser von der Theke und versuchte, aufzuspringen.

»Hey, was soll das?!« Der Wirt kam angelaufen.

Leon drückte Slona mit einem festen Griff an der Schulter auf seinen Sitz zurück. »Kripo Mainz. Sie sind verhaftet.«

Die Handschellen schnappten um Slonas Handgelenk. Metall ratschte über Holz, als Leon die Kette mit dem leeren Ende der Fessel um den Tresenbalken zog. Er drehte dem Wirt seinen Dienstausweis zu, woraufhin dieser verständnisvoll nickte.

»Was soll das? Sie können mich nicht einfach verhaften!« Slona zerrte an den Handschellen und stieß ein Stakkato aus Flüchen aus.

»Und ob ich das kann!«

Auch wenn ihm nicht der Sinn danach stand, klärte er Slona über den Grund seines Eingriffs auf. »Sie sind der Sachbeschädigung im Bestattungsunternehmen Lenz verdächtig, außerdem der vorsätzlichen Körperverletzung. Nicht zu vergessen Ihr kleines Motorradmalheur auf dem Marktplatz mit tätlichem Angriff auf einen Beamten.«

»Das war ein Unfall! Woher sollte ich wissen, dass Sie ein Bulle sind?«

Zu einer Antwort kam es nicht mehr, weil hinter ihnen sein blonder Kumpel auftauchte, die Situation kurz über-

blickte und sofort mit einem Satz auf einen Tisch sprang, um in Richtung Ausgang zu spurten.
Sogleich setzte Leon sich in Bewegung und lief um den Tresen herum.
»Ey, was ist mit *mir?*«, rief Slona ihm hinterher und rüttelte aufgebracht an seiner Handfessel.
Leon wandte sich kurz um. »Nicht weglaufen!«
Er sprintete über umgeschmissene Barhocker und Stühle, mit denen der Blonde versuchte, ihn aufzuhalten. Bis er die Tür erreichte, hatte er den reinsten Hürdenlauf hinter sich. Ein Zinnkrug verfehlte nur knapp seinen Kopf, nachdem der Fliehende diesen im Lauf von einem Tisch gerissen und hinter sich geworfen hatte. Draußen hielt Leon inne, um einen Hinweis darauf zu finden, in welche Richtung der Flüchtige gerannt war. Er fluchte beim Anblick der vier verwinkelten Gassen, die vom Vorplatz der Kneipe abzweigten. Geräusche von aufschreienden Passanten lenkten seine Aufmerksamkeit in die entsprechende Richtung. Den Vorsprung würde er schon aufholen. Während er loslief, forderte er per Handy einen Einsatzwagen an. Er ließ den Lautsprecher an, so dass er eine ähnliche Funktion wie bei einem Funkgerät hatte, und behielt das Telefon in der Hand.
»Vorsicht! Platz da!«, rief er, damit er niemanden umrennen musste. Allerdings konnte er kaum verhindern, die Leute anzurempeln. Immer wieder entschuldigte er sich, während er sich im Slalom durch die gut besuchte Einkaufsgasse schlängelte. Wenigstens kam der Flüchtende auch nicht schneller voran. Sein blonder Schopf bewegte sich in sichtbarer Entfernung.
»Einsatzwagen vor Ort. Bitte um Koordinaten für den Zugriff!«, ertönte es aus dem Lautsprecher seines Handys.

Das ging ja schnell! Leon übermittelte den Kollegen die Richtung, in die er lief, damit die Streife den Blonden möglichst am Ausgang der Gasse abfangen konnte. Er beschleunigte. Adrenalin pumpte durch seinen Körper. Der Abstand zwischen ihm und dem Blonden verringerte sich zunehmend, nicht zuletzt, weil dieser sich den Weg freigerempelt hatte und die meisten Leute noch mit irritierten Gesichtern Schutz in den Eingängen kleiner Läden suchten, statt Leon in die Quere zu kommen.
Kurz vor dem Ende der Gasse hatte Leon den Kerl eingeholt und brachte diesen mit einem Satz in die Beine zum Straucheln. Der Blonde stolperte zur Seite und gab Leon damit die passende Gelegenheit, ihn zu ergreifen. Doch plötzlich kam ein kleines Mädchen auf ihrem Dreirad angefahren und steuerte direkt auf die Falllinie des Blonden zu. Eine kreischende Mutter stürmte aus dem Laden. Leon musste blitzschnell eine Entscheidung treffen, sonst würde das Mädchen unter der Wucht eines stürzenden Männerkörpers verletzt werden. Er setzte zum Sprung an, warf sich nach vorn und riss die Kleine von ihrem Rad. Seine Schulter knackte beim Aufprall auf das Kopfsteinpflaster. Er rollte sich seitwärts ab, ohne seine feste Umklammerung um das Kind zu lockern. Schnell übergab Leon der heraneilenden Mutter ihre weinende Tochter und suchte nach seinem Verdächtigen. Dieser war schon auf die Beine gekommen und losgerannt. Hektisch warf er immer wieder einen Blick über die Schulter, während Leon ihn verfolgte.
Die Gasse endete vor einer befahrenen Umgehungsstraße. Mit einem letzten Blick auf seinen Verfolger erreichte der Mann die Straße, ohne sein Tempo zu verringern. Der Streifenwagen schoss im selben Moment heran, schnitt dem Blonden den Weg ab, so dass dieser mit vol-

ler Wucht gegen den Wagen rannte. Außer Atem erreichte Leon das Ende der Gasse. Noch bevor die Polizisten aus dem Wagen gesprungen waren, machte er den benommenen Flüchtling dingfest, indem er ihn mit einem Knie am Boden hielt.

Abgesehen von ein paar Schrammen war der Mann unverletzt und konnte in Gewahrsam genommen werden. Dabei ließ er nicht nach, lauthals seine Unschuld zu bekunden. Viel mehr war auch im späteren Verhör auf dem Revier nicht aus den beiden Typen herauszubekommen. Weder wussten sie, wer ihnen den Auftrag gegeben hatte, Zoe zu belästigen, noch konnte ihnen mehr nachgewiesen werden als ein paar eingeschlagene Fensterscheiben. Selbst die Unfallfahrerflucht war hinfällig, da auf dem Marktplatz niemand zu Schaden gekommen war.

Die wenigen Indizien hätten lediglich eine vierundzwanzigstündige Untersuchungshaft zur Folge. Danach würden die beiden wieder auf freien Fuß gesetzt werden.

Sicherheitshalber beantragte Leon eine Unterlassungsverfügung, durch die sich die beiden Zoe nicht mehr nähern durften. Da Leon sich letztlich eingestehen musste, dass die Aussagen der beiden glaubwürdig waren, fand er sich erneut zum Ausgangspunkt seiner Ermittlungen zurückgeworfen. Irgendwo gab es einen Zusammenhang zu den Morden und den beauftragten Übergriffen auf Zoe. Nur wo? Die wenigen Hinweise mussten vorerst ausreichen. Die Auftraggeberin soll am Telefon wie eine Frau mit gewählter Ausdrucksweise geklungen haben. Ihre Anweisungen sollte sie leise, jedoch mit Nachdruck an ihre Helfershelfer weitergegeben haben. Dass sie es war, die in dem weißen Auto eine Hetzjagd veranstaltet hatte, war durchaus vorstellbar. Vermutlich hatten die Kleinkriminellen angefangen, Fragen zu stellen, so dass

die Frau damit rechnen musste, als Nächstes mit weiteren Geldforderungen oder sogar Erpressung konfrontiert zu werden. Darauf reagierten die meisten Dienstgeber allergisch. Das grenzte die Möglichkeiten nicht gerade sinnvoll ein.
Bevor er das Revier verließ, wendete Leon sich an den diensthabenden Beamten am Schalter.
»Würden Sie bitte einmal überprüfen, welche Fahrzeuge auf die Eheleute Nauen zugelassen sind?«
Der Polizist hob überrascht die Augenbrauen, tippte aber die nötigen Angaben in seinen Rechner.
»Reine Routine«, erklärte Leon. »Es gibt nicht viele Leute in der Gegend, denen ich zutrauen würde, jemanden zu bezahlen, um eine offene Rechnung zu begleichen.«
»Reichtum macht also verdächtig? Ist mal ein anderer Blickwinkel«, erwiderte der Beamte.
Leon zuckte mit den Achseln. »Wir müssen eben jeder noch so kleinen Spur nachgehen.«
Er hatte Herrn Nauen als kultivierten Mann kennengelernt, der sich bemühte, seine Fragen möglichst sachlich zu beantworten. Als angehender Politiker war es ihm sicher in Fleisch und Blut übergegangen, seine Gefühle im Griff zu halten. Doch in Anbetracht seines kürzlichen Verlustes wirkte seine Beherrschtheit auf Leon merkwürdig. Seiner Frau hingegen machte die Trauer um den Sohn sichtlich mehr zu schaffen. Sie war sehr still gewesen und während ihres Gesprächs immer blasser geworden. Wie eine kaltblütige Auftraggeberin, die anschließend versuchte, ihren Lakaien auf höchst undamenhafte Weise loszuwerden, hatte Frau Nauen nicht auf ihn gewirkt. Aber in seiner kurzen Dienstzeit war ihm schon das ein oder andere karierte Maiglöckchen begegnet.
Der Drucker spuckte ratternd die Daten aus. Der Fuhr-

park der Nauens umfasste fünf Pkws der gehobenen Klasse. Keiner davon war weiß.

Zoe konnte sich nur schwer auf ihre Worte konzentrieren. Ein feines Rinnsal Schweiß lief an ihrer Schläfe hinab. Wind kühlte ihren feuchten Nacken. Ihre Hände, fest ans Stehpult geklammert, fühlten sich schon taub an. Glücklicherweise hatte sie ihre Rede so vorbereitet, dass sie die Worte nur ablesen musste. Die Rundmauer des Kolumbariums in ihrem Rücken spendete Schatten, dennoch brannte ihr die Sonne auf den Kopf. Jahrelang hatte ein Teil der Bevölkerung sich dafür eingesetzt, auf dem Friedhof ein Kolumbarium einzurichten. Zoe unterstützte die Bewegung, weil immer mehr Menschen sie nach preisgünstigeren Bestattungsmöglichkeiten, insbesondere als Alternative zur anonymen Urnenbestattung, angesprochen hatten. Das Geld saß den wenigsten locker in der Tasche, und die Kosten für eine Einäscherung mit anschließender Aufbewahrung in den reihenweise übereinanderliegenden Nischen hielten sich im Rahmen.
Kein einfaches Unterfangen, auch nicht mit dem Bürgerverein und, man höre und staune, dem Pfarrer im Rücken. Dennoch befürchteten Gegner eine Profanisierung der Kirche, nannten die Idee absurd und makaber. Ihnen allen voran Zoes Mutter als Verfechterin der klassisch, christlichen Beerdigungszeremonie, die für das Unternehmen gewinnbringender war. Letztlich überzeugten der wirtschaftliche Faktor und die Tatsache, dass ein geeigneter Investor gefunden worden war. Kein Geringerer als Herr Nauen polierte mit dieser Investition in seinen Wahlbezirk sein politisches Image auf. Seit Boris' Beisetzung hatte Zoe dessen Eltern nicht wiedergesehen und dem heutigen Tag mit gewissen Bedenken entgegenge-

blickt. War die Bestattungsfeier auch völlig reibungslos abgelaufen, gaben die neueren Erkenntnisse im Todesfall von Boris genügend Anlass zur Sorge. Von einkehrendem Frieden und stiller Trauerbewältigung waren die Nauens meilenweit entfernt.
Dagegen ließen sich die meisten Leute gern ablenken, wenn es darum ging, ein spektakuläres Gesprächsthema mit einem noch brisanteren zu toppen. Nicht einmal die Hälfte der geladenen Gäste war zur Einweihung des Kolumbariums erschienen. Doch Zoe genügten die knapp fünfzig Augenpaare, um ihr Lampenfieber zu entfachen. Ihr war die Ehre zugefallen, sich um die künstlerische Gestaltung der Grabnischen zu kümmern. Bereits jetzt lagen ihr die ersten Aufträge für Miniaturtotenmasken vor, mit denen die Hinterbliebenen die Urnennischen anstelle von Fotos schmücken wollten. Über dieses neue Betätigungsfeld freute sie sich – vor allem, nachdem ihre Probeentwürfe besser gelungen waren als erwartet.
Erleichtert schloss Zoe ihre Rede und nickte den verhalten applaudierenden Zuhörern entgegen. Frau Nauens fiebrig glänzende Augen hatten sie die ganze Zeit über fixiert wie Röntgenblicke. Jetzt lösten sie sich endlich von ihr, weil sich die ersten Gäste in Frau Nauens Blickfeld schoben. Gefolgt von einer Reihe Danksagungen für die großzügige Spende und die damit zusammenhängende Bereicherung für die Gemeinde, verschwand Boris' Mutter in der Menge. Immer noch zu sehen war der rosa Puschel auf ihrem Hut, der bei jedem Nicken freudig vor sich hin schaukelte. Catering-Mitarbeiter eilten herbei, reichten Sekt und Orangensaft auf Silbertabletts.
Zoe atmete tief durch, griff dankbar nach einem Glas und zog sich aus dem geselligen Treiben zurück. Eine Rede zu halten stellte für sie schon das äußerste Entgegenkom-

men dar. Sich an allgemeinem Small Talk zu beteiligen, wäre eindeutig zu viel verlangt gewesen. Außerdem wollte sie nicht den Nauens in die Arme laufen, was sich aufgrund ihrer gemeinsamen Arbeit an dem Projekt früher oder später ergeben würde.
Zoe umrundete die haushohe Urnenwand, hinter der sich ein schmaler Pfad mit angrenzender Hecke befand. Dabei strich sie mit ihren Fingerspitzen über das solide Gestein und bewunderte die architektonische Umsetzung ihrer Vorschläge. Ganz bewusst hatte sie sich für eine Außenanlage ausgesprochen und dafür den ältesten Teil des Friedhofs gewählt. So vermittelten die geraden Linien weniger den Eindruck eines Taubenhauses, sondern wirkten wie eine pietätvolle letzte Anlaufstelle für die Hinterbliebenen. Zoe gefiel die Vorstellung einer Ruhestätte unter freiem Himmel besser, als die von einer dunklen Gruft. Je weiter sie den langen Gang entlangschritt, desto mehr dämmte die massive Mauer die Geräusche. Langsam akklimatisierte Zoe sich im Schatten und konnte ihre Gedanken schweifen lassen.
Der erste Prozesstag war für diese Woche anberaumt, was überraschend schnell gegangen war. Vermutlich lag es an der Brisanz des Falles, oder Herr Nauen hatte wieder seine Finger im Spiel und mit seinen Beziehungen Druck ausgeübt. Ganz Birkheim und vermutlich das halbe Emmelshausen würden sich im Gerichtssaal versammeln, um der Verurteilung von Josh beizuwohnen. Es nagte an Zoes Gewissen, dass sie Josh noch nicht besucht hatte. Rückblickend betrachtet, deutete sein ganzes Verhalten darauf hin, dass er irgendetwas verschwieg. Seine ablehnende Haltung konnte nicht nur aus seiner Verhaftung resultieren. So reagierte er immer, wenn ihn etwas bedrückte. Wie früher, wenn er in der Schule gemobbt

worden war, aber zögerte, Zoe davon zu erzählen. Vielleicht gab es auch etwas, woran er nicht dachte, was ihm unwichtig erschien. Von Leon wusste sie, dass jedes noch so kleine Detail von Bedeutung sein konnte.

Unwillkürlich musste Zoe an Leon denken, obwohl sie versucht hatte, das zu verhindern. Wieder zog stummer Groll in ihr auf, weil er sich nicht meldete. In der vergangenen Woche hatte sie ein wenig Abstand gewinnen können. Die erste Wut war verraucht, die Blamage hatte sich in Grenzen gehalten. Dank Leon. Er hatte dafür gesorgt, dass ihr sämtliche Fotos übergeben wurden, indem er an ihr Persönlichkeitsrecht erinnerte und seine Kollegen von der Nutzlosigkeit der Bilder als Beweismittel überzeugte.

In Aufruhr versetzte sie allerdings die Tatsache, dass nun Funkstille herrschte, obwohl sie Leon gebeten hatte, einen Besuchstermin in der Jugendvollzugsanstalt zu erwirken. Gleichzeitig war sie nicht sicher, ob sie dazu schon bereit war. Weder was ein Wiedersehen mit Leon betraf noch den Besuch bei Josh. Aber vielleicht hatte Leon noch keinen Richter sprechen können. Wenn es so weit war, würde sie schon von ihm hören. Sie musste sich zwingen, nicht weiter darüber nachzudenken, wie ihr Leben in der letzten Zeit aus der Bahn geraten war. Scheinbar nichts war seit den Mordfällen mehr wie zuvor. Als ob das nicht genügt hätte, überschlugen sich in regelmäßigen Abständen die Ereignisse. Dazu raubten ihr ihre Gefühle für Leon die Ruhe. Sie hatte wirklich gedacht, wenn sie sich länger nicht sehen würde, verginge diese zehrende Sehnsucht.

Mit einem Seufzen machte sie kehrt, um den Pfad zurückzulaufen. Mittlerweile waren die meisten Besucher gegangen. Die Catering-Leute waren dabei, die Klappstühle wegzuräumen. Zoe nutzte die Ruhe, um die eindrucksvolle Front des Kolumbariums zu betrachten. Stolz erfüllte sie. Die Arbeit war das Einzige, worauf sie sich verlassen konnte.

Ein Windstoß bewegte die Baumkronen. Blätter raschelten. Zunächst glaubte Zoe an eine Täuschung, als sie aus den Augenwinkeln Leon kommen sah. Eine heiße Welle schoss durch ihren Körper, verwandelte ihre Knie in weiches Wachs und ließ das Trugbild zur Realität werden. Schnell stellte sie ihr Glas auf einem der Tabletts ab und strich mit den Händen über ihren Rock.

»Oh, hallo«, brachte sie überrascht hervor.

»Ich habe die kryptischen Andeutungen deiner Mutter entschlüsselt, und da bin ich!«, erkläre Leon lächelnd.

»Darauf kannst du echt stolz sein. Mutter würde es glatt fertigbringen, zu behaupten, ich sei nach Timbuktu ausgewandert.«

Leon ließ seinen Blick über die Rundmauer streifen und blieb an einer Miniaturtotenmaske hängen. »Du warst daran beteiligt?«

Zoes Wangen fingen an zu glühen. »Ich habe die künstlerische Gestaltung übernommen. Die Herstellung von Totenmasken ist mein Nebenerwerb. Dabei kam mir die Idee für diese kleinen Duplikate.«

Er fuhr mit der Hand über das Mauerwerk. »Ist das ein einträgliches Geschäft?«

»Ich bin zufrieden, zumal diese uralte Kunst für mich in erster Linie ein Hobby darstellt. Mir gefällt, dass diese Tradition durchaus noch gefragt ist.«

Vor lauter Nervosität geriet sie ins Plappern. Wenigstens löste sich der Knoten in ihrer Kehle. Dabei wusste sie nicht einmal, ob Leon schon von Totenmasken gehört hatte. Wenn überhaupt, dachten die meisten Menschen bei Totenmasken an die Goldmasken des Agamemnon oder Tutanchamun, wobei es sich bei den bekannten Beispielen aus der Antike nicht einmal um Totenmasken handelte, weil sie nach dem Abbild der Toten als frei geschaffene Plastiken entstanden waren. Die Geschichte der Totenmasken reicht bis in die Jungsteinzeit zurück. Die wahre Kunst der Herstellung eines Abbildes im Tode bestand in einem aufwendigen Verfahren, bei dem mehrere Gipsschichten auf das Gesicht einer gerade verstorbenen Person aufgetragen wurden, um eine Negativform aus Gips herzustellen. Diese Schale wurde dann mit einem Wunschmaterial ausgegossen, so dass aus dem nun gewonnenen Positiv später eine Büste oder ein Bildnis gefertigt werden konnte. Während des Klassikzeitalters erfreuten sich Totenmasken großer Beliebtheit, es war damit leichter, sich an den Verstorbenen zu erinnern. Aufgrund ihrer ursprünglichen dämonenabwehrenden Aufgabe verschwanden die Totenmasken beinahe von der Bildfläche. Erst im neunzehnten Jahrhundert erkannte man ihre Bedeutung für die Kunst. Ebenso lösten verschiedene Materialien wie Bronze oder Gips das kostspielige Gold ab. Dennoch waren Totenmasken beliebte Prestigemerkmale und dem gehobenen Bürgerstand vorbehalten. Mittlerweile gab es in Deutschland etwa hundertfünfzig Bestattungsunternehmen, die Totenmasken anboten. Die Aufträge erhielten eine Handvoll Porträtbildhauer. Zoe betrachtete sich als einen davon. Allerdings würden Totenmasken wohl nie ein Massenprodukt werden, was nicht nur mit der wirtschaftlichen Lage einherging. Es fehlte einfach noch das Bewusstsein für dieses Ritual.

»Eindrucksvoll.« Leon beugte sich vor, um das kleine Keramikgesicht aus der Nähe zu betrachten.

»Ach, wirklich?«
Meine Güte! Gab es hier nichts, woran Zoe sich abstützen konnte? Es wäre einfacher gewesen, wenn er sich so distanziert verhalten hätte wie bei ihrem letzten Treffen.
»Ja, wirklich, obwohl ich mit Kunst nicht viel am Hut habe.«
Er verdrehte die Augen. Zoes Herz schlug Purzelbäume. Er wandte sich zu einer der Grabnischen und klopfte scheinbar prüfend gegen die Plexiglasscheibe.
»Wir können morgen Josh in der Jugendvollzugsanstalt besuchen«, sagte er beiläufig.
Außerdem war auf Handys in dieser ländlichen Gegend kein Verlass, vollendete Zoe den Satz in Gedanken. Täuschte sie sich, oder schwang da ein Hauch von schlechtem Gewissen in seiner Stimme mit?
»Falls du das noch möchtest. Ich meine ... tut mir leid, wenn ich damit so kurzfristig ankomme. Es wäre verständlich, wenn du es dir anders überlegt hättest.«
»Habe ich nicht«, erwiderte sie eine Spur zu hastig. »Und morgen passt mir gut.«
Ein bisschen hörte es sich für Zoe wie eine Einladung zu einem Date an. Wenn da nicht dieser düstere Schleier über Leons Miene gezogen wäre. Er sorgte sich um sie. Gerührt senkte sie den Blick. Um die Unruhe in ihren Beinen zu bekämpfen, ging sie auf die angrenzende Wiese zu, hinter der sich der jahrhundertealte Weg zum Ausgang schlängelte. Als Kind hatte sie sich hier immer gefühlt wie Alice im Wunderland.
»Wie geht es Josh?«, fragte sie.
»Den Umständen entsprechend gut. Wir haben nichts aus ihm herausbekommen. Dass ihm seine Äußerungen über Boris als Morddrohungen ausgelegt werden könnten, schien ihn jedoch zu beunruhigen. Der Staatsanwalt

hat Klage eingereicht. Josh wird beschuldigt, Boris und seine Freunde ermordet zu haben. Er hat jetzt einen ziemlich guten Anwalt, der sich auf die Arbeit mit Jugendlichen spezialisiert hat.«

Leon wollte ihr damit wohl mitteilen, dass Josh sich in guten Händen befand. Sie nickte bedrückt.

Gemeinsam spazierten sie über den Friedhof. Nicht die romantischste aller Kulissen, doch Zoe hätte ohne weiteres stundenlang neben ihm herlaufen können. Vor ihnen tauchte die Sonne den Horizont in purpurnes Licht. Eine milde Brise blies über sie hinweg, brachte den Duft von Honig mit sich. Während Leon sie zu ihrem Wagen begleitete, unterhielten sie sich über ihre Arbeit. Er zeigte sich fasziniert von den Totenmasken. Davon hatte er allenfalls gelesen und nicht gedacht, dass es noch Menschen gab, die sie herstellten. Der künstlerische Teil ihres Jobs schien ihm deutlich besser zu gefallen als ihre, zugegeben, zum Teil äußerst ausführlichen Beschreibungen der hygienischen Totenversorgung. Sie nahm sich vor, sich diesbezüglich in Zukunft ein wenig zurückzunehmen.

Als Zoe in ihrem Auto saß und Leon die Tür hinter ihr geschlossen hatte, fühlte sie sich ganz benommen. Beinahe so, als hätte sie einen ausgelassenen Sommertag im Kornfeld verbracht. Sogar das Motorengeräusch klang für eine Weile wie Musik. Er erwiderte ihr Winken mit einem Lächeln. Sie fragte sich, wie weit entfernt sein Wagen stehen mochte.

kapitel 17

die schwere Stahltür fiel krachend ins Schloss. Zoe zuckte zusammen und wartete dicht neben Leon, bis der Gefängniswärter den unübersichtlichen Schlüsselbund an seinen Gürtel gekettet hatte. Sofort fühlte die Atmosphäre sich noch beklemmender an, als es draußen die windenden Stacheldrähte auf den Mauern der Jugendvollzugsanstalt ohnehin schon vermittelten. Überall vergitterte Fenster, durch die gebrochenes Tageslicht hereinfiel. Mit einer gehörigen Portion Phantasie hätte man sich vorstellen können, sich auf dem Flur eines Krankenhauses zu befinden – einem aus dem beginnenden zwanzigsten Jahrhundert vielleicht. In der zweiten Etage des dreistöckigen Betonbaus, nach dessen Vorbild anscheinend auch einige Schulen entstanden sind, herrschte ein eintöniges Grau in Grau, welches sich über den langen Gang vor ihnen erstreckte. Dazwischen verhöhnten grüngestrichene Türrahmen den Versuch, farbliche Akzente zu setzen. Eine enge Zelle reihte sich an die nächste, mit brüchigen Fliesenböden und Neonröhrenbeleuchtung. *Willkommen in der Hölle,* verkündete ein verwischter Schriftzug an einer Zellenwand.

Zoe verschränkte die Arme. Sie hätte besser ihre Jacke mitnehmen sollen. Leons Hand legte sich auf ihren Rücken und schob sie sachte weiter. Die Vorstellung, in dieser Umgebung Jahre seines Lebens verbringen zu müssen, war bedrückend.

Im Aufenthaltsraum standen Gestecke aus Seidenblumen auf den Kantinentischen wie die Ausbeute von einem Kirmesstand.

»Aus einer unserer Werkstätten«, erklärte der Beamte.

Zoe nickte und nahm an dem zugewiesenen Tisch Platz.

Leon zog sich mit seinem Kollegen in Hörweite zur Fensterfront zurück. Mehr Privatsphäre war nicht drin. Hinter der Panzerglasscheibe erschienen zwei weitere Beamte mit Josh in der Mitte. Zoe verschränkte ihre Finger ineinander und beobachtete, wie der Gefangene durch mehrere Stahltüren geschleust wurde, bis sie in den Besucherraum traten. Josh blickte sie unsicher an und kaute dabei auf seiner Unterlippe. Er sah blass aus. Eine Welle von Mitleid überkam Zoe. Für einen Moment war alles vergessen. Fast wäre sie aufgesprungen, um ihn zu umarmen. Doch die Besucherverordnung war streng: kein Körperkontakt, keine ruckartigen Bewegungen. Sie wartete, bis Josh sich auf den gegenüberliegenden Stuhl gesetzt hatte. Wenigstens hatten sie ihm die Handschellen abgenommen.

»Alles Gute zum Geburtstag, Josh.«

Mit der Fingerspitze berührte Zoe sachte seine Hand, nachdem sie sich einen zustimmenden Blick vom Aufsichtsbeamten geholt hatte. Es war eine zaghafte Berührung wie die Ankündigung eines Neubeginns, nachdem der Sturm abgeebbt war. Ihre Freundschaft war tief erschüttert worden. Nun waren die Karten neu gemischt, und der Stapel lag verdeckt da. Sie mussten sie nur ergreifen, und das Spiel würde beginnen, nach anderen Regeln. Leon war ein Teil davon geworden. Sie sah hastig zu ihm, woraufhin er sein Gespräch unterbrach und ihr zunickte. Ebenso gut könnte sie passen, wenn ihr der Einsatz zu hoch erschien. Der Splitter der Enttäuschung steckte in ihrem Herzen, doch sie konnte Josh nicht einfach aufgeben. Außer ihr hatte er niemanden.

»Meinen achtzehnten Geburtstag hab ich mir irgendwie cooler vorgestellt.« Ein Hauch von Bitterkeit lag in seiner Stimme.

Es kostete ihn sichtlich Mühe, sie anzusehen. Ständig wich er ihrem Blick aus, inspizierte den Raum, beobachtete Leon. Zoe konnte sehen, wie er mit seinem Schamgefühl kämpfte.

»Du siehst gut aus«, sagte Zoe, um die Stimmung aufzulockern.

Josh verzog die Lippen. »Hat wohl mit der Psychogruppe zu tun, an der ich hier teilnehme. Die bringen einem bei, die Dinge ein wenig klarer zu sehen, darüber reden zu können.«

»Das ist in Ordnung, wenn es dir hilft.«

Zoe fühlte sich seltsam befangen. Eigenartig, wenn man jemanden vor sich hatte, den man zu kennen glaubte und der einem plötzlich fremd erschien.

»Ich hab ja genug Zeit …« Er stockte. Die glatte Fläche der Tischplatte schien ihm der geeignete Orientierungspunkt, um nach den richtigen Worten zu suchen.

»Die sagen, ich sei so was wie ein Stalker, weil ich auf dich fixiert sei.« Seine Mundwinkel zuckten leicht, bevor er den Kopf senkte. »Weil du eine für mich unerreichbare Person bist. Na ja, eine Chance hatte ich eh nie.« Unter der Haarsträhne, die ihm in die Stirn gefallen war, warf er einen überaus frostigen Blick zu Leon hinüber.

Zoe schluckte. Ihr Magen verkrampfte sich. Sie war wohl doch noch nicht ganz so weit. Ständig tauchte die Fotowand in Joshs Haus vor ihrem inneren Auge auf. Sie gab sich aber Mühe, Josh möglichst objektiv zuzuhören. Sie wäre nicht hergekommen, wenn sie vorgehabt hätte, mit Josh zu brechen. Aussitzen stellte die Strategie dar, die sie beide für gewöhnlich befolgten, wenn sie sich gestritten hatten. Nach ein paar Tagen Funkstille war meist alles wieder vergessen. Jetzt waren immerhin Wochen vergangen.

»Hör zu, deswegen bist du nicht hier. Wir müssen uns um diesen Prozess kümmern. Du stehst unter Mordverdacht.« Zoe räusperte sich, weil die Worte in ihren Ohren so unglaublich klangen. Die Vorstellung, Josh könnte Boris und seine Freunde getötet haben, wirkte irreal. »Das … das andere versuchen wir später zu besprechen, okay?«
Er wusste um ihre Gefühle für Leon. Zoe konnte seinen Schmerz förmlich spüren. Wenigstens reagierte er nicht aggressiv.
»Du meinst, wir können trotzdem Freunde bleiben?« Josh lehnte sich nach hinten und atmete deutlich vernehmbar aus.
»Die Dinge geschehen, weil sie geschehen. Man kann nicht immer etwas dagegen unternehmen. Aber wir können bleiben, was wir immer waren.«
Genau genommen war das sogar mehr als großzügig, aber das behielt Zoe vorerst für sich. Irgendwann würde sie die Kraft aufbringen, um ihm einen schwesterlichen Vortrag zu halten, der sich gewaschen hatte. Seine ersten Gehversuche in Sachen Selbsteinsicht wollte sie nicht gleich beim ersten Treffen beeinträchtigen. Sie beugte sich vor, um ihm in die Augen zu sehen.
Josh lugte mit gerunzelter Stirn unter seinen Haaren hervor. Ein leichtes Nicken schien darauf hinzudeuten, dass er über ihre Worte nachdachte. »Meinst du wirklich?«
Zoe wusste nicht, was die Zukunft bringen würde, aber sie wollte versuchen, Josh zu helfen. Eine Barriere schob sich zur Seite. Weitere würden folgen, doch fürs Erste genügte das.
Sie fingen an, über dieses und jenes zu reden. Josh erzählte vom Gefängnisalltag, als würde er sich in einem Jugendcamp befinden. Allerdings stockte er immer wieder zwischendurch, was bei Zoe den Eindruck erweckte, als

wäre doch nicht alles so locker, wie er es darzustellen versuchte. Überzeugend klangen seine Schilderungen nicht, aber zumindest beruhigend. Irgendwann machten sie sogar Scherze über längst vergangene Begebenheiten, die immer wieder Garant für einen gemeinsamen Lachanfall waren. Es funktionierte tatsächlich und hinterließ ein befreiendes Gefühl. Mittlerweile sah Josh Zoe wieder offen in die Augen. Auch der streng dreinblickende Beamte neben Leon musste für einen Witz herhalten, den sie spontan erfanden. Leon beobachtete sie mit erhobenen Augenbrauen und einem Schmunzeln auf den Lippen. Nach einer Weile schwiegen sie in gegenseitigem Einvernehmen.

»Da war eine Frau«, sagte Josh plötzlich.

»Wo?« Ihn über den Mordtag sprechen zu hören, kam so unerwartet, dass Zoe sich erst klarmachen musste, dass Josh die Worte geäußert hatte.

»Auf der Plattform, an dem Tag …«

Er brach ab, kaute auf der Innenseite seiner Wange herum. Leon ließ den Beamten mitten im Gespräch stehen und trat an den Tisch. Zoe unterdrückte den Impuls, ihn mit einer Geste aufzuhalten, weil sie glaubte, Josh würde sich sonst sofort wieder verschließen. Stattdessen hielt sie für einen Moment den Atem an und hoffte, das Eis wäre gebrochen.

Josh zauderte einen Augenblick, warf einen unsicheren Blick zum Wärter und beschloss dann aber, Leons Anwesenheit hinzunehmen.

»Ich hockte hinter dem Gebüsch und beobachtete den Bastard … äh, ich meine Boris und seine Kumpel.« Er blinzelte von Zoe zu Leon. »Ich wollte schon wieder abhauen, da hörte ich, wie einer der Typen ganz aufgeregt rief, da würde jemand kommen.«

»Kannst du die Frau beschreiben?«, fragte Zoe vorsichtig.
»Nee, ich sah sie nur von weitem, unten am Weg. Ich hab halt Schiss bekommen und wollte so schnell wie möglich da weg.« Er wich ihrem Blick aus.
»Warum hattest du Angst?« Leon zog sich einen Stuhl heran und setzte sich mit der Lehne nach vorn hin.
»Weil die Dope geraucht haben. Voll lustig, als die ach so coolen Gangsta plötzlich ihre Kippen aus dem Auto geworfen haben.« Josh gönnte sich ein schadenfrohes Grinsen. Kurz darauf spannte seine Miene sich erneut an. »Ich dachte, die werden jetzt von einer Lehrerin oder so erwischt.«
Zoe nickte Josh aufmunternd zu, überließ aber bereitwillig Leon das Gespräch.
»Wie kommst du auf eine Lehrerin?«, wollte Leon wissen.
»Keine Ahnung. Ich konnte nur ein Blumenkleid erkennen. So 'n Teil, wie ältere Frauen es tragen.«
Der ziemlich vage Begriff umfasste quasi jedes Alter jenseits der dreißig.
Überrascht starrte Zoe ihn an. »Wieso hast du der Polizei das nicht erzählt?«
»Weil ich nur zufällig dort war, nachdem ich durch den Wald gestreift bin. Ich hörte Gelächter und Gerede, was mich neugierig gemacht hat. Mehr nicht. Mir hätte doch niemand geglaubt, dass ich nicht absichtlich auf der Plattform war! Überall, wo Boris mit seinen Kumpels rumhing, konnte man mit Ärger rechnen. Damit wollte ich nichts zu tun haben. Und als ich dann später hörte, dass sie tot sind … da habe ich mich erst recht nicht mehr getraut, was zu sagen.« Josh fuhr sich mit den Händen über das Gesicht.

»Hast du dort Fotos gemacht?«

Leons Frage ließ Zoe unvermittelt erstarren. Das konnte doch nicht sein Ernst sein! Wieso sprach er jetzt dieses Thema an? Verdammt! Ausgerechnet nachdem sie und Josh sich geeinigt hatten, die Sache langsam anzugehen! Auch Josh zuckte kaum merklich zusammen, schien aber nicht die Fassung zu verlieren. Stattdessen richtete er sich in seinem Stuhl auf und blinzelte irritiert.

»Was?«

»Hattest du deine Kamera an dem Tag dabei?«, formulierte Leon mit fester Stimme.

Scheinbar gleichzeitig verstanden sie Leons Frage. Josh entspannte sich, behielt Leon aber im Blick. Zoe hatte den Eindruck, dass es ihm peinlich war, sie anzuschauen, weil sie über sein Hobby sprachen. Schließlich war sie demselben Missverständnis erlegen gewesen.

Ungerührt wartete Leon, während Josh nachdachte.

»Ja«, kam es irgendwann kleinlaut. »Ich habe den ganzen Tag verschiedene Pflanzen geknipst. Aber ich glaube nicht, dass ich die Frau fotografiert habe.«

»Okay. Und wo ist der Film?«

»Äh, ich schätze mal, noch in der Kamera«, antwortete Josh.

Die Polizei hatte die ganze Hütte auf den Kopf gestellt. Dabei mussten sie doch auf Joshs Kamera gestoßen sein. Zoe suchte fragend Leons Blick. Dieser fixierte gerade Josh mit einer auffordernden Miene, damit er weiterredete.

»In meiner Fahrradtasche!«, rief der Junge, einer plötzlichen Eingebung folgend aus. »Klar! Die habe ich völlig vergessen, als ich aus der Schule abgehauen bin!«

»Gut. Ich danke dir, Josh. Wir werden versuchen, dein Fotomaterial zu analysieren. Vielleicht finden unsere Fo-

totechniker einen Hinweis.« Leon schob seinen Stuhl nach hinten und wandte sich an Zoe. »Ich gehe schon vor, dann habt ihr noch ein bisschen Zeit.«
Kurz darauf ließ er sich von dem Beamten die Tür aufschließen.
Wenn Josh tatsächlich fotografiert hatte, bestand die vage Hoffnung, dass er die Mörderin abgelichtet hatte.
»Siehst du? Bestimmt klärt sich bald alles auf«, ermutigte sie Josh.
Er nickte verhalten, wobei er ein wenig zerknirscht wirkte. Es handelte sich nur um einen vagen Hinweis, aber wer wusste schon, was sich auf dem Polaroidfilm befand? Bestimmt wagte er nicht, sich Hoffnungen zu machen. Verständlich – er saß im Knast. Für Zoe war es einfacher, zuversichtlich zu sein.
Sie fand es jedoch ebenso unglaublich, dass eine Frau möglicherweise die Mörderin der drei Jungen war, wie die Vorstellung, Josh hätte die Tat begangen. Ein grobschlächtiger Kerl mit krummer Nase hätte schon besser ins Bild gepasst.
»Die Besuchszeit ist beendet.« Der Wärter kam zum Tisch und forderte Josh auf, mitzugehen.
Sie standen gleichzeitig auf, als Josh auf einmal die Fassung verlor und sich über den Tisch beugte. »Zoe, bitte tu was! Ich habe nichts Schlimmes getan, ehrlich! Ihr müsst mich hier rausholen!«
Der Wärter ergriff Joshs Arm und zog ihn zur Tür. Zoe war erleichtert, dass dieser keinen Widerstand leistete. Seine offensichtliche Verzweiflung ging ihr schon nahe genug. Und überzeugte sie.
»Leon tut, was er kann. Er wird nicht lockerlassen, bis die Wahrheit ans Licht kommt. Versprochen!«
Sie bemühte sich, ihm ein aufmunterndes Lächeln zuzu-

werfen, das er mit einem Nicken quittierte. Dann verschwand er hinter der schweren Stahltür. Schon diese Woche würden sie sich wiedersehen, bei Gericht. Ein weiterer Beamter begleitete Zoe nach draußen.

Nachmittags waren Schulen so trostlos wie die Kulisse eines Endzeitfilms. Ohne den Tumult von Hunderten Schülern, das Getümmel überall, stachen die Mängel am Gebäude noch deutlicher hervor. Zoe hatte ihre alte Schule in einem besseren Zustand in Erinnerung, irgendwie farbenfroher. Zusammen mit dem Hausmeister machten Zoe und Leon sich auf den Weg zu den vergitterten Fahrradstellplätzen. Zielstrebig steuerte Zoe auf Joshs Platz zu. Wie erwartet, fanden sie das grellgrüne Mountainbike.

Leon rüttelte an der verschlossenen Gittertür. »Die müssen wir aufbrechen. Es dient der Beweismittelführung.«

»Von mir aus«, erwiderte der Hausmeister und schob eine fettige Haarsträhne aus seiner Stirn. »Ich hol mal 'ne Zange.«

»Das ist nicht nötig.« Zoe schob sich an Leon vorbei und zog ihren Schlüsselbund aus der Tasche.

»Ach, sieh mal einer an!«, kam es missmutig vom Hausmeister. »Die Schlüssel müssen ordnungsgemäß im Sekretariat abgegeben werden, wenn man kein Schüler mehr ist.«

Zoe funkelte den Mann an, wendete sich aber an Leon. »Das war früher meiner.«

Kurz darauf zog Leon eine klobige Kamera aus der Satteltasche und verpackte sie in einem Plastikbeutel.

»Unmöglich, was die Blagen alles in die Schule schleppen!«, murrte der Hausmeister. »Kein Wunder, dass aus denen nichts wird!«

Während Leon den unqualifizierten Bemerkungen keine Beachtung schenkte, ging Zoe auf den Mann zu, dem augenblicklich das stoppelige Kinn herabklappte. Sie steckte den Schlüssel des Fahrradspinds in dessen Hemdbrusttasche und klopfte ihm auf die Schulter. »Schön aufpassen, dass das Rad nicht geklaut wird!«
Der Hausmeister schnappte nach Luft wie ein Fisch auf dem Trockenen und starrte ihnen hinterher.
»Kleiner Racheakt?«, fragte Leon mit einem verschmitzten Grinsen.
»Muss auch mal sein«, gab Zoe schulterzuckend zurück. »Was wirst du jetzt unternehmen? Das Entwickeln dauert sicher eine Weile.«
»Das ist nicht das Problem. Schwieriger wird es, auf den Fotos etwas sichtbar zu machen, was mit bloßem Auge nicht zu erkennen ist. Falls dort eine Frau gewesen ist und Josh sie fotografiert haben sollte, dann eher aus Versehen. Sie wird vielleicht zu weit weg oder von Gebüsch verdeckt gewesen sein.« Leon seufzte. »Zu viele Eventualitäten. Der erste Verhandlungstag steht bevor, und ich bezweifle, dass ich den Richter um Aufschub bitten kann, solange ich ihm nur Vermutungen zu Joshs Entlastung vorlegen kann. Es kommt nun darauf an, was sich auf den Fotos befindet.«
Er wirkte gedankenverloren. Eine steile Furche zog sich über sein Nasenbein. Dazu beschleunigte er seine Schritte, was vielleicht von einer inneren Hektik herrührte. Sein Verhalten beunruhigte Zoe, brachte den Funken Zuversicht zum Verglühen.
»Vielleicht gelingt es dir ja, die Angelegenheit voranzutreiben«, meinte Zoe in der Hoffnung, er würde ihr mitteilen, was ihn beschäftigte.
»Da ist noch etwas, was Josh verschweigt.«

Sie hatte es befürchtet. »Was denn? Ich verstehe nicht.«
»Erst erinnerte er sich angeblich nicht, überhaupt jemanden gesehen zu haben, dann taucht diese Frau auf. Natürlich viel zu weit weg, um sie näher beschreiben zu können. Im nächsten Atemzug spricht er von einem Blümchenkleid. Zu diesem Zeitpunkt muss unser Phantom schon wesentlich näher gekommen sein. Klingt alles ein wenig widersprüchlich, findest du nicht?«
»Na ja, er war durcheinander und hatte Angst«, wandte Zoe ein.
Leon blieb stehen und drehte sich zu ihr um. »Genau das ist der Punkt: Warum ist er so in Panik geraten?«
Zoe blickte ihn ratlos an.
»Weil er die Frau möglicherweise kennt«, erklärte Leon.
Das war noch verwirrender. »Warum sollte er eine Mörderin decken und statt ihrer in den Knast wandern? So bescheuert ist kein Mensch!«
Leon lachte freudlos. »Wenn du wüsstest, wie oft das vorkommt! Besonders Eltern nehmen bereitwillig die Schuld ihrer Kinder auf sich. Aber ich glaube nicht, dass Josh sich über das Ausmaß im Klaren war. Ich denke, ihm wird das erst jetzt langsam bewusst.«
Während sie weitergingen, übertrug sich seine Unruhe auf Zoe.
»Außerdem ist nicht gesagt, dass er ebendiese Frau schützen wollte«, fuhr Leon fort.
»Sondern?« Zoe bog zu ihren Wagen ab.
»Jemanden, den sie kennt. Oder der mit ihr in Verbindung steht. Ich weiß es nicht – noch nicht.« Leon stellte sich vor Zoe.
»Ich bringe nachher den Fotoapparat nach Mainz ins Speziallabor.«
Beinahe beiläufig strich er ihr eine Locke aus dem Ge-

sicht. Um ihre Unsicherheit zu verbergen, fing Zoe an, in ihrer Tasche nach den Autoschlüsseln zu kramen.
»Sehen wir uns bei Gericht?« Seine Stimme klang plötzlich weich.
Zoe nickte. Ehe sie sichs versah, küsste Leon ihr auf die Wange und ging eilig davon. Überrascht legte sie eine Hand an ihr glühendes Gesicht und sah ihm noch eine Weile nach.

Noch Tage später ging Zoe in Gedanken sämtliche ihr bekannten Frauen durch, auf die die wenigen Hinweise zutreffen konnten. Leider musste sie schnell feststellen, dass rein äußerlich betrachtet fast die Hälfte der weiblichen Bevölkerung infrage käme. Blümchenkleider waren im Sommer hochaktuell. Hinter welchem fröhlichen Design sich da eine eiskalte Giftmischerin verbergen mochte, sprengte Zoes Vorstellungskraft. Dennoch konnte sie sich nicht daran hindern, jede Frau im Sommerkleid besonders zu mustern, als würde jeden Moment eine Leuchtreklame über deren Stirn flimmern und sie als Täterin entlarven. Sie wusste selbst, wie idiotisch das war, und schüttelte auch nun, während sie an der Supermarktkasse anstand, den Kopf über sich selbst.
Mit den Ellbogen aufgestützt, schob sie ihren Einkaufswagen im Schneckentempo voran. Es war viel los an diesem Vormittag. Immer wieder drangen Gesprächsfetzen ungeduldiger Kunden zu ihr herüber, die früher nicht mehr als Schall und Rauch für sie gewesen wären. Nun schien sie für alles Mögliche sensibilisiert zu sein. Mittlerweile war der Mordfall in aller Munde; ebenso die Verhaftung von Josh. Auch Zoes Name fiel, zumindest solange niemand sie erkannte, denn dann verstummten die meisten und senkten ihre Blicke. Ansonsten taten die

Leute deutlich ihre Meinung kund, welche sich nicht immer zugunsten des Angeklagten aussprach.
Als Zoe auf dem Parkplatz ihre Einkäufe einlud, erhielt sie einen Notruf über ihr Bereitschaftshandy. Ein Todesfall auf dem abgelegenen Wöhlerhof. Da sie vom Einkaufzentrum aus schneller den Hof erreichen würde als von zu Hause aus, beschloss sie, direkt dorthin zu fahren, um sich ein Bild von der Lage zu machen. Über die Freisprechfunktion forderte sie einen freiwilligen Helfer an, der ihr mit dem Bestattungswagen folgen würde. Dabei handelte es sich meist um Auszubildende der Friedhofsgärtnerei oder um Medizinstudenten aus den umliegenden Kliniken, die sich gern etwas dazuverdienten.

Die Tote trug kein Blümchenkleid, sondern einen Arbeitskittel, in dem sie auf einem Schemel vor dem hölzernen Küchentisch Platz genommen hatte, bevor sie vornübergekippt und mit dem Gesicht in einem Haufen geschälter Kartoffeln gelandet war. Ein durch das kleine Fenster des niedrigen Raumes verirrter Sonnenstrahl verlieh dem wächsernen Antlitz der Frau einen feuchten Schimmer. Das Schälmesser in der einen Hand, hatte sich die andere im Todeskampf um die Tischkante gekrallt. Heruntergefallene Kartoffelschalen übersäten den Boden. Neben dem verdrehten Fuß der Frau stand ein mit Wasser gefüllter Plastikeimer, in dem die vorbereiteten Kartoffeln bereits eine ungesunde, bräunliche Farbe angenommen hatten.
Ihr Mann stand besorgniserregend blass abseits und hatte sicher nicht damit gerechnet, nach Feierabend seine tote Frau statt Reibekuchen in der Küche zu finden. Klammheimlich hatte die Frau sich aus dem Staub gemacht, ihr

unauffälliges Leben in einer zweckmäßig eingerichteten Wohnküche ausgehaucht.
Menschen wie die Wöhlers versorgten sich nahezu vollständig von eigens angebauten Erträgen. Nebenbei verdingte Herr Wöhler sich als Gärtner auf dem parkähnlichen Anwesen der Familie Nauen. Für ihn und seine Frau unterschied sich das Leben nicht maßgebend von dem ihrer bäuerlichen Vorfahren, deren Hof sie übernommen hatten. Nur bei wenigen Gelegenheiten kamen sie in Kontakt mit anderen Menschen. Ein Todesfall stellte einen solchen Anlass dar. Der örtliche Allgemeinmediziner stand am Küchenbüfett und füllte den Totenschein aus.
»Herzversagen. Sie war eine meiner Patientinnen«, erklärte er anstelle einer Begrüßung.
Offenbar hatte er die Leichenschau routiniert in kürzester Zeit vorgenommen, was es unmöglich machte, später noch brauchbare Spuren zu entdecken, falls die Frau getötet worden war. So handhabte man es auf dem Land. In diesem speziellen Fall war die Verstorbene zumindest Patientin des Arztes, der die Leichenschau vorgenommen hatte. Doch Zoe wusste, dass in Deutschland viel zu selten obduziert wurde, wodurch einige Tötungsdelikte unentdeckt blieben. Daheim zu sterben war nicht ungefährlich. Allerdings ging Zoe nicht davon aus, dass hier aus versicherungstechnischen Gründen ein Selbstmord vertuscht werden sollte. Dafür gab es nicht das geringste Anzeichen.
Der Arzt reichte Zoe einen Durchschlag des Totenscheins. »Schaffen Sie das allein?«
Zoe folgte seinem Blick zu dem gekrümmten Leichnam, dessen Gliedmaßen im Moment des Todes verdreht innegehalten hatten. Allein wäre es schwierig gewesen, die

Frau auf eine Bahre zu hieven, um sie abzutransportieren.

»Es kommt gleich jemand. Bis dahin fange ich schon mal an.«

»Womit anfangen?«, kam es aus der Ecke. »So verdreht passt sie doch nicht in den Sarg.« Der Witwer schluckte schwer und starrte mit glasigen Augen herüber. Sein Brustkorb hob und senkte sich vor Aufregung in rascher Folge. »Sie wollen ihr doch nicht etwa die Knochen brechen? Ihr ganzes Leben lang hat sie sich nie etwas gebrochen!«

»Mein Güte, nein …« Zoe ging auf den Mann zu, fassungslos über dieses hartnäckige Gerücht. Es gab kaum eine Leiche, die sich nicht anständig in einen Sarg betten ließ – außer, es fehlte ein Großteil der Körperteile, und das war hier eindeutig nicht der Fall. Im Vorbeigehen warf sie dem Arzt einen hilfesuchenden Blick zu.

Dieser war schon dabei, eine Spritze mit einem Beruhigungsmittel aufzuziehen, ehe der Mann hyperventilierte. »Niemand wird Ihre Frau verstümmeln. Ich versuche lediglich, die Starre in den Muskeln zu lösen, damit wir sie würdevoll betten können. Versuchen Sie bitte, sich zu entspannen.« Etwas ungelenk strich sie dem Mann über den Oberarm.

Ein paar passende Worte zu finden, war in Ordnung, aber trösten gehörte nicht zu Zoes Stärken. Stattdessen goss sie dem Ehemann eine Tasse Kaffee ein. Bereitwillig ließ er sich die Injektion verabreichen und setzte sich auf den vom Arzt zugewiesenen Stuhl. Dort blieb er still sitzen und beobachtete, wie Zoe mit langsamen Massagen die Totenstarre aus den Armen seiner Frau strich. Dabei fühlte sie unter ihren Fingern, wie sich die steifen Muskelfasern nach und nach lösten. Da der Todeszeitpunkt nicht länger als achtzehn Stunden zurücklag, war dies möglich. Nach einiger Zeit würde die Rigor mortis zwar erneut einsetzen, doch bis dahin läge die Verstorbene im Sarg. Zoe scherte sich nicht um die seltsamen Blicke der Männer, sondern redete weiter im ruhigen Ton mit der Toten. Erfahrungsgemäß lauschten die Hinterbliebenen bedächtig ihrem Monolog. Vielleicht war dies auch eine Art von Trost.

Der Arzt erhielt einen weiteren Notruf und verabschiedete sich mit ein paar gemurmelten Worten. Inzwischen traf auch Zoes Verstärkung ein, so dass sie gemeinsam ihr Werk vollenden konnten. Jeder Handgriff saß. Nachdem die Starre gelöst war, legten sie die Leiche auf die Bahre. Der Helfer war glücklicherweise kompetent genug, den Bestattungswagen vorher zu öffnen, so dass sie die Tote nicht auf dem Boden abstellen mussten. Der Witwer trottete hinter ihnen her, legte wortlos ein Bündel Sonntagskleidung auf seiner Frau ab und verharrte eine Weile im stummen Gebet. Zoe trat rücksichtsvoll zur Seite, um Herrn Wöhler den ersten Schritt des Abschiednehmens zu ermöglichen. Kurz darauf fuhr der Bestattungswagen mit einem eleganten Schwung vom Hof, während Zoe noch ein paar Formalitäten mit dem Witwer besprach.

Eine halbe Stunde später saß sie in ihrem Wagen mit laufender Klimaanlage und heruntergelassener Scheibe, den Ellbogen in der Fensteröffnung. Sie nahm die kurvenreiche Landstraße etwas zu schnell und tauchte nach einer Weile in den dichtbewaldeten, schattigen Teil der Strecke ein. Ein Kribbeln in ihrem Magen mischte sich zu dem seltsam beschwingten Gefühl. Bald würde sie Leon wiedersehen. Die Verhandlung stand bevor, was sicherlich keinen Grund zur Freude bot. Dennoch erlaubte sie sich diesen kleinen emotionalen Ausflug. Sie ließ die widersprüchlichen Gefühle aus Sorge, Angst und Erwartung hinter sich. Daran war sie gewöhnt. Ständig hatte sie mit dem Tod zu tun und musste trotzdem leben. Gegensätzlicher ging es wohl kaum.

Sie klappte die Sonnenblende hoch. Die Tachonadel schlug in den roten Bereich. Ihr Gewissen meldete sich und ließ sie automatisch den Fuß vom Gaspedal nehmen. Wenn das so weiterging, würde sie noch zu einer vorbildlichen Fahrerin werden. Ob Josh tatsächlich mehr von dieser fremden Frau gesehen hatte, als er zugab? Langsam wurde seine Situation brenzlig. Zoe konnte sich beim besten Willen nicht vorstellen, dass er bewusst jemanden deckte.

Etwas entfernt tauchte ein Auto mit geöffneter Motorhaube auf dem Grünstreifen auf. Zoe stutzte. Langsam fuhr sie näher heran und ließ dabei das Seitenfenster ein Stück herunter. Dampfwolken zischten aus dem Motorraum des weißen BMW. Sie hatte nicht vor, anzuhalten, um irgendwelchen Straßenräubern in die Hände zu fallen. Vor dem Trick mit der Autopanne wurde oft genug gewarnt. An der nächsten Kreuzung wollte Zoe anhalten und die Polizei verständigen. Auf den ersten Blick war niemand zu sehen, so dass Zoe schon das Fenster wieder schließen wollte. Als sie jedoch auf gleicher Höhe mit dem Wagen war, tauchte plötzlich eine Frau hinter der geöffneten Motorhaube auf. Vor Schreck riss Zoe das Lenkrad zur Seite, zog über den Mittelstreifen und schwenkte wieder zurück, bevor sie bremste. Völlig perplex starrte sie in den Rückspiegel. Frau Nauen im pastellfarbenen Chanel-Kostüm auf einer einsamen Landstraße stehen zu sehen, kam so überraschend, als wäre ein Flamingo wie selbstverständlich aus dem heimischen Wald spaziert.

Wie sich herausstellte, war der Anblick leider kein Trugbild. Zoe entglitt ein Stoßseufzer. Da hatte sie sich kürzlich noch alle Mühe gegeben, dieser Frau inmitten einer Gruppe Menschen auszuweichen, nur damit sie ihr hier völlig unerwartet auf einem Silbertablett präsentiert wurde! Offensichtlich hatte sie eine Panne. Zoe konnte schlecht einfach weiterfahren.
»Mist!«, presste sie zwischen den Zähnen hervor. Sie legte den Rückwärtsgang ein und fuhr rechts ran. Als sie ausstieg, blickte sie hinter sich, in der Hoffnung, es würde doch noch ein anderer Autorfahrer auftauchen, um die Pannenhilfe zu übernehmen. Nichts. Wie gewohnt lag die Straße ruhig vor ihr.
Im Gegensatz zu Zoe, der die Sonne durch ihr T-Shirt auf dem Rücken brannte, wurde Frau Nauen geblendet und erkannte sie nicht sofort. Sie schirmte mit einer Hand ihre Augen ab und blickte Zoe mit einem strahlenden Lächeln entgegen, das sämtliche Jacketkronen samt Aurosa Lippenstift optimal in Szene setzte. Für einen Augenblick war Zoe verblüfft über den Anblick, doch dann gefror das Lächeln. Frau Nauens Miene verdüsterte sich zu dem *Das-bekommt-nur-Zoe-zu-sehen*-Gesicht. Der funkelnde Blick und die zusammengekniffenen Lippen ließen Frau Nauen zwar alles andere als erfreut wirken, waren für Zoe jedoch zumindest nichts Ungewöhnliches.
»Ach, du hast mir gerade noch gefehlt!«, äußerte Frau Nauen kühl. »Wenigstens werde ich wohl doch nicht hier übernachten müssen.«
Zoe widerstand dem Drang, sich umzudrehen und einfach mit ihrem Wagen davonzufahren. Nicht einmal in einer Situation wie dieser schaffte diese Frau es, freundlich zu ihr zu sein! Sie bat nicht einmal um Hilfe, sondern

setzte es einfach voraus. Dabei hätte man doch annehmen können, dass jahrelanges Trainieren von Umgangsformen etwas bewirkt hatten. In Zoes Gegenwart schien Frau Nauen jede gute Erziehung über Bord zu werfen. Doch irgendetwas stimmte nicht. Sie wirkte nervös. Feine Schweißperlen standen ihr auf der Stirn, ihr Nasenrücken glänzte. Statt Zoe anzusehen, fixierte sie ständig einen imaginären Punkt über Zoes Schulter, während sie sprach.

»Haben Sie versucht, die Pannenhilfe anzurufen?«, fragte Zoe tonlos.

»Hältst du mich für blöd? Hier hat man keinen Empfang.« Frau Nauen hielt demonstrativ ihr Handy hoch. »Aber jetzt bist du ja aufgetaucht. Bestimmt weißt du, was zu tun ist, überaus praktisch veranlagt, wie du bist!«

Ein Kompliment? Eher nicht. Viel mehr ein Ausdruck dafür, dass sie Zoes Erscheinen hinnahm, weil sie keine andere Wahl hatte. Auch wenn es ihr nicht passte.

»Ich bin kein Kfz-Mechaniker.« Zoe ging an ihr vorbei zur Motorhaube hinüber. Der Duft eines teuren Parfüms überlagerte den Ölgeruch aus dem überhitzten Motor.

Frau Nauen stellte sich schräg hinter Zoe und verschränkte die Arme vor der Brust. »Meine Freundin hat mich schon gewarnt, dass so etwas passieren kann.«

Die Frau so nah bei sich zu wissen, trieb eigenartige Schauer über Zoes Rücken. Zu ihrer Erleichterung hatte sie nach einem kurzen Blick das Problem erkannt, was sie dem Umstand zu verdanken hatte, dass ihr Interesse an Autos ein wenig über die Wahl der passenden Innenausstattung hinausging. Kleinere Probleme konnte sie in der Regel lösen – was notwendig war, wenn man nicht mit einer Leiche im Bestattungswagen auf der Autobahn liegenbleiben wollte. Stundenlanges Warten auf die Pan-

nenhilfe konnte sie ihrer leicht verderblichen Fracht nicht zumuten.
»Der Kühlerschlauch hat einen Riss.« Zoe griff nach einem schmutzigen Lappen und öffnete den Wassertank. Hinter ihr seufzte Frau Nauen theatralisch.
»So schlimm ist das nicht. Wir brauchen nur Wasser nachzufüllen, dann schaffen Sie es bis zur nächsten Werkstatt«, erklärte Zoe.
»Na dann!« Sie trat einen Schritt zurück und deutete auf den Kofferraum. »Da hinten müsste so ein kleines … Dingsda drin sein.«
»Ein Wasserkanister«, ergänzte Zoe. »Gut, den brauchen wir.«
Doch Frau Nauen machte keine Anstalten, sich zu bewegen, so dass Zoe sich selbst daranmachte, die Aufgabe des Dienstpersonals zu übernehmen. Hilfsbereitschaft in allen Ehren. Wahrscheinlich befürchtete Frau Nauen, sich einen ihrer kunstvollen Fingernägel abzubrechen. Nach einem kritischen Blick auf ihre eigenen blau lackierten Nägel, die an den Spitzen schon abblätterten, umrundete Zoe das Auto. Vor dem Kofferraum hielt sie inne und wandte sich Frau Nauen zu. Ein Gedanke schoss ihr plötzlich durch den Kopf. Vielleicht bot dieses Treffen eine Möglichkeit, die Differenzen zwischen ihnen beizulegen. Auch wenn Zoe damit leben konnte, nicht von jedem gemocht zu werden, überkam sie Frau Nauen gegenüber das Bedürfnis, sich zu versöhnen. Niemand hatte gern Feinde. Die Frau hatte viel durchgemacht, wofür Zoe sie aufrichtig bedauerte. Doch sie konnten die Uhr nicht zurückdrehen, sondern sollten einen Weg finden, auf zivilisierte Weise miteinander umzugehen. Sie lebten in einem kleinen Ort und würden sich immer wieder begegnen.

Zoe räusperte sich. »Frau Nauen, ich möchte Ihnen gern sagen, dass es mir zutiefst leidtut, was Ihnen widerfahren ist. Es waren schreckliche Ereignisse, die uns getroffen haben. Doch wir können das Geschehene nicht ungeschehen machen und sollten versuchen, nach vorn zu blicken.«

Noch ehe sie den Satz ausgesprochen hatte, wusste sie, dass es ein Fehler gewesen war. Frau Nauens Gesicht verlor jegliche Farbe. Ihr Mund öffnete und schloss sich. Sie starrte Zoe an. Dieses Mal blickte sie ihr in die Augen, und zwar mit einer Intensität, dass es Zoe eiskalt den Rücken hinunterlief.

»Sollten wir das? Das Leben geht weiter, meinst du wohl ...« Sie stockte. Über den zusammengekniffenen Lippen wirkte ihre Nase noch spitzer. »Soll ich dir mal was sagen? Diese angebliche Tatsache fand ich immer schon inakzeptabel«, presste sie hervor.

Die Risse in der Fassade stachen überdeutlich hervor, beinahe so, als stünde eine völlig andere Frau auf der Landstraße.

»Das habe ich nicht gemeint«, erwiderte Zoe. »Okay, lassen wir das ... ich kümmere mich um Ihren Wagen, damit Sie weiterfahren können.«

Ohne sich erneut zu ihr umzuwenden, öffnete sie die Klappe und beugte sich über den geräumigen Kofferraum. Je eher sie hier wegkam, desto besser.

Nichts zu sehen von einem Kanister. Nur lauter Werkzeugteile. Merkwürdig. Sie zog den Verbandskasten aus der hinteren Nische. Doch dahinter gähnte Leere.

»Hier ist kein ...«

Zoe wollte sich aufrichten, doch ein heftiger Stoß traf sie im Rücken. Mit einem Aufschrei fiel sie vornüber. Der Kofferraumdeckel klemmte ihren Oberkörper schmerz-

haft gegen die Karosserie. Die metallenen Schlosshalterungen drückten in ihren Magen. Eingequetscht wie ein Kartenmännchen, brachte sie nur ein Keuchen heraus. Übelkeit kam in ihr hoch. Endlich wurde die Klappe wieder angehoben, aber nur so weit, damit die Frauenhand neben ihr hineingleiten und nach einer Rohrzange greifen konnte. Alarmiert versuchte Zoe, sich aufzurichten, doch sie war zu langsam.
Der nächste Schlag traf ihre Schläfe mit der Wucht eines explodierenden Feuerwerkskörpers. Die Welt hüllte sich in Schwärze.

kapitel 18

Leon flimmerten die Augen. Seit Stunden starrte er auf den Bildschirm und hatte nicht einmal die Hälfte der über zweihundert Fotos gesichtet, die Josh anscheinend am Tatort geschossen hatte. Vor lauter Grün konnte er kaum noch etwas erkennen. Wen interessierten Nahaufnahmen von Blättern? Ihn nicht. Er klappte seinen Laptop zu. Eine Wahl hatte er nicht, also würde er eine kurze Pause einlegen. Ohnehin überwog letztlich die erwartungsvolle Anspannung. Ein unbestimmtes Gefühl deutete darauf hin, dass er auf ein Foto stoßen würde, das mehr als Gebüsch zeigte. Etwas, das ihn weiterbringen würde. Bestenfalls ein Täterporträt.

Er lachte laut über sein überdrehtes Wunschdenken. Wenn es so einfach wäre, gäbe es weniger Verbrechen auf der Welt. Nur mit konsequenter Arbeit und jeder Menge Geduld konnte er als Ermittler seinem Ziel näher kommen. Zwischendurch wäre eine Tasse Cappuccino nicht schlecht. Auf dem Weg zur Küche rieb Leon sich mit beiden Händen durch sein müdes Gesicht. Sein Soll für heute war noch nicht erfüllt, noch standen ihm einige von Joshs botanisch angehauchten Aufnahmen bevor. Eigentlich hatte er vorgehabt, die Bilder gemeinsam mit Zoe zu sichten. Bestimmt wäre sie an dieser Detektivarbeit interessiert gewesen, und vier Augen sahen mehr als zwei. Außerdem hätte er sie gern um sich gehabt.

Um die Unmenge an Aufnahmen auf der CD zu sichten, brauchte er Zeit. Das schräge Grinsen seines Kollegen in Mainz hätte ihm Warnung genug sein müssen. Immerhin war sein Laptop mit speziellen Softwaremodulen ausgestattet, die recht zuverlässig funktionierten, wenn es darum ging, extreme Vergrößerungen lesbar zu machen.

Notfalls konnte er gleich vor Ort beweiskräftiges Bildmaterial herstellen, sobald er über etwas Auffälliges stolperte. Bei seinem derzeitigen Konzentrationsmodus dürfte es sich eher um einen Zufall handeln, wenn er mehr entdeckte als eine Amsel in ihrem versteckten Nest. Vielleicht sollte er besser morgen weitermachen.

Der Geruch von Kaffee mitten in der Nacht versprach nicht gerade einen Hochgenuss. Passte irgendwie nicht zusammen, wenn man eigentlich mit einem Glas Wein absacken und ins Bett wollte. Na ja, der Zweck heiligte die Mittel. Er nahm einen großen Schluck, setzte sich an den Tisch und öffnete den Laptop. Nach einer Weile klickte oder scrollte er im Wechsel gelangweilt durch die Fotos, von denen ihm eins wie das andere erschien. Seine Hand, auf die er sein Kinn stützte, war schon ganz taub, aber er war inzwischen zu träge, um sich zu bewegen. Wozu, um alles in der Welt, knipste dieser Bursche Hunderte Fotos von Blättern? Geschickte Ablenkungstaktik eines Massenmörders oder ein großangelegtes Schulprojekt für Biologie? Wahrscheinlich traf das Zweite zu, was die Hintergründe auch nicht mehr beleuchtete. Leon seufzte.

Dann plötzlich glaubte er, etwas zu sehen, wie eine Ahnung im Vorbeirauschen. Ehe er es bemerkte, war er schon vier Bilder weitergesprungen. Ruckartig richtete er sich aus seiner zusammengesunkenen Haltung auf, fluchte kurz über seine kribbelnde Hand und starrte gebannt auf das Foto. In der unteren Ecke blitzte noch ein Stück Kotflügel des gelben Chevrolets, ansonsten schien die Kamera eher zufällig in die Richtung des Aufstiegs zu zeigen, von dem nur ein kleiner Ausschnitt zwischen dichtem Gestrüpp zu sehen war – die Stelle, wo der Weg nach unten führte. Die Aufnahme wirkte beinahe willkührlich. Möglicherweise hatte Josh versehentlich den Auslöser gedrückt. Linksseitig im Bild schien der Abhang weniger dicht bewachsen, so dass durch das endlose Grün etwas anderes hindurchschimmerte. Etwas Buntes. Es sah nicht wie Blumen aus, und wenn Leon sich recht erinnerte, wuchsen dort auch keine. Sofort aktivierte er den Encoder mit den entsprechenden Algorithmen, die in der Technik seines Rechners integriert waren. Nach mehreren Einstellungen hatte er die Grenze der technischen Möglichkeiten ausgereizt. Schemenhafte Umrisse einer Person erschienen hinter dichtem Blattwerk. Leon fluchte leise, weil sein Blick verschwamm. Er rückte den Stuhl etwas weg, um den Monitor aus der Entfernung zu betrachten.

Aufregung durchflutete ihn, als er die Gestalt einer Frau mit langem dunklem Haar zu erkennen glaubte. Plötzlich überkam ihn das drängende Gefühl, Zoe die Bilder zeigen zu wollen. Sie würde die Aufnahme aus einem anderen Blickwinkel betrachten. Und wer weiß? Vielleicht hatte sie sogar eine Idee, um wen es sich bei der Frau handeln könnte. Auch wenn die Darstellung mehr dem Infrarotfoto eines Parapsychologen ähnelte. Allein darüber weiter zu grübeln, machte Leon ganz hibbelig. Er war schon aufgesprungen, als ein flüchtiger Blick auf die Uhr ihn zur Vernunft rief. Es war mitten in der Nacht. Er war todmüde, auch wenn der kurze Adrenalinschub ihm vorgaukelte, dem wäre nicht so. Ein paar Stunden Schlaf waren jetzt dringend nötig, sonst würde er noch wirklich anfangen, Gespenster zu sehen. Morgen früh konnte er immer noch nach Birkheim fahren.

Zoe erwachte von einem krampfhaften Zucken in ihrem Hals. In tiefste Finsternis zu starren und sich dabei nicht an seinen Namen zu erinnern, mutete überaus verstörend an. Ihr restliches Bewusstsein hinkte noch etwas hinterher, traf Zoe dann jedoch mit solcher Wucht, dass sie beinahe erneut ohnmächtig geworden wäre. Übelkeiterregender Benzingeruch drang von dem Knebel in ihrem Mund, was sie dazu zwang, ein ständiges Würgen zu unterdrücken. Ihre Mundwinkel waren eingerissen und brannten. Auf keinen Fall durfte sie sich übergeben, sonst würde sie ersticken. Mit der Zunge versuchte sie, den Stoffballen aus ihrem Mund herauszudrücken. Erfolglos. Ihre Arme waren am Rücken festgebunden, die Hände ganz taub. Sie musste versuchen, sich zu befreien, doch ihr ganzer Körper schmerzte. Trotzdem nahm sie all ihre Kräfte zusammen und zwang sich mit umständlichen Bewegungen, sich aufzurichten. Noch bevor sie eine sitzende Position einnehmen konnte, stieß sie mit dem Kopf gegen Blech und fiel wieder zurück. Der Schmerz erinnerte sie an einen Amboss, auf dem Eisen geschlagen wurde – in ihrem Gehirn. Schwindel überrollte sie mit einer Macht, die ihren Körper von ihrem Verstand zu trennen schien. Panik packte sie. Ein Sarg. Jemand hatte sie in einen Sarg gesteckt und lebendig begraben! Ihre Kehle wurde eng, hinderte sie am Atmen. Worte und Gedankenfetzen rauschten durch ihren Kopf. *Särge sind nicht aus Blech,* rief eine innere Stimme. Sie musste sich konzentrieren, sich erinnern, was geschehen war. Es kostete sie unendliche Mühe, ruhig zu atmen. Ihr Herzschlag verlangsamte sich wieder. Sie war in einem Kofferraum eingesperrt. Boris' Mutter hatte sie in den weißen Wagen geschubst. Nein, das war nicht ganz richtig. Sie war niedergeschlagen worden. Verklebte Haarsträhnen juckten in ihrem Gesicht. Wahrscheinlich war ihre Stirn nicht nur von Schweiß verschmiert, sondern

auch von getrocknetem Blut. Ein Aufruhr aus Zorn und Hilflosigkeit tobte in ihr. Der Drang, laut hinauszuschreien, was das alles sollte, wurde übermächtig.
Zoe zerrte an den Handfesseln, wodurch sich jedoch der Knoten noch enger zusammenzuziehen schien. Schnaufend zog sie die Luft durch die Nase – zu wenig für größere Anstrengungen. *Bloß nicht heulen, sonst verstopft die Nase!* O Gott, wenn sie doch bloß diesen Knebel loswerden könnte!
Ein Handy klingelte wie aus dem Innern einer Blechbüchse. Impulsiv geriet Zoes Körper in Bewegung, soweit es die Enge zuließ. Sie drehte und wendete sich, versuchte, mit den gefesselten Händen ihre vordere Hosentasche zu erreichen. Ein verzweifeltes Schluchzen drang aus ihrer Kehle, durchtränkte den ohnehin schon feuchten Knebel mit Speichel. Es würde ihr nicht gelingen, den vermeintlich rettenden Anruf entgegenzunehmen. Eine Stimme ertönte hinter ihr aus dem Fahrerraum. Erschrocken hielt sie inne.
»Was willst du?«, erklang Frau Nauens unterkühlte Stimme.
Zoes Wirbelsäule wurde zu Eis. Die Frau saß tatsächlich immer noch vorn im Wagen, während sie im Kofferraum um ihr Leben kämpfte! Ihre Fassungslosigkeit schlug in Entsetzen um. Mit klopfendem Herzen lauschte sie dem Gespräch – oder, besser gesagt, dem einseitigen Monolog.
»Ich bin auf dem Weg nach Kastellaun zu meiner Schwester.«
Eine kurze Pause, in der offenbar der Gesprächspartner am anderen Ende der Leitung zu Wort kam.
»Natürlich weiß ich, wie spät es ist! 3:30 Uhr. Na und?«, gab sie in zänkischem Ton auf den vermeintlichen Einwand zurück.

Schnell überflog Zoe die Stunden, seit sie das letzte Mal auf die Uhr gesehen hatte. Ihr Herz raste. Sie dämmerte seit dem frühen Abend zwischen Ohnmacht und Wachsein vor sich hin. Was sollte das? Dachte die Frau, sie wäre tot? Aber dann hätte sie sie doch einfach hier liegen gelassen und nicht selbst die halbe Nacht im Auto verharrt.

Sie zuckte zusammen, als Frau Nauen weitersprach, deutlich lauter und bestimmender.

»Unterlass es gefälligst, mich zu bevormunden! Dreißig Jahre habe ich mich vor dir geduckt, und was ist dabei herausgekommen? Nichts! Mein Sohn wurde getötet, und mein Leben ist verpfuscht. Ich habe es so satt …«

»… nein, ich werde mich nicht beruhigen. Ich fahre zu meiner Schwester, um etwas Abstand zu gewinnen. Wir treffen uns morgen bei Gericht …«

»… ist mir egal, ob es dir passt oder nicht …«

Zoes Augen flogen panisch im Dunkeln hin und her. Herrgott, sie musste sich irgendwie bemerkbar machen! Frau Nauen sprach mit ihrem Mann. Dieser würde nicht zulassen, dass seine Frau etwas tat, was sein Ansehen gefährden könnte. Dazu gehörte nicht nur ein verspäteter Emanzipationsversuch, sondern auch Körperverletzung. Verfluchter Knebel! Zoe bemühte sich zu schreien, doch mehr als ein gutturales Stöhnen war nicht möglich. Trotz schmerzender Knochen rollte sie sich zur Seite und stieß rhythmisch mit der Schulter gegen die dünne Wand zwischen Kofferraum und Rückbank. Doch schon bald verließ Zoe erneut die Kraft. Schweiß rann ihr in die Augen. Bitte, lieber Gott, lass ihn das Klopfen gehört haben!

Vorn unterbrach Frau Nauen ihre Tiraden mitten im Satz. Einen Moment herrschte Stille. Vermutlich hielt sie den Finger auf den Lautsprecher, bevor sie weitersprach.

»Keine Ahnung, was das für ein Geräusch war ... wer sollte mir etwas antun? Ich stehe hier mitten in der Pampa ... natürlich kann ich weiterfahren, sobald du dieses unnötige Gespräch beendest ... danke, bis morgen.«
Das Handy wurde ausgeschaltet und landete mit einem Plumps auf dem Polster. Die Wagentür wurde geöffnet und zornig zugeschmissen. Schritte näherten sich Zoes engem Gefängnis. Regungslos verharrte sie, wagte weder zu atmen noch zu blinzeln. Angst war wie ein Flächenbrand auf trockener Steppe – einmal entfacht, war er kaum noch zu bezwingen.

Nachdem Leon mehrfach an Zoes Haustür geklingelt und geduldig gewartet hatte, beschloss er, zum Wagen zurückzukehren. Gerade als er sich umwenden wollte, fuhr das elektronische Garagentor neben dem Haus auf. Isobel Lenz trat aus dem Halbdunkel. »Was wollen Sie?« Sie wischte sich die Hände mit einem Lappen ab, den sie auf das kopfüber gestellte Damenfahrrad warf, bevor das Tor wieder heruntergerollt war.
»Kommissar Strater«, sagte Leon sicherheitshalber, weil er nicht sicher war, ob die Frau sich an ihre erste Begegnung erinnerte. »Ich leite die Untersuchungen im Mordfall der drei Jungen und würde gern mit Zoe sprechen.«
Isobel trat einen Schritt vor und warf einen Blick hinter Leon zur Straße, als wollte sie prüfen, ob er allein war. Obwohl ihre ganze Haltung angespannt war, schien ihr sonst strenges Erscheinungsbild in Unordnung geraten zu sein. Eine dunkle Haarsträhne hatte sich aus ihrem Dutt gelöst. In ihren Augen nistete eine Melancholie, die vielleicht von Einsamkeit herrührte. Von Zoe wusste er, dass sie sich auf verschrobene Weise distanziert verhielt. Doch da glomm noch etwas anderes in den grauen Au-

gen auf, was nicht im Entferntesten mit Emotionen zu tun hatte.

»Ich weiß, wer Sie sind«, beschied sie ihm barsch. »Mir ist aber nicht klar, was meine Tochter mit Ihren Ermittlungen zu tun hat. Überhaupt sehe ich keinen Sinn darin, so viel Aufhebens darum zu machen. Gott hat sich längst seiner Sünder angenommen.«

Leon musterte das Gesicht der Frau. Betrunken schien sie nicht zu sein, aber ein bisschen seltsam kam sie ihm schon vor. Irgendwie vertraut. Er hielt es für sinnvoll, nicht weiter auf ihre religiösen Ansichten einzugehen.

»Um die irdischen Belange müssen wir uns schon selbst kümmern. Bis zum Fegefeuer vergeht für gewöhnlich eine geraume Zeit.«

Leon versuchte es mit einem Lächeln – in der Hoffnung, sie würde sich ein wenig entspannen. Doch Isobel verschränkte die Arme vor ihrer Brust.

»Nicht wenn die Diener des Herrn die Ausführung Seiner Gebote in die Hand nehmen. Aber auf die Menschen ist wenig Verlass. Sie richten und urteilen nach ihren eigenen Regeln, ohne Sinn und Verstand.«

Verblüfft über ihre drastische Meinungsbekundung beschloss Leon, sich vorerst verständnisvoll zu geben. Erfahrungsgemäß erreichte er mit ruhiger Höflichkeit am meisten.

»Wie Sie meinen, Frau Lenz. Ist Zoe denn zu Hause?«

Ihre Miene versteinerte sich. »Meine Tochter ist letzte Nacht nicht heimgekommen, wie so häufig. Sie glaubt, ich wüsste nichts davon, wenn sie in unanständiger Aufmachung loszieht, um der Sünde zu frönen.«

Offenbar sprach sie von Zoes Ausflügen ins Pydna. Abgesehen von einer liebenswürdigen Skurrilität konnte Leon nichts Anstößiges an Zoes Loretta-Kostüm finden.

Aber wahrscheinlich verhielt sich das in den Augen eines Moralapostels anders. Und diese Frau glaubte, für den Begriff »Moral« wortwörtlich Pate gestanden zu haben.

»Finden Sie nicht, dass Sie etwas hart sind? Immerhin ist sie Ihr Kind, das sich nicht anders verhält als jede andere junge Frau.«

»Wie jede gefallene Frau«, korrigierte Isobel. »Doch die Schuld an ihrem Untergang wurde bereits gesühnt und der Schänder dem Jüngsten Gericht übergeben.«

Mit diesen Worten betätigte sie die Fernbedienung, die das Garagentor herunterfahren ließ, und machte Anstalten, den Weg zum Haus hinaufzugehen.

Leon starrte ihr kopfschüttelnd hinterher. Eigentlich hatte er nicht vor, eine Diskussion über Evas Fall im Garten Eden zu entfachen, sondern wollte mit Zoe die Fotos sichten, um eine zweite Meinung einzuholen. Die Zeit drängte, wenn er den Richter noch vor Prozessbeginn sprechen wollte. Ohnehin erschien es ihm zwecklos, diese Frau über die Zuständigkeit von Gerichtsbarkeiten aufzuklären. Sie schien völlig eingenommen von ihren dogmatischen Aussagen. Alles andere, und damit jegliche weltlichen Belange, waren in ihren Augen unvollkommen – minderwertig. Oder verbarg sich mehr hinter der fanatischen Fassade?

Nicht zum ersten Mal fragte Leon sich, welche Rolle Zoes Mutter in diesem Fall spielte. Inwieweit eine psychische Störung vorlag, konnte er nicht beurteilen. Es liefen genug Verrückte frei herum, denen Schlimmeres anzulasten wäre als der unverblümte Hass auf einen Jungen, der die eigene Tochter überfallen hatte, ohne dafür bestraft worden zu sein. Frau Lenz' Genugtuung angesichts des Schicksals, welches den Täter letztlich ereilt hatte, war unübersehbar.

Nach allem, was ihm bisher zu Ohren gekommen war, lebte Frau Lenz äußerst zurückgezogen, war aber dennoch auf subtile Weise in der Gemeinschaft präsent. Zumindest was den Teil der Bevölkerung ausmachte, der ihre Predigerveranstaltungen besuchte. Sie verließ äußerst selten das Haus, brachte sich bis auf ein paar Kundengespräche nicht in die Arbeit ihrer Tochter ein. Dennoch schien sie hin und wieder Touren mit dem Fahrrad zu unternehmen. Das verschmutzte Tuch vorhin in ihrer Hand, mit dem sie offenbar das Fahrrad geputzt hatte. Wie getrocknete Blutflecke sahen sie aus, die Spuren von rötlicher Erde, die es seinem Wissen nach nur am Steinbruch gab. Demnach war sie dort gewesen. Ein gutes Stück Weg mit dem Rad, das durchaus Kondition erforderte. Diese traute Leon der schlanken Frau zu. Fragte sich nur, wann sie dort gewesen war.
Ein seltsamer Gedanke wuchs in seinem Kopf, während er Isobel Lenz betrachtete und sie sich mit offenem Haar vorzustellen versuchte. Für ihr Alter war sie eine schöne Frau, wenn auch mit einem harten Zug um die Mundwinkel. Eine vage Ähnlichkeit bestand durchaus mit der verschwommenen Abbildung – aber nur mit viel Phantasie, was natürlich kaum für einen konkreten Verdacht ausreichte. Genau genommen benahm sie sich schon eigentümlich, machte den Eindruck, in ihrer eigenen Welt zu leben. Dazu predigte sie zwar unterschwellig, aber dafür umso leidenschaftlicher von göttlich abgesegneter Selbstjustiz. Bei all ihren verqueren Ansichten schien sie über einen ausgeprägten Gerechtigkeitssinn zu verfügen. Auch wenn dieser sich nicht ganz mit den modernen Vorstellungen der Gesellschaft deckte, war er dennoch tief verwurzelt und entsprang einem sicheren Instinkt. Es musste einen Weg geben, diese Eigenschaft für seine

Zwecke zu nutzen. Offensichtliche Ungerechtigkeit würde die apostolische Predigerin nicht wortlos dulden. Leon kam eine Idee.
»Einen Moment noch, bitte!« Er holte sie mit wenigen Schritten ein. »Da Zoe nicht zu sprechen ist, können Sie mir möglicherweise weiterhelfen.«
Isobel blieb stehen, nicht ohne missmutig zu schnauben. Leon zog das Foto mit der schemenhaften Gestalt aus seiner Jackentasche und hielt es ihr hin. »Können Sie mir sagen, um welche Person es sich auf der Aufnahme handelt?«
Isobels Blick huschte mit flatternden Lidern über das Foto und sofort zu Leon zurück.
»Nein, darauf kann ich nichts erkennen.« Sie deutete mit einer abfälligen Handbewegung auf die Aufnahme.
»Es handelt sich um ein Bild vom Tatort. Ein bisschen schwer zu erkennen, doch bei genauerer Betrachtung sieht man dort eine Frau hinter den Blättern stehen. Sehen Sie?« Leon zeigte mit dem Finger auf die Gestalt, um ihr zu verdeutlichen, was er meinte. »Zumindest lässt das geblümte Kleid darauf schließen.«
Doch Isobel dachte offensichtlich nicht daran, einen weiteren Blick auf das Foto zu werfen. Außer einer Steilfalte über ihrer Nasenwurzel zeigte ihre Miene keine Regung. »Ich pflege mich nicht derart zu kleiden.« Beiläufig schob sie die gelöste Strähne zurück in ihren Haarknoten. »Wenn Sie mich jetzt entschuldigen wollen? Ich habe noch zu tun!«
Wieder ließ die Frau ihn stehen und entfernte sich mit hastigen Schritten. Er hielt sie nicht auf, hätte aber einiges darum gegeben, Isobels Gedanken lesen zu können. Ihre Beherrschung war zweifellos eindrucksvoll, vielleicht sogar ein bisschen zu diszipliniert.

Geblendet grub Zoe ihr Gesicht in die Filzbeschichtung des Kofferraums. Das schwache Tageslicht des heraufkommenden Morgens war zu viel für ihre geschwollenen Augen. Es dauerte eine Weile, bis sie vorsichtig blinzeln konnte. Währenddessen starrte Frau Nauen mit genervter Miene auf sie herab, als wäre sie ein kleines Kind, das sich weigerte, zu schlafen. Schlafen war in Zoes Fall wohl etwas zu wörtlich gemeint.

»Du lebst also noch«, stellte sie fest. »Steig aus!«

Sofort war Zoes Fluchtinstinkt geweckt. Nichts hätte sie lieber getan, als aus der muffigen Enge zu springen und so schnell wegzulaufen, wie sie konnte. Doch mit auf den Rücken gebundenen Armen war es kaum möglich, überhaupt erst einmal aus einem Kofferraum zu klettern. Umständlich richtete sie sich auf. Wieder überkam sie eine Welle der Übelkeit. Sie musste eine Gehirnerschütterung haben. Auf halber Strecke drohten ihre Kräfte, zu schwinden. Sie sackte mit der Schulter gegen den Kofferraumrand, versuchte, ein Bein darüberzuschwingen. Jeder Muskel in ihrem Körper schien aus weichem Kautschuk zu bestehen.

Frau Nauen schnaufte undamenhaft. »War zu erwarten, dass du wieder Ärger machst!«

Unerwartet kraftvoll packte sie Zoe unter den Achseln, hievte sie aus dem Kofferraum und ließ sie wie einen nassen Sack auf den Boden fallen.

Als Zoes Blutzirkulation in den Beinen plötzlich wieder einsetzte, knickte sie ein. Sie kniete im Dreck mit auf dem Rücken verschnürten Armen, den Oberkörper vornübergebeugt wie ein Exekutionsopfer. Ihr wurde schwarz vor Augen, die Übelkeit ließ sich nicht mehr zurückdrängen. Sie übergab sich mit unterdrückten Würgelauten, die ihr die Tränen in die Augen trieben. Erbrochenes quoll durch die kleinsten Winkel ihres Knebels, floss durch ihre Nase und zurück in die Speiseröhre. Ihre Welt hüllte sich in den Gestank von gegorenen Nahrungsresten. Sie fühlte sich erbärmlich, und als ob das nicht gereicht hätte, verschluckte sie sich auch noch. Reflexartig hustete sie, weil sie glaubte, ersticken zu müssen. Panik erfasste sie wie eiserne Griffe.

»Herrje, das ist ja widerwärtig!«, echauffierte sich die Dame in Chanel.

Anscheinend beschloss sie, dass dies nicht die vorgesehene Todesart für ihre Geisel darstellte. Mit einem missmutigen Aufstöhnen beugte sie sich vor und löste die Verschnürung des Knebels an Zoes Hinterkopf.

Die Erleichterung war überwältigend. Zoe spuckte ihren Mund frei, um endlich einen tiefen Atemzug frischer Luft zu nehmen. Der Schwindel zog wie ein grauer Schleier davon. Ihr Kopf klarte sich langsam auf. Sie wagte einen unauffälligen Blick an Frau Nauens gebräunten Beinen vorbei, um sich zu orientieren. Weiter hinten lichtete sich der Wald. Ein kleiner Weg schlängelte sich durch die immer spärlicher werdende Vegetation. Der sattbraune Boden wechselte in trockenen, rötlich schimmernden Sand. Eiskalte Schauer zogen über Zoes Rücken. Der Steinbruch. Der Ort, an dem Boris umgekommen war. Nur befanden sie sich auf der anderen Seite, die man nicht mit dem Auto befahren konnte. Plötzlich wurde ihr klar, dass Frau Nauens Hass auf sie in kranke Rachegelüste umgeschlagen war. In ihren Augen sollte Zoe auf der Anklagebank sitzen und für den Mord an ihrem Sohn büßen.

Verzweifelt suchte sie nach einem Ausweg, während sie ihre Peinigerin im Auge behielt. Diese war gerade damit beschäftigt, eine geglättete blonde Haarsträhne in die Bananenspange zurückzuschieben. Im Gegensatz zu Zoe hatte die Nacht im Auto bei ihr keine Spuren hinterlassen. Wie aus dem Ei gepellt stand die Dame aus gehobenen Kreisen in der aufgehenden Sonne, als hätte sie sich zu einem vergnüglichen Ausflug eingefunden. Das Ganze kam Zoe vor, als wäre sie im falschen Film.

»Los, steh auf, und komm! Ich habe nicht ewig Zeit!«, herrschte Frau Nauen sie an und deutete in Richtung Steinbruch.

Zoe rutschte näher an den Pkw, um sich mit dem Rücken am Kotflügel abzustützen, während sie versuchte, sich hochzuschieben. Sofort brach ihr der Schweiß aus, doch es gelang ihr, sich aufzurichten. Mit weichen Knien stützte sie sich gegen das Auto und bemühte sich, zu Atem zu kommen. Ihre Zunge klebte an ihrem Gaumen.

»Was wollen Sie denn bloß von mir? Ich habe nichts verbrochen!«, brachte Zoe verzweifelt hervor.

Zorn flammte in Frau Nauens Augen auf. Sie stemmte ihre Hände in die Hüften und beugte sich mit hasserfüllter Miene vor.

»Aber natürlich nicht! Du hast ja nie etwas getan. Bist völlig unschuldig, du armes Mädchen! Es waren immer die anderen.«

Die Worte flogen Zoe nur so um die Ohren. Fassungslos starrte sie die Frau an. »Aber ich …«

»Ich, ich, ich«, äffte Frau Nauen sie nach. Ihre Stimme wurde immer lauter. Die Adern traten an ihrem Hals hervor, so dass die Perlenkette in Bewegung geriet. »Verdammte Göre! Schnüffelst mit diesem Polizisten herum, als sei das Recht auf deiner Seite. Was maßt du dir noch alles an?«

Sie holte aus und schlug Zoe völlig unerwartet ins Gesicht.

Zoes Kopf wurde von der Wucht zur Seite gerissen. Ihre Wange brannte wie Feuer. Blut tropfte aus ihrer Nase in den Sand vor ihren Füßen. Vollkommen schockiert, wusste Zoe eine Weile nicht, wie ihr geschah.
Frau Nauen stolzierte vor ihr her, als gäbe sie eine Vorstellung vor Publikum. »Aber was will man machen, wenn man es nur mit unfähigen Leuten zu tun hat?«, mokierte sie sich und starrte Zoe an, als erwartete sie eine Antwort, redete aber sofort weiter. »Anstatt einen erfahreneren Beamten zu schicken. Der wäre dir nicht auf den Leim gegangen mit deinem Lolita-Gehabe. Jetzt wickelst du den jungen Mann ebenso ein wie damals meinen Sohn! Nutzt seine Unerfahrenheit und wirst ihn ebenso vernichten. Hinterhältiges Ding! Nun werde ich endlich dafür sorgen, dass du bekommst, was du verdienst!«
Wenn Zoe je geglaubt hatte, Boris wäre ein Soziopath gewesen, dann hatte sie seine Mutter unterschätzt. Das absichtlich affektierte Gehabe erzeugte in Zoe einen hilflosen Zorn.
»Sie können mich nicht einfach gefangen halten! Damit ändern Sie doch nichts!«, versuchte sie, Frau Nauen ins Gewissen zu reden.
»Halt deinen Mund, und setz dich in Bewegung, oder soll ich noch deutlicher werden?«
Die Rohrzange gab ein leises metallenes Klappern von sich, als sie ihren Griff darum verstärkte, bis die Knöchel an ihrer Hand weiß hervortraten.
Zoe keuchte entsetzt auf bei der Vorstellung, erneut damit geschlagen zu werden. Jeder Gedanke an Flucht löste sich in Luft auf. Schweiß brach ihr im Rücken aus.
»Bitte tun Sie mir nichts!« Ihre Stimme hörte sich ganz atemlos an, solche Angst hatte sie inzwischen.

Wortlos wies Frau Nauen mit der Rohrzange in die Richtung, in die Zoe gehen sollte.
Wie von allein setzten ihre Beine sich in Bewegung. Frau Nauen folgte ihr, das Werkzeug in der Hand wie eine Waffe. Zoe stolperte den kleinen roten Weg entlang. Ihre Gedanken rasten. Möglichst unauffällig wand sie ihre Handgelenke in der Hoffnung, ihre Fesseln würden sich lösen. Fieberhaft suchte sie nach den passenden Worten, um Frau Nauen von ihrem Vorhaben abzubringen. Gleichzeitig erkannte sie jedoch, dass dies ebenso unmöglich war, wie einen Tiger davon zu überzeugen, die Gazelle nicht zu fressen. Hätte sie doch bloß nichts gesagt, sondern einfach wortlos den Wagen der Frau in Ordnung gebracht! Anscheinend hatte Zoes Versöhnungsversuch genau das Gegenteil bewirkt und einen Schalter umgelegt, der Frau Nauens Verstand zum Erliegen gebracht hatte. Aber wahrscheinlich war ihre bloße Anwesenheit schon Grund genug, dass der Hass überkochte. Nun war es zu spät für Selbstvorwürfe.
Es dauerte einen Moment, bis Zoe das Vibrieren in ihrer Hosentasche zuordnen konnte. Erschrocken warf sie einen Blick über die Schulter. Doch Frau Nauen schien davon nichts zu bemerken, sondern wies sie mit einer herrischen Geste an, weiterzugehen. Wie gut, dass ihr Handy auf lautlos gestellt war! Ein Wunder, in dieser Einöde überhaupt Empfang zu haben. Annehmen konnte sie den Anruf trotzdem nicht, aber die Gewissheit, dass sie möglicherweise jemand vermissen und nach ihr suchen würde, war tröstlich. Vielleicht war es Leon, der etwas früher am verabredeten Treffpunkt vor dem Gerichtsgebäude auf sie wartete. Aber es würden noch Stunden vergehen, bis ihm auffallen würde, dass sie nicht erschien – wenn er sich überhaupt Sorgen machen

würde. Schließlich wusste er, dass Zoes Job durchaus unvorhergesehene Termine mit sich brachte. Ein tiefes Bedauern überkam sie, gemischt mit Sehnsucht. Sie war im Begriff gewesen, sich in Leon zu verlieben, und nun war sie nicht mehr sicher, ob sie ihm das jemals würde sagen können.
Viel zu schnell erreichten sie ihr Ziel, was nicht wirklich eines war, sondern lediglich das Ende des Weges. Der Steilhang des Steinbruchs. Gegenüber erkannte sie in der Ferne die Absperrbänder der Polizei, dort, wo Boris' Wagen abgestürzt war. Vor ihr klaffte der zackige Abgrund eines verlassenen Abbaugebietes. Von hier aus ging es nicht weiter. Zoe blieb stehen und drehte sich langsam um, in Erwartung weiterer Instruktionen. Und die kamen auch prompt.
»Spring!«
»Was?!«, keuchte Zoe und warf instinktiv einen Blick hinter sich in die Tiefe. »Ich … nein.«
Zoe musste sich bemühen, nicht hintenüber zu fallen, so sehr zitterte ihr Körper. »Bitte … bitte hören Sie auf damit! Dadurch wird Boris nicht wieder lebendig!«
Jetzt weinte sie haltlos. Tränen rannen über ihre Wangen. Gleichzeitig hielt die Panik sie fest im Griff.
»Nein, das wird er wohl nicht. Du und dein Komplize habt versucht, den Tod meines Sohnes wie einen Unfall aussehen zu lassen. Beide solltet ihr hier um euer Leben flehen, aber der Bursche sitzt im Gefängnis. Auch gut! So brauche ich mich nur noch um dich zu kümmern.«
»Es tut mir so leid, was mit Boris geschehen ist …« Ein Schluchzen erstickte Zoes Stimme. »… aber ich habe damit nichts zu tun! Bitte glauben Sie mir doch!«
»Ich glaube überhaupt nichts mehr.« Sie machte einen Schritt auf Zoe zu. Diese wich zurück. Ihr Absatz rutsch-

te über den Abhang. Steinchen lösten sich und rieselten in die Tiefe.
»Mein Gott, bitte …«, wisperte Zoe.
»Gott hilft dir jetzt auch nicht weiter, den hat deine Mutter schon für sich gepachtet. Also, worauf wartest du noch?«
Frau Nauens Augen waren so starr, als bestünden sie aus Glas. Ihre Miene regungslos. Eiskalt.
Als Zoe begriff, dass ihr Leben kaum noch einen Pfifferling wert war, kehrte etwas von der Gefasstheit zurück, die andere Leute an ihr schätzten. Nur dass es sich wie Aufgeben anfühlte. Gleich würde sie den Abhang hinabstürzen, mit gefesselten Händen. Kaum eine Chance, den Sturz zu überleben. Sie konnte nur hoffen, schnell das Bewusstsein zu verlieren. Noch bevor sie aufprallte und sich das Genick brach. Doch wie um Himmels willen sollte sie sich überwinden, zu springen? Die vom Selbsterhaltungstrieb auferlegte Sperre überwinden, weil eine Psychopathin von ihr verlangte, die Bürde des Mordes zu tragen. Ein letzter Funke Widerstand tauchte aus dem Nichts auf. Wenn sie schon ihr Leben hier verwirken sollte, dann bestimmt nicht freiwillig! Zoe straffte die Schultern und blickte der Tyrannin ins Gesicht.
»Auf keinen Fall werde ich springen. Wenn Sie meinen Tod wollen, werden Sie auch die Schuld dafür tragen!«
Frau Nauen starrte sie für eine Weile an, schien abzuwägen, was sie als Nächstes tun wollte. Der Funke Hoffnung in Zoe wurde jedoch schnell zerstört.
Gleichmütig, als entschiede sie über die Wahl neuer Fensterbehänge und nicht über das Leben eines Menschen, zuckte Frau Nauen mit den Schultern. »Von mir aus. Dann eben auf diese Weise.«
Alarmiert von der akuten Gefahr, setzte Zoes Körper

sich wie von allein in Bewegung. Plötzlich erfüllt vom Willen, zu überleben, wich sie zur Seite aus, um wegzulaufen. Doch sie kam nicht weit. Aus dem Augenwinkel heraus nahm sie wahr, wie die Rohrzange durch die Luft flog und schnell an Höhe verlor, aber nicht an Geschwindigkeit. Mit voller Wucht traf das eiserne Werkzeug auf Zoes Schienbein. Der Schmerz war gleißend. Das Bein knickte ihr weg. Sie geriet halb laufend ins Straucheln. Ihr Fuß trat ins Leere, als hätte er eine Stufe erwartet, wo keine war. Ihre Arme zuckten unter dem Reflex, zu wedeln, um das Gleichgewicht wiederzuerlangen. Doch sie waren eng am Rücken fixiert, wodurch die letzte Chance vereitelt wurde, sich noch rechtzeitig am Rand festzuhalten. Zoe stürzte mit dem Kopf voran in die Tiefe. Ihr eigener Schrei gellte in ihren Ohren, hallte als Echo von den Felswänden zurück. Blitze explodierten in ihrem Kopf, schickten Momentaufnahmen ihres Lebens vor ihrem inneren Auge vorbei. Zuletzt sah sie Leons Gesicht. Er lächelte. Dann wurde es dunkel.

Leon befand sich im Treppenhaus des Amtsgerichts in Sankt Goar, einem alten Sandsteingebäude, das durch ein besonders schönes Portal und hohe stuckverzierte Fenster auffiel. Es gab einen altmodischen Paternosteraufzug und im Laufe der Jahrzehnte durchgetretene Massivholzstufen. Doch dafür hatte der wütende Pulk draußen keinen Blick. Sie waren aus den umgebenden Orten herbeigeströmt und schwenkten bemalte Plakate. Eine Demonstration von dieser Größe hatte es im Hunsrück seit den Achtzigern nicht mehr gegeben. Von seinem Vater hatte Leon zahlreiche Berichte über die damalige Friedensbewegung gehört, in deren Rahmen regelmäßig überall in Deutschland autonome und alternative Demonstranten zusammenkamen. Unter dem gemischten Volk befanden sich auch nun zahlreiche Aktivisten einer Generation, die das Demonstrieren nie verlernt hatte. Allerdings hegte Leon den Verdacht, dass ein Großteil von ihnen für heute das Reihenhaus verlassen hatte, um die Gelegenheit zu nutzen, noch einmal den Kampf gegen das System aufzunehmen. Von einer einheitlichen Parole war jedoch wenig zu erkennen. Stattdessen wurde die Stimmung von den Zwischenrufen gegensätzlicher Parteien angeheizt. *Lebenslänglich für die Bestie* auf der einen und *Freispruch für den Unschuldigen* auf der anderen Seite. Als besonders bedenklich empfand Leon die Transparente, auf denen in roter Schrift die Säuberung des Hunsrücks von kriminellen Subjekten gefordert wurde.

Polizisten versuchten, für Ordnung zu sorgen. Die ersten leeren Flaschen flogen wie Wurfgeschosse über die Köpfe der Demonstranten hinweg. Wenn es so weiterging, würde in Kürze der Bundesgrenzschutz gerufen werden, um die brave Bürgerschaft mit den gefürchteten Wasserwerfern zurück in ihre Schranken zu weisen.

Mit einem missmutigen Schnaufen stieß Leon sich von der Fensterbank ab und begab sich in die Cafeteria im Erdgeschoss. In ein paar Stunden würde die Verhandlung beginnen. Dagegen konnte er ebenso wenig unternehmen wie die Leute da draußen. Der Richter hatte nur einen kurzen Blick auf die stark vergrößerte Aufnahme geworfen und Leons Antrag auf Verhandlungsaufschub abgelehnt. Schließlich befänden sie sich nicht in einer TV-Serie, wo ein schemenhafter Umriss auf einem Foto beweiskräftig genug wäre, um Einfluss auf einen Mordprozess zu nehmen. Leon sollte ihm mehr bringen, dann würde er weitersehen. Die Anklageschrift stand und

könnte nicht kurzfristig geändert werden. Er würde aber Leons Hinweis während der Verhandlung im Hinterkopf behalten.
Obwohl Leon die Einwände des Richters verstand, konnte er sie dennoch nur schwer nachvollziehen. Ihm erschien das Rechtssystem unflexibel und starr. Dennoch musste er zugeben, dass in der Tat nicht viel auf dem verwackelten Foto zu erkennen war. Verschwommene Umrisse einer Frau, verdeckt hinter einer grünen Hecke. Kaum wahrnehmbar wie eine flüchtige Erscheinung. Ihn ließ das Gefühl nicht mehr los, die Frau auf dem Bild schon einmal gesehen zu haben. Zwar war sein Blick vergangene Nacht vor Müdigkeit recht getrübt gewesen, so dass er selbst am Morgen damit gerechnet hatte, nichts mehr ausfindig zu machen, wenn er das Bild erneut betrachtete. Doch dem war nicht so. Nun blieb abzuwarten, was der Prozess ergab. Sollte es zu einer Verurteilung kommen, würde Joshs Verteidiger sicher Einspruch erheben, und die Verhandlung würde zu einem späteren Zeitpunkt wieder aufgenommen werden, wenn neue Erkenntnisse vorlagen.
Hoffentlich würde Zoe rechtzeitig zur Verhandlung eintreffen! Leon hatte schon mehrfach versucht, sie anzurufen, doch jedes Mal war die Mailbox angesprungen. Entweder hatte sie keinen Empfang dort, wo sie sich aufhielt, oder ihr Telefon war abgestellt. Langsam wurde er unruhig. Während er seinen lauwarmen Kaffee trank, zog er sein Handy aus der Tasche und wählte erneut Zoes Nummer.

kapitel 19

Zoe spürte warmen Wind über ihr Gesicht streifen. Ihr Körper fühlte sich weich an wie in Watte gepackt. Fast schwerelos. Blinzelnd öffnete sie die Augen. Über ihr strahlte der blaue Himmel, grenzte scharf an rotbraune Felswände. Sie lag auf dem Boden, fühlte aber keinen Widerstand an ihrem Hinterkopf. Spitze Steine drückten ihr in den Rücken. Die Haut in ihrem Gesicht spannte unter der Mittagssonne. Ein Teil ihres Kopfes sowie ihr linker Arm hingen über einem Abgrund. Der Schreck jagte durch ihre Glieder, raubte ihr den Atem. Ehe sie einen weiteren Gedanken fassen konnte, rollte sie sich zur Seite und prallte auf der Stelle gegen Felsen. Dort verharrte sie bewegungslos. Die Erinnerung kehrte unbarmherzig zurück, und für einen Moment wünschte Zoe sich zurück in die behagliche Leere der Bewusstlosigkeit.

Die Sonne stand am Zenit. Es war früher Morgen gewesen, als sie den Abhang hinuntergestürzt war. Sie musste seit Stunden bewusstlos gewesen sein. Ein trockenes Schluchzen kroch ihre Kehle hinauf, als sie ihre ausweglose Lage begriff. Durst hatte ihren Mund ausgetrocknet, die Lippen wund und rissig gemacht. Weit war sie nicht gefallen. Trotzdem war der Hang zu hoch, um hinaufzuklettern. Der Felsvorsprung hatte ihren Sturz abgefangen.

Sie lebte, saß aber in der Falle. Vor ihr erstreckte sich der gigantische Krater des ehemaligen Steinbruchs. Über ihrem Kopf zog ein Turmfalke krächzend seine Runden. Ein Pochen in ihrem Bein holte Zoe aus ihrer Lethargie zurück. Vorsichtig strich sie mit der Hand über den Stoff ihrer Jeans, der sich mit Blut vollgesogen hatte. Sie versuchte vorsichtig, das Bein zu bewegen, doch ein stechender Schmerz hinderte sie daran. Bestimmt war etwas gebrochen. Ihr Herz begann zu rasen. Nie im Leben hätte sie sich vorstellen können, in so eine Lage zu geraten. So etwas passierte in Filmen, aber doch nicht in Birkheim!

An ihrem Handgelenk baumelte ein Stück Schnur. Bei der Wucht ihres Sturzes mussten sich die gelockerten Fesseln endgültig gelöst haben. Wenigstens ein Lichtblick. Außerdem kam sie endlich an ihr Handy. Fast hastig griff sie in ihre Hosentasche. In ihrem Kopf waberte eine betäubte Masse, die eigentlich ihr Gehirn hätte sein sollen. Etwas länger als nötig starrte sie auf das Display, um den Moment der Verzweiflung hinauszuzögern. Kein Empfang. Wozu waren diese Dinger nütze? Wenn man sie am dringendsten brauchte, funktionierten sie nicht. Am liebsten hätte Zoe ihr Telefon mit einem Wutschrei den Abhang hinuntergeworfen. Doch zum Toben war sie viel zu müde.

Sie kauerte an der Felswand, das unverletzte Bein angezogen, um sich darauf abzustützen. Sie wollte versuchen, eine SMS zu schicken. Vielleicht hatte sie Glück, und die Übertragung gelang. Wenn doch bloß die Tasten nicht so winzig gewesen wären! Ihre Finger schafften kaum, sie zu bedienen. Auf dem Display zeigte sich ein Balken, was auf einen sehr schlechten Empfang hindeutete. Dann war er schon wieder verschwunden, als die Verbindung zum Satelliten abbrach. Sie musste es dennoch versuchen. Ihre SMS würde so lange in der Warteschleife bleiben, bis ihr Handy erneut Kontakt zum Satelliten aufgebaut hatte. Nach einer gefühlten Ewigkeit gelang es Zoe, die *Senden*-Taste zu drücken.

»Bitte, lieber Gott, lass die Nachricht rausgehen!« Erschöpft sank ihr Kopf auf die Schulter. Alles war so anstrengend. Die Augen fielen ihr zu. Was sollte sie auch sonst tun, außer schlafen?

»Ruhe im Gerichtssaal!« Der Richter schlug mit dem Hammer auf den Sockel.

Das Raunen der Zuschauer ebbte sofort zu einem unterschwelligen Gemurmel ab. Die Befragungen der Zeugen und des Angeklagten stellten erst die Vorbereitung zum eigentlichen Prozess dar. Doch schon während der Staatsanwalt die Anklageschrift vorgelesen hatte, verstärkte sich Leons Eindruck, sich inmitten eines Kampfschauplatzes zu befinden. Spannung flirrte in der Luft, lud die Atmosphäre mit einer explosiven Mischung aus Vernunft und Hass, aus Sachverstand und eifernder Blindheit. Ständige Zwischenrufe aus den Besucherreihen verhinderten einen reibungslosen Ablauf. Wenn das so weiterging, würde der Richter für die Folgetage die Öffentlichkeit ausschließen. Vielleicht wäre das besser.

Im Innern des Gerichtsgebäudes bekamen sie nicht viel von dem Lärm draußen mit. Die hohen Rundfenster hinter dem Richterpodest waren mit geräuschdämmendem Sicherheitsglas ausgestattet. Doch Leon ahnte, wie seine Kollegen sich abmühten, unter den Demonstranten für Ruhe zu sorgen.

Josh schilderte gerade mit hochrotem Kopf die Gründe, weshalb er sich am Tatort aufgehalten hatte. Gemäß dem Mündlichkeitsprinzip stand es auch dem Angeklagten zu, zusammenhängend über seine Erlebnisse zu berichten. Dabei sollte ihn zunächst niemand mit Fragen unterbrechen.

»Ich habe niemanden umgebracht. Echt nicht!«, beteuerte Josh zum Schluss. »So was könnte ich nie tun.«

Sein Blick schoss unruhig durch den Saal, er schien aber nicht wirklich zu sehen. Wie ein Bühnenschauspieler, der geblendet von Scheinwerfern nicht wahrnahm, wie das Publikum ihn beäugte. Zwischendurch ein flehender Blick zum Richter. Da saß kein erwachsener Mann, sondern ein verstörter kleiner Junge mit wirrem Haar, mit dem der Staatanwalt in Anbetracht der Schwere der Tat nicht zimperlich umspringen würde. Tatsächlich postierte dieser sich mit raschelnder Robe vor der Angeklagtenbank.

»Entnehme ich es richtig, dass Sie den Leichnam Ihres Vaters aufbewahrt und auf unverantwortlich laienhafte Weise zu mumifizieren versucht haben?«

Josh klappte die Kinnlade herunter.

»Einspruch!«, rief der Verteidiger. »Für den vorliegenden Fall ist der angesprochene Sachverhalt irrelevant.«

»Einspruch stattgegeben.«

Erneut richtete der Staatsanwalt das Wort an Josh. »Was genau haben Sie gemacht, während Sie dort im Gebüsch hockten?«

»Nichts Besonderes.« Joshs Ohren hoben sich nun dunkel von seiner blassen Gesichtsfarbe ab.

»Etwas konkreter, wenn ich bitten darf!«

»Fotos gemacht …« Josh stockte und senkte den Blick. »Ich habe fotografiert und einen neuen Film eingelegt.«

Der Staatsanwalt blätterte in seinen Unterlagen. »Und was haben Sie fotografiert?«

»Blätter und Insekten. Alles Mögliche eben, was mir so vor die Linse kam.«

»Wie nackte Mädchenhaut zum Beispiel?«

»Einspruch!«

Ein weiteres Raunen ging durch den Zuschauerraum, das erneut vom Richter niedergehämmert werden musste.

Leon stieß den Atem aus. Das führte doch zu nichts, wenn man versuchte, den Jungen mit vergleichsweise geringfügigen Delikten zu einem Geständnis zu bewegen! Natürlich lagen dem Gericht die Informationen über die Fotos von Zoe vor, doch solange sie keine Anzeige erstattete, was sie seines Wissens nicht vorhatte, waren diese Einwürfe für den laufenden Prozess belanglos.
Unwillkürlich glitt sein Blick zu dem leeren Platz neben ihm. Er hatte ihn für Zoe freigehalten und sich bewusst in eine der hinteren Reihen gesetzt. Von hier aus hatte er einen guten Überblick und konnte gleichzeitig die Tür im Auge behalten. Diese öffnete sich gerade mit einem verhaltenen Knarren. Sofort wandte Leon sich erwartungsvoll um, doch statt Zoe huschte eine verspätete Frau Nauen in den Saal. Es sah ihr gar nicht ähnlich, zum Mordprozess des eigenen Sohnes zu spät zu kommen. Sie suchte die Besucherreihen nach ihrem Mann ab, während sie durch den Mittelgang spazierte. Herr Nauen winkte ihr mit gerunzelter Stirn zu. Scheinbar verstimmte ihn die fast zweistündige Verspätung seiner Gattin. Diese rutschte sogleich auf ihren Platz im nebenan liegenden Sitzblock, ein entschuldigendes Lächeln auf der sonst unbeweglichen Miene.
Leon senkte den Kopf, um sein Handy auf neue Nachrichten zu prüfen. Dabei fiel sein Blick auf den Teppichläufer im Mittelgang. Die Schmutzspuren waren vorhin noch nicht dort gewesen. Leon beugte sich seitlich aus der Reihe und tat so, als wäre ihm etwas heruntergefallen. Überrascht stellte er fest, dass die Spur zu Frau Nauen führte – besser gesagt, zu ihren cremefarbenen Wildlederpumps, deren untere Ränder einen rötlichen Schmutzrand aufwiesen, was so gar nicht zu der gepflegten Erscheinung im Sonntagsstaat passte. Starr blickte Frau

Nauen nach vorn, während ihr Mann ununterbrochen im Flüsterton auf sie einredete. Ihre beringten Finger klopften unablässig auf ihr Knie.
Leon lehnte sich nachdenklich zurück. Die Frau würde wohl kaum den Verhandlungsbeginn verpasst haben, weil sie noch einen Waldspaziergang unternehmen wollte. Das Handy in seiner Hand vibrierte und kündigte eine eingehende SMS an. Leon musste die beiden Worte von Zoe dreimal lesen, bevor er einen Zusammenhang herstellen konnte.
Hilfe, Stein.
Sofort legten seine Gedanken den Geschwindigkeitsmodus ein. Ein paar Zahnräder drehten sich in Leons Kopf, dazwischen klemmte eine Idee. Er versuchte, sie aus seinem Unterbewusstsein hervorzulocken. Der Steinbruch, hämmerte es in seinem Kopf. Sie war in Gefahr! Leon sprang von seinem Platz und eilte zur Tür. Dort zog er sich einen Beamten zur Seite und wies ihn an, Frau Nauen zu observieren. Notfalls sollte er sie hier festhalten, bis Leon zurückkehrte. Dann lief er los, ohne die Einwände des Polizisten zu beachten. Sollte er sich doch etwas einfallen lassen, wie er die Frau aufhalten konnte! Leon war in Gedanken längst bei Zoe. Die kurze Nachricht wirkte so verzweifelt auf ihn, dass er mit Mühe die aufkommende Panik unterdrücken konnte. Sie musste verletzt sein und kaum in der Lage, mehr als diese beiden Worte zu schreiben. Er musste sie so schnell wie möglich finden, irgendwo im Steinbruch. Wenigstens gab es nur den einen in der Gegend, aber der war nicht gerade klein. Verflucht!
Er rannte durch den Pulk von Demonstranten, schubste sich rücksichtslos den Weg frei. Plakate fielen klappernd hinter ihm auf den Boden. Wütende Zurufe folgten, die

Leon genervt ignorierte. Diese Leute waren beinahe schlimmer als Schaulustige bei Unfällen! Standen im Weg herum und verhinderten Ermittlungsarbeiten oder Rettungsversuche. Es war doch immer dasselbe!
Im Wagen betätigte er die Hupe. Doch die Menschenmenge vor ihm wurde immer dichter. Er legte den Rückwärtsgang ein und fuhr im Eiltempo aus der schmalen Straße heraus.

Der Rettungshubschrauber kreiste über dem Steinbruch. Leon gab dem Piloten per Handy die Koordinaten von der Stelle durch, an der er glaubte, Zoe auf einem Felsvorsprung liegen zu sehen. Zumindest hoffte er, dass das gelbe Leuchten in der Ferne auf ein Kleidungsstück hinwies. Ihr T-Shirt vielleicht. Das mit dem grinsenden Smiley darauf. Jenem Grinsen, auf das man in Zoes Gesicht oft vergeblich wartete.
Er war zu weit weg, um Genaueres zu erkennen. Der einzige Hinweis in Zoes SMS hatte ihn auf die andere Seite des Steinbruchs geführt. Dort, wo das Auto von Boris Nauen abgestürzt war. Wie ein Verrückter hatte er die Gegend abgesucht und dabei ständig Zoes Namen gerufen. Die Sorge um sie raubte ihm beinahe den Verstand. Als seine Suche erfolglos blieb, war er mit den Nerven am Ende. Es war zermürbend, auf diese Weise zu erkennen, dass Zoe ihm mehr bedeutete, als er angenommen hatte. Viel hatte das nicht mehr mit dem kühlen Kopf eines Profiermittlers zu tun. Irgendwann hatte er auf der anderen Seite des Steinbruchs eine reglose Gestalt entdeckt und versucht, mit der Zoomfunktion seines Handys mehr zu erkennen. Doch leider wurde die Vergrößerung nur pixelig, so dass er letztlich nur vermuten konnte, dass Zoe dort lag. Den Hubschrauber hatte er

rechtzeitig angefordert, weil er nicht wusste, was mit Zoe passiert war – ob sie verletzt war oder Schlimmeres.
Leon eilte zu seinem Wagen. Um die andere Seite des Steinbruchs zu erreichen, musste er auf die Landstraße zurückkehren. Ein Umweg, den er hinnehmen musste, auch wenn es ihm noch so schwerfiel. Obwohl er mit Vollgas die Straße entlangraste, saß ihm während der ganzen Fahrt die Gereiztheit im Rücken wie ein gehässiger Dämon. Er musste sich zur Ruhe zwingen. In der Ferne sah er, wie der Hubschrauber über den Baumwipfeln zur Landung ansetzte, und schickte ein Stoßgebet gen Himmel, dass Zoe noch leben möge.
Seine Gedanken kreisten um die rötliche Erde an Frau Nauens Schuhen. Auch an den Fahrradreifen von Zoes Mutter waren sie ihm aufgefallen. Was hatte das zu bedeuten? Die Frau auf dem Foto vom Tatort war eindeutig dunkelhaarig. So viel war zumindest zu erkennen. Frau Nauen war blond, doch welche Rolle spielte sie? Sie wird wohl kaum ihren eigenen Sohn umgebracht haben. Da käme noch eher Isobel Lenz in Frage. Aber Frau Nauen hasste Zoe und hätte ein Motiv, ihr etwas anzutun.
Zusammenfassend betrachtet, schienen die Ereignisse in diesem ländlichen Idyll die meisten seiner Großstadtfälle noch zu übertreffen. Wo war er hier überhaupt hineingeraten? Ins Land der durchgeknallten Mütter? Tötest du mein Kind, töte ich deins? Wenn er mit seinen Annahmen richtig lag, rangierte das verbrecherische Ausmaß von perfider Selbstjustiz beinahe jenseits seiner Vorstellungskraft. Er schüttelte den Kopf und lenkte den Wagen auf einen holprigen Pfad, der so schmal war, dass die Reifen zu beiden Seiten über Grünstreifen fuhren.
Erst wenn er Genaueres wusste, konnte er gegen Frau

Nauen vorgehen. Leider reichten verdreckte Designer-Pumps dazu nicht aus. Schließlich galt Zoe bislang lediglich als unauffindbar. Sie könnte sonst wo sein und war niemandem darüber Rechenschaft schuldig. Leons Gefühl hingegen ging in eine völlig andere Richtung. Mittlerweile lagen seine Mutmaßungen offen dar und warteten nur noch auf tatkräftige Beweise. Was Frau Nauen betraf, so würde Zoes Aussage bald Klarheit schaffen. Womöglich steckte sie sogar hinter den Anschlägen auf Zoe, denn so ganz überzeugte Leon die Geschichte der Lausbubenstreiche nicht. Damit würde er die Frau mindestens wegen Anstiftung zu Körperverletzung drankriegen.

Vor ihm tauchte eine grüne Wand aus üppiger Vegetation auf, die nur über einen Trampelpfad zu durchqueren war. Leon bremste scharf und sprang aus dem Wagen, ohne die Tür hinter sich zu verschließen. Als er am Steilhang ankam, wurde die Trage gerade vom Rettungstrupp mit einem Seilzug über den Rand gehievt. Leons Herz setzte einen Moment aus, als er die dunklen Locken unter der Wärmefolie erblickte. Der Notarzt eilte herbei und fing damit an, Zoe zu untersuchen. Leon musste sich zusammenreißen, um ihn nicht mit Fragen zu bestürmen, und zeigte stattdessen seine Dienstmarke. Dabei konnte er seinen Blick nicht von Zoe lösen. Ihr blasses Gesicht war blutverschmiert, die Lippen aufgesprungen. Eine Hand lugte unter der Decke hervor, die Fingerknöchel voller Schürfwunden. Leon spürte archaische Wut auf denjenigen in sich aufsteigen, der sie so zugerichtet hatte.

»Ist … ist sie schwer verletzt?«, presste er hervor.

Der Arzt blickte verständnisvoll zu ihm auf. Anscheinend stand es Leon auf die Stirn geschrieben, dass seine Besorgnis nicht nur dienstlicher Natur war.

»Aufgrund der Wunde am Schienbein hat sie viel Blut verloren. Vermutlich ist es gebrochen. Außerdem ist sie ziemlich ausgetrocknet«, erklärte der Arzt.
Fassungslos starrte Leon auf Zoes Bein.
Der Arzt kontrollierte den tragbaren Infusionsbeutel. »Es gibt eine Platzwunde am Kopf, was eine Gehirnerschütterung vermuten lässt. Ansonsten sind die Vitalfunktionen stabil. Sie ist schwach, aber bei Bewusstsein. Wir bringen sie erst einmal ins Krankenhaus, dann sehen wir weiter.«
Der Schreck ließ nach, nachdem der Arzt ihm versichert hatte, dass keine ernsthaften Verletzungen vorlagen. Natürlich stellte ein Sturz wie dieser keine Lappalie dar, doch wenigstens waren keine lebensnotwendigen Organe verletzt worden.
Zoes Lider flatterten. Leon schob sich am Arzt vorbei und beugte sich zu ihr hinunter.
»Kannst du sprechen?« Er legte sanft eine Hand auf ihre Schulter.
»Genügt auch krächzen?«, flüsterte sie und versuchte ein Lächeln. Blut tropfte aus einem neuen Riss an ihrer Lippe. Sie verzog das Gesicht mit geschlossenen Augen.
»Das genügt«, mischte sich der Arzt ein. »Wir müssen sie versorgen.«
»Zoe, kannst du dich erinnern, was passiert ist?«, fragte Leon hastig.
Ihre Brust hob sich unter einem tiefen Atemzug. »Boris' Mutter wollte mich umbringen.«
»Frau Nauen hat dir das angetan?« Leon musste sichergehen, bevor er etwas unternehmen konnte. Sie musste den Namen unter Zeugen bestätigen.
»Mmh«, kam es mit einem leichten Nicken von Zoe.
Dann kippte ihr Kopf zur Seite. Sie war wieder einge-

schlafen. Die Geduld des Arztes war am Ende. Resolut schob er Leon zur Seite. Pilot und Krankenpfleger hoben die Trage an.
Leons Knie wurden weich vor Erleichterung. Er musste sich abwenden, weil seine Gefühle ihn zu übermannen drohten. Das Angebot des Arztes, mitzufliegen, lehnte er dankend ab. Er hatte noch etwas zu erledigen. Sofort wollte er zum Gericht zurückfahren und Frau Nauen verhaften, die dort von Kollegen festgehalten wurde. Inzwischen dürfte Herr Nauen für einen Riesenaufstand gesorgt haben, nachdem ihnen verwehrt wurde, das Gebäude zu verlassen, bis Leon sich meldete. Damit dürfte die politische Karriere des angehenden Abgeordneten einen empfindlichen Dämpfer erhalten haben. Diese Familie hatte schon zu lange geglaubt, über jede dunkle Machenschaft ein Mäntelchen hängen zu können. Genügend Einfluss hatte ihnen ermöglicht, ihren Sohn seiner gerechten Strafe zu entziehen. Für die versuchte Vergewaltigung und Gott weiß was für weitere unzählige Delikte. Die Frau glaubte, mit Geld Helfershelfer kaufen zu können, um für sie die Drecksarbeit zu erledigen, und ihr Gatte hatte stets wie ein mächtiger Schutzpatron über seine aus den Fugen geratene Familie gewacht.

»Die Krankenschwester sagte, du warst die ganze Nacht hier?«
Zoe gab sich Mühe, streng zu klingen, was ihr aber nur mäßig gelang. Sie saß aufrecht im Bett, den Kopf angelehnt, weil sie immer noch von Kopfschmerzen geplagt wurde. Da bisher keine Übelkeit oder sonstigen Symptome eingetreten waren, gingen die Ärzte davon aus, dass sie keine Gehirnerschütterung erlitten hatte. Dennoch sollte sie vorsichtig sein.

Leon trat näher. Ein verschmitztes Grinsen vermochte kaum den übernächtigten Eindruck in seinem Gesicht zu überdecken. Er ignorierte die bereitstehenden Besucherstühle und setzte sich auf die Bettkante.
»Hi«, erwiderte er auf ihre Rüge. »Freut mich auch, dich zu sehen!«
»Ich war nicht in Lebensgefahr und habe lediglich Kopfschmerzen. Ein echter Dickschädel eben.« Sie grinste.
»Und ein angebrochenes Schienbein«, versuchte er, sich zu verteidigen.
Sie war nicht daran gewöhnt, umsorgt zu werden. Ein bisschen unangenehm war es ihr schon, dass Leon die ganze Nacht an ihrer Seite gesessen hatte. Vielleicht sollte sie einfach lernen, so etwas anzunehmen. Sie gab nach, was sie mit einer Grimasse verdeutlichte, und wechselte das Thema.
»Hast du die Fotos gesichtet? Gab es etwas darauf zu entdecken?«
»Bist du sicher, dass du dich schon fit genug fühlst?«
Der besorgte Ausdruck in seinem Gesicht irritierte Zoe einen Augenblick. Über Frau Nauens Verhaftung hatte er ihr gestern Abend noch berichtet. Nun schien es an der Zeit, sich wieder um den Mordfall zu kümmern. Ihr schwante, dass er diesbezüglich Neuigkeiten hatte, die ihr möglicherweise nicht gefallen würden.
»Verlass dich drauf!«, antwortete sie gefasst.
Sein Lächeln wollte den Hauch von Schatten auf seinem Gesicht überspielen. Er zog einen Stapel Fotos aus der Tasche und breitete sie auf ihrer Bettdecke aus. »Das sind längst nicht alle.«
Zoe blickte auf die Fotos, die sich wie eine grüne Schar auf dem hügeligen weißen Untergrund verteilten. »Oh,

nicht doch! Sag bloß, du musstest einen ganzen Stapel mit Joshs künstlerischen Botanikadaptionen sichten?«
»Zweihundertfünfunddreißig waren es genau.«
»Das ist nicht dein Ernst!«, erwiderte Zoe lachend. »Josh hat ständig irgendwelches Grünzeug fotografiert. Vermutlich war es sein Ausgleich zu seinen sonst eher nüchternen Interessen. Er konnte stundenlang bei uns hinterm Haus stehen und Blumen fotografieren.«
Sie nahm gedankenverloren ein Foto nach dem anderen in die Hand. Zwar war ihr Joshs Faszination für Nahaufnahmen von Blättern nie wirklich klargeworden, doch sie verstand seine ungewöhnliche Leidenschaft. Es ging ihr mit den Totenmasken nicht anders. Beides konnte auf Außenstehende absonderlich wirken.
»Wenn ich ihn danach gefragt habe, hat er immer geantwortet, er würde eben gern schöne Dinge fotografieren.«
»Das kann ich gut nachvollziehen.«
Leons sanfte Stimme erinnerte sie daran, selbst ein beliebtes Motiv gewesen zu sein. Beschämt senkte sie den Blick und konzentrierte sich auf die Bilder. Unter all den gleichförmig wirkenden Aufnahmen sprang ihr eine ins Auge wie eine Natter, die unerwartet aus dem Gestrüpp hervorschießt. Ein leiser Schreck durchfuhr sie. Zoe spürte Leons Blicke, wagte aber nicht, ihn anzusehen. Ebenso zögerte sie in vorübergehender Starre, nach dem Foto zu greifen, als könnte sie etwas daran ändern, wenn sie es gar nicht erst anfasste. Aber Gespenster verschwanden nicht, wenn man sich unter der Bettdecke verkroch. Ihr Knie zuckte unter den Stofffalten. Das Foto kippte zur Seite, hob sich in den Fokus wie ein Mahnmal. Alle anderen verblassten wie unbeachtete Memorykärtchen.
»Du siehst es auch, nicht wahr?«

Er ließ die Frage in der Luft hängen, als genügte das als Erklärung dafür, dass er ihre Mutter verdächtigte.
Zoe antwortete nicht, aber in der Stille brach die Wahrheit förmlich über sie herein.
»Besonders deutlich ist es aber nicht«, brachte sie nach einer Weile hervor, nur um überhaupt etwas zu sagen.
Lange schaute sie das Foto an, versuchte, zu begreifen, was sie dort sah. Längst vergessen geglaubte Erinnerungen tauchten plötzlich wieder auf. Aus einer Zeit der Nähe. Als kleines Mädchen war sie fest davon überzeugt gewesen, dass Engel und Feenwesen schwarze Haare hatten. Egal, wie viele Märchen von lieblichen goldgelockten Prinzessinnen berichteten. Für Zoe wurde jedes goldene Haar zu edlem Schwarz. Feen sah man selten. Mutters offenes Haar ebenso.
»Natürlich ist das kein endgültiger Beweis«, versuchte Leon, sie zu trösten. »Es könnten mehrere Gründe für ihre Anwesenheit dort vorliegen.«
Ein ausgiebiger Spaziergang vielleicht? Wohl kaum. Wirklich zu glauben schien er seine Worte nicht. Zu verdenken war es ihm kaum. Zoe konnte selbst nicht fassen, zu welchem Netz sich die losen Fäden zusammenzuziehen schienen. Im Grunde spürte sie, dass er recht hatte. Oft genug hatte sie ihre Mutter tagelang nicht gesehen und geglaubt, sie verschanze sich in ihrer Kapelle. Gespräche führten sie ohnehin nicht wirklich. Sie kannten sich ja nicht einmal. Dafür wusste Zoe tief in ihrem Innern, dass Isobels Hass auf Boris seit dem Vorfall damals nie abgenommen hatte. Ganz zu schweigen von ihren Predigten, in denen sie immer exzessiver Abraham zitierte und damit die Bereitschaft verkündete, irdische Taten in Gottes Namen selbst zu sühnen.
»Was wirst du nun unternehmen?«, fragte sie gepresst.

»Ich muss herausfinden, ob sie ein Alibi hat. Sie zeigte sich nicht besonders kooperativ, als ich bei ihr war. Das Foto hat sie kaum angesehen und sich stattdessen ziemlich rasch zurückgezogen.«

»Du warst bei meiner Mutter? Wann?«

»Direkt am nächsten Morgen, nachdem ich die Fotos durchgesehen hatte, fuhr ich nach Birkheim, um sie dir zu zeigen. Deine Mutter erwähnte nur, es käme häufig vor, dass du über Nacht wegbliebst …« Er stockte und senkte kurz den Blick.

Zoe glaubte, einen leisen Vorwurf in seiner Stimme zu hören, wollte sich aber im Moment nicht weiter damit beschäftigen.

»Ach ja? Und wer sollte ihr ein Alibi geben? Sie verbringt die meiste Zeit allein in ihrer Kapelle.« Sie blitzte ihn an. »Du hast nichts gegen sie in der Hand, stimmt's?«

Sofort bedauerte sie den feindlichen Unterton in ihrer Stimme. Sie konnte sich selbst nicht erklären, woher der Anflug familiärer Loyalität kam.

Leon versteifte sich. »So ist es. Außer roten Erdspuren vom Steinbruch am Fahrrad in eurer Garage, vagen Zeugenaussagen und meiner Kombinationsgabe habe ich nichts Konkretes. Ein paar Indizien genügen zwar nicht für eine Mordanklage, aber es reicht, um die Ermittlungen einzuleiten.«

Mit gerunzelter Stirn schob er den Stapel Fotos zusammen, als wollte er die unheilverkündenden Beweisstücke aus Zoes Blickfeld vertreiben. Dabei strichen seine Hände über ihre Beine wie ein zufälliges Streicheln.

Es tat ihr leid, ihn verärgert zu haben. Schließlich war es sein Job, diesen Fall aufzuklären. Auch wenn es ihr nicht in den Kram passte, wie die Dinge sich entwickelt hatten. Doch sie war durcheinander und kämpfte mit plötzlichen Existenzängsten. Ihr Leben geriet gerade mächtig aus den Fugen, und die Vorstellung, ihre Mutter könnte eine Verbrecherin sein, war beklemmend.

»Vielleicht erkennt Josh die Frau, wenn ich ihm das Foto zeige«, fügte Leon ruhig hinzu.

»Kann ich mir nicht vorstellen, wenn er sie an dem Tag schon nicht richtig gesehen hat«, erwiderte Zoe, ohne ihn anzublicken.

Und falls doch, würde es ihm verdammt schwerfallen, der Polizei zu erzählen, dass er ihre Mutter dort gesehen hatte, dachte Zoe. Ein Verhör ihrer Mutter schien unausweichlich. Doch Zoe befürchtete, dass dabei nicht viel herauskommen würde. Isobel pflegte dichtzumachen, um die Dinge nicht an sich heranzulassen. Darin war sie richtig gut. Sie baute eine Mauer um sich herum, die alles und jeden abprallen ließ. Niemand konnte wissen, was in ihr vorging. Da war es einfacher, die dunkle Seite des Mondes zu verstehen.

Zoe hatte nicht gemerkt, wie ihr das Foto aus der Hand geglitten war. Leon beugte sich über sie, um es ihr abzunehmen. Inmitten der Bewegung hielt er inne, sein Gesicht unmittelbar vor ihrem. Sie spürte seinen Atem auf ihrer Haut. In seinem Blick lag ein Versprechen. Seine Nähe strahlte Sicherheit aus. Seine Lippen waren nur eine Handbreit entfernt.

Der Klingelton seines Handys unterbrach die Stille.

»Strater«, meldete Leon sich und lauschte dem Anrufer, wobei sein Blick immer wieder zu Zoe wanderte.

»Verstehe.« Er runzelte die Stirn. Nickte. Runzelte die Stirn.

Langsam wurde Zoe unruhig. Ihre letzte ungewollte Teilnahme an einem Telefonat hatte unter keinem guten Stern gestanden. Natürlich gingen Polizistengespräche

sie nichts an, dennoch empfand sie es als unangenehm, ausgegrenzt zu sein. Der Rand ihrer Bettdecke war unter ihren Händen zu einer feuchten Wulst geschrumpft, die bereits unter der Last von Zoes Furcht zu ächzen schien.
»Zugriff! Ich bin in fünfzehn Minuten da.«
Er klickte das Gespräch weg und schien froh zu sein, Zoes Blick ausweichen zu können, während er das Handy in seiner Tasche verstaute.
»Auf wen sollen sie zugreifen?« Zoes Beherrschung glitt allmählich dahin.
»Hör zu ...« Leon beugte sich vor und ergriff ihre Hand. »Ich muss zu einem Einsatz und komme später zurück.«
»Willst du mich verarschen? Rede nicht mit mir, als ob ich ein kleines Kind wäre!«
»Gut, wie du willst«, erwiderte er leicht gereizt. »Ich habe die Meldung bekommen, dass deine Mutter in ihrer Kapelle Feuer legt und droht, sich selbst anzuzünden.«
Wie vom Donner gerührt starrte Zoe ihn an. Wenn sie sich bislang noch hatte einreden können, alles würde sich aufklären, was die Verdächtigungen gegenüber ihrer Mutter betraf, so war sie nun vom Schicksal mit einem Tritt in die Realität befördert worden.
»Ich komme mit!« Sie riss die Decke zurück und schwang die Beine über den Bettrand. Schmerz schoss durch ihren Oberschenkel und trieb ihr die Tränen in die Augen.
Leon war aufgesprungen. »Das geht nicht! Du bist verletzt und kannst nicht laufen.«
»Gib mir die Krücke da hinten neben der Tür! Damit wird es gehen.« Sie sah ihm fest in die Augen. »Und meine Klamotten auch, bitte!«
Leon tat wie geheißen. Während Zoe in Jeans und T-Shirt schlüpfte, musste sie ihm mehrfach verdeutlichen, dass

sie nicht von ihrem Vorhaben abzubringen war. Irgendwann hörte er auf, zu widersprechen.
»Wir nehmen den Hinterausgang. Vor dem Krankenhaus wimmelt es vor Presse. Woher die immer wieder Wind bekommen, wird wohl ein ewiges Mysterium bleiben.« Leon hielt Zoe die Tür auf. Sie traten auf den Gang. »Fragt mich doch vorhin ein Reporter, was die bekannte Bestatterin Zoe Lenz mit den Morden zu tun hat! Unfassbar! Wie kommen die bloß auf so was?«
»Ich hätte da schon so eine Ahnung«, erwiderte sie und verdrehte die Augen. »Erzähl ich dir später.«
Trotz ihrer Verletzung kam sie erstaunlich gut voran. Der Gummipfropfen am Ende der Krücke hinterließ bei jedem Schritt ein Schmatzen auf den gefliesten Stufen im Nottreppenhaus. Die Kopfschmerzen waren von ihrem neu erweckten Tatendrang wie fortgeblasen. Durch die Fenster sah sie einen Pulk Journalisten vor dem Haupteingang. Wie Rennsportler warteten sie auf den Startschuss. Fernsehkameras ragten klobig zwischen puschelbeschürzten Mikrofone auf Stäben empor. Darunter auch der Privatsender, den das Presseamt Emmelshausen Zoe vergangenes Jahr auf den Hals gehetzt hatte. Anscheinend erwartete der Stadtrat, dass seine Popularität zunahm, wenn er die jüngste Bestatterin Deutschlands als Maskottchen auserwählte. Bis dahin wusste Zoe nicht einmal von ihrem zweifelhaften Titel und hatte sich mit Händen und Füßen dagegen gewehrt, ein Interview zu geben. Der Hintergedanke, dass ihre Arbeit mit Totenmasken ein wenig bekannter werden könnte, wenn man darüber im Fernsehen berichtete, hatte sie letztlich dazu bewogen, nachzugeben. Das hatte sie nun davon! Keine nennenswerte Erhöhung der Auftragslage, dafür einen Pulk Sensationsreporter.

Sie erreichten Leons Wagen, ohne Aufmerksamkeit zu erregen. Über den Polizeifunk kam eine Meldung von einem Brand in Birkheim.

Die Feuerwehr war schon vor Ort, als sie vor Zoes Haus ankamen. Das ganze Dorf schien sich hier versammelt zu haben. Ein Löschzug versperrte den Schaulustigen die Sicht zur Kapelle, so dass ihnen nichts anderes übrigblieb, als von der anderen Straßenseite aus die Hälse zu recken. Zoe beachtete sie nicht weiter, sondern humpelte hinter Leon her auf einen Streifenpolizisten zu. Feuerwehrleute standen scheinbar tatenlos vor der Eingangstür, den Löschschlauch im Anschlag.
»Wir können nicht anfangen, weil die Zielperson sich noch im Gebäude befindet«, informierte der Polizist sie.
Zoe schob sich an den Beamten vorbei in die Kapelle hinein. Rauchschwaden hingen in der Kuppel. Schwarz uniformierte Männer der Sonderkommission entweihten den Ort mit ihren gezogenen Waffen. In jedem Winkel der kleinen Kapelle waren sie positioniert oder schlichen geduckt zwischen den leeren Holzbänken herum. Zwei von ihnen hatten auf halber Strecke zur Kanzel haltgemacht und hockten dort auf der Treppe. Die Pistolen waren auf Zoes Mutter gerichtet.
Der Anblick ließ Zoe im Mittelgang verharren. Mit offenem Mund starrte sie zur Kanzel hinauf. Die Augen ihrer Mutter waren in die Ferne gerichtet. Ihr Blick entrückt. Haarsträhnen hatten sich aus ihrer Hochsteckfrisur gelöst und wehten in der Hitze des Feuers, welches hinter ihr züngelte und sie wie eine flammende Ikone einrahmte. Die Arme ausgestreckt, hielt sie in beiden Händen jeweils eine Altarkerze. Beste Voraussetzungen für den Tod als Märtyrerin.

Zoe brauchte einen Moment, um die Situation zu erfassen.
»Frau Lenz, legen Sie die Kerzen beiseite, und kommen Sie herunter!« Leon war neben Zoe getreten, ebenfalls mit gezogener Waffe.
Wie erwartet, reagierte ihre Mutter nicht auf Zurufe. Sie hatte längst die Welt um sich herum verlassen. Befand sich im Delirium religiöser Ekstase und wartete nur auf eines der Zeichen, die nur sie vernehmen konnte, um die Kerzen an ihr Kleid zu halten. Die schreckliche Ahnung, dort oben keinen Apostel, sondern eine dreifache Mörderin zu sehen, raubte Zoe beinahe den Atem. Entschlossen drückte sie Leons Arm hinunter.
»Auf der hinteren Seite der Kanzel befindet sich eine kleine Kammer mit einer Stiege dort hinauf.«
Er senkte seinen Arm, machte aber keine Anstalten, zu gehen.
»Mama, hör sofort auf damit!«
Zoe hatte fast vergessen, wie eine erhobene Stimme aus den Erkern der Kapelle widerhallte. Der Kopf ihrer Mutter drehte sich ruckartig in ihre Richtung. Ringsherum rasteten die Magazine von Pistolen ein. Meine Güte! Befürchteten die Polizisten, dass Isobel sie mit zwei brennenden Kerzen bewarf?
Schnell gebot Zoe den Polizisten mit einer Geste Einhalt, damit sie nicht auf die Idee kamen, tatsächlich zu schießen.
»Da ist mein Mädchen. Seht sie euch an! Geläutert und gereinigt durch Abrahams Gebot. Nur der Tod bringt unser Heil.«
Mit gewohnter Kraft erhob sich die Stimme ihrer Mutter. Doch der Eindruck täuschte. Ihre Augen wiesen nach wie vor einen fiebrigen Glanz auf.

Zoe musste versuchen, sie zurückzuholen. »Ich bin bei dir, Mutter! Schau her! Ich stehe hier.«
»Gottes Wege sind unergründlich. Der Herr hat mich sehend gemacht, zu erkennen sein wahres Zeichen. Nicht der Sohn sollte geopfert werden, sondern der Gehörnte.«
Ein Zucken ging durch ihren Körper, als würde sie aus einem Traum erwachen. Sie blinzelte, schüttelte unmerklich den Kopf. Ihr Blick veränderte sich, richtete seinen Fokus nun auf Zoe. Doch der Schein trog. Von einer Ebene des Wahnsinns auf die nächste zu steigen, entfernte nur noch mehr vom Leben.
»Sie waren zutraulich wie kleine Hunde, und dann haben sie sich gewunden wie Würmer. Es war so einfach … es war notwendig, Zoe!«

Ein Speer aus Eis schoss durch Zoes Wirbelsäule. Verstört blinzelte sie zu ihrer Mutter hinauf.
»W… was meinst du damit?«
»Ich bin Gottes Dienerin, predige Sein Wort und sühnte in Seinem Namen die Taten des Widders. Beschmutzt hat er das reine Kind. In Sünde gezwungen. Gewunden hat er sich wie ein Wurm, als die Nadel in seine Brust eindrang und die Essenz durch ihn hindurchfloss.«
Leon beugte sich zu Zoe. »Sie beschreibt, wie sie den Opfern die E-605-Injektion gesetzt hat. Mit Widder meint sie anscheinend Boris Nauen.«
Zoe wusste nicht genau, ob sie Leons pragmatische Übersetzung überhaupt hören wollte. Ihre Nebenhöhlen schmerzten, sie spürte Tränen aufkommen.
Etwas veränderte sich, als schien ihre Mutter einen Blick durch ein winziges Fenster auf die Realität zu werfen. Dabei löste sich die Anspannung in ihren Schultern, ließ sie entspannt wirken wie nach einem langen arbeitsrei-

chen Tag. Sie hatte sich vorgelehnt, um sich auf dem Geländer abzustützen, als wollte sie Zoe aus der Nähe betrachten. Dabei bekam sie nicht einmal mit, wie ihr die Kerzen aus den Händen fielen. Isobel schloss die Augen, um sich zu sammeln. Das tat sie immer, wenn eine längere Rede bevorstand. Zoes Knie fühlten sich an wie weicher Lehm. Die Predigerin begann, ihr Wort zu verkünden.

»Der Apostel wies mir den Weg, zeigte mir auf wundersame Weise das Handwerkszeug direkt vor meiner Tür und in meinem Haus. Himmlische Glocken von lieblicher Pracht zu getrocknetem Gift als Vorhut zum Tod, der im Kleid des puren Parathion das Werk vollendete. Denn wisset, wenn Gott Rache nimmt, wählt er keinen einfachen Weg! Vor der Flut schickt er die Seuche und vor der Finsternis das Blut.«

Zoe wurde schwindelig bei dem Vergleich der biblischen Plagen mit der Tatsache, dass ihre Mutter ihre Opfer erst betäubt, dann vergiftet und letztlich den Wagen mit den Leichen im Steinbruch hatte abstürzen lassen.

Die prächtigen Stauden Engelstrompeten hinter ihrem Haus kamen Zoe in den Sinn. Daraus musste Isobel in mühseliger Kleinarbeit das Atropin gewonnen haben. Wie sie an das E 605 gekommen war, war ihr jedoch schleierhaft.

»Im Keller«, hörte Zoe ihre eigene Stimme und fuhr leicht zusammen. Sie hatte nicht vorgehabt, es laut auszusprechen, und wandte sich nun, da sie gerade dabei war, Leon zu. »Im Keller zwischen den uralten Hinterlassenschaften meiner Großeltern könnte sie das Gift gefunden haben.«

Leon schien genug gehört zu haben. Er bedeutete Zoe mit einer Geste, dass er vorhatte, zu der kleinen Tür unterhalb der Empore zu gehen. Obwohl Zoe ihm zunickte, nahm sie kaum wahr, wie er sich entfernte. Ein erneuter Ruck erfasste den Körper ihrer Mutter wie ein Frequenzwechsel im Radio. Isobels Blick klarte sich für einen Moment auf.

»Weißt du, Autos explodieren überhaupt nicht, wenn sie einen Abhang hinunterstürzen.« Enttäuschung schwang in ihrer Stimme mit.

Zoes Mund wurde trocken, während sie ihrer Mutter gebannt lauschte. Sie hatte einige Mühe, zwischen den zahlreichen Bibelzitaten und den Tatsachen zu unterscheiden. Immer wieder wollte ihr Verstand sich weigern, zu verstehen, was sie zu hören bekam. Wie ihre Mutter nach der Tat in ihr Auto gestiegen und nach Hause gefahren war, wo sie in aller Ruhe ihre nächste Predigt vorbereitete. Wie sie am nächsten Tag dann doch beschlossen hatte, sich vom Erfolg ihrer Mission zu überzeugen. Mit dem Fahrrad war sie über zwanzig Kilometer zurück zum Tatort geradelt. Beschwingt unter Gottes Segen. Zufrieden hatte sie dort festgestellt, dass bisher niemand die drei Leichen im Chevrolet entdeckt hatte. Kurzerhand beschloss sie, den geräumigen Kofferraum des Oldtimers zu nutzen, um ihr Fahrrad darin zu verstauen. Nachdem sie das Verdeck des Wagens geschlossen hatte, fuhr sie mit drei Leichen im Gepäck durch die Nacht zum Steinbruch, ohne zu ahnen, dass ein veraltetes Radargerät sie dabei erfasste. Der Geschwindigkeitsrausch nährte ihren übertriebenen Wahn, die drei Gefallenen der reinigenden Kraft des Feuers zu übergeben. An dem schräg abfallenden Steilhang hatte sie die Handbremse gezogen und war aus dem Wagen gestiegen, um ihr Fahrrad aus dem Kofferraum zu holen. Von außen hatte sie dann die Handbremse gelöst. Der Wagen rollte wie von allein auf den Abhang zu. Ein Zeichen Gottes. Doch wider Erwarten explodierte das Auto durch den Aufprall nicht, sondern wurde nur zerquetscht wie eine Konserve. Dennoch hob Isobel im nachwirkenden Taumel aus ergebener Freude die Arme. »Gepriesen sei der Herr in seiner Gerechtigkeit!«

Ihr Lachen verhallte im Getöse der aufsteigenden Flammen und ließ vor Zoes innerem Auge das Bild aufsteigen, in dem ihre Mutter am Tattag vor dem Abgrund stand. Unter sich das zertrümmerte Fahrzeug mit den drei toten jungen Männern. Ein weiteres Kapitel im Buch des Lebens war geschrieben.

»Ich habe es für dich getan«, schloss ihre Mutter ihre Rede mit überraschend zärtlicher Stimme. Immer noch fesselte ihr durchdringender Blick diese. Eine alles verzehrende Traurigkeit überkam Zoe. Sie war im Begriff, ihre Mutter zu verlieren, die ihr einfach entglitt und die Welt um sich herum ausschloss. Zutiefst ergriffen fand sie hinter dem Spiegel des Irrsinns jenen besonderen Funken, der sie mitten ins Herz traf. Zusammen mit dem zufriedenen Lächeln, das die Mundwinkel ihrer Mutter umspielte, wurde die Botschaft unmissverständlich.

Zoe konnte das Schluchzen nicht mehr zurückhalten und stützte sich schwer auf ihre Krücke.

»Ich liebe dich auch, Mama.«

Hinter ihrer Mutter fraß sich das Feuer an den Holzwänden hoch. Der erste Balken krachte von der Decke herab und polterte die Treppe hinab. Die Polizisten drückten sich gegen die Wand, um sich gegen die stobenden Funken zu schützen. Eine brennende Bodenklappe wurde aufgestoßen, aus der endlich Leon geklettert kam. Anscheinend hatte er eine Weile gebraucht, um das Schloss des ungenutzten Aufstiegs aufzubrechen. Sofort war er bei Zoes Mutter, umfasste ihre Taille und riss sie an sich. Sie wehrte sich nicht. Wie eine übergroße Marionette ließ sie sich von ihm die Treppe hinunterhelfen. Zwei Polizistinnen lösten sich aus ihrer Mannschaft und nahmen die Frau in Gewahrsam.

Zoe bekam kaum mit, wie Leon sie kurz darauf hinausführte, damit der Löschtrupp seine Arbeit verrichten konnte. Ein feiner Schweißfilm bildete sich auf ihrer Stirn, ihre Fingerspitzen kribbelten. Das Atmen fiel ihr schwer. Inzwischen brannte das Kuppeldach des Turms lichterloh und erhellte den abendlichen Himmel wie eine überdimensionale Kerze. Schwarzer Rauch vertrieb die unheilvollen Geister der Vergangenheit. Hinter Zoe fuhr der Polizeiwagen mit ihrer Mutter davon. Ein Schauer lief ihr über den Rücken. Sie zuckte zusammen, als Leon hinter sie trat und ihr eine Decke um die Schultern legte. Zusammen blieben sie im Garten stehen. Das intensive Aroma der Engelstrompeten überlagerte den Rauchgeruch.

»Komm, ich bringe dich erst einmal ins Haus«, sagte Leon nach einer Weile.

Mechanisch setzte sie sich unter dem sanften Druck seiner Hand in ihrem Rücken in Bewegung. Immer noch standen Schaulustige am Straßenrand. Doch Zoe fühlte sich zu ausgelaugt, um die Gaffer anzuschreien.

Sie durchquerten den Ladenbereich, der von weiteren Beamten durchsucht wurde. Die Geräusche drangen nur gedämpft an ihre rauschenden Ohren. Erst die angrenzende Halle brachte wohltuende Stille. Die Flügeltür zum Bestattungssaal stand offen. Statt die Treppe hinauf in ihr Zimmer zu gehen, steuerte sie auf die festlich geschmückte Halle zu. Im Türrahmen blieb sie stehen. Al-

les war für eine anstehende Beerdigungsfeier vorbereitet. Sie brauchte morgen früh nur noch herunterzukommen und die Trauernden diskret bei ihrem Abschied zu begleiten.
Ein dumpfer Schmerz pulsierte in ihrem Inneren. Mit harten Fingern griff eine Einsamkeit nach ihr, die sie nicht wieder losließ. In einer Geste der Ergebenheit hob Zoe die Arme und ließ sich auf einen der rotgepolsterten Stühle sinken.
»Meine Mutter hat sich um alles gekümmert. Akribisch wie immer. Und dann beschließt sie im nächsten Moment, sich in der Kapelle anzuzünden.«
Sie schüttelte den Kopf. Schuldgefühle nagten an ihr, obgleich sie sich nicht einmal erklären konnte, wofür.
Leon setzte sich neben sie. »Hör mir zu, bitte! Es hat keinen Sinn, das Schicksal zu hinterfragen oder die Schuld bei sich selbst zu suchen. Du hast eben verhindert, dass sie sich selbst anzündet.«
Zoe nickte, obwohl sie noch nicht in der Lage war, ihm zuzustimmen.
»Dafür konnte ich aber nicht verhindern, dass sie drei Menschen tötet.«
Ihre eigene Stimme klang fremd, als sie das Unvorstellbare aussprach. Doch niemand hat je behauptet, dass die Wahrheit ein sanftes Glockenspielchen sei. Ihr wäre lieber gewesen, wenn Leon versucht hätte, sie vom Gegenteil zu überzeugen. Doch er atmete nur hörbar aus. Sein Schweigen wog mehr als tausend Worte. Die Würde des Raumes ergoss sich plötzlich wie ein Klagelied über Zoe. Ihre Füße versanken im Morast des weichen Teppichs. Die weißen Paneele der Wände wirkten wie Brustharnische immer näher rückender Gardesoldaten.
Leons Stimme riss sie aus ihren Gedanken.

»Das habe ich in der Kammer hinter der Kanzel gefunden.« Er hielt ihr ein Schminktäschchen hin, das sie mit gerunzelter Stirn ergriff.

»Das gehört mir. Es war irgendwann einfach verschwunden. Seltsam.«

Ihre Mutter musste es aus ihrem Bad geholt haben. Demnach dürfte sie dort auch ihre Schmink- und Modellierutensilien gefunden haben. Ob sie auch von ihren nächtlichen Ausflügen gewusst hatte? Unbehaglich kaute Zoe auf ihrer Unterlippe, während sie den Reißverschluss aufzog, um den Inhalt zu überprüfen. Zu ihrem großen Erstaunen fand sie darin vier Mehrwegspritzen aus Glas an der Stelle, die für Mascara und Eyeliner vorgesehen war.

»Mein Gott, die sind aus meinem Behandlungsraum! Sie gehörten meinem Vater.« Sie schluckte und strich mit dem Finger über die fein gearbeiteten Metalleinfassungen.

In einer Zeit, bevor die bequeme und hygienische Einwegspritze ihre noblen Vorgänger aus der Humanmedizin vertrieben hatte, gehörten Mehrwegspritzen zum Inventar eines jeden Arztes wie die Spezialschere zum Friseur. Als Gerichtsmediziner hatte Zoes Vater hin und wieder auf sein persönliches Handwerkszeug zurückgreifen können, doch letztlich war es mehr ein Hobby gewesen, antike medizinische Geräte zu ersteigern. Dieses Set hatte Zoe seit Jahren nicht mehr gesehen. Kein Wunder, wenn ihre Mutter es an sich genommen und offenbar auch benutzt hatte! Die vierte Kanüle war noch mit einer klaren gelblichen Flüssigkeit gefüllt. Ihre Kehle zog sich zusammen, als sie die drei leeren Spritzen betrachtete, in denen sich mit Sicherheit Restspuren von E 605 befanden. Sie fragte sich gar nicht erst, wie ihre

Mutter an das Pflanzenschutzmittel gekommen war. Wahrscheinlich hatte sie es irgendwo im Gewölbekeller gefunden. Ihre Gedanken rotierten, als die Puzzlesteine aus Indizien und Mutmaßungen sich zusammenfügten.
»Geht es dir gut? Soll ich einen Sanitäter rufen?« Leons besorgtes Gesicht tauchte vor ihr auf.
»Nein. Mit mir ist alles in Ordnung.«
Zumindest war sie nicht kurz davor, schreiend davonzulaufen oder einen Nervenzusammenbruch zu erleiden. Leon schien zu verstehen. Er nahm ihr das Beweisstück aus der Hand.
»Da wäre noch etwas. In dieser kleinen Kammer sah es aus wie in einer Kräuterküche. Der Boden war mit getrockneten Blüten übersät. Vermutlich hat sie tatsächlich das Atropin aus Engelstrompeten gewonnen, um damit Zigaretten zu präparieren, die sie dann den Opfern angeboten hat.«
Das bedeutete also, ihre hochmoralische Mutter hatte gemeinsam mit Boris und seinen Kumpeln auf der Plattform im Wald einen Joint geraucht. Das war absurd! Nachdem diese dann betäubt waren, musste sie einem nach dem anderen in aller Seelenruhe eine tödliche Injektion gesetzt haben. Unwillkürlich stöhnte Zoe auf, weil das schlicht ihre Vorstellungskraft übertraf. Für den Moment zumindest.
Zoe rieb sich mit beiden Händen durch das Gesicht. »Das kommt auf den Stapel der Dinge, die mich verrückt machen.«
Leon bückte sich, um die umgekippte Krücke aufzuheben.
»Ich gehe auf keinen Fall zurück ins Krankenhaus.« Zoe nahm ihm die Krücke aus der Hand.
»Die Kollegen werden gleich damit anfangen, das Haus

zu durchsuchen. Dabei gehen sie nicht gerade rücksichtsvoll vor. Hier wirst du heute kaum Ruhe finden. Vielleicht solltest du bei mir übernachten.«

»In der Pension von Frau Krüger? Das ist nicht dein Ernst!«, erwiderte sie matt.

»Wenn wir dort ankommen, schläft sie bereits. Sie geht mit den Hühnern ins Bett und wird nichts davon mitbekommen.«

Sein verschwörerischer Blick durchdrang die dämmrige Wolke, in die sich Zoes Gemüt gehüllt hatte. Im Grunde war es ihr gleich, ob Leons Vermieterin sie erwischen würde. Im Augenblick war ihr so ziemlich alles egal. Allerdings war der Gedanke, dem aufkommenden Trubel aus Ermittlungsarbeiten zu entkommen, durchaus verlockend.

An diesem Abend weinte Zoe sich in den Schlaf, und so sehr sie es auch versuchte, sie konnte sich nicht erklären, was genau es ausgelöst hatte, dass sie die Beherrschung verlor. Wieso Leons Umarmung sie weich werden ließ.

Irgendwann mitten in der Nacht wachten sie gleichzeitig auf und waren sich ihrer vom Schlaf erwärmten Körper mehr als bewusst. Eng aneinandergeschmiegt lagen sie auf den gestärkten Laken des Pensionsbettes. Im halbwachen Zustand konnte sie Leons glänzende Augen im mondscheinerhellten Zimmer deutlich sehen. Eine warme Brise zog durch das geöffnete Fenster über ihren Körper hinweg. Sie wollte nicht vollständig aufwachen. Nicht jetzt. Zu gegenwärtig war die Ahnung, dann erneut in einen Strudel aus Trauer und Verwirrung zu geraten. Schlafen wollte sie jedoch auch nicht. Leon hatte seinen Arm zum Trost um sie gelegt. Dort lag er noch immer, nur nicht mehr bewegungslos. Seine Hand strich sachte über ihre Hüfte. Sie legte den Kopf zurück an seine Brust, um seinem beruhigenden Herzschlag zu lauschen. Nun bewirkte das rhythmische Klopfen, dass ihr Blut im Gleichklang durch ihre Adern pochte. Sein Atem streifte ihre Wange, als er ihren Mund suchte. Sie hob ihm ihr Gesicht entgegen. Sein Kuss öffnete eine Tür in ihrem Innern, die sie stets bemüht geschlossen gehalten hatte. Nun strömte die Vernunft hinaus wie Quellwasser in einem Bach. Bereitete den Weg für eine längst vergessene Sehnsucht.

Sollte mal jemand versuchen, Gefühle zu erklären! Sie folgten keinem logischen Schema, waren Schatten und Licht zugleich. Man kann sie annehmen oder es bleiben lassen.

kapitel 20

Erneut fand Zoe sich mit Leon im Warteraum eines Gebäudes mit vergitterten Fenstern und Plastikmöbeln, deren Kanten abgerundet waren. Zwar war dies kein Gefängnis, aber dennoch eine totale Institution mit der klangvollen Bezeichnung »Einrichtung für psychiatrische Rehabilitation«. In Zoes Kopf hämmerten Begriffe wie »Irrenhaus« oder »Nervenheilanstalt«, aber das sagte man nicht. Schließlich gab es bunte Wände und Bilder, ganz im Sinne der Farbpsychologie, abgestimmt auf die mentalen Bedürfnisse der Klinikinsassen. Blau wirkte beruhigend und entspannend. Soso.

Bereits nach wenigen Tagen unter Medikamenten hatte Zoes Mutter ein umfangreiches Geständnis abgelegt. Die Niederschrift las sich wie ein abgedrehter Kriminalfilm und deckte beinahe jeden Rückschluss, den Zoe und Leon getroffen hatten.

Sie war zu lebenslänglicher Haft verurteilt worden. Erst im Wiederaufnahmeverfahren wurde ihr Unzurechnungsfähigkeit bescheinigt, so dass die Haftstrafe umgewandelt und sie auf unbestimmte Zeit in eine geschlossene psychiatrische Klinik eingewiesen worden war. Die Ärzte waren noch nicht sicher, was die Diagnose betraf. Bislang hieß es, ihre Mutter litte unter einer ausgeprägten Persönlichkeitsstörung mit Tendenz zu Schizophrenie. Allmählich wurde Zoe klar, worauf die übersteigerten Reaktionen auf alltägliche Begebenheiten bei ihrer Mutter beruhten. Nicht zuletzt hatten sich die religiösen Ambitionen massiv verstärkt, so dass Zoe oft das Gefühl hatte, ihre Mutter litte unter Halluzinationen. Wie richtig sie mit dieser Annahme lag, hatte sie ja nicht wissen können. Immer noch besser als ein Frauengefängnis, versuchte Zoe sich einzureden.

Ein lautes Klopfen ließ Zoe zusammenfahren. Auf der anderen Seite des Raumes rannte ein spindeldürrer Mann mit medizinischem Kopfschutz in regelmäßigen Abständen gegen die Wand. Den Farbabsplitterungen und der Beule an seinem Helm nach zu urteilen, war dies seine bevorzugte Stelle. Sofort eilte ein Pfleger herbei, um den Mann mit beruhigenden Worten von seiner Tortur abzubringen.

Eine eingehende SMS lenkte Zoe von dem deprimierenden Anblick ab. Sie las die Mitteilung.

»Von Josh«, sagte sie, als Leon sie anblickte. »Er hat ein Sportabzeichen in Leichtathletik bekommen.«

»Beachtlich für jemanden, der mit Sport bislang nichts am Hut hatte«, erwiderte Leon.

»Das Internat bekommt ihm anscheinend gut. Die ersten Prüfungen hat er auch schon geschrieben. Wie es aussieht, erhält er ein Stipendium an der Technischen Universität in München.«

Leon schob anerkennend die Unterlippe vor. »Eine Elite-Uni. Respekt! Er kann froh sein, dass er so einen engagierten Vormund vom Jugendamt zugeteilt bekam.«

»Und über ein bisschen Geld, das ihm seine Oma hinterlassen hat. Jetzt, wo sein Vater als Treuhänder offiziell für tot erklärt wurde, konnte das Testament an Josh zugestellt werden.« Lächelnd tippte sie ihre Glückwünsche ein.

»Er will uns in den Ferien besuchen kommen.«

Auf der anderen Seite der Tür ertönte das Klappern von Schlüsseln, gefolgt von scharrenden Riegeln, die aufgeschoben wurden. Kurz darauf wurde Zoes Mutter in den Warteraum geführt. Obwohl das nicht ganz zutraf. Tatsächlich schritt die Patientin mit hocherhobenem Kopf herein und ließ die Krankenpfleger neben sich aussehen wie ihren Geleitschutz. Sie trug wahrhaftig ein Blümchenkleid zu ihrem locker zusammengebundenen Haar. Zoe fand, ihre Mutter hatte noch nie zauberhafter ausgesehen.

»Grüß dich, Isobel!«, rief der Pfleger, der noch mit dem tobenden Autisten von vorhin beschäftigt war.

Während Zoes Herz vor Aufregung klopfte, löste das Erscheinen ihrer Mutter eine vorübergehende allgemeine Heiterkeit aus. Von allen Seiten wurde sie überschwenglich begrüßt. Isobel nickte huldvoll in die Runde und zauberte einen ehrfürchtigen Ausdruck auf das Gesicht einer Mitpatientin, die ihren Ärmel ergriff, als handelte es sich um die Soutane eines Priesters. Kurz darauf war das Interesse an dem Neuankömmling wieder verflogen, und die Patienten wendeten sich erneut ihren Beschäftigungen zu.

»Na, das nenne ich mal einen Auftritt!«, flüsterte Leon Zoe zu.

»Du findest das wohl witzig?«

»Ähm? Nein.« Seinem Gesicht war deutlich anzusehen, dass er ihren Einwurf eigentlich bejahte.

Er hatte gut reden, für ihn war der Fall ja abgeschlossen! Zoe verzog eine Miene, bevor sie aufstand, um ihre Mutter zu umarmen. Dabei fühlte sie sich auf befremdliche Weise befangen.

Eine Mutter war eine Mutter. Sinnbild für bedingungslose Liebe. Jemand, dem man alles verzieh, dessen Entscheidungen nicht in Frage gestellt wurden. Doch gab es nirgendwo einen Schlussstrich? Wo endete das allumfassende Verständnis? Solange Zoe denken konnte, war Isobel ihr fremd gewesen. Sie hatten nebeneinanderher gelebt, seit Zoe nicht mehr darauf angewiesen war, versorgt zu werden. Wobei es vorher auch nicht viel anders gewesen war. Sie wurde bekocht, bekam frische Klamotten, und die Entschuldigungen für die Schule wurden unterschrieben. Manchmal fragte sie sich ernsthaft, ob sie nicht adoptiert worden war.

Und trotzdem plagten Zoe nun Zweifel, ob sie es ertragen könnte, ihre Mutter in einer Nervenheilanstalt zu wissen. Für einen dreifachen Mord, den sie begangen hatte, um die Ehre ihrer Tochter wiederherzustellen. Vermutlich war das eigentliche Motiv eher Isobels eigenes Ansehen oder die Stimme des Heiligen Geistes, der von seiner Dienerin gefordert hatte, in Gottes Namen zu handeln. Sie hatte immer geahnt, dass mit ihrer Mutter etwas nicht stimmte, und dafür ihre übertriebene Religiosität verantwortlich gemacht. Auch jetzt wirkte der leicht entrückte Blick auf Zoe vertrauter, als es vermutlich sein sollte. Dass sich dahinter eine psychische Erkrankung verbarg, konnte Zoe kaum begreifen.

Die Ärzte hatten sie und Leon gebeten, ihr Gespräch möglichst banal zu gestalten, weil Isobel sich mitten in einer Therapie befand. Keine Fragen über den Tathergang, weil es den Behandlungsverlauf empfindlich stören würde. Zoe verbannte die tausend Fragen aus ihrem Kopf und blickte ihre Mutter an. Sofort überkam sie eine traurige Leere.

»Warum siehst du mich so besorgt an, Kind?« Isobels Stimme klang belegt. Vermutlich von den Medikamenten.

»Na ja, weil … weil du hier bist.«

Die Augen ihrer Mutter weiteten sich überrascht. »Aber das ist doch kein Grund, traurig zu sein! Es spielt keine Rolle, an welchem Ort ich mich befinde, mein Gefängnis trage ich im Herzen. Gott ist bei mir. Hier werde ich gebraucht. Diese armen Seelen benötigen dringend meine Unterstützung.«

Sie blickte zu Leon hinüber, der ihre Mutter entwaffnend anstrahlte. Ihm gelang es, eindeutig unbefangener mit einer Verrückten umzugehen. Zoe schluckte. Anscheinend hatte ihre Mutter endgültig den Bezug zur Realität verloren.

Während ihres Gesprächs versuchte Zoe einige Male, ihrer Mutter von allgemeinen Begebenheiten zu erzählen, um ihre eigene Anspannung ein wenig zu lockern. Doch diese blockte ab und erzählte stattdessen ausschweifend vom Klinikalltag, als befände sie sich in einem ausgedehnten Erholungsurlaub. Vielleicht war es besser, wenn sie daran glaubte. Einige Male glitt sie in ihre altbewährte Predigerrolle, was die Umstehenden anzulocken schien wie eine Glühlampe die Motten.

Der Pfleger schien Zoes fragenden Blick zu bemerken und beugte sich zu ihr hinab. »Sie wähnt sich hier inmitten einer Gemeinde von Gläubigen.«

Zoe nickte, nicht weniger irritiert als vor der gutgemeinten Erklärung.

Plötzlich griff Zoes Mutter über den Tisch und legte sanft ihre Hände auf Zoes. »Hör zu, Kind! Alles ist gut.« Ihr Blick war klar und ernst, wie es Zoe seit langer Zeit nicht mehr gesehen hatte.

»Es ist besser so, das musst du doch begreifen! Er hat dich bereits ein Mal zerstört. Ich konnte nicht tatenlos mitansehen, wie er sein teuflisches Werk weiterführt.«

Als sie ihre Hand wegzog, hätte Zoe am liebsten danach gegriffen, wagte aber nicht, sich zu rühren.

Ihre Mutter erhob sich von ihrem Stuhl. »Nun habe ich aber keine Zeit mehr zu plaudern. Wie du siehst, werde ich erwartet.« Sie strich den Rock ihres Kleides glatt. »Besucht mich mal wieder!«

Mit diesen Worten wandte sie sich um und ging durch

den Aufenthaltsraum. Kaum jemand hörte ihre gemurmelten Bibelzitate.
Zoes Herz zog sich zusammen, als sie begriff, dass ihrer Mutter schon immer ihre Gemeinde am wichtigsten gewesen war. Sie sah ihre Tochter nicht mehr an, schien nicht zu bemerken, dass sie ging.
Leon ergriff Zoes Hand und schickte ihr mit einem sanften Druck einen stillen Trost.

Auf der Rückfahrt im Auto brütete Zoe gedankenverloren vor sich hin, während die Landschaft an ihr vorüberzog. Hügel wechselten mit Weiden und Wälder mit freiem Feld, während die Abendsonne die Landschaft in einen goldenen Schein tauchte. Hinter Zoes geschlossenen Lidern flimmerte der Wechsel von Sonnenlicht und Schatten. Erst als es eine Weile dunkel blieb, öffnete sie die Augen. Sie befanden sich auf der Landstraße nahe der Plattform, die bis vor kurzem als Tatort galt.
»Halt bitte mal an, ja?«
Leon blickte mit hochgezogenen Augenbrauen zu ihr herüber, tat aber wie geheißen. Das liebte Zoe besonders an ihm. Er stellte keine Fragen, zu denen ihr ohnehin keine vernünftige Antwort eingefallen wäre. In den letzten Wochen hatten sie viel Zeit miteinander verbracht. Er half ihr dabei, ihr Leben neu zu ordnen. Zoe genoss seine Nähe, seine Berührungen und sein Lachen. Doch beide spürten sie, dass eine Entscheidung bevorstand. Leon konnte nicht auf Dauer von Mainz nach Birkheim pendeln. Sobald ihm ein neuer Fall zugeteilt werden würde, bekämen sie sich kaum noch zu sehen.
Mit einem dankbaren Nicken verließ Zoe den Wagen und stieg zur Anhöhe hinauf. Der Sandboden wies noch regelmäßig verlaufende Furchen von Gartenharken auf

und wirkte unberührt wie frisch gefallener Schnee. Wildwucherndes Gestrüpp war von fleißigen Händen im Auftrag des Grünflächenamtes ordentlich gestutzt worden. Blumensträuße, kleine Holzkreuze und Dinge, die an die toten jungen Männer erinnerten, machten aus dem einstigen Treffpunkt eine Gedenkstätte. Nichts war mehr vom vergangenen Unrat zu sehen. Jetzt fehlte nur noch ein Sicherheitsgeländer, um eine neue Touristenattraktion zu schaffen.

Zoe stand am Abhang der Plattform und ließ ihren Blick über die Baumwipfel auf der anderen Straßenseite schweifen. Vor ihrem geistigen Auge sah sie ihre Mutter den kleinen Steilhang hinaufsteigen, in der Handtasche den Beutel mit den tödlichen Injektionen. Sie konnte sich die Überraschung der drei jungen Männer im Auto bildlich vorstellen, als die sonst spröde Predigerin plötzlich strahlend und lächelnd auf sie zugekommen war. Natürlich waren die drei vertrauensselig gewesen, nachdem die trotz ihres Alters schöne Frau ihnen Drogen angeboten hatte. Dass sie kurz darauf betäubt und hilflos mitansehen mussten, wie diese Frau einem nach dem anderen eine Injektionsnadel in den Brustkorb jagte, hätten sie vermutlich niemals erwartet.

Zoe schüttelte fassungslos den Kopf. Leon trat hinter sie und umarmte sie wortlos. Er hielt sie fest, gab ihr die Zeit, die sie brauchte, während der Tathergang vor ihrem inneren Auge ablief wie ein sich ständig wiederholender Film.

Sie legte eine Hand auf Leons Arm und lehnte sich mit dem Hinterkopf gegen seine Brust. »Ich versuche unentwegt, es zu begreifen, aber es gelingt mir nicht. Obwohl sie drei Morde begangen hatte, ist sie hierher zurückgekehrt.«

Leon beugte sich vor und küsste Zoes Haar. »Mörder kehren oft an den Tatort zurück. Das kann viele Gründe haben. Nachträgliches Verwischen von Beweisspuren, der Drang, sich in seiner Tat zu bestätigen, oder …« Er stockte.

»Oder Wahnsinn«, beendete Zoe seinen Satz.

»Aus meiner Erfahrung ist dieses Verhalten typisch für psychisch gestörte Straftäter. Sie verbringen völlig unauffällig ihr alltägliches Leben und wechseln von einem Moment auf den anderen ihr Verhalten, so dass man den Eindruck bekommt, es mit zwei Persönlichkeiten zu tun zu haben.«

Unwillkürlich kam Zoe ihre eigene Marotte, sich als Loretta zu verkleiden, in den Sinn.

»Könnten genetische Faktoren eine Rolle spielen?«

Mit einem Schritt hatte Leon sich vor sie geschoben und blickte ihr in die Augen.

»Dafür gibt es keine festen Nachweise. Und, nein, ich denke nicht, dass du die Krankheit deiner Mutter geerbt haben könntest. Du solltest dich da nicht hineinsteigern, nur weil du dich gern manchmal verkleidest.«

Sie blickte ihn an, verblüfft darüber, dass er nach so kurzer Zeit, die sie sich kannten, in der Lage war, ihre Gedanken zu erraten.

Er zwinkerte ihr aufmunternd zu. »Hey, Kopf hoch! Ich mochte Loretta.«

»Ich nicht.«

Er nahm sie erneut in die Arme. Eine Weile standen sie schweigend da und lauschten dem Wind in den Blättern.

»Komm mit mir nach Mainz, Zoe!«

Der Satz brachte ihr Herz zum Jubeln. Sie war so weich geworden, seit sie die pinkfarbene Perücke weggeworfen hatte.

»Du musst gehen, nicht wahr?«
»Ja. Es gibt neue Spuren in dem Fall, der, kurz bevor ich nach Birkheim kam, zu den Akten gelegt worden war.«
Ihm lag viel an der Auflösung. Das konnte sie ebenso sehen, wie sie wusste, dass ihm auch viel an ihr lag. Die Vorstellung, mit ihm nach Mainz zu gehen, war verlockend, doch dort müsste sie von vorn anfangen. In ihrer Branche war es nicht leicht, sich zu etablieren, wenn man noch jung war. Hier gab es weit und breit kein konkurrierendes Bestattungsunternehmen. Dass ihre Mutter des Mordes überführt worden war, verschreckte einen Teil der Kundschaft. Doch die Leute würden sich früher oder später wieder einkriegen. Zoe war es gewohnt, immer wieder geächtet zu werden. Ihr Vorteil bestand letztlich in der Tradition in Birkheim. Und sie war ein Teil davon.
Sie strich Leon über die stoppelige Wange und lächelte. Seit Tagen hatte er sich nicht rasiert, weil sie beide keine offiziellen Termine hatten. Urlaub war wie ein Leben im Ausnahmezustand. Tränen stiegen ihr in die Augen. Sie wusste nicht, ob ihre junge Beziehung längere Trennungen verkraften würde.
»Es geht nicht. Ich habe ein Geschäft zu führen. Im gewohnten Umfeld kann ich mich besser meinem Studium widmen.«
Sie war gerade dabei, ihr Abitur nachzuholen. Außerdem hatte sie bereits eine geeignete Universität gefunden, an der sie sich für ein Fernstudium in Forensik einschreiben wollte, wenn es so weit war. Ein Umzug und die damit verbundene Eingewöhnung würden sie um Monate zurückwerfen. Vielleicht war es auch nur Angst vor dem Neuen, gerade jetzt, wo das Altbewährte Risse bekommen hatte.
Er nahm ihr Gesicht in beide Hände. »Wenn der Fall ab-

geschlossen ist, komme ich wieder für ein paar Wochen hierher.«

Sein Kuss schmeckte nach Aufrichtigkeit. Eine Welle der Erleichterung zog über sie hinweg. »Und ich werde vielleicht ein Praktikum am Institut für Rechtsmedizin in Mainz machen.«

Gemeinsam stiegen sie von der Plattform herab. In ihrem unbeschwerten Lachen schwang ein Hauch Melancholie mit. Die Landstraße lag friedlich und leer vor ihnen.

Noch war sie nicht zu sehen, die Gabelung, die ihre Wege trennen sollte, und dennoch lauerte sie im Irgendwo. Und irgendwann würden sich diese Wege wieder kreuzen. Nichts war vorhersehbar, schon gar nicht das Leben.

– ENDE –

Bernard Minier

Schwarzer Schmetterling

Thriller

Eisiger Winter in den französischen Pyrenäen. Ein abgeschiedenes Dorf. Eine geschlossene Anstalt. Ein hochintelligenter Psychopath mit einem teuflischen Plan. In 2000 Meter Höhe machen Arbeiter eine verstörende Entdeckung: ein grauenvoll inszenierter Tierkadaver auf schnee- und blutbedeckten Felsen. Das Werk eines Wahnsinnigen? Am Tatort werden Spuren eines gefährlichen Serienmörders gefunden, doch dieser sitzt seit Jahren im hermetisch abgeriegelten Hochsicherheitstrakt einer psychiatrischen Anstalt. Während Commandant Servaz und die junge Anstaltspsychologin Diane Berg verzweifelt versuchen, das Rätsel zu lösen, wird der kleine französische Ort Saint-Martin von einer kaltblütig inszenierten Mordserie erschüttert …

»Ein beängstigender Thriller.«
Focus online

»Sie werden sich in einem Alptraum wiederfinden.
Grandios!«
Elle

KNAUR